大方
sight

Elif Shafak 名誉

Honour

[土耳其] 艾丽芙 · 沙法克 著
程水英 译

中信出版集团 | 北京

图书在版编目(CIP)数据

名誉 / (土) 艾丽芙·沙法克著; 程水英译. —北京: 中信出版社,2019.6
书名原文: Honour
ISBN 978-7-5217-0642-0

Ⅰ. ①名… Ⅱ. ①艾… ②程… Ⅲ. ①长篇小说—土耳其—现代 Ⅳ. ①I374.45

中国版本图书馆 CIP 数据核字(2019)第 097594 号

名誉

著　　者: [土耳其] 艾丽芙·沙法克
译　　者: 程水英
出版发行: 中信出版集团股份有限公司
(北京市朝阳区惠新东街甲 4 号富盛大厦 2 座　邮编　100029)
(CITIC Publishing Group)
承 印 者: 上海盛通时代印刷有限公司

开　　本: 880 mm×1230 mm　1/32　印　　张: 15.625　字　　数: 275 千字
版　　次: 2019 年 6 月第 1 版　印　　次: 2019 年 6 月第 1 次印刷
京权图字: 01-2019-3201　广告经营许可证: 京朝工商广字第 8087 号
书　　号: ISBN 978-7-5217-0642-0
定　　价: 59.80 元

我七岁那年，

我们家住在一所绿色的房子里。

我们的一个邻居，一个出色的裁缝，经常打他的妻子。

晚上，我们听着喊声、哭声和咒骂声。

早晨，我们像往常一样继续生活。

周围的人都假装没听见，也没看见。

这部小说献给那些听见，看见的人。

“从他记事起，他就一直觉得自己是家里的王子，而他的母亲是他犹疑的助长者，也是他焦虑的保护者。”

——J. M. 库切[①]，《男孩：乡土生活的景象》

① 约翰·马克斯韦尔·库切（John Maxwell Coetzee，1940— ），南非小说家、文学评论家、翻译家、大学教授。于 2003 年获得诺贝尔文学奖。

埃斯玛

伦敦，1992 年 9 月 12 日

我母亲去世了两次。我向自己保证，我不会让她的故事被遗忘，但我永远也找不到时间、意愿或勇气去写它。或者说，长久以来都没有。我想我永远也不会成为一个真正的作家了。我已经到了更坦然面对自己的局限性和失败的年龄。但我必须讲述这个故事，哪怕只对一个人讲。我必须把它送到宇宙的某个角落，在那里它可以自由漂浮，慢慢远离尘世。这是我欠妈妈的。我必须在今年完成它。在他从监狱出来之前。

再过几个小时，我会把芝麻果仁糖[1]从炉架上取下，把它放在水槽边冷却，然后亲吻我的丈夫，假装没有注意到他眼中的忧虑。之后，我将带着我的双胞胎女儿（今年七岁，出生时相隔四分钟）出门，开车送她们去参加一个生日聚会。

---

① 一种土耳其果仁糖，也叫牛轧糖，用面粉、蜜、胶质、果汁、杏仁、花生、核桃等配制。

她们会在路上吵架，而这一次，我不会骂她们。她们好奇聚会上是不是会有小丑表演，或者，更好的是，有魔术师。

我说："就像哈里·胡迪尼[1]那样的。"

"哈里谁?"

"她说，胡——迪尼，你这个傻瓜!"

"那是谁，妈妈?"

这会伤人。疼得像蜜蜂蜇的。表面上没什么，但里面灼热。我将会意识到，就像我以前在很多场合所做的那样，她们对家族史一无所知，因为我对她们说得太少了。等有一天，当她们准备好。等我准备好。

等我把两个女孩送到后，我会和其他已经到那的母亲聊一聊。我要提醒聚会的主人，我的一个女儿对坚果过敏，但是，因为双胞胎很难区分，所以最好留意一下她们俩，确保两人都不吃带坚果的食物，包括生日蛋糕。这对我的另一个女儿来说有点不公平，但这种事有时会发生在兄弟姐妹之间，我指不公平。

然后我回到我的车里，那是一辆红色的奥斯汀蒙特哥老爷车，我和我的丈夫轮流开。从伦敦到什鲁斯伯里的路程是三个半小时。我可能要在到伯明翰前停一下。我会把收音机

① 哈里·胡迪尼（Harry Houdini，1874—1926），犹太人，出生于匈牙利布达佩斯，1876 年到美国。他是世界上最著名的魔术师，是享誉国际的脱逃艺术家。

开着——音乐，将有助于赶走幽灵。

有很多次我想杀了他。我已经制定了周密的计划，包括用枪、毒药，或者更好的是，一把弹簧刀——某种诗意的正义。我也想过原谅他，完全的，真心的。最后，我两方面都没有做到。

*

当我到达什鲁斯伯里时，我会把车停在火车站前面，走五分钟路到肮脏的监狱大楼。我在大街上踱来踱去，或靠在正门对面的墙上，等着他出来。我不知道这要花多长时间。我不知道他看到我后会有什么反应。我已经一年多没去看他了。我以前经常去，但随着他被释放的日子越来越近，我就没去了。

到点了，巨大的门会从里面打开，他会走出来。他凝视着阴暗的天空，在被监禁了十四年之后，他会不习惯看到头顶上这片广阔的天空。我想象他在日光下眨着眼，就像一个来自于黑暗的生物。在这段时间里，我将待在原地，数到十或一百或三千。我们不会拥抱。我们不会握手。相互点头，用小而奇怪的声音最简单地问好。一旦我们到达车站，他就会跳上车。我将会惊奇地发现他的运动能力。毕竟他还是个年轻人。

如果他想抽根烟，我不会反对，即使我讨厌烟味，我不让丈夫在车里或房子里抽烟。我们将开车穿过英国乡村，穿过宁静的草地和开阔的田野。他会打听我女儿的情况。我会告诉他她们很好，长得很快。他会微笑，尽管他对为人父母一点也不了解。然而，我什么都不会问他。

我会带一盒磁带在车上放。ABBA 乐队①的精选集，都是我母亲在做饭、打扫或缝纫时经常哼唱的歌曲。“给我一个机会”，“妈妈咪呀”，“跳舞皇后”，“游戏的名字”……我敢肯定她会看着我们。母亲们死后不会去天堂。她们得到上帝的特别许可，可以在人间多待一会儿，照看她们的孩子，无论她们在短暂的生命中经历过什么。

回到伦敦，我们一到巴恩斯伯雷广场，我就会找一个停车位，对自己嘟哝。天会开始下雨——透明的小水滴。最后，我们会找到一个车位，折腾十一二次后我才勉强把车挤进去。我可以欺骗自己，我是一个好司机，虽然一直停不好车。我不知道他是否会嘲笑我是个典型的女司机。他本来一度会这么做的。

我们一起走向房子，在我们身前和身后街道安静而明亮。有那么一瞬间，我们会把周围的环境与我们在哈克尼区薰衣草街的老房子相比，惊诧于事物的变化如此之大，即使我们

---

① ABBA 是瑞典的流行组合，成立于 1972 年。乐队名称来自四名成员（两男两女）的姓名首字母的缩写组合，ABBA 于 1982 年解散。

踟蹰不前，时间也如白驹过隙。

一走进去，我们就会脱掉鞋子，换上拖鞋——他穿我丈夫的一双经典木炭黑托鞋，我穿勃艮第带绒球的休闲鞋。他一见到我这双鞋就会皱起眉头。为了让他放心，我会告诉他，这是我女儿们送的礼物。他会放松，意识到鞋不是她的。这种相似性只是巧合。

他会站在门口看着我泡茶，我不会放牛奶，但会放很多糖，如果监狱没有改变他的习惯的话。然后我把芝麻果仁糖拿出来。我们会坐在窗边，手里端着瓷杯和盘子，就像那些优雅的陌生人一样，看着雨水落在后花园的紫罗兰上。他会称赞我的厨艺，说他有多么怀念芝麻果仁糖，尽管他会婉言谢绝另一份。我会告诉他，我一字不漏地按照妈妈的食谱做，但结果却没有她做得好。那会让他闭嘴。我们会凝视不动，空气中一片沉寂。然后他会给自己找个借口，说他觉得累了，如果可以的话，想休息一下。我会带他到他的房间，慢慢地关上门。

我会让他待在那。在我家的一个房间里。既不遥远也不太近。我要把他关在那四堵墙之内，永远困在我心底的盒子里，在恨与爱之间，这两种感情我都无法释怀。

他是我的哥哥。他，是个杀人犯。

像方糖一样的名字

幼发拉底河边的一个村庄，1945 年

当彭贝出生时，纳兹是如此悲伤，以至于忘记了自己在过去的二十六个小时里所遭受的一切痛苦，不顾双腿之间有血渗出，并试图站起来离开。至少，在那个狂风大作的日子里，每个人都是这么说的——每个在产房里的人。

尽管纳兹可能想离开，但她不可能去任何地方。让房间里的女人和在院子里等候的丈夫贝索吃惊的是，她被一波新的宫缩逼得回到了床上。三分钟后，第二个婴儿的头出现了。浓密的头发，微红的皮肤，又湿又皱。这又是一个女孩，只是更小一些。

这一次，纳兹并没有试图跑掉。她发出一声叹息，把头埋在枕头里，转向打开的窗户，仿佛听到命运在风中低语，像牛奶一样轻柔。她想，如果她用心听，可能会听到天空中传来的回答。毕竟，这一定是有原因的，一个她无从得知的理由，但安拉显然是知晓的，为什么在已经有六个女儿的时候，安拉又给了他们两个女儿，还是没有一个儿子。

于是，纳兹把嘴噘得像衣服的缝边，决心不说话，除非安拉完全、令人信服地解释这样行事背后的动机。甚至在睡觉的时候，她的嘴也紧紧闭住。在接下来的四十个昼夜里，她一句话也没说。无论是当她用羊尾巴肥肉煮鹰嘴豆时，还是当她给其他六个女儿在一个大铁皮桶里洗澡时，甚至当她在用野生大蒜和香草做奶酪时，还有当她的丈夫问她想给婴儿起什么名字时。她保持沉默，就像山上的墓地一样，她所有的祖先都被埋葬在那里，她也会在那里安息。

这是一个崎岖、偏远的库尔德村庄，没有公路，没有电力，没有医生，没有学校。几乎没有任何来自外界的消息渗透到与世隔绝的村落中。第二次世界大战的后果，原子弹……村民们没有听说过这些。然而，他们确信宇宙中，或者说，在幼发拉底河之外发生了一些奇怪的事情。世界本来就是这样，希望发现它毫无意义。那里曾经发生的一切，以及将要发生的一切，都已经存在于此时此地。人类注定是固着的，就像树木和巨石。除非你恰好是这三种人中的一种：要么是迷失在过去四处流浪的神秘主义者，要么是失去理智的傻瓜，要么是失去了心上人的疯子[①]。

① majnun，波斯语，意为疯子。

除了这些苦行僧、怪人和痴心人之外，其他人稀疏平常，万物一切如常。在某个角落里发生的一切，立刻就被其他人听到了。秘密是只有富人才能享有的奢侈品，而在这个叫马拉卡巴扬[1]的村子里，无人富裕。

村子里的长者是三个身材矮小、神情愁苦的男人，他们大部分时间都待在唯一的茶馆里，一边喝着茶，一边思考着神圣智慧的奥秘和政治家们的愚蠢，盛茶的玻璃杯薄得像蛋壳，像生命一样易碎。当他们听说了纳兹的沉默誓言时，他们决定去拜访她。

“我们来是要警告你，你是在亵渎神灵。”第一个人说，他太老了，哪怕是最轻的微风都能把他吹倒在地。

“你怎么能指望全能的安拉会向你透露他的神启呢，要知道他只对先知讲道啊。”第二个男人说，他嘴里还剩下几颗牙。“当然先知中间没有女人。”

第三个人挥挥像树根一样僵硬、粗糙的手，说：“安拉想听你说话。如果有别的办法，他早就把你变成一条鱼了。”

纳兹听着，不时地用头巾的尾端擦眼睛。有那么一刻，她想象自己是一条鱼——河里的一条褐色大鳟鱼，它的鳍在阳光下闪闪发光，它的斑点被苍白的光环所围绕。她几乎不知道，她的孩子和祖孙辈在生命的不同时期，会对各种各样

① Mala Çar Bayan，意为“四面漏风之屋”，形容流言在村子里传播很快。

的鱼产生依恋，而与水底王国的亲密关系将在家族中延续几代。

“说话吧！”第一位老人说，“你这样的人如此安静是违反自然的。违背自然就违背真主的意志。”

但纳兹还是什么都不说。

当贵客们离开后，她走近双胞胎熟睡的摇篮。壁炉里燃烧的微光将房间映成金黄色，婴儿的皮肤发出一种柔和的光，几乎是天使般的光彩。她的心变得平和。她转向她的六个女儿，她们在她身边从高到矮站成一排，用沙哑而空洞的声音说：“我知道要给她们起什么名字了。”

“告诉我们，妈妈！”女孩们惊呼道，很高兴能再次听到她说话。

纳兹清了清嗓子，带着挫败的语气，说道：“这个叫贝克斯特[①]，另一个是贝谢[②]。”

“贝克斯特和贝谢。”女孩们齐声回应。

“是的，我的孩子们。”

说着，她咂咂嘴巴，仿佛这些名字在她的舌头上留下了一种独特的味道，又咸又酸。库尔德语的前途和希望，土耳其语的命运（Kader 卡达尔）和富裕（Yeter 耶特），其他任何语言的命运和富足。这将是她向真主安拉宣告的一种方式，

---

① Bext，库尔德语意为前途。
② Bese，库尔德语意为希望。

尽管她像一个虔诚的穆斯林一样屈服于自己的命运，但她已经受够了女儿，下次她再怀孕（她知道那将是最后一次），他必须让她怀上一个儿子，不要别的，一个儿子就好，因为她现在已经四十一岁，过了她的巅峰时期。

那天晚上，当她们的父亲回家时，女孩们争相要告诉他好消息："爸爸！爸爸！妈妈说话了。"

他为能听到妻子再次说话而感到高兴，当他得悉她为新生儿选的名字时，贝索的脸色变得阴沉。他摇摇头，沉默了一会儿，令人尴尬。

"命运和富足，"他终于喃喃道，好像对自己说。"但你还没给孩子取名，真的。你只是向上天发了一封请愿书。"

纳兹低头盯着自己的脚，打量着从羊毛袜里戳出来的脚趾。

"暗示着怨恨情绪的名字可能会冒犯造物主，"贝索继续道。"为什么要把他的怒气引到我们身上呢？最好坚持用普通的名字，以保安全。"

于是，他宣布他心中另有选择：彭贝和贾米拉——粉色和美丽。像糖块一样的名字，在你的茶中融化，甜美且顺从，没有锋利的棱角。

虽然贝索的决定才是最终的选择，但纳兹的选择并不会被轻易抛弃。名字会萦绕在每个人的记忆中，像两只被挂在树枝上的脆弱的风筝一样被系在家族的树上。就这样，这对双胞胎的名字便以二者组合而成：彭贝·卡达尔和贾米拉·耶特——粉色命运和足够美丽。说不定有朝一日有个名字会刊登在世界各地的报纸上呢?

颜　色

幼发拉底河边的一个村庄，1953 年

从小，彭贝就很喜欢狗。她喜欢狗能够看透人们灵魂的方式，即使在闭着眼的深度睡眠中。大多数成年人认为狗懂得不多，但她认为这不是真的。它们了解一切。它们真是慈悲。

她特别珍爱一只牧羊犬。耷拉的耳朵，长长的口鼻，全身毛茸茸的，黑色、白色、黄褐色的毛发混杂。它性情温和，喜欢追逐蝴蝶，在树枝之间玩捕捉游戏，几乎什么都吃。他们叫他基特米尔，也叫库托或多多。它的名字一直在变。

有一天，出乎意料的是，狗狗开始表现得很奇怪，身体仿佛被淘气的精灵所占据。当彭贝试图拍拍它的胸时，它咆哮着扑向她并咬了她的手。相比狗造成的浅伤口，更让人担心的是狗性格的变化。最近该地区爆发了狂犬病，三位村长老坚持要她去看医生，尽管六十英里内并没有医生。

因此，女孩彭贝和她的父亲贝索先乘小巴，然后乘公共汽车前往大城市乌尔法。想着这一天时间都要和她的双胞胎妹妹贾米拉分开，彭贝觉得脊背发寒，但她同样很高兴父亲今天只属于她一个人。贝索特征明显，身板结实、骨架宽阔，留着大胡子，有着一双农民的手，两鬓的头发日渐灰白。除了他发脾气的时候，他深邃的淡褐色眼睛透露着善良。他具有一种平静的性格——即使他为没有儿子可以传宗接代而深感悲伤。虽然他是一个话不多且少有笑容的人，但他比他的妻子能更好地和孩子交流。作为回报，他的八个女儿为了获得他的爱相争，就像小鸡啄食一把谷物一样。

前往城市的旅途既有趣又兴奋；在医院候诊则不然。有二十三名病人排在诊室门口。彭贝知道确切的数字，因为她与村里其他八岁的女孩不同，她会数数，她和贾米拉去了学校——在另一个村子里一栋破旧的平房，要步行四十分钟——所以她会数数。教室中间有一个炉子，喷出的烟雾多于产生的热量。年龄较小的孩子坐在炉子一边，年龄较大的孩子坐在另一边。由于窗户几乎不打开，里面的空气浑浊，像锯屑一样漫溢。

在开始上学之前，彭贝想当然地认为世界上每个人都讲库尔德语。现在她明白事实并非如此。有些人根本不懂库尔德语。比如她们的老师。他是一个留着稀疏短发，眼带悲伤的男人，仿佛怀念在伊斯坦布尔的生活，并憎恨被派到这个被遗弃的地方。当学生们并不理解他在说什么或用库尔德语开他的玩笑时，他感到很沮丧。他最近提出了一系列规则：任何用库尔德语说话的人都必须单脚站在黑板旁，并背对着他们的同学。大多数学生都被罚站过几分钟，只要保证他们不会再犯同一个错误，他们就会被原谅；但有时候，有的学生在这天中被他遗忘了，就不得不以同样的姿势站上数小时了。双胞胎对这规矩有着截然不同的反应。贾米拉彻底吵了起来，拒绝说任何语言，而彭贝却努力认真学习土耳其语，决心学习老师的语言，并通过这种方式来触及他的内心。

与此同时，她们的母亲纳兹并不明白她们为何需要如此努力地去掌握那些没有用的词汇和数字，因为她们不久就会结婚。但她的丈夫坚持要让他的女儿们接受教育。

“她们每天都走来走去。她们的鞋子都磨破了，”纳兹抱怨道，“为了什么?”

“这样她们就可以读懂宪法了。”贝索说。

“什么是宪法?”纳兹疑惑地问道。

“法律，你这个无知的女人！大本的书！有些东西是被允许的，有些东西是被禁止的，如果你不知道区别，你就会有大麻烦。”

纳兹咂了咂舌头，仍然不相信：“这能够帮助我的女儿们结婚?”

“你知道什么？如果有一天她们的丈夫待她们不好，她们便不必忍受。她们可以带着孩子离开。”

“噢，她们会去哪儿?”

贝索没想过这件事：“当然，她们可以回到父亲的家中寻求庇护。”

“嗯哼，这就是为什么她们每天走这么远，去用这些东西填满她们的脑袋？然后这些再让她们回到出生的地方?”

“去给我拿杯茶，”贝索厉声说道，“你说得太多了。”

“打消这个念头，”纳兹边走向厨房，边咕哝道，“我的女儿不会遗弃她的丈夫。如果她这样做，即使我已经死了，我的鬼魂也会回来找她，狠揍她。”

这种威胁虽然没有意义而且冲动，但却会成为一种预言。即使在她去世后很长一段时间，纳兹依旧会回来骚扰她的女儿们，尤其是对其中的几个。毕竟，她是一个固执的女人。她永远不会忘记。她永远不懂慈悲——不像狗。

现在，当他们在医院等候时，彭贝用孩童的目光盯着走廊里排队的男男女女。有些人在吸烟，有些人正在吃他们从家带来的薄饼，有些在护理伤口或者在痛哭。到处弥漫着一种浓重的味道——由汗水、消毒液和止咳糖浆组成。

在观察每位患者的状况时，这位女孩对她尚未见到的医生感到越来越钦佩。她认为，能治疗这么多疾病的男人必定是一个非凡的人。一个先知。一个魔术师。一个有着神奇手指、长生不老的巫师。当轮到她的时候，她充满了好奇心，并急切地跟随父亲进入了医生的诊室。

诊室里面，什么都是白色的。不像她们洗衣服时在喷泉表面形成的那种泡沫。不像在冬夜里堆积在外面的雪，也不像与野蒜混合用于制作奶酪的乳清。这是她从未见过的白——死板且不自然。一个如此冷清的白色使得她颤抖。椅子、墙壁、地砖、检查台，甚至杯子和手术刀都充斥着这种无色。彭贝的脑海中从未想过白色能够如此令人不安，如此遥远，如此黑暗。

更让她感到惊讶的是，医生是个女人——但与她的母亲、姑姑、邻居不同。就像房间毫无颜色一样，眼前的医生也没有彭贝所熟悉的女性特质。在她的长外套下面，她穿着一条及膝的灰褐色裙子，搭配着最好、最柔软的羊毛袜和皮靴。她戴着如此正方的眼镜，这让她看上去像一只脾气暴躁的猫头鹰。并不是说这孩子曾见过脾气暴躁的猫头鹰，但这肯定是猫头鹰该有的样子。她与那些从黎明到黄昏在田里工作的女人是那么的不同，那些女人因眯着眼睛看太阳而起了皱纹，她们一直生孩子直到有足够多的儿子。而眼前这位女性习惯了让所有人，包括男人，对她说的每一句话都牢记。就连贝索在她面前也要摘下了帽子，垂下肩膀。

医生勉强地瞥了这对父女一眼。仿佛他们的存在使她疲惫不堪，甚至让她感到悲哀。在这艰难的一天快要结束时，他们显然是她最不愿意接待的人。她没有多跟他们说话，而是让护士问了些重要的问题。*狗是什么样的？口吐白沫吗？*

看到水时的行为奇怪吗？它有没有咬过村子里的其他人？之后有检查过狗吗？护士说得很快，好像在某地有一个时钟在滴答作响，提醒着时间不多了。彭贝很高兴她的母亲没跟他们一起来。纳兹会焦躁不安无法跟上谈话，并且会做出错误的假设。

在医生写处方时，护士在彭贝的肚子上打了一针，使得她号啕大哭。

当他们出诊室走到走廊时，她依旧哭得很厉害，陌生人的注意使她的痛苦加重。就在这时，她的父亲挺直了头，挺直了双肩——又是那个贝索了——在她耳边低声说，如果她能安静下来，表现得和以前一样好，他就会带她去看电影。

彭贝瞬间安静下来，眼睛满是期待。“电影”这个词听起来像一颗包着的糖果：她不知道里面是什么，但她确信它一定是个好东西。

*

城里有两家剧院。较大的那个不怎么给当地的表演者和音乐家使用，而更多地被政客们光顾。在选举前后，人们聚集在那里，发表激烈的演讲，许诺和宣传声像嗡嗡的蜜蜂一样盘旋在空中。

第二个更为普通，但同样受欢迎。它上映着不同性质的电影，这要归功于电影院老板的喜好。与政治长篇大论相比，他更喜欢冒险，他向走私者支付大笔佣金，为他带来新电影，还有烟草、茶叶和其他违禁品。因此，乌尔法的人们看到了许多约翰·韦恩[1]的西部片，还有《从阿拉莫来的男人》、《恺撒大帝》、《淘金记》，以及其他由一个黑胡子滑稽小个男人出演的电影。

那天上映的是一部黑白的土耳其电影，彭贝从头到尾都微张着嘴巴看着。女主角是一个可怜的漂亮女孩，爱上了一个非常富有并被宠坏的男孩。但他改变了。这就是爱的魔力。虽然每个人——从男孩的父母开始——都蔑视着这对年轻的恋人并密谋将他们分开，但他们会在河岸边的柳树下秘密会面。在那里，他们握着手，唱着歌曲，如同叹息一样悲伤。

彭贝喜欢电影院的一切——华丽的门厅、厚重的窗帘、浓厚但温馨的黑暗。她迫不及待想告诉贾米拉这个让她大开眼界的事物。在回家的公共汽车上，她一遍又一遍地唱这部电影的主题曲。

你的名字镌刻于我的命运，
你的爱意流淌在我的血管
如果你对他人微笑

① 约翰·韦恩（John Wayne，1907—1979），美国演员，以演出西部片和战争片中的硬汉而闻名。

当彭贝摇摆着臀部并挥动双手时，其他的乘客鼓掌欢呼。最后，她陷入了沉默，更多的是出于厌倦，而不是出于任何礼貌的感觉，贝索笑了起来，他的眼角笑出了皱纹。

“我的天才女儿。”他说，声音里带着一丝自豪。

彭贝把脸埋进父亲宽阔的胸膛，嗅着父亲胡子上薰衣草精油的香味。她不知道，这会是她一生中最幸福的时刻之一。

*

当他们回到家时，他们发现贾米拉正处于一种糟糕的状态——双眼肿胀着，面孔浮肿着。她这一整天都在窗边等待，拨弄着头发，嚼着下唇。然后，她突然无缘无故地发出一声痛哭。无论她的母亲和姐妹们如何努力地让她平静下来，她都没有停止哭泣。

“贾米拉什么时候开始哭的，具体几点?”彭贝问道。

纳兹想了一下：“我想是下午的某个时候。你问这干什么?”

彭贝没有回答。她已经了解了她想知道的事情。她和妹妹虽然相隔数英里，但妹妹却在自己被注射的那一刻同时哭了起来。人们说双胞胎是两个身体有着同一个灵魂。但她们不止于此。她们是一心同体。命运和富裕。当一个人闭上眼睛时，另一个也人失明了。如果一个受伤，另一个也会流血。当其中一个人做噩梦时，另一个人的心脏会在胸膛里怦怦作响。

当天晚上，彭贝向贾米拉展示了她在电影中看到的舞步。她俩轮流模仿女主角，旋转、亲吻和拥抱，就像一对情侣，咯咯直笑。

“什么声音?”

问话的是纳兹，她的声音充满不屑。她一直在平底盘上筛着米。

彭贝不满地瞪大了眼睛。“我们只是在跳舞。”

“你们干吗跳舞?”纳兹反驳道，“除非你们两个已经决定让自己变成妓女了。”

彭贝不知道妓女是什么，但她不敢问。她感到自己被一阵怨恨穿透——为什么她的母亲不能像公共汽车上的乘客那样享受歌曲？为什么陌生人比最亲近的家人更加宽容？她还在考虑这个问题时，却听到贾米拉向前迈出一步，仿佛要承认罪过，并低声说，“我们很抱歉，妈妈。我们不会再这样做了。”

彭贝瞪着她的孪生妹妹，感觉被出卖了。

“我说的话都是为你们好。如果你今天笑得太多，你明天就会哭。现在难过总比以后难过要好。”

“我不明白为什么我们今天和明天以及后天都不能笑，”彭贝说。

现在轮到贾米拉皱眉了。她姐姐的肆无忌惮不仅让她感到意外，还让她陷入了尴尬的处境。她屏住呼吸，害怕接下来会发生的事情：擀面杖。每当她们中任何一个女孩犯错时，纳兹就用她厨房里的擀面杖抽打她们。永远不会打在她们的脸上——女孩的美貌是她的嫁妆——但会打在她们的背上和下半身。女孩们觉得奇怪的是，她们如此深恶痛绝的器具也用于制作她们珍爱的蓬松糕点。

然而那天晚上，纳兹没有惩罚任何人。她揉了揉鼻子，摇了摇头，看向别处——好像她渴望着去往别处。当她再次说话时，她的声音很平静。“稳重是女人唯一的盾牌，”她说，“记住这一点：如果你失去了它，你会比一个有缺口的库鲁①硬币还要廉价。这个世界是残酷的。它不会怜惜你。”

在彭贝的脑海中，弹起了一枚硬币，她看着它落在手掌上。硬币总有两面，也只有两面。

赢或输。尊严或耻辱，对于那些选错的人来说，并没有什么可安慰的。

这一切都是因为女性是由最轻的麻布所制成，纳兹继续说，而男性则是又厚实又暗沉的布料。这就是真主定制的两

① 小面额的土耳其硬币。

类人：一类优于另一类。至于为什么他这样做，人们无法质疑。重要的是黑色不会显脏，不像白色，甚至可以显示出最细小的污垢。出于同样的原因，被玷污的女性会立即被注意到，并被从其他人中分离出来，就像谷壳从谷物上剥除一样。因此，当一个处女要把自己交托给一个男人——即使他是她所爱的男人——她要失去她的一切，而男人绝对没有什么可失去的。

因此，在粉色命运和足够美丽诞生的土地上，“名誉”不仅仅是一个词。这也是一个名字。只要是男孩，你就可以称之为“名誉”。男人们才有名誉。老年男子，中年男子，甚至是依旧闻着母亲奶香的学童。女人们没有名誉。相反，她们有的是羞耻。并且，正如每个人都知道的那样，羞耻是一个很难听的名字。

在她聆听的时候，彭贝回忆起医生办公室那极端的白色。她之前感到的不适随即重现——只是现在这种感觉被放大了。她寻思着其他色彩——长春花般的蓝色、开心果般的绿色和榛子般的棕色——以及其他面料——天鹅绒、华达呢和锦缎。在这个世界上有如此多的品种，肯定比在一盘筛过的大米上能找到的更多。

这是彭贝生命中诸多具有反讽意味的事情之一，多年后在英国，她要把那些她痛恨的，从纳兹那儿听来的东西逐字重复说给她的女儿埃斯玛听。

阿斯坎德尔……阿斯坎德尔……

幼发拉底河边的一个村庄，1962 年—1967 年

彭贝是一个有着摇摆想法并杞人忧天的女人。她这部分性格并不是多年来形成的。相反，她几乎是在一夜之间突然变得迷信的：在伊斯坎德尔出生的那个夜晚。

彭贝成为母亲时年仅十七岁——她年轻貌美却也充满忧虑。在屋里昏暗的灯光下，她盯着摇篮，仿佛仍然不相信这个手指粉嫩细弱、皮肤半透明、扁鼻上有块紫色斑点的婴儿，战胜了所有艰难，活了下来；从现在起，他将成为她的孩子，她一个人的孩子。这是一个儿子——她母亲一生都渴望和祈祷能拥有的儿子。

在粉色命运和足够美丽出生之后，纳兹还经历过一次足月的怀孕。这次它必须是一个男孩——没有其他可能性。安拉欠她这个；这是他欠她的，她说，尽管她知道自己说的是亵渎的话。这是她与造物主之间的秘密协议。在生了这么多女孩之后，他准备好弥补她了。她的信念如此坚定，她花了

几个月的时间编织小毯子，还有颜色比暴风雨的夜晚还要深的短袜和背心，所有这些都是为她完美的小男孩设计的。她不听从任何人——甚至不听从在她的羊水破后帮她检查的接生婆，接生婆用清风般安静的声音告诉纳兹，婴儿胎位不正，他们最好去市里。还有时间。如果现在出发，应该会在宫缩开始前到医院。

“胡说八道。”纳兹反驳道，双眼喷火似地瞪着接生婆的眼睛。

一切都很好。一切都掌握在安拉手中。

她四十九岁了，这将是她奇迹般的孩子。她打算在她自己的房子里，在她自己的床上生下这个孩子，就像她对曾经的每个婴儿一样，只是这一次，它会是一个男孩。

这是一次臀位分娩。婴儿太大了，而且头冲着错误的位置。几个小时过去了。没人计算多久，因为那会带来厄运。只有安拉才是时间的拥有者，神圣的制钟人。区区凡人无法忍受的长久，对他来说只是眨眼之间。因此，墙上的钟覆盖着黑色的天鹅绒，就像房子里的所有镜子一样，每个镜面都像是未知世界的大门。

“她不能再用力了。”其中一个女人说道。

“那么我们得帮她使劲。”接生婆坚定地说，但是她的眼睛泄露了她隐藏的恐惧。

接生婆将她的手直接放进纳兹的下身，直到感觉光溜、湿滑的婴儿在她手指下蠕动。这是一种微弱的心跳，就像一支在燃烧发出噼啪声的蜡烛。她轻柔而坚定地试图将婴儿转向子宫内。一次。两次。第三次她更加坚决，动作中带着紧迫。婴儿顺时针移动，但还不够。它的头部压在脐带上，危险地扼制了经过脐带输送的氧气。

纳兹已经失血过多，她越来越虚弱，脸颊变成了冬天般的冷色。必须做出选择。接生婆知道，要么是母亲活，要么是孩子活。她无法拯救母子二人。她的良心如同无月之夜一样沉默，如同黑暗。一瞬间，她下定了决心。她会选择女人。

就在那一刻，纳兹躺在那儿，双眼紧闭，与死亡共舞，流血不止，她抬起头，喊道："不，你这个婊子！"

她的哭喊是如此刺耳有力，听起来不像人类所能发出的声音。那个躺在床上的女人变成了一只狂野的动物，饥饿并且野蛮，准备攻击任何阻挡她的人。她在一片茂密的森林里奔跑，阳光在树叶上反射出闪闪发光的金色和赭色——以从未有过的方式自由奔跑。

周围听到的人怀疑她已经失去了理智。只有疯子才会这样尖叫。

"剖开我，你这个婊子！把他取出来。"纳兹命令着然后笑了起来，好像她已经跨过一个槛，跨过了这个槛，所有事情就都是玩笑。"这是个男孩，你不明白吗？我儿子来了！你这个恶毒、妒忌的婊子。去拿一把剪刀！现在！把我的肚子剪开，把我的儿子取出来！”

成群的小苍蝇在房间里嗡嗡作响，就像秃鹫绕着猎物一样。到处都是大量的血迹。地毯、床单，太多的愤怒和憎恨涂满了地毯、床单、墙壁。房间里的空气变得沉重，萎靡。苍蝇……要是苍蝇能消失就好了。

纳兹没有活下来。这个孩子也没活多久——她从头到尾都猜错了孩子的性别。她的第九个孩子，那个害死了她，然后在自己的婴儿床里安静死去的孩子，仍是一个女孩。

因此，在1962年11月的那天凌晨时分，当彭贝在产床上清醒地躺着时，折磨着她的想法竟然是真主为何如此任意妄为。此刻她十七岁，她只有十七岁，但已经哺育了一个儿子。她忍不住怀疑，在天堂某处，在水光的照射下，她的母亲羡慕地看着她。*八次生产，五个流产，一个死胎，没有一个儿子……但在此，你已经把一个健康的男孩送给了我那个轻率的女儿。为什么，安拉？为什么？*

纳兹的声音在彭贝的耳边回响，直到它变成了一个愤怒的球，从她的胸口滚落，落定在她的肚子里。尽管她努力消除自己的焦虑，但最终还是产生了新的焦虑。它们在脑海中盘旋，像陀螺一样旋转着，突然间，没有任何地方可以躲避她已故母亲恶毒的注视。一旦她开始留意，她就注意到哪里都有这种注视。在石臼里被敲碎做成糊状、然后加在牛奶中吃掉的谷物和腰果上，在沿着窗玻璃滑落的连绵细雨中，在每次沐浴时涂在头发上的杏仁油上，以及在炉子上煨着的、浓稠起泡的酸奶汤里。

“仁慈的安拉，请让我母亲在她的坟墓里闭上双眼，让我的儿子健康茁壮成长。”彭贝祈祷，来回摇摆，好像需要被哄睡觉的不是婴儿，是她。

*

伊斯坎德尔出生的那个晚上，彭贝经历了一场噩梦——正如她在怀孕期间经历过很多次的那样。但这一次感觉非常真实，以至于她的一部分内心永远无法恢复过来，永远不会从梦想的流动之地回归。

她看见自己仰卧在装饰地毯上，眼睛睁大，肚子肿胀。在她上方，几朵云掠过天空。天气炎热，太热了。然后她意识到地毯被水淹没了，一条喧闹的河流在她的身下旋转。我怎么没有下沉，她想。没有人回答，天空打开，一双手降了下来。这是上帝之手吗？还是她已故母亲的手？她说不出来。这双手切开了她的肚子。没有痛苦，只有意识到正在发生什么样的恐惧。然后这双手取出了婴儿。这是一个胖胖的小男孩，眼睛是深鹅卵石的颜色。彭贝摸不到他，更不用说搂抱他了，这双手将婴儿放入水中。他漂在一块浮木上，就像先知摩西在他的篮子里一样。

彭贝只对一个人述说了这个噩梦，她说这些话的时候眼睛炯炯有神，火辣辣的，好像在发烧。贾米拉听着，要么是因为她真的相信，要么是因为她想让她的孪生姐姐摆脱对纳兹鬼魂的恐惧，她想出了一个解释。

“你一定是遭到厄运了。这可能是精灵造成的。”

“精灵。”彭贝回应道。

“是的，宝贝。精灵喜欢在椅子和沙发上小睡，你不知道吗？成年精灵在看到人类即将过来时会快速移动，但婴儿精灵并没有那么快。而且孕妇很沉重，笨拙。你一定是坐在一个新生的小精灵上并且压碎了它。”

“哦，主啊。”

贾米拉抽了抽鼻子，仿佛闻到了一股臭味。

“我猜母亲一定是回来复仇并对你施加了咒语。”

“但是，我该怎么办？”

“别担心，总有办法能够安抚这个精灵的，无论它多么愤怒。”贾米拉威严地说。

于是，当彭贝给新生儿哺乳时，贾米拉让她向一群流浪狗扔干面包，然后匆匆走开而不回头看；在她的左肩上撒了一撮盐，在右肩撒了一撮糖；走过新耕的土地和蜘蛛网；将神圣的玫瑰水倒在屋内的每一个角落，并让她四十天内都在脖子上戴好护身符。她希望借此治好彭贝对已故母亲的恐惧。但相反，她打开了迷信的大门——那扇彭贝一直以来都知道但从未冒险去打开的门。

与此同时，伊斯坎德尔正慢慢长大。他的皮肤是温暖的沙子的颜色，他的头发又黑又卷，像星辰一样闪闪发光，他的眼睛里满是调皮，他的胎记早已消失，他笑容灿烂，讨人欢心。她的儿子长得越英俊，彭贝就会越来越害怕她无法控制的事情——地震、山崩、洪水、野火、传染病、纳兹鬼魂的愤怒、母亲鬼魂的报复。世界一直是一个不安全的地方，但突然间，危险太真实，太靠近了。

彭贝是如此的不安，她甚至拒绝给儿子取个名字。这是保护他逃离死神亚兹拉尔[①]的一种方式。她认为，如果宝宝没有特别的关联，亚兹拉尔就算想找也找不到他。因此，这个男孩在世上度过了没有名字的第一年，就像一个没有地址的信封。他两岁、三岁和四岁的时候也是如此。当他们必须喊他时，他们会说“儿子”或“嘿，小家伙”。

为什么她的丈夫阿德姆不反对这种胡闹？他为什么不控制局面并像其他男人那样命名他的继承人？有些东西阻止着他，比他的暴躁脾气和男性骄傲更为强大，他们两人之间的秘密赋予了彭贝权力并弱化了阿德姆，将他从家里推向了伊斯坦布尔的地下世界，在那里他可以赌博并成为国王，即便只是一个晚上。

---

① 在伊斯兰教中，亚兹拉尔即手拿生死簿的“死亡天使”，在阿拉伯亦为死亡天使之首位。

直到这个男孩满五岁时，阿德姆开始掌握主动权，并宣布这种情况再也不能持续下去。他的儿子很快就要开始上学了，如果到那时他还没有名字，其他的孩子肯定会给他起一个你能想到的最荒唐的名字。彭贝勉强答应了，但是有一个条件。她会把孩子带回她的家乡，在那里她将得到双胞胎妹妹和家人的祝福。在那里，她还会咨询三位长老，他们现在如同亚拉腊山一样苍老，但仍然可以给予圣人的建议。

*

“你来我们这儿是很明智的。”第一位长老说道，他现在非常虚弱，当他身旁的一扇门被甩上时，门的震动惊到了他。

“你没有像现在许多坚持自己给孩子起名的母亲那样也很好。”第二位长老说道，他的嘴里只留下一颗牙齿——一颗小珍珠般的牙齿，就像小孩的第一颗牙一样闪闪发光。

然后第三位长老开口了，但他的声音太过低沉，他的话语如此含糊不清，以至于没有人能理解他说的话。

经过一番讨论，长老们做出了一个决定：一个陌生人会给这个男孩起名——一个对这个家庭以及纳兹的幽灵一无所知的人。

长老们的话给了彭贝信心，她同意了这个安排。几英里之外的地方有一条小溪，冬天水流很浅，春天水涨得很高。

农夫们乘坐一艘临时造的船渡水，而船系在一条连接两岸的绳索上。行程并不安全，每年都会有一些乘客落入河中。彭贝决定等在船停泊的地方，让第一个遇到的人给她的儿子取名。与此同时，村里的长老们会躲在灌木丛后，并在需要时出面干涉。

就这样，彭贝和她的儿子等着。她穿着长及脚踝的深红色连衣裙和一件黑色蕾丝披肩。男孩穿着他唯一的西装，看上去像个男人的缩小版。时间悄然而逝，孩子开始觉得无聊了。彭贝讲故事来逗他开心。其中一个故事将永远留在他的记忆中。

“纳斯雷丁·霍贾[①]小时候是他妈妈的掌上明珠。”

“掌上明珠?”男孩问道。

“这是一种表述，我的苏丹。这意味着她非常爱他。他们两个住在郊区一间漂亮的小屋里。”

“他的父亲在哪里?”

“他去打仗了。听我讲。有一天，他的母亲得去趟集市。她对儿子说：‘你要留在家里看门。如果你看到有窃贼试图闯进来，就大声叫，把他吓跑。我中午前会回来。’所以纳斯雷丁按照他母亲说的做了，他的眼睛一刻也没有离开过门。”

“他不要小便吗?”

① Nasreddin Hodja，土耳其民间故事中有名的智者。

“他身边有个便盆。”

“他不饿吗?”

“他的母亲给他留下了食物。”

“油酥点心?”

“还有芝麻果仁糖。”彭贝说，她相当了解她的儿子。“过了一个小时，门口响起了敲门声。是纳斯雷丁的叔叔，过来看一下他们过得如何。他问小男孩他母亲在哪儿，然后说道：‘好吧，去告诉你母亲早点回家，为我们准备午餐。我的家人会来拜访。’”

“但他正在看门啊!”

“完全正确。纳斯雷丁很困惑。他的母亲让他做一件事，而他的叔叔却让他做另一件事。他不想违背他们中的任何一个。所以他拆下了门，背着大门去找他的母亲了。”

男孩咯咯地笑了，但很快就严肃起来。“我不会那样做的。我总是选择听从我母亲的，而不是我叔叔的。”

他刚说完，大家就听见了一阵响声。有人穿过溪流，向他们走来。让彭贝和村里的长老们感到惊讶的是，来的竟是一位老妇人。她长着一个鹰钩鼻，长满皱纹的颧骨凹陷下去，牙齿也歪歪扭扭的。她那双小而圆的眼睛不停地转动着，拒绝只盯着一个地方。

彭贝告诉老妇人自己的儿子迫切需要一个名字，问她是否愿意帮助，她并没有提及关于纳兹的鬼魂或长老们正在灌木丛后面等待这样的细节。老太太似乎一点也不惊讶。她倚着手杖，脑子里在掂量着一些事情，镇定而顺从，仿佛这种要求是世界上最平常的事情。

“妈妈，这是谁?”孩子问道。

“嘘，我的小皇帝。这位好心的女士会给你起一个名字。”

“但她好丑。”

那个女人假装没有听到这话，走近一步，仔细审视了男孩。“所以你还没有得到你的名字，我猜。”

孩子扬扬眉毛，拒绝发表意见。

“好吧，我很渴，”她说，指向水流形成的小水湾说，“你能去给我接一杯水吗?”

“我没有杯子。”

“那么，用你的手掌吧。”老太太坚持道。

男孩皱着眉头，瞥了那个女人一眼，然后看了看他的母亲，随后又看了一眼这个陌生人。“不，”他说，声音里多了种尖刻，“你为什么不自己去喝水？我又不是你的仆人。”

那女人把头歪向一边，仿佛这句话是她不得不闪避的一击。“他不喜欢服侍别人，是吗？他只想被人服侍。”

到现在为止，彭贝确信他们选错了人。为了缓和这种情况，她用最温和的语调说：“我去给你弄水吧。”

但是那个女人没有喝彭贝用手捧着带给她的水。相反，她仔细看着水。

“我的女儿，这个男孩将在很长时间内都只是一个孩子，他只有到了中年才能长大。他很晚才会成熟。”

彭贝喘着气。她有一种清晰的感觉，这个女人将要泄露一个秘密，一些她不能透露的事情。

“有些孩子就像幼发拉底河一样，如此湍急，如此吵闹。他们的父母无法赶上他们。我担心你的儿子会让你心碎。”

这些话仿佛一块石头在她们之间扔出来似的。

“但那不是我要问你的，”彭贝说，带着些许紧张，“你有没有想过他的名字?”

“是的，我想了。有两个可能适合他的名字，根据你的期望而定。一个是萨利姆。很久以前有一个苏丹叫这个名字。他既是一位诗人又是一位优秀的音乐家。如果你的儿子起这个名字，也许他也可以学会欣赏美。”

“那另一个?”彭贝满怀期待地屏住呼吸。现在连男孩似乎也对谈话感兴趣了。

“第二个是一个伟大指挥官的名字，他总是走在士兵们的前面，像老虎一样战斗，赢得每场战斗，摧毁他所有的敌人，征服一片又一片土地，统一东西方，夜以继日，但仍然渴望更多。愿你的儿子也能立于不败之地并且意志坚定，如果以他的名字命名，那么他定能胜过其他人。”

“这个更好。”彭贝说，她脸色好了起来。

“好吧，那么，你不再需要我的帮助了。”

说完，老妇人抓住她的拐杖，开始以一种令人惊讶的敏捷步态走到路上。彭贝花了几秒钟才整理好思绪，然后追上她。

“可它是什么?”

“什么是什么?”女人转过身去打量彭贝——好像已经忘记了她是谁。

“名字！你还没告诉我是什么。”

“哦！是阿斯坎德尔[1]。”

“阿斯坎德尔……阿斯坎德尔……”彭贝高兴地重复道。

当他们返回伊斯坦布尔时，这个男孩在当地的办公室登记处登记了名字。虽然已经过了几年，但是凭借多次恳求和一次可观的贿赂，他的存在变得合法了。他入学时在卡片上写的名字是伊斯坎德尔·托普拉克。

“一个世界领袖该有的名字。”彭贝说。那时她已经知道亚历山大大帝是谁。

因此，她的第一个孩子，她的掌上明珠，将成为库尔德语的“阿斯坎德尔”和土耳其语的“伊斯坎德尔”。当这个家庭移民到伦敦时，对于他学校里的孩子和老师而言，他是亚历克斯（Alex）——这也是他在什鲁斯伯里监狱中被囚犯和狱警所熟知的名字。

---

① 即英文的 Alexander（亚历山大）。

树上的王子

伊斯坦布尔，1969 年

他还不到七岁的那个春天，伊斯坎德尔从一个他未见过但却听说过的男人身边逃走。虽然这个男人与他想象的不同，但这让他觉得同样可怕。他戴着厚厚的黑框眼镜，滑落在他的鼻子上，嘴里叼着一支没有点燃的香烟，带着一个大皮包，据说里面装着锋利的工具和每个受害者的一块皮肤。

看到这个男人，伊斯坎德尔感到一阵恐惧爬上他的脊背。他洒掉了手中的蔓越莓果子露，红色的果汁滴在他的白衬衫上，就像雪中的鲜血一样。他起初试图用手擦拭污渍，然后用披肩的下摆去擦。然而没有用。他美丽的衣服被毁了。

不管有没有污渍，他仍然是一位王子，披着银白色的披风，帽子上镶嵌着闪闪发光的珠子，手里拿着一根几乎半透明的权杖。整个下午，他坐在一张高脚椅上，就像一位贵族审视他的土地——尽管对于他的年纪而言，所有的椅子都太高了。在他的左边是四个男孩，比他大，比他高，但穿着同样的衣服。好像是为了评估他们的战斗力，伊斯坎德尔从头到脚研究了他们，并认定他们的服饰并不像他的那样令人印象深刻。

当其他小王子狼吞虎咽地吃着甜食和开玩笑时，伊斯坎德尔等着，摇着他的腿。当他们知道即将会发生的事情时，他们怎么还会这么傻？他的眼神在不安地游走。房间里有很多人，但他确信没有人会来救他，甚至他的母亲彭贝，她尤其不会。她整个上午都在哭，告诉他，她的小男孩变成男人是多么让她自豪。因为那是你在受割礼时所成就的：成为一个男人。

伊斯坎德尔一生都不明白，如何用刀割一下就会成为一个男人。这是一个难解的谜。明明是少了些什么，但是你却成长了。他也弄不明白为什么有人叫他不要哭，虽然很明显他会受伤——而他的母亲却能尽情地哭，尽管她完全没有发生什么事。

他透过眼角的余光，看着那个带着皮包的男人，注意到他左脸颊到下巴的疤痕。也许是他做割礼的男孩划开了他的脸。有那么一分钟，他沉浸在这个想法中，想象着，就在那个男人要给他行割礼的时候，他会挣脱开压制他的手，抓住刀片，割伤这个折磨他的人的右脸颊。然后他会帮助其他男孩站起来，他们一起冲向门口，取得胜利。但幻想逐渐消失，房间再次真实起来——一个瞎眼的哈菲兹[①]在背诵《古兰

① 能背诵全部可兰经的伊斯兰教徒。

经》，一个女人端着茶和杏仁糊，客人们在低声聊天，他最恐惧的时刻正危险地靠近。

慢慢地，伊斯坎德尔滑下椅子。他的双脚碰到了地板，地毯被他压得开裂。他迈出了一步，屏住呼吸，等待有人，不管谁，问他要去哪里，但没人问。他蹑手蹑脚地走过放在角落里的双人床——上面有铁制床头板、绣花枕头、对抗邪恶之眼的护身符，还有一块光滑的钴蓝色床罩。蓝色是伊斯坎德尔最喜欢的颜色。这是男孩的颜色，这意味着天空就是一个男孩。河流和湖泊也是如此。还有海洋，尽管他从未见过。

他从后门潜走，每走一步都感觉更轻快，更大胆。一到外面，他就开始奔跑，加快速度，穿过花园，绕过水井，沿着砾石路，穿过邻居的房子，上了山。他的衣服弄脏了，但他并不介意。再也不会。

伊斯坎德尔想到了他母亲的手——梳理她卷曲的栗色头发，在黏土杯中制作酸奶，抚摸他的脸颊，用面团做小雕像。在他走到橡树旁之前，他始终想的都是这些情景。

这是一棵老树，树根在地下四处伸展，树枝伸向翻腾的云朵。他喘着气开始往上爬，快速而专注。有两次他的手滑了下来，他差点跌倒，但每次他都找回了平衡。他以前从来没有爬过这么高，但让他失望的是没有人看到他的成就。从这里起，天空似乎很近，他几乎可以触摸到它。在一片苍白的云层之下，他满意且自豪地坐着，直到他意识到他不知道如何下去。

一小时后，一只画眉鸟停在几英尺外。它是一只精致的小动物，眼睛周围有一圈黄色的环，翅膀上有几块红宝石般明亮的深红色。它唧唧地叫了一声，胆小而脆弱，但充满活力。如果那只鸟再靠近一点，伊斯坎德尔就会把它夹在手掌之间，听着它那小小的心脏撞击着他的皮肤。他本可以庇佑这只鸟，爱惜它并保护它，但他也可以迅速地折断它的脖子。

这个想法一闪而过，他就感到一阵悔恨。在地狱里有一口巨大的坩埚，冒着泡，等着有这种罪恶想法的人。他的眼中满是泪水。他确信他的母亲会注意到他失踪了，并派出搜救队，但没有人来。他会因感冒或饥饿死在这里。当人们得知他的死不是因为像他人一样的疾病或意外，而是因为胆小懦弱时，他们会说些什么呢?

也许他们找错了地方，认为他已经走了。也许他们认为他被狼群袭击，然而这一带并没有出现过这样的情况。他想象着被凶猛动物的利爪和牙齿残忍地咬死。他的母亲会悲痛欲绝，还是会为少一张嘴吃饭而暗自欢喜?

想到母亲做的菜，他才意识到自己是多么饥饿。更紧急的是，他不得不撒尿。他再也控制不住自己，拉下裤子，抓着他的阴茎，这是他所有痛苦的来源。他刚要小便，就听见有人喊叫。

"嘿，他在那里！我找到他了！"

几秒钟后，一个人出现了，然后又一个，接着又出现了十个人。

他们站在树边看着。在他们的目光下，伊斯坎德尔一直在撒尿，好像他的膀胱膨胀到了平常的两倍。最后他拉上拉链，正考虑寻求帮助下树，突然发现人群中那个提着皮包的男人。

就在那时，最奇怪的事情发生了：伊斯坎德尔僵住了。他四肢松弛，舌头发麻，而肚子上像是压了一块石头。他能听到人们恳求他下来，但他无法回应。他一动不动地坐着，好像他已成为树的一部分。一个橡子男孩。

起初下面的旁观者怀疑他在装死，只是渴望得到更多的关注。但当他们明白他不是假装，而是确实不知何故瘫软时，他们才开始考虑如何把他从树上带下来。一个人开始向上爬，但无法到达伊斯坎德尔所在的侧枝。另一个极尽所能，也没有成功。与此同时，其他人忙着拉毯子让男孩跳下来或制作套索，尽管没人确切知道该怎么处理。没一样有用。梯子太短，绳索太细，男孩不合作。

就在这时，一个声音从远处传来。"他在那里干什么？"彭贝边喊边跑上山。

"他下不来。"有人解释说。

"什么，他竟然下不来！他是一个大男孩。"彭贝皱着眉头看着儿子如细棍般的腿悬在树枝上。“马上给我下来!”

就像冰在阳光下融化一样，伊斯坎德尔觉得他整个身体都解冻了。

“下来，你这个淘气鬼！你羞辱了你的父亲。所有的男孩都受了割礼。只有你表现得像婴儿。”

伊斯坎德尔尝试了一下，但仍然无法移动他的身体。相反，他低下头，咧嘴一笑。也许，如果他把形势看得轻一些，它就会变得轻一些。但这是一个错误。当他母亲看到他咧着嘴笑时，所有的压力化作狂怒涌上心头。

“你这个被宠坏了的小子！马上下来，要不然我会打断你的骨头！你就不想成为一个男人吗?”

伊斯坎德尔想了想。“不。”他最后说。

“如果你一直只是个孩子，你就永远不会有自己的车。”

他耸了耸肩。他会走路去其他地方。或者坐公共汽车。

“也不会有自己的房子。”

伊斯坎德尔又耸耸肩。他会像看到的吉卜赛人那样住在帐篷里。

“也不会有一个漂亮的妻子。”

伊斯坎德尔脸上露出困惑的表情。他想要一个妻子，一个和他母亲很像但不会责骂他的人。他咬着嘴唇，沉思着。经过似乎无尽的等待，他鼓起了意志和力量，俯视着她的眼睛——又黑又绿，像两根常春藤一样轻柔但坚定地把他拉向她。

“好吧，”彭贝叹息着说，“你赢了，我输了。你不会受割礼。我不会让任何人伤害你的。”

“保证?”

“保证，我的苏丹。”

她的声音很温暖，让人放心。当她说话时，伊斯坎德尔发现他的恐慌正在慢慢消失。他动了动手指，又动了动脚趾，设法走下几根树枝，到达了一个靠着树的梯子，有个人正站在梯子的最高处。当他安全回到地上时，他跑向他的母亲，大声抽泣着。

“我的儿子。”彭贝说，仿佛需要验证一下。她紧紧地拥抱着他，他能感觉到她的心在胸口跳动。“我的心肝，我的苏丹。”

伊斯坎德尔很高兴能踩到脚下的土地，更高兴的是他的母亲如此想念他——然而，她的拥抱中却有一种令人窒息的东西，一种病态的甜蜜。她的嘴唇紧贴着他的脖子，她的呼吸，她的紧拥像棺材一样把他包裹起来。

彭贝仿佛已经看穿了儿子的心思，抓住他的肩膀，把他向后推，这样她就可以直视他的眼睛，狠狠地打了他一巴掌。说道：“不要再羞辱我了!”

她半转身对那个拿皮包的人说：“把他带走!”

伊斯坎德尔的脸变得苍白。他的惊讶更胜于疑惑。他的母亲在大家面前欺骗了他，并打了他。他以前从未被她打过。他从未想到过这种可能性。他拼命想说话，可是要说的话像块大理石，堵塞了他的喉咙。

晚上，每个人都称赞伊斯坎德尔在受割礼时的勇敢。他们说他没有掉一滴眼泪。但他知道自己的表现与勇气毫无关系。因为他还在想妈妈做的事，为什么要这么做，所以他没有为割礼而烦恼。他从来没有想到人可以欺骗自己所爱的人。直到那天，他才知道，你可以全心全意地爱着一些人，却又愿意伤害他们。这是他认识到爱的复杂性的第一课。

许愿喷泉

幼发拉底河边某处，1977 年

彭贝——她的镜像，她在平静水中的倒影——走了。她睡在另一片天空下，偶尔给贾米拉寄封信和明信片，上面有红色的双层巴士和巨大的钟楼。当她回家来看望时，她的衣服闻起来很不同，摸起来很柔软。这是贾米拉最感兴趣的部分：看着她的姐姐打开她的手提箱，里面装着从外国带回的香水、美食和面料。彭贝离开时，心里还默想，等她再回来时，一切都会和以前一样。但没有什么是一成不变的。她也一直都没再回来。

多年来，彭贝一直在寄信给贾米拉，跟她说在英国的生活。孩子们也不时地写下几行字，尤努斯写得最多。贾米拉把这些书信放在她床下的一个锡茶盒里，像珍宝一样收藏起来。她定期回信，尽管她没有什么可说的，至少她是这么认为的。最近她问尤努斯是否见过女王，如果见过，女王长什么样。尤努斯回答说：

女王住在一个宫殿里。宫殿大到足以让她迷路。但他们找到了她，又把她带回了王座上。她每天都穿着不同的衣服，戴着一顶古怪的帽子。它必须和衣服颜色一致。她的手很软，因为她戴着手套，涂了很多手霜，而且不用洗碗。我在学校看到她的画像。她看起来人不错。

贾米拉不明白这家人为何在那个岛上待了这么久，却仍然没有看到过女王，只在杂志和报纸上见过。有时她怀疑彭贝是否曾冒险离开过她居住的那个街区。如果她总是被禁锢在高墙之中，那么去一个遥远的国家旅行又有什么用呢？为什么人类不能在他们出生的地方生活和死去呢？贾米拉发现大城市令人窒息，一想到陌生的地方——建筑物、大街、人群——就会压迫她胸口，让她喘不过气来，她就感到害怕。

在信里，通常是最后一段，彭贝会写道："妹妹，你生我的气吗？你能从心底原谅我吗？"但她已经知道答案是什么。贾米拉不会生她双胞胎姐妹或其他任何人的气。但贾米拉也意识到，这个问题被反复地问到，就像一个需要定期修复的伤口。

他们称她为圣女接生婆——"处女接生婆"。他们说她是这个贫穷的库尔德地区在过去几百年里最好的接生婆。由她接生时，孕妇们感到宽慰，仿佛她的出现可以保证轻松的分娩，让死神不会来捣乱。她们的丈夫会意地摇头，说：“处女接生婆在指挥。一切都会顺利。首先感谢安拉，然后是她。”

这些话毫无意义；它们只会加深贾米拉对无法达到人们期望的恐惧。她知道自己很好——在衰老、视力不佳或纯粹运气不好的情况开始之前，她的技能已经达到了极限。就像每一个接生婆一样，她也意识到自己的名字和真主的名字同时出现会产生的危险。当她听到农民们说这样的亵渎的话时，她会喃喃自语：我收回，我收回。他们没必要听到她的话；真主听到就够了。她必须让他明白，她不是在觊觎他的权力，也不是在和他竞争，而他是唯一的生命给予者。

贾米拉知道自己如履薄冰。你以为自己很有经验，知识丰富，直到你遇到了一次让你充满恐惧的分娩，让你就像个新手。尽管她尽了最大的努力，有时还是会出差错，非常严重的差错。有时候，她无法及时赶到产妇分娩的地方，而当她到达时，会发现产妇已经自己生下了孩子，有时甚至用钝刀片把脐带切断，然后用自己的头发系起来。贾米拉把这些事情当作是真主的信号，以此提醒她有局限性。

他们从遥远的村庄和遗弃的教区来接她。一些接生婆离他们家很近，但她们找到了她。她在这个地区相当受欢迎。有几十个女孩都是以她的名字命名的——足够美丽。

“愿她能继承你的名字，可以有你一半的贞洁。”那些由她带来这个世界的女孩们的父亲们祈祷说。

贾米拉点点头，什么也没说，意识到这是在暗示。他们希望自己的女儿端庄贤惠，但也希望她们能在适当的时候结婚生子。这些女孩的名字和性格可能与接生婆的相似，但她们的命运最好有所不同。

贾米拉走到窗前，肩上披着一条手织披肩，手里拿着一盏灯，眯着眼睛望着黑暗。在浓浓夜色的笼罩下，山谷沉睡着，荒凉且贫瘠，谷中灌木丛生，土壤干旱。她总是想象在这个恶劣的景观下面有一种柔软，她把它比作一个隐藏着温柔心灵的粗野男人。不过，她不必独自住在这么偏远的地方。她本也可以离开，去什么地方，任何地方。但是她没有财产，也没有亲戚愿意帮她在别的地方开始新生活。她已经三十二岁了，已经过了最佳年龄，超过了适婚年龄。她要建立一个家庭已经太晚了。干瘪的子宫就像坏了的甜瓜：金玉其外，败絮其中，毫无用处，农民们这样评价和她一样的女人。

即便如此，她也可以嫁给一个有残疾或上了年纪的男人，就像她也可以成为别人的第二任妻子——或第三、第四任妻子，尽管这很罕见。当然，一夫一妻才是合法的，她可以去医院、法庭或税务登记处，声称自己是有合法孩子的已婚妇女。但在这个地区，没有人去这样的地方，只要你没有遇到大麻烦，没有死于感染，也没有精神错乱，在这种情况下，你是第一个妻子还是第四个妻子又有什么区别呢？

她的房子——如果说“房子”是这个窝棚的恰当说

法——坐落在马拉卡巴扬外围峡谷附近的一个洼地里。在下面可以看到有一堆岩石，远远看起来像石化了的巨人，当太阳照在上面时，它们像红宝石一样闪闪发光。关于这些岩石有很多传说，每个传说背后都有一个禁忌之爱的故事。几个世纪以来，基督徒、穆斯林、琐罗亚斯德教徒和雅兹迪教徒都在这里并肩生活，生死与共。然而，他们的孙辈早已离开去了其他国家。除了少数农民依旧留在了这个地区——还有贾米拉。

曾经充满生命的地方如今荒无人烟，这片土地有一种悲伤，一种幽灵般的悲伤，在微风中飘荡，渗入每一道缝隙。也许这就是为什么，一段时间之后，那些生活在遗弃之地的人们就像这些土地：寂静、压抑、阴郁。但那是在表面上的东西，和人一样，和地球一样。表面和内在很少会一致。

在她为保暖而穿的那几层衣服下面，曾经还活着另一个贾米拉——年轻、漂亮、快乐，笑声像杯子碰撞的叮当声。这些天来，她很少出门，躲在一个务实的女人后面，这个女人会砍柴、锄地、打水、制药。有时她害怕她的理智。也许这最后的寂寞终于降临到她身上，一点一点地蚕食着她的心。

风从远处的山上吹来，带来野花、嫩草和茂密灌木的芳香。但有时它也会带来令人作呕的烤肉味，笼罩着一切，粘在她的皮肤上。这个地区有走私犯和强盗——他们在洞穴和悬崖上游荡，从来不会在任何地方停留超过一天。在没有月光的夜晚，她可以看到他们的营火在黑暗中闪烁，就像孤独的星星。空气中的气味会随着他们吃的东西和距离的远近而改变。

这一带还有狼。贾米拉在白天、傍晚和深夜都能听到。它们会捣乱和咆哮，有时还会发出尖厉的吠叫或连声嚎叫。每隔一段时间，它们就会出现在她家门口，离她那么近，偷偷摸摸，嗅着她的孤独。然后它们会离开，下巴绷得紧紧的，一副失望的样子，好像没有发现她有足够的吸引力让它们享受。贾米拉并不害怕。狼不是她的敌人，至于强盗对她并不感兴趣，他们对更大的报酬更感兴趣。此外，贾米拉坚信，危险总是来自最不可预期的地方。

一根树枝起了火，壁炉里冒烟的柴堆断断续续地燃烧起来。贾米拉的脸上闪着微光，尽管房子的其他部分都笼罩在阴影中。她怀疑那些农民并不爱她，但他们尊重她。她骑着马、驴和骡子旅行，被允许涉足于其他女人无法企及的地方。她身边经常有认识的人，也有完全陌生的人。

一个她从未见过的男人可能会在深夜敲她的门，恳求道："快来，我求你！我妻子正在某某村生孩子。我们必须尽快。她情况不太好。"

他可能是在说谎。总是存在着这样的可能性，无论多么微小，邪恶会伪装自己。当她跟随那个男人进入寂静的夜晚时，贾米拉意识到他可能绑架、强奸并杀害她。她必须相信。

不是他（这个男人）而是他（安拉）。然而，同样确定的是，在头脑正常的人当中，没有人敢违反不成文的规定。一个接生婆，一个把婴儿带进这个世界的人，是半神圣的。她在看不见的世界和看得见的世界之间摇晃，通过一根精细如蛛丝的线。

贾米拉往壁炉燃烧的火堆里添了些柴，把铜壶放在火上。水、糖和咖啡——所有这些东西都短缺。但有些人家总是给她带来礼物——海娜手绘染料、茶、饼干、藏红花、开心果、花生和从边境另一边走私来的烟草。贾米拉知道，如果她收钱，她得到的报酬就只有一次，然后到此为止。但如果拿的是小玩意，这种赠予就会持续一辈子。

她仔细地、轻柔地搅拌着咖啡。他们说，咖啡就像爱情，你对它越耐心，它的味道就越好。但贾米拉对此知之甚少。她曾恋爱过一次，但是爱情的滋味又酸又苦。她烫伤了自己的舌头，便再也不提起这件事。

当她注视着上升的泡沫时，她竖起耳朵听周围和远处的声音。山谷里充满了灵魂。这里有一些米粒般大小的生物，肉眼看不见，但凶猛而危险。鸟儿拍打着窗户，昆虫从桶中的水里跳走，好像掠过湖面一样。她相信一切都有一种语言。雷雨，晨露，在她的糖碗里爬行的蚂蚁……有时她以为她明白他们说的话。

她热爱做接生婆，远甚于其他。这是她的使命，她唯一的财富。就是这样，在大雾中，在烈日下，在三十英寸厚的雪中，在白天黑夜的任何时候，她都是随时待命的，等待着敲门声。这一点谁也不知道，但在她内心深处，她已经结婚了。贾米拉嫁给了她的命运。

*

外面的夜风吹得窗玻璃咯咯作响。贾米拉把咖啡从火上拿下来，倒了一些在一个把手有缺口的陶瓷杯里。她慢慢地啜饮着。火焰有点像她的生命，内心在闷烧，不让任何人靠近，珍贵的时刻被燃烧成灰烬，就像垂死的梦。

远处有一只鸟鸣叫起来——一只猫头鹰，当地人称之为废墟之母。它又叫了起来，这次更大胆了。贾米拉坐在那里，两眼紧闭，思绪万千。尽管过得艰难，她仍然记得自己的童年是快乐的。有时，双胞胎中的一个会假装是母亲，另一个则是婴儿。虽然比她早出生三分钟，但彭贝永远是孩子，而贾米拉则是母亲，试图约束、控制和安慰姐姐。她会摇着她的小家伙，唱摇篮曲，讲故事。回想这些游戏，贾米拉惊讶地发现她们是多么的认真。

她回忆起有一次，她的父亲贝索带她们去了一个小镇，在那里她们发现了一座许愿喷泉。渴望要孩子的女人、想要给自己的儿媳妇施魔法的婆婆和渴望有个好丈夫的处女来到这里，把硬币扔进了水里。当大家都走了以后，彭贝卷起她的衣边，爬进喷泉里收集硬币。然后，她们俩兴奋地尖叫着，以最快的速度跑到最近的一家商店，在那里可以买到夹心糖果和棒棒糖。

尽管贾米拉很享受这样的冒险，但事后她还是感到内疚。她们是小偷。比小偷还恶劣。偷别人的愿望比偷别人的钱包要卑鄙得多。

“别多愁善感，”当贾米拉向彭贝透露自己的担忧时，彭贝说，“他们已经把那些硬币扔掉了，我们把它们装进了口袋，仅此而已。”

“是的，但是它们也伴随着人们的祈祷。如果有人偷了你的秘密愿望，你会难过，不是吗？我的意思是，我会的。”

彭贝咧嘴一笑。“那么你的秘密愿望是什么？”

贾米拉支支吾吾，感觉到窘迫。的确，她希望有一天可以结婚——一件婚纱和一块奶油蛋糕，就像城里人做的那样，那就太好了——但这并不那么重要。她当然想要孩子，但那是她真的很渴望有个孩子，还是每个人都告诉她应该要有？拥有一座农舍和耕种的土地固然不错，但这只是一种幻想，而非一种激情。当她更用力地想时，贾米拉很庆幸她只是个小偷，而不是许愿池的访客。如果给她一枚硬币许愿，她可能一个愿望都想不到。

对于贾米拉的犹豫，彭贝嗤之以鼻，眼睛闪闪发光。“我要当一名水手，周游世界。每周我都会在一个新港口醒来。”

贾米拉感到前所未有的孤独。她明白，尽管她们在各方面都是一样的，但有一个重要的区别：野心。彭贝想看看幼发拉底河对岸的世界。她有勇气追求自己的内心，不去注意别人对她的看法。有那么一瞬间，贾米拉意识到她和她的孪生姐姐注定要分开度过她们的一生。

她们的父亲说，同卵双生的双胞胎被庇佑的同时也被诅咒着。她们得到了庇佑，因为她们总有可以依靠的人。然而，她们也被诅咒了，因为如果她们中的一个人失去勇气，她们注定会一起受苦，因此，她们将会承受双倍的痛苦。如果是那样的话，贾米拉想知道，是什么原因导致她们更痛苦——是她姐姐的激情还是她自己明显缺失的激情？

记 忆

伦敦，1977 年 12 月

阿德姆·托普拉克从传送带上取下一把燕麦饼干，把它们放在下一个锡盒里，这时他发现：他再也记不起妈妈的脸了。他停了一会儿，全身泛起鸡皮疙瘩，这一停让他错过了下一堆饼干。比拉尔站在流水线下面几英尺的地方，注意到了这个错误，悄悄地把饼干盖住了。如果阿德姆意识到发生什么的话，他会冲他的好友感激地点头，但在那一刻，他仍在努力回忆他母亲过去的样子。

在他的脑海里有一个女人，遥远而朦胧，仿佛她正站在一片细蒙蒙的雾中。她又高又瘦，脸像大理石一样，苍白的眼睛平静而关切。从格子窗里射出来的一道阳光照在她的后脑勺上，使她的半张脸蒙上了阴影。她的头发是铜棕色的，和秋叶的颜色一样。但随着光线变暗，它变了一种颜色，深得像墨黑。她的嘴唇丰满圆润。也许不是；阿德姆不能肯定。也许她的嘴唇很薄，嘴角向下。女人似乎每一秒钟都在变化。

她的脸是用融化的蜡雕刻而成的。

又或者是他把对那个生下他的女人的记忆和他妻子的形象弄混了。他现在看到的那长而卷曲的栗色头发是彭贝的，不是他母亲艾莎的。难道他的妻子已经成为他生活中不可分割的一部分，以至于她掩盖了他所有的记忆——甚至是他们相遇之前的那些记忆？他把重心从一只脚移到另一只脚，闭上了眼睛。

这是另一段回忆了。他和他的母亲在一片翠绿色的田野上，俯瞰着一座水坝。他一定有八岁了。他的母亲放下了头发，伊斯坦布尔臭名昭著的东北风不停地吹向她的面庞。在他们的前面，天空是一片蔚蓝，远处的山丘呈现出片片的金黄色、青灰色和银白色。在大坝众多的闸门中，只有几个是开着的，而且湖的水位很低。男孩看着河水在他们脚下翻腾，感到头晕目眩。在其他时候，他的母亲都会警告他不要太靠近边缘，但奇怪的是，那天并没有。

“撒旦在山脊上等着把那些靠太近的人推下去。”

这就是为什么他们总是摔倒的原因——靠在阳台栏杆上蹒跚学步的孩子，踩在窗台上擦窗户的家庭主妇，或者在屋檐旁边跨步的烟囱清扫工。撒旦会用他的利爪抓住他们的脚踝，把他们拽到下面的空地上。只有猫能活下来，因为它们有九条命，能死八次。

他们手拉着手，走下山坡，一直走到大坝一侧倾斜的巨墙前。艾莎在沟壑顶上叹了口气，嘴唇在动。她似乎忘记了那个恶魔正在逼近。也许没有，当他集中注意力听她说话时，男孩意识到她在祈祷——毫无疑问是为了躲避不幸。他松了口气，但只是暂时的。如果魔鬼藏在灌木丛后面的什么地方，准备把他们推到虚空中去呢？他突然心血来潮，把手从母亲的手里抽出来，环顾四周，直到确定那里没有别人。当他再次转头时，母亲不在他身边了。

缓缓地，慢慢地，他看着她倒下。

*

阿德姆睁开眼睛，发现比拉尔正盯着他，脸上有一种类似惊恐的表情。

“你怎么了，兄弟？”比拉尔用盖过机器轰鸣声的音量问道，“你漏装了一批货。”

“没事。”阿德姆把右手放在胸口，拍了拍。“我很好。”

比拉尔的微笑缓慢而真诚。他点了点头，又继续干活，阿德姆也一样。下午余下的时间里，他设法包装好每一块饼干。但是那些熟悉他的人可以感觉到有什么东西在折磨他。在他的控制之外，在他的力量之上，一种痛苦的不安在他的灵魂深处爬行，像风暴雨一样险恶。

他知道那是什么：来自走投无路的动物的恐惧。他感到自己像被追赶的猎物，被打倒在地，仿佛被注射了一种毒药，虽然没有被杀死，却不能跑快。无论他在哪里，他都能看到捕猎者的影子。他无处可逃——除非他永远离开英国。但是他不能潜逃，他的孩子和妻子都依赖他。如果他想带家人一起去，他就必须要找到钱。很多钱。他被困住了。那些中国人也意识到了这一点。这就是为什么他们甚至懒得每天查他。他们知道，只要他们愿意，只要他还在逃债，就能找到他。但阿德姆哪儿也去不了还有一个原因：罗克萨娜。

*

六周前的一天早上，阿德姆从梦中醒来，感到一种激动和振奋的感觉，这种感觉如此强烈，就像在梦中翱翔。这就是征兆。这些迹象以前从未失灵过。他的手掌发痒，心脏比平时跳动得快，左眼微微颤动。没有什么困扰的。只是一阵微弱的抽搐来了又去，就像来自天空的密码信息。在其他方面，这是平凡的一大，但这种感觉却一直伴随着他。整个下午，每个人都对他彬彬有礼，他也对每个人都很有礼貌。这是阳光明媚的一天，泰晤士河上的天空倒影清晰而充满希望。

日落之后，他去了赌场。在不久的将来，他将停止赌钱。他会改掉这个习惯，把它从身体上砍下来，就好像他正在从一棵健康的树上修剪一根生病的树枝。就像树不可能重新长出树枝一样，他也不会再有这种冲动了。但不是现在。他还没准备好放弃。今天没事，他向自己保证。今天的兆头对他有利。

这是贝斯纳尔格林一处双面临街连栋排屋的地下室，因岁月的沉淀而光彩夺目。然而，它的内部却是一个不同的世界。里面有五个房间：每个房间里都有男人在玩斯诺克，或者聚集在轮盘赌、21 点或扑克桌周围。空气中弥漫着浓烟草味。那些更有钱或更无畏的人在后面的房间里。从紧闭的门后，人们可以听到低语声，偶尔的喘息声和咕哝声，还有轮盘赌转轮的声音。

那是属于男人的地方。寥寥几个搔首弄姿的女人都是有主的，不能接近。这里有不成文的规定，人人都遵守。印度人、巴基斯坦人、印度尼西亚人、孟加拉人、加勒比海人、伊朗人、土耳其人、希腊人、意大利人……每个人都说英语，但用他的本国语咒骂、密谋和祈祷。他们称此地为巢穴。由一个沉默寡言的中国家庭经营，他们曾在越南生活了几代，在战后被迫离开。阿德姆在他们身旁总是感到不安。中国人并不像意大利人那样互相保护，也不像爱尔兰人那样喜怒无常。他们的举止总是有一种未知的品质。有点像天气，他们很容易改变主意。

那天晚上，阿德姆玩了 21 点和几个骰子游戏，然后转到轮盘赌。他把他的第一个赌注押在黑色上。这是一个吉利的开始。接下来他做了一个组合赌注。他又赢了，但数目不多。他把赌注换到了红色，连续赢了三次，每次都把之前赌赢的钱投在后面的赌注上。这是他能感觉到轮盘赌的神奇时刻之一。就像他一样，轮盘也缺乏坚实的记忆。你可以一遍又一遍地下赌注，你赢的机会还是一样的。轮盘赌并不遵守任何公认的模式。所以他毫无记忆地玩着，每下一个新的赌注都全神贯注，仿佛这是他的第一个也是最后一个赌注。

房间里的人对他竖起了大拇指，拍拍他的肩膀，嘀咕着鼓劲的话。被陌生人尊重是一种非凡的感觉。被人羡慕和嫉妒。他又玩了一轮，仍然赢了。这时，桌子周围的人群变得更密集了。15 分钟后，他还在观察球在转轮中旋转，依旧赢了。荷官要求休息一下。

阿德姆需要透一下气，就走到了街上。他在工厂里认识的一个高大魁梧的摩洛哥人正独自坐在人行道上。

“你是个幸运的人。”摩洛哥人说。

“天命。不是每天都是这样。”

“也许这是安拉在考验你。”那人停了下来，匆匆瞥了他一眼。“你知道他们怎么说的。想骑快马的人可能会摔断后背，但马必须奔跑。”

“这他妈是什么意思?”

“我不知道，但我喜欢它听上去的感觉。”

他们笑起来，他们的声音在夜空中回荡。

“有句话不错，”阿德姆说，“一个人可以逃到世界的尽头，却不能从他的背后逃走。”

“嗯哼。”摩洛哥人正要举起酒杯，突然注意到他的同伴两手空空。

“我不喝酒。”阿德姆解释说。

这引起了摩洛哥人的笑声。“天，噢天啊。看看你！你沉迷于赌博，但一提到酒，你就变成了一个虔诚的穆斯林。”

阿德姆的脸像个罗网一样收紧了。他不是瘾君子。只要他愿意，他随时都可以停止赌博。至于他不喝酒的原因，他很少谈起，尤其是和陌生人。但今晚他破例了。他平淡地说：“我父亲是个酒鬼。”

他刚回到地下室，灯就熄了。又一次停电。本周第三次。这些日子，伦敦早晨乌云密布，灰蒙蒙的，晚上停电，一片漆黑。在哈克尼区的那家蜡烛店一定发财了，阿德姆想。批发蜡烛的生意很赚钱，这个生意已经变得和卖面包和牛奶一样重要。

阿德姆睁大眼睛走过半明半暗的走廊，一直走到后面的房间。桌子旁坐着三个中国人，坐在煤油灯旁生闷气——这些人沉默寡言，表情难以捉摸。阿德姆知道他该走了。他必须对自己赢到的数目感到满意。他拿起了夹克，给了荷官小费，正要走出房门时，却又停住了。

后来，每当他回忆起这一时刻（他经常这么做），他就会想起火车上的紧急手柄。他从来没有试着拉过，但他知道如果有人拉，火车就会突然停下来。那天晚上，他停了下来，仿佛背上连着一个把手，有人使劲地拽着。

一个年轻的女人走进了房间，像一个幽灵从阴影中出现。在微弱的灯光下，她那金黄色的头发散发出一种诡异的光芒，卷曲在小巧玲珑的耳朵下面。她穿着皮质迷你裙，白色真丝吊带上衣，脚上穿着匕首般的细高跟鞋。她那张心形脸的每一寸都在传达着这样一个信息：她不喜欢待在那里，她宁愿待在一个遥远的地方。他看着她坐在一个中国人旁边——一个秃顶、胖胖的男人，好像他就是老板，也许他就是老板——对着他耳语。男人微微一笑，抚摸着她的大腿。有什么东西撕裂了阿德姆的心。

“那么，你还在这儿。你想再玩一轮吗，我的朋友？”

这个人提这个问题时，既没有抬起头来，也没有特别看任何人。然而，正如房间里所有的人一样，阿德姆知道这个问题是针对他的。他能感觉到每个人的目光，但穿透他的却是那个女人的眼睛——一对蓝宝石。他从没有见过这么大、这么亮、这么蓝的眼睛。如果他的妻子遇到了这个女人，她就会害怕这邪恶的眼睛。因为彭贝相信，如果有人用这样的眼光盯着你看，哪怕是一瞬间，你也必须跑回家，在炉子上烧盐①。

① 烧盐为民间习俗，意为驱邪，使心灵得到净化。——编者注

阿德姆的脸通红。就在那一刻，他意识到自己即将犯下赌博中最严重的错误，如果不是一生中最严重的错误，那就是让自己被煽动。但理解是一回事，接受又是另一回事。他歪着头回答说："是的，我要玩。"

他又成功了，虽然这次不一样。他周围的能量发生了变化。他和轮盘赌现在是两个独立的实体，不再同步。然而，他却不为所动。他一动不动地坐在座位上，看着女神注视着球旋转。

电灯又亮了。他认为这是一个好兆头，并继续下注。他一次又一次地获胜。赌注很高。这很危险。这很疯狂。中国人试图表现得镇定自若，但他们的紧张情绪开始显现。在人群中，阿德姆看到了那个摩洛哥人，他的眉头因痛苦而皱起。那人摇摇头，高声说："够了，兄弟!"

但阿德姆不能退出。她从桌子的另一头盯着他，嘴唇像樱桃一样，饱满而诱人，他觉得，如果他继续在轮盘赌中获胜，就有可能赢得她的芳心，这是千载难逢的机会，但无论如何，这是一个机会。几秒钟后，他听到有人叫她，于是他知道了她的名字：罗克萨娜。

直接押注。他把所有筹码都压在数字 14 上。球与轮子反向旋转，就像他生命中的两股潮流，亲情与自由，把他拉向相反的方向。围观的人齐声叹息——仿佛水波到达了河岸。现在球摇晃了一下，最后落进了一个槽口。轮子又转了一圈。

她的脸因惊讶和欣赏而露出喜色，他把这当作钦佩。他不需要看就知道他赢了。

就在这时，一个中国人低声嘀咕着，但声音够大：“难道你没有家人在等吗，我的朋友？他们一定为你担心。时间不早了。”

隐藏的警告和“家庭”这个词在他和轮盘赌、他和房间、他和她之间拉开了一道厚厚的帷幕。阿德姆把筹码塞进盒子里，兑换成现金，大步走了出去。一个熟人让他搭车到半路，然后他走了剩下的一半路。

东伦敦的街道上堆满了垃圾；到处都是腐烂的垃圾，肆意散落。世界变得疯狂起来。每个人都在罢工：消防员、矿工、面包师、医院工人、清洁工。没有人想再玩这个游戏了。除了赌徒，别无他人。

凌晨四点，他回到了位于薰衣草街的家。他坐在沙发上抽烟，手指间的香烟化为灰烬，身旁的一堆钱温暖而忠诚。一万六千四百英镑。由于大家都睡得很熟，他不能把他的胜利告诉家人。得等待。他睁大眼睛躺在昏暗的客厅里，被一种深不可测、无法克服的孤独感攫住了。他能听到妻子的呼吸声。还有他的两个儿子，女儿，甚至还有金鱼……一切都笼罩在神秘的宁静之中。

这是他在土耳其服役时注意到的。当三个以上的人一起睡在一个狭窄的地方，他们的呼吸迟早会同步。也许这是真主教导我们的一种方式，如果我们能放开自己，我们最终都会步调一致，不再有任何争议。这个想法挺新鲜，他玩味了一会。但即使在某个地方有一种和谐，他也不能成为其中的一部分。他突然想到，就像在其他场合一样，他和别人无异，没有好坏之分，只是他辜负了他所关心的人。他无数次地想过，若没有他，他的亲骨肉会不会过得更好。

由于无法入睡，他在黎明时离开了寓所。他随身带着钱，虽然他知道这样做很愚蠢。哈克尼区到处都是抢劫犯和小偷，他们不介意为了这么一大笔钱而打断他的肋骨。他跨着大步慢跑，每当街上有陌生人走近他，他就退缩，浑身发冷。

在联合饼干工厂，他受到国王般的待遇。工友们都听说了。午餐休息时，他的哥哥塔里克突然出现向他道贺，并请求他帮个忙。

“你知道你嫂子是什么样的人，”塔里克说，他的声音渐渐变小，变成了一个私密的耳语，“她一直在唠叨厨房的事。”

塔里克对英式厨房有一个理论：他们故意把厨房弄的又狭小又阴暗，所以每个人都要用外卖来凑合。他的抨击没完没了：建筑师是阴谋的共犯，政客、议会和工会也都是同谋，所有的人都被餐馆老板贿赂。

阿德姆和蔼地点点头，尽管他感觉他的哥哥会尽可能多地借钱，但只花费有限的一部分在厨房上，然后会把剩余的钱存进自己的储蓄账户。塔里克总是善于囤积和精打细算。

很难相信这就是那个年轻时慷慨地供养两个兄弟的人。他们的父亲去世后，塔里克一直在努力工作，照顾阿德姆和哈利勒。然而，这些年来，他越来越节俭，剪断牙膏挤出最后一点，从通告上剪下优惠券，关掉热水器，重复使用茶叶，什么都买二手的，禁止他的家人不询问他就买东西，但当他们问时，他总是回答："没有必要。"

阿德姆吸了一口气，问："你想过我们的母亲吗？"

往常，阿德姆根本不可能这样问。但现在他的兄弟向他求情了，他觉得自己占了上风。作为对施舍的回报，他理应听到一些怀念的话。然而，这个问题如此意外，塔里克一时间似乎不知该如何回答。他的眉间形成了一道深深的皱纹，一直延伸到前额，额头上有几块白斑，那是一种从小就有的皮肤病。然后他说话了，语气听起来很生硬："我为什么要想？她是一个废物。"

*你难道不想知道她是否还活着，是否有其他的孩子，过得怎么样，是否想念我们？*阿德姆很想问，并几乎要问出口了。然而，沉默片刻，他声音嘶哑地说道："今晚我到你家去，把钱带给你。告诉我的嫂嫂，她将拥有她梦寐以求的厨房。"

日落之后，他突然有个念头，如果他再赌赢一次，他的钱将是现在的两倍。然后他就可以把钱借给塔里克和其他人，甚至连一分钱都不需要他们还。出于高尚的动机，他来到贝斯纳尔格林的地下室，看到了那个蓝眼睛的女人。他再一次看着她盯着绕着轮子旋转的球。再一次，他玩大的。然而他输了。输得一干二净。

***

什鲁斯伯里监狱，1990 年

我以前从来没有口吃过，直到那个星期二。1978 年 11 月 14 日。那天我决定给自己买把刀。

我们在学校食堂。我和我的伙伴们。蓝色塑料托盘、牧羊人派、果酱圆面包、金属水壶，惯常的模式。前一分钟我还在开玩笑，下一分钟我就像个笨蛋一样结结巴巴地说话。事情发生得如此突然——如此之快，以至于每个人都以为我在戏弄他们。

我们正在谈论明天的比赛。切尔西对阵莫斯科迪纳摩。艾尔沙德——一个矮胖的巴基斯坦佬，梦想着为诺丁汉森林队的防守效力——用他的新马丁靴打赌我们穿蓝色球衣的切尔西小伙们会赢——小菜一碟，他说道——但我们都知道那只是胡说。

艾尔沙德因为没有被认真对待而感到沮丧，他转头对我眨了眨眼，咧嘴一笑，就像他每次想要东西时一样。

“嘿，你可以给我那个布丁吗?”

我摇了摇头：“不……不……给你……蠢……蠢……蠢货！别……别……别想。”

他停下来，盯着我。其他人也这样，好像第一次见到我似的。然后有人提到在另一个班上也有这样一个笨蛋，口吃得厉害，他们以为我在嘲笑他，突然大笑起来。我也笑了。但在内心深处，我感到一阵恐慌。我把盘子推到艾尔沙德跟前，用我的头示意他可以吃那些剩下的东西。我没了胃口。

课间休息结束后，我垂头丧气地回到教室。我怎么会有这样的语言障碍呢？我们家没有人结巴。这些东西不应该是遗传的吗？也许不是。这可能只是一个暂时现象；一次性的。短暂的精神崩溃，就像一次糟糕的旅行。

也许它会像它突然出现的那样也突然消失。我得弄清楚。于是我把手表放在口袋里，走近两个女孩问她们时间。但我嘴里唯一发出来的是一种窒息的声音。

女孩们咯咯笑了。愚蠢！她们一定认为我喜欢她们。我转过身去，脸烧得通红。透过眼角的余光，我可以看到我的女朋友凯蒂在注视着我的一举一动。历史课开始时，凯蒂扔给了我一张纸条。

玛吉，克里斯汀，希拉里。如果是男孩，汤姆。

我把纸揉成一团，塞进口袋。她马上又扔了一个纸球过来。你怎么了?

我耸了耸肩，意思是这并不重要。但即使凯蒂明白了我的意思，她也不相信。所以我写了个纸条回复她：“一会告诉你！”

整节课我都很担心老师会问我一些问题。我将永远成为笑柄。幸运的是，没有提问。酷刑一结束，我就抓起背包朝门口走去。我决定把其余的课都逃掉，这次早点回家。

*

当我到家按门铃时，已经三点半了。等着开门的时候，我的目光转向了门铃旁边的名字：

阿德姆·托普拉克

这是我妹妹埃斯玛用她华丽的笔迹写下的。但有违她的本意。她抱怨说：“我们也住在这里，为什么只写爸爸的名字？”

埃斯玛是一个脆弱的女孩，但她总是用宏大的理念来表达自己：机会平等，社会公正，妇女权利……我的朋友们认为她不是疯了就是一个共产主义者。如果由她决定，她就会这样写：

托普拉克一家

或是：

阿德姆、彭贝、伊斯坎德尔、埃斯玛、尤努斯和金鱼

不管怎样写，我都不在乎。如果是我自己，我会让这个

名牌上面什么都不写。那样会更得体，更直接。这是我表达没人住在这里的方式。不是真的住着。我们不是住在这套公寓里，只是逗留。家对于我们来说和一家一星酒店没有什么不同，只不过是妈妈洗床单而不是女服务员，并且每天的早餐都是一样的：白奶酪、黑橄榄、小玻璃杯装的茶——永远没有牛奶。

就我所知，艾尔沙德也许有一天会在甲级联赛踢球。他的口袋会装满钞票，他的车里满载靓妞，但像我们这样的人总是局外人。我们托普拉克家在这个城市里只是路人——一个半土耳其、半库尔德混血的家庭，寄居在伦敦落后的区域。

我又按铃了。但没有窥视。妈妈到底在哪里？她不可能在“水晶剪刀”发廊。她几天前辞职了。自从爸爸走了以后，我就是一家之主，我不想让她再工作了。她经常哭，但没有反抗。她知道我有我的理由。人们都在说闲话。有烟就有火，无风不起浪。所以我让她待在家里。我必须扑灭火焰。

学校里没有人知道发生了什么事。我希望保持这种状态。学校就是学校，家就是家。凯蒂也什么都不知道。女朋友是女朋友，家人是家人。有些事情必须分开处理，就像水和油。

我突然想到妈妈可能去买东西了。关于这件事，我也得跟她谈谈。我拿出我的钥匙，把它塞进钥匙孔，来回转动，但它一点也不动。门被反锁了。突然我听到走廊上传来脚步声。

“谁?”传来我母亲的声音。

“是……是我，妈……妈妈。”

“伊斯坎德尔，是你吗?”

她的声音里有一丝惊慌，好像有什么坏事要发生似的。我听到一声低沉而急促的耳语，我知道那不是我的母亲。我的心开始怦怦直跳，我感到难以呼吸。我既不能向前也不能后退，所以我不停地用钥匙转动门把。又过了一分钟，也许更久，门被打开了。

我母亲站在门口堵住了门。她的嘴唇微笑着上扬，但她的眼睛犀利得让人奇怪。我注意到她的马尾辫里掉出了一缕头发，她白衬衫上的一颗扣子扣错了位置。

“伊斯坎德尔，我的儿子，”她说，“你回家了。”

我想知道更让她吃惊的是什么——我几乎提前三个小时回家，还是我是她的儿子。

“你还好吗?”我妈妈问，“你看起来不太好，我的苏丹。”

别这么叫我，我想说。别用任何称呼叫我。相反，我脱下鞋子，从她身边挤过，差点把她撞倒。我径直走到我的房间，砰的一声把门关上，在门前放了一把椅子，这样就没人能进来了。我爬到床上，把被单拉过头顶，专注于呼吸——就像他们在拳击课上教我们的那样。吸气。呼气。吸气……

外面，一阵神秘的声音传来：地板吱吱作响，风在吹，城市正下着毛毛雨。在各种混合的声音中，我能听到前门打开了，有人走了出去，安静得像只老鼠。

她曾经爱我胜过一切——她的第一个孩子，第一个儿子，她眼中的光芒①。现在一切都不一样了。全毁了。一滴眼泪顺着我的脸颊滚落。我扇了自己一巴掌，想阻止眼泪。但没用。我又打了自己一巴掌，更用力。

我听见她的脚步声从走廊上过来，轻柔而沉稳，像心跳一样。她在我门前停下，但不敢敲门。我能感觉到她的动作，触摸到她的内疚，意识到她的羞愧。我们就这样等着，天知道有多久，听着对方的呼吸，想知道对方在想什么。然后她离开了——仿佛她无话可说，没有任何解释，仿佛我的意见或者我的愤怒、我的痛苦不管怎样都无关紧要。她从我身边走开了。

那时我才知道塔里克伯伯告诉我的关于我母亲的事情是真的。就在那时，我想买把刀。木柄折刀，刀尖弯曲。当然，这是非法的。没有人会想着为了卖一把弹簧刀而让自己被警察找麻烦，尤其是卖给像我这样的家伙。但我知道去哪儿买。我知道找谁买。

我没打算伤害任何人的。我只是想吓唬她——或者他。

伊斯坎德尔·托普拉克

---

① 原文为库尔德语，roniya chavemin。

阳光下的野餐

伊斯坦布尔，1954 年

阿德姆整个童年都在两个父亲之间挣扎：清醒的爸爸和醉酒的爸爸。这两个男人住在同一个身体里，但他们彼此之间的差别就像白天与黑夜的差别一样。反差如此之大，以至于阿德姆怀疑父亲每天晚上喝下的那杯酒是某种神奇的药水。它没有把青蛙变成王子，也没有把龙变成女巫，但它把他所爱的人变成了陌生人。

爸爸（清醒的那个）是个勾腰驼背、很爱说话的人，喜欢和他的三个儿子（塔里克、哈利勒和阿德姆）待在一起，而且他有个习惯，无论走到哪里，他都会带上其中一个儿子，这是一种爱与关怀的随机抽奖。这个幸运的男孩会陪着父亲去看望他的朋友，在伊斯蒂克拉尔大道散步，偶尔也会去他的工作场所——塔克西姆广场附近的一个车库，他是那里的首席机械师。有着复杂名字的大牌汽车被拉进来修理或更换零件。雪佛兰的贝尔艾尔、别克的路王、凯迪拉克的弗利特伍德或是新的奔驰。不是每个镇上的人都买得起这些型号的车——他们的主人大多是政客、商人、赌场老板或足球运动员。汽车修理厂的墙上挂着放有照片的相框，在这些照片中，机械师满脸笑容地站在那些尊贵顾客的身旁。

有时候，阿德姆会陪着爸爸去当地的茶馆，在那里他们会一边抿着沙勒布①、菩提茶或普通的茶，一边看着各个年龄段的人玩西洋双陆棋和跳棋。政治是一个热门话题。然后是足球和小报上的新闻。随着大选的临近，茶馆里充满了激烈的辩论。首相——这个国家历史上第一位民选领导人——声称他的民主党将赢得压倒性胜利。没人能猜到他会再次当选连任，没人想到他最终会被军政府绞死。

在这样慵懒的下午，阿德姆会模仿爸爸（清醒的那个），用舌头舔一块方糖，用小手指举着茶杯。周围烟雾缭绕，当他们回到家时，他的头发会像烟灰缸一样发臭。他的母亲艾莎总是皱着眉头催他去浴室。他希望她不要那样做。头发里有烟草的气味使他觉得自己长大了。有一天，当他向父亲坦白这件事时，爸爸笑了，说："这个世界上有两件事可以让一个男孩变成一个男人。第一是对一个女人的爱。第二是对另一个人的仇恨。"

爸爸（清醒的那个）解释说，那些只知道前者的人变成

---

① 一种由牛奶、白糖和肉桂制成的冬日饮品。

了懦夫，而那些只知道后者的人变得冷酷，就像石头一样，但那些同时经历过这两种感情的人却成了一把钢铁之剑。正如熟练的工匠所知，加固金属的最好方法是在火中加热，并在水中冷却。“男人也是这样。你需要在爱中给他加热，在恨中让他冷却。”爸爸总结道，停顿了一下，让阿德姆好好理解。

令阿德姆担心的是，他从未有过如此深沉的感情，但他却把这种焦虑藏在心里。就在那一年，他哮喘病复发——这种病在他十几岁时就消失了，但从未真正离开过他的身体，伴随他一生。

有时，爸爸（清醒的那个）会把附近屠宰场留下的肉块、骨头和内脏带回家。在这种情况下，他会借经理的皮卡车，带家人去野餐。阿德姆和他的两个兄弟坐在车后，吹嘘他们一次能吃多少香肠或小牛蹄。爸爸坐在前面，他的妻子坐在他旁边，他会开玩笑，如果心情特别好，他会摇下车窗唱着歌。这些歌本来是很悲伤的，但他把它们演绎得如此美妙，谁都感觉不到悲伤。他们的卡车里装满了锅碗瓢盆和亚麻布，他们的心情轻松愉快，他们要去博斯普鲁斯海峡那边的山上。山的附近有一个公墓，这使他们很不安。但他们无能为力。从远古时代起，伊斯坦布尔的死者就一直埋葬在绿树最多的地区，可以饱览这座城市最美的风景。

一到那，男孩们就会在树荫下找一个合适的地方。然而，在坐下来之前，他们的母亲会为死者的灵魂祈祷，请求他们允许在这片土地上度过时光。一般说来，死者的回答总是肯定的。等了几秒钟后，艾莎会点点头，把垫子铺好，让大家都坐在上面。然后她会点燃便携式炉子，准备好做饭所需的一切。与此同时，男孩们快乐地嬉戏，捣毁蚁群，追赶蟋蟀，假扮僵尸。当嗞嗞作响的牛肉散发出香味时，爸爸会拍拍手，表示开第一瓶拉基烧酒[①]的时候到了。

有时他一开始喝得很慢，然后逐渐加快喝酒的速度。也有时候，他一开始就会喝下很多，在平时喝完一杯的时间里喝下三杯。但是，不管怎么喝，午餐结束时，他总是喝得醉醺醺。

爸爸刚把第一瓶酒喝光，就开始显露出迹象。他会不时地皱眉，咒骂自己，每隔几分钟，他就会因为一件没人记得的小事责备孩子们。任何东西都可能使他不悦：食物太咸，面包不新鲜，冰块不够冷。为了安抚他的神经，他又开了一瓶。

一次野餐即将结束，太阳开始落山，海鸥在尖叫，时间似乎停了下来，空气中弥漫着一股刺鼻的茴香味。爸爸往酒里加了一些水，看着半透明的液体变成了乳白的灰色，就像他的思想一样模糊。过了一会儿，他笨拙地站起身来，目光庄重，他抬起下巴，向公墓敬酒。

① 土耳其和巴尔干半岛产的一种白兰地，用葡萄或李子蒸馏制得，并用大茴调味，是一种烈酒。

“你们这些家伙真他妈太幸运了，”他说，“不用给房租，不用买汽油，不用养活别人。没有妻子唠叨你们。没有老板会给你读《暴乱法案》。你们不知道你们有多幸运。”

坟墓静静听着，一阵低风把枯叶吹来吹去。

“我们来自尘土，”爸爸说，“我们必归于尘土。”

在回家的路上，他坚持让孩子们和他们一起坐在前排。不管他们多么小心，屏住每一次呼吸，注意他们说的每一个字，但总有一些可怕的事情会发生，把他们的父亲弄得异常焦虑。路上的坑洼，一个错过的交通指示牌，一只流浪狗跑在卡车前面，广播里面的新闻。这个新人，赫鲁晓夫，似乎不知道自己在做什么；他的脑袋被伏特加灌坏了吗，伏特加那种劣酒根本比不上拉基酒；纳赛尔对阿拉伯人期望过高，他们说的是同一种语言，却从不互相倾听；为什么伊朗国王不和他的第二任妻子离婚，她明显不能给他生一个继承人？

“真是一团糟！什么狗屁世界！”

爸爸（喝醉了的那个）诅咒市政当局、市长和政客。在那快乐的几分钟里，他的愤怒是针对外面的世界，而放过了他的家人。通常，车里的人会做让他生气的事或说些惹恼他的话。其中一个孩子会扭动、打嗝、放屁或狂笑。

这天，艾莎央求他开慢一点。

“你到底怎么回事？”他问得那么轻描淡写，和问题的严重性简直不相称。“就不能让我安静一会儿吗？嗯？你想让我爆发吗？这就是你想要的吗？”

没有人回答。男孩们盯着他们瘦削的膝盖，或者盯着一只从车窗飞进来却没办法出去的苍蝇。

爸爸提高了声音：“我拼命工作。该死的每一天。活得像个骡子！这样你们就有的吃了。我是这个家的劳力吗？”

有人说“当然不是”——然而考虑到接下来会发生什么，这么说只是一次软弱的无效尝试。

“你们都是吸血鬼，你们所有人，吸我的血。”他把手从方向盘上移开，露出他消瘦、蜡黄的手腕。“我还有更多的血喂你们吗？你们有留一丁点给我吗？”

“请抓住方向盘。”他的妻子低声说。

“闭上你那该死的嘴！我不用你教我开车。”

阿德姆不禁为爸爸感到难过，因为他显然是受害者，受难者。内疚会侵蚀他的每一根神经。他们又惹他了。尽管他一再警告他们，他们还是使他心烦意乱。阿德姆多么想补偿他，吻他的手，发誓再也不吸他的血了。

“我要告诉你怎么煮小扁豆吗？当然我不会。因为那不是我的工作。开车也不是你的工作，女人！你对汽车了解多少？”

还有一次，他猛踩刹车，使得卡车像在冰上一样打转。他们猛冲过马路，直冲到花坛上，离陷入路沟只有几步远。阿德姆睁开眼睛，看到了他以前从未见过的寂静——那是发生事故后的那种寂静。他第一次注意到风的沙沙声，空中刺眼的光线。他的哥哥塔里克正握着他的胳膊肘，脸因痛苦而扭曲，嘴唇皱起来，发出从未有过的呻吟声。爸爸慢慢地打开车门走了出去，他的上唇在流血。他绕过卡车，打开妻子那边的门。

“出来！”

“噢，求你了！”艾莎说着，脸色发青。

“我说，出来！”

爸爸抓住她的胳膊，把她拖向卡车的引擎盖，当他们的车子停下来时，引擎盖就弹了开来。他说：“既然你对汽车了解这么多，那就把它修好。”

她脸上的肌肉僵住了。爸爸把她的头推到发动机里，直到她的前额砰的一声撞到引擎才停下来。

“什么？你不能修好它吗？”

她咕哝着，阿德姆和他的兄弟们都无法理解说的什么。但他们都听见爸爸说，“那么给我闭嘴，别告诉我怎么开车。”

两个男孩和爸爸一起把卡车推出花坛。塔里克一声不吭地看着，紧握着骨折的手臂。他们的母亲也等在花坛一旁哭泣。每次都是一样的。每次野餐都以美好的希望开始，以一些人的哭声或受伤告终。

晚上，阿德姆会提醒自己，这是他另一个爸爸，他冲动易怒，捶打方向盘、墙壁、桌子、门、瓷质橱柜，就像是另一个爸爸，并且在这些都不能让他平息的时候，他就用皮带抽打孩子们；有一次，他踢了自己妻子的腹股沟，把她踢下了楼梯。这事让我们记住了这不是同一个人。痛苦或恐惧并没有减轻，只是让我们第二天早上更亲近那个清醒的爸爸。

真相碎片

伦敦，1977 年 12 月

后台有一个艺术家的休息室。没有人这样称呼它——只有罗克萨娜。只有她一个人喜欢把那间冰冷狭窄而且散发着香烟、爽身粉、香水和汗味的化妆室想象成艺术家上台之前休息的地方。这并不意味着她认为自己是一个女艺术家，因为她并不是。当需要的时候，她会用别的词来描述她的职业——*表演者，舞蹈家，艺人，脱衣舞娘*。

现在已临近半夜。再过十五分钟，就轮到她上台了。当她仔细端详她的服装时，她在胸前撒上了银光闪闪的亮粉。第一场，她打扮成了一个桑巴舞者。一顶饰有艳丽紫色羽毛的头冠，一件镶有人造钻石和亮片的比基尼上装，银色金属质感的裤子，在它们的下面的是最轻薄的丁字裤——将在节目结束时露出来。她熟练地打开化妆盒，把各种大小的化妆垫和刷子整理好。那是一个老旧、磨损的化妆包，许多女人用过多次。海绵粉扑变成了一种不健康的蘑菇色，睫毛膏的刷子上结了一层又厚又硬的东西，眼影盘上的一些颜色已经没有了，空了的格子像空洞的眼窝一样盯着她。比方说，没有绿松石色，也没有银灰色或者香槟色——罗克萨娜最喜欢的几个颜色——因此她选了紫水晶色。再一次。

化妆完毕，她涂上哑光桃色口红。最后，她把自己的胸部向上推，让它们在镶褶边的胸罩里看起来更大、更丰满。在英国，人们从来不称它们为“乳房”。相反，它们有着有趣的名字来代替——波波、奶子、晃乳、奶牛咪咪。

她曾私下为一位上了年纪的绅士跳舞——据传是一位保守党议员，兼职做皮毛商人——并听到他说：“亲爱的，晃一晃你那摆动的大波。”她花了几秒钟才弄清楚他说的是她身体的哪个部位。

这些年来，她的英语有了显著的提高，尽管她的口音仍然很重，很生硬。有时，她会故意地强调她的“r”音，拉长她的“u”音，把“w”音换成“v”音。由于她无法摆脱自己的口音，她让自己的口音变得更厚重、更大胆，按照每个英国人预想的俄罗斯人说话的方式——因为罗克萨娜对每一个新认识的人都说，她来自俄罗斯。

事实上，她来自保加利亚。但是在英国，即使是在街上能听到许多语种和方言的伦敦，人们对她的祖国仍知之甚少。巴尔干半岛就像一幅拼图，上面有无数块拼图，每一块都同样陌生、古怪。如果罗克萨娜说她来自保加利亚，他们就会微妙地点点头，不再多问。但每当她说她是在俄罗斯出生和长大时，他们就会提出一连串的问题。来自一个有冰雪、伏特加、鱼子酱和克格勃间谍（让人奇怪）的国度，既有趣，又有点浪漫。

人们总是警告说："追求最高目标的女孩最后会摔得最惨。"但是，即使这是真的，即使她终会犯错，即使她的梦想注定比蝴蝶的生命还要短，她的努力也是有价值的，不是吗？罗克萨娜是她自己想的名字。她为自己编造了名字（罗克萨娜、罗克珊、或罗克西，男人们经常换着叫），国籍，过去，未来和故事。真相，她的真相，并没有像维多利亚时代女士的衬裙那样层层隐藏。所有的一切都是她编造合成的——这个来自保加利亚一个安静小镇的女孩，伪装成俄罗斯人，在伦敦市中心的脱衣舞俱乐部里跳着巴西桑巴舞。

*

在舞台后面，穿过那些很久没有洗过的紫红色窗帘，罗克萨娜站在那里，化着浓妆。她往外看，发现俱乐部里已经坐满了人。又是一个忙碌的夜晚。这里有常客，也有一些新顾客：单身汉、即将结婚的人、刚离婚的人和结婚多年的丈夫。黑人、黄种人、白种人。年轻人和老年人，但大多是中年人。

然后她发现了在酒吧里正慢慢地喝着苏打水的他。这个黑头发的土耳其人脸上带着无限绝望的表情，他面带忧虑，就像一件虫蛀的夹克。她第一次见到他是在一个赌徒窝里，她是应一个中国老板的邀请来的。她就是在那儿知道他的名字，阿德姆。她看着他在轮盘赌上赢了一大笔钱，换作其他任何人，都会立刻出去挥霍掉所有赢来的钱。但第二天他又回来了，玩得更大，然后输掉了所有筹码。她的内心有一半鄙视他的愚蠢，但另一半也为他的无畏喝彩。

从那以后，他每次都来看她的演出，每次演出结束后都请她喝一杯。他一直很关心她，问她的过去，希望能听到最忧郁的自白。她透露的唯一一点真相是关于她父亲的酗酒习惯。

"真的啊，"阿德姆说道，"那么你老爸跟我爸爸一样了，呃？我爸爸死于肝肿大。"

就在这时，她退缩了，仿佛被一个看不见的障碍物绊倒。她不想知道这个男人的悲惨故事。她不想知道任何人的悲惨故事。她只想编造自己的故事，她明白这些故事不是真的，也永远不会从中得到安慰。

她会对他不理不睬，叫他离她远点。这可能会伤害他的感情，但对他和他的家人来说会更好。也许那样的话他就会对妻子忠诚，尽管她对此表示怀疑。像他这样的男人，一旦开始频繁光顾这个地方，幻想着被生活剥夺的浪漫越轨行为，就只有等到经历了一些难以忘怀的灾难后，才会回到自己的家中。

宏大誓言

伦敦，1977 年 10 月

尤努斯是托普拉克家族中唯一在英国出生的孩子。他的英语说得很流利，但土耳其语和库尔德语却说不流利。他有一头末端卷曲的赤褐色头发，脸颊和耳朵上有几处雀斑，给了他一种孩子气的魅力。据他的母亲说，他的头和身体稍微不成比例，就他的年龄而言有点偏大，可能因为思虑太多。根据他衣服颜色或心情的变化，他的瞳色会从墨绿色变成桃金娘色。他是以先知约拿的名字命名的，那是一个逃亡的先知：当他得知他必须告诉人们他们还没有准备好聆听的真理时，他跑上山去，希望躲避上帝给他布置的使命；最终被一条鲸鱼吞掉，不得不忍受三天三夜的黑暗，独自一人，充满悔恨。

七岁的尤努斯喜欢听这个故事，当他想象鱼的肚子——又黑又深又潮湿时，他的脸上充满了好奇。他对这种严酷考验感兴趣还有一个原因：就像先知一样，尤努斯也有放弃和逃跑的倾向。如果他不喜欢待在学校，他就会逃学；如果他不喜欢在家，他就会离家出走。只要有一点厌烦的迹象，他就会起身，准备再次逃走。尽管彭贝一直努力阻止，尤努斯还是有大部分时间待在外面，熟知哈克尼区的小街小巷，甚至可以给出租车司机指路。

彭贝说她从来都不明白她的孩子们为何会如此不同，而尤努斯更是不一样。他是个内向的人。哲学家。梦想家。生活在自己想象的洞穴中的隐士，在平凡的事物中寻找财富，在孤独中寻找同伴，在任何地方寻找美丽。当伊斯坎德尔和埃斯玛嫉妒别人的好运气，并以自己的方式为各自的处境争吵不休时，尤努斯却不憎恨任何人，他只属于他自己。尽管家里的每个人都觉得自己是个局外人，而原因各不相同，尤努斯似乎都可以安然面对自己的处境。当他回到内在的自我时，他是如此的完整，他不需要消遣。他本可以住在一条鱼的肚子里，一切都好。

彭贝相信他之所以会这样，是因为他在她的子宫里待得不够久或者是母乳没喝够。尤努斯是她的孩子中唯一一个早产的，他拒绝喝她的乳汁，必须用奶粉喂养。“看到这个结果吗？这让他变得疏远，难以接近。”她抱怨道。

当伊斯坎德尔渴望控制世界，埃斯玛渴望一劳永逸地改变世界时，尤努斯想要理解世界。这便是全部。

*

1977年初秋，尤努斯第一个注意到他的母亲有些不对劲。她看上去沉默寡言，陷入沉思。有几次她忘了给他零花钱。而且她喂他的食物也少了，没有往他嘴里塞那么多食物。尤努斯就知道一定是哪里出错了。彭贝决不会忘记喂他；即使是末日的那天早晨，她也要确保他吃饱肚子上天堂。

尤努斯并不会为自己着想；他总是关心别人。无论如何，他找到了一个赚零花钱的方法。这比彭贝给他的还要多。

磨坊路有一栋房子，位于他学校的西北方向，和学校隔着几条街道的距离。据当地人说，这是一栋维多利亚时代的独栋大屋，孤零零的，废弃已久，里面有鬼魂出没。它有一个陡峭的屋顶，一个环绕的门廊和尖尖的拱窗。尤努斯是在附近多次探险中发现这个地方的。一群年轻人占据了那里。朋克、无政府主义者、虚无主义者、激进分子、脱离社会的人，那里汇集了各种离经叛道的观点，这些观点没有一丝一毫的关联……人群中五颜六色，大多在阴影中呈现出红色和黑色。托普拉克家的人都不知道尤努斯是怎样和他们结识的，但是那些擅自占屋的人都喜欢他，他是一个聪明的小男孩。当他们疲惫不堪或不愿走动时，他们就派他去跑腿。面包、奶酪、牛奶、火腿、巧克力棒、罐装的烟草、瑞兹拉卷烟纸……在哪里买什么最划算他已了如指掌。

有时，他们还让他从一个脸色阴沉的亚洲人那里取包裹。这个人住在一栋灯光昏暗的大楼里，骑车十分钟就到——这是尤努斯暗自害怕的任务，尽管那人给了他小费，也没问任何问题。在那人住的地方有一种令人不安的恶臭——腐烂和疾病的味道。占屋者们的房子也很臭——有时甚至更糟。然而，在包裹着每个人、每样东西的浓重气味之外，还有其他的香气来自花朵、香料和树叶——转瞬即逝的生命。

屋里有一个三层楼高的木制楼梯，又陡又烂，每次有人上去或下来，楼梯就会摇摇晃晃。一楼和二楼的内墙都被打通了，创造出了作为大卧室的开放空间——甚至浴缸也变成了床。三楼被叫做广场。这些占屋者定期在那里聚会，就像在城邦的古希腊人一样，讨论、投票并通过公社的决定。

房子里的家具大都放在了广场：从二手商店淘来的灯具、扶手椅和餐椅——没有两张是配套的——沙发上到处都是香烟烧过的痕迹。房子里铺着一块华丽的深红色东方地毯。没有人知道它是从哪里来的。虽然有些破旧，但仍然保持着良好的形状，它可能是整个占屋群体中最珍贵的东西。到处都堆着成摞的书、杂志和扇子，还有一大堆咖啡杯、酒杯、早已变质的饼干、口琴和一台没人修理的坏录音机……所有的东西都属于集体，没有多少东西属于个人。

住户的人数每周都在变化。这是尤努斯在第二次来访时发现的，当时他遇到了一些新面孔，并意识到他之前遇到的一些人已经搬出去了。

“它就像一座漂浮的房子，”一个男人解释道，咧嘴一笑，“这是我们的船，我们正在驶向广阔的未知海域。一路上有些乘客下船，而有些人又上来。”

这名男子的头发染成了淡黄色，扎成类似火焰的形状。他的头好像着了火。

“是的，一艘方舟。”一个年轻的爱尔兰女人说，她有一双杏眼，乌黑的头发，笑容灿烂。她转过身来面对着那个男孩，做了自我介绍：“嗨，我是——”

但尤努斯没听见她的名字。那时没有，以后也没有。他忙着盯着她的唇环，她穿洞的眉毛，还有她胳膊、肩膀和上胸部的文身。注意到他的惊讶，她让他走近一些，并把她身上的每一个文身都展示给他看，就像一个艺术收藏家向晚会客人炫耀他的收藏一样。

她的左臂上有个射手文身，因为那是她的星座——射手座。因为她不想让弓箭手感到孤独和痛苦，所以她在他旁边文了一个拿着金色竖琴的天使。从她的颈背开始，向两边肩膀伸展开来，文着一朵白青色的大莲花，它的根部一直延伸到她的背部。她的右臂上是一朵盛开的粉红色玫瑰，下面有个名字：“托比科”。

“那是什么？”

“哦，说来话长。”她耸耸肩说。

"我姐姐说没什么是说来话长的。只有短篇故事和我们不想讲的故事。"

"嗯哼，很酷嘛。你姐姐是做什么的?"

"她会成为一名作家。她想写没人坠入爱河的小说，因为爱情是为傻瓜们准备的。"

女孩笑了。然后她给尤努斯讲了自己文身的故事。曾经，她的手腕上文着"托比"，是她男朋友的名字。他从事音乐行业，总是喝醉。但她仍然爱他。有一天她告诉男友她怀孕了，尽管她并没有：她只是想看看他会有什么反应。听到这样的消息时，男人们的反应不是这样就是那样。你永远不知道。他们变了——最善良的人变得冷酷无情，而最冷漠的人则变得温顺、体贴，完全变成了禅宗信徒。

"那你男朋友是怎么做的?"尤努斯问。

"哦，他气疯了。他真的失去了理智，那个烂醉的混蛋!"

托比的反应是问这是不是他的孩子。并且说，即使是他的孩子，她仍需自己解决这个问题。就在那时，她抛弃了他，尽管内心的强烈冲动告诉自己不要这么做。消除文身是件不小的举动，而且总会留下疤痕。她不反对伤疤——它们是生活的一部分——但她不想让有关他的伤疤留在她身上。于是她去找了一位文身艺术家，让他把"托比"变成了"托比科"。

"哇。这是什么意思?"

“哦，这是一道日本菜，”她解释说，“飞鱼卵。”

“飞鱼卵。”尤努斯低声说，好像他不想打破魔咒一般。在他眼前，几十条飞鱼跳出水面，优雅地向太阳飞去。尤努斯，这个以从鲸鱼肚子里活下来的先知命名的男孩，动情了。

从那以后，只要一有机会，他就会出现在那些占屋者的房子里。他们让他留下来，即使没有什么差事。他坐在托比科旁边，全神贯注地听着她说的每一句话，尽管他很少能听懂她的谈话。失业、虚假意识、劳动者权利、文化霸权……他了解到，如果你留在资本主义制度之外，就不可能在资本主义制度内部做出任何有意义的改变。但如果你成为这个秩序的一部分，它便会摧毁你的灵魂。那么，你如何从内在改变一些东西，同时又与之保持分离呢，伙计？尤努斯一边喝着冒烟的茶，偶尔喝上一小口酒，一边冥思苦想，但无论他怎么用劲思考，他都想不出答案来。

到了晚上，尤努斯会梦见这些占屋者的房子在一片完美的大海中漂荡，它与天空融为一体，海鸥在天空中飞来飞去。他会看到那些擅自占屋者在水里划水，大声说话，一丝不挂，像快乐的美人鱼一样。托比科会站在那里，站在悬崖上，当她向他挥手时，她长长的黑发在风中飘动，露出一种纯粹的喜悦。尤努斯会回过头来，感觉太阳照在他脸上，然后潜到蓝色大海的深处，一直游到他肌肉酸痛。

早上他会在湿漉漉的床上醒来。

*

除了他们的特色菜：香辣肉酱，在占屋者之家很少有餐食。多是肉末、罐装西红柿和袋装芸豆。代替晚餐的是饼干、巧克力棒、苹果、香蕉和快过期的超市糕点。如果心情好的话，托比科会用厨房里能找到的任何东西来烤杯子蛋糕，并在混合物中加入大量的大麻。

哈克尼地方议会长期以来一直试图驱逐这些擅自占屋者，以便将房子翻新并出售，获得可观的利润。这两个团体之间正在进行一场持续的战争。最近，伦敦电力董事会发现擅自占屋者已经找到了连接电的方法，于是派人去把电切断。结果现在，每一层楼都有蜡烛和油灯，诡异的影子在墙上爬行。厕所多次堵塞，臭气熏天。尤努斯不明白为什么托比科还住在那里。要是他再大一点，有自己的工作和公寓，他就会叫她跟他住在一起。但是，她可能会带着船长一起去，船长会邀请整个团伙，因为船长需要领导别人，所以每个人都会在他的家里落脚，几周后，这个家就会和占屋者的房子一模一样了。

大家都叫“船长”的那个人是一个瘦骨嶙峋的家伙，头发长的能垂到他那灰白色的眼睛里，牙齿因抽烟而变得微黄，每个手指上都戴着一枚戒指，包括他的拇指。他喜欢把脑子里想到的东西大声说出来。他喜欢讲话，他那沙哑的声音随着每一个新的观点而变得越来越有激情，他的听众被迷住了。船长是第一个称尤努斯为“穆齐”的人。这个男孩以前从没听过这个词，所以一点也不喜欢。

“别担心，”当尤努斯向托比科表达自己的担忧时，她说，“尽管外表如此，他并不是一个种族主义者。因为他是反法西斯的，怎么可能是种族主义者呢?”

尤努斯眨了眨眼睛。

“我的意思是，他喜欢把人类分类，只是为了知道每个人的立场。他的大脑就是这样工作的。”

“我姐姐埃斯玛也喜欢说话。”尤努斯插嘴说，他知道这是一个愚蠢的评论，但不管怎样还是说了出口。

托比科笑了。“船长不爱说话。他脏话连篇。”

男孩的脸上一定流露出嫉妒和绝望，因为突然间，托比科把他拉向她，吻了吻他的前额。“亲爱的，我多希望你再大十岁呀!”

“我会的，”尤努斯一本正经地说，尽管他的脸直到耳朵都涨得通红，“再过十年。”

“记住，再过十年，我就会变成一个又老又皱的干李子了。”然而他不会承认这点。她把他的头发拨乱——这是他讨厌但她最喜欢的动作。

“我会很快长大的，”尤努斯小心地说。

“哦，我知道你会的。你已经是我所认识的最大的小男孩了。”

说着，她又吻了他一下，这次是吻他的嘴唇，轻柔湿润。

他觉得好像在吻雨一般。

“你永远都不要改变，”托比科轻声说，“不要让贪婪的资本主义制度影响你。”

“好——好的。”

“向我保证。不……等一下。用一些对于你来说重要的事情向我承诺。”

“《古兰经》怎么样?”尤努斯胆怯地问。

“噢，对。这是极好的。”

就在那时，七岁的尤努斯嘴唇颤抖，心怦怦直跳，对真主发誓，他向安拉发誓，他永远不会让资本主义制度接近他，尽管他对这是什么意思一点概念都没有。

***

什鲁斯伯里监狱，1990 年

它终于到了。哈里·胡迪尼的海报。那个不能被锁住或束缚的男人。或者说，一个不能被监禁的男人。我的偶像。这是他早期的照片之一。黑色和白色，还有深浅不一的灰色。胡迪尼在照片中是一位年轻的魔术师，他身材瘦长，前额宽大，眼睛炯炯有神。他的燕尾服袖子卷了起来，露出手腕上的半打手铐。他脸上没有一丝恐惧。对他来说，只是一种模糊的、沉思的神情。你会以为他是在做梦。

我把它贴在墙上。"特刺激"① 看到了，突然笑了起来。我的狱友叫帕特里克，但没人记得。每当他看到能吸引他注意力的东西时——这种事情经常发生，即使是在这样一个枯燥的地方——他就会说，"天啊，这特刺激!"所以他有了这个名字。

"特刺激"比我年轻，比我矮一点。灰黄的皮肤，有点谢顶，深棕色的眼睛，浓密的睫毛。不管他多大年纪，他母亲都认为他是个被坏朋友腐蚀的好孩子。通常，这是瞎说的。但在"特刺激"的故事中，这是真的。斯塔福德来的好小伙子，干了些讨厌的活儿。有趣的是，其他蠢货居然能够逃过惩罚，但是"特刺激"却被判了十年。事情就是这样。

豺狼永远不会有事。只有扮演豺狼的人才会被抓。我不是说我们更好。有时候，冒充豺狼比当豺狼更糟糕。

我从未告诉过"特刺激"，他的眼睛让我想起了尤努斯。他是我最想念的人。我从来都不是他真正的兄弟。当他需要我的时候，我不在那里，忙着打错误的仗。

尤努斯现在是个大男人了。一个天才的音乐家。他们这

---

① 这个绰号英文为 Trippy，意为"由致幻药引起幻觉的"，译名取其谐音和相近的意思。——译者注

么说。十二年来他只来看过我两次。埃斯玛仍然不时来访，尽管最近没有。她来是告诉我，她是多么想念我，同情我，恨我。尤努斯却不是。他像往常一样匆匆离去。即使是埃斯玛最尖酸刻薄的话也没有我弟弟不来那么伤人。我真心希望他能原谅我。如果他能从心底原谅我，那便好。不是因为我希望他爱我。这是一个白日梦。我要他原谅我是为他好。愤怒是有毒的——会导致癌症。像我这样的人已经习惯了，但是尤努斯应该得到更好的。

“那个人是谁?”“特刺激”指着墙壁问道。

“他是一个伟大的魔术师。最棒的。”

“真的吗?”

“是的，他的一些魔术仍然是个谜。”

“他能让人们消失吗?”

“他能让该死的大象消失。”

“哇，太刺激了!”

我们整个下午都在谈论胡迪尼，我们的脑子里充满了故事，而在“特刺激”的脑海里，充满了毒品。我喜欢偶尔抽支大麻烟。但仅此而已。没有药丸，没有海洛因。从未尝试过，也永远不会。我不会走那条路。当我提醒“特刺激”他必须戒掉时，他把拇指放进嘴里，发出吮吸的声音说：“我不是婴儿啦。”

“闭上你那臭嘴!”

他咧嘴一笑，像个顽皮的小男孩，这个瘾君子。但他没有得寸进尺。他知道他是唯一能这样和我说话的人，并且他知道我的底线。

晚上点名后不久，马丁和一个我们从未见过的矮胖警卫一起出现。那人下巴上有个酒窝，头发乌黑，我怀疑他是不是染发了。

“警官安德鲁·麦克劳克林今天就开始工作了。我们正在检查牢房。”

马丁很快就要退休了，他想确保我们会尊重这个接替他的年轻人。一种尴尬的沉默，好像我们都很尴尬，不知道该说什么。突然马丁的目光落在我身后的海报上。

“这是谁的主意？”他低声说着，不等我回答，就转向我，“你的，是不是？”

马丁是个差劲的演员。他已经看过这张海报了。如果没有他批准，我就不会得到它。但现在他表现得好像是第一次看到它。只是想告诉这个新来的男孩，他可能已经到了退休年龄了，但他仍然不会放过任何把戏。他说，这些年来，他看到男人们把各种各样的照片挂在墙上——他们的妻子和家人，宗教偶像，电影明星，足球运动员，板球运动员，花花公子的兔女郎——但胡迪尼，绝无仅有。

“你大概疯了。”马丁笑着说。

“也许。”我说。

麦克劳克林警官走近我，嗅了嗅我周围的空气，就像一条猎犬在跟踪我。“或者他打算逃走。胡迪尼是一位逃脱大师。”

这该从何说起？我额头上的静脉轻轻地抽动着。“我为什么要这么做？”

“是的，”马丁问，他的眼睛突然变严厉了。“他为什么要那样做？”

然后他转向新来的狱警解释道：“亚历克斯 1978 年就进来了。他只剩下两年的时间就能出狱了。”

“一年十个月。”我纠正他。

“是啊。”马丁点点头，仿佛这总结了所有事情。

和往常一样，马丁脸上露出两种矛盾的表情——厌恶和尊敬。前者从第一天起就存在，并从未消失过——蔑视一个犯下了可以想象到的最严重罪行，把上帝赐予他的唯一生命搞砸的人。他的尊敬来得很晚，而且是出乎意料的。我们有一段共有的历史，马丁和我。

但麦克劳克林警官的脸上却讲述了一个不同的故事。“我想我知道你的情况，”他平淡地说，“我记得我看过这个案子，我对自己说，怎么会有人对自己的母亲做那样的事呢？”

我意识到我们年龄一样大。不仅如此。我们是一样的人。我们可能在青少年时期经常出现在一样的街道上，同样亲吻着女孩。最奇怪的感觉抓住了我——就好像我在看一面倾斜的镜子。如果我走的是另一条路，我可能会成为眼前的麦克劳克林。如果他没有在最后一刻躲开，他可能会成为现在的我。

“十四年，是吗？真是可耻。”他说。

马丁紧张地咳了下。你不会在路过时提醒一个人他犯了罪，就像谈论天气一样。你只有在紧要关头才这样做。通常没有人会提醒任何人之前发生了什么。总之，监狱里的人都是被囚禁在过去的人。

“亚历克斯在过去几年里已经有所好转，”马丁像个导游一样插嘴说。“他经历了一段黑暗时期，现在慢慢回来了。”

亲爱的老马丁。这么乐观。我经历过地狱，真的。但他和“特刺激”知道，并且我知道，我妈妈的鬼魂也知道我还是那样。

我的名声很差。我想我还是这样。我很容易就会暴怒。很难预测什么事会让我生气，甚至大部分时间我都没办法明白。当我唱歌走调的时候，我变得很暴力。他们说我的左拳像砖头一样猛。有时我突然爆发。其他的犯人中只有瘾君子才会这样。当他们渴望得到货物而没有供应时，他们就会发脾气。但是我没有毒瘾。这可能使我更让人害怕。这是我头脑清醒时的状态。我伤害我自己。我的头。因为我不喜欢里面的东西。我把燃烧的香烟握在掌心。它们肿了起来，像肿胀的眼睛。我割破我的腿。腿上有很多肉，大腿，膝盖，脚踝。存在大量的可能性。在什鲁斯伯里，剃刀和红宝石一样珍贵，但要找一把也不是不可能。

“你们两个会互相熟识的。”马丁说。

“嗯，我相信我们会的。”麦克劳克林警官说。

“特刺激”眼看着紧张局势加剧，感到不安。他知道发生了什么事。他以前见过。有时，一个狱警不喜欢我们，就完蛋了。你陷入了一个糟糕的开始，它永远都不会变得更好。

导游马丁又一次试图和解。“亚历克斯是一个拳击手。他是我们的运动员。他在学校时获得了一枚奖牌。”

为我辩护是件可笑的事情，但不用说，没人笑。我想感谢马丁对我的支持，但如果我把目光从那位年轻的警官身上移开，哪怕是一秒钟，我都会使自己看上去软弱。

必须让他知道我不是懦夫。我上一次成为一个懦夫，是在20多年前。我是一个在树上逃避割礼的男孩。但软弱帮不上忙。从那以后，我再也没有软弱过。我已经错了。他妈的错了。

但是我从未示弱。所以我没有退缩，我没有眨眼，我一直盯着这个麦克劳克林的眼睛，他盯着我的眼睛可能也是出于同样的原因。

然后他们离开了。

*

我在半夜惊醒。起初我以为我妈妈来看过我。但是，不管我怎么努力，我还是感觉不到她的存在。没有像树叶飘落的沙沙声，也没有像月光挥洒的柔光。只有“特刺激”在打鼾，放屁，磨牙，和他的恶魔们战斗。

我笔直地坐在床上，环顾四周，想知道到底是什么把我吵醒的。然后我看到了。地板上有一张纸。一定是有人把它从门缝中塞了进来。走廊上透进来一丝亮光，我把它捡了起来。这是一张剪报。从《每日快报》剪的。

一个男孩为了“名誉”杀了他的母亲

1978 年 12 月 2 日

在哈克尼区，一名 16 岁的土耳其/库尔德裔男孩为了维护名誉而刺死了他的母亲。伊斯坎德尔·托普拉克在位于薰衣草街的家门前刺杀了彭贝·托普拉克。

据称，这位 33 岁的三个孩子的母亲有婚外情。邻居们说，虽然阿德姆和彭贝仍然保持着婚姻关系，但他们不再住在一起了。“当父亲像这样不在时，母亲的名誉便由长子保护，在本案中，长子就是伊斯坎德尔，”一位目击者说。警方目前正在调查这名仍逍遥法外的少年是单独作案，还是被其他家庭成员用作实施集体谋杀计划的棋子。

警方的一名女发言人告诉《泰晤士报》，这个案子在英国和欧洲既不是第一起，也不会是最后一起。她宣布，目前他们正在调查 150 起可能与名誉谋杀有关的死亡事件。“遗憾的

是，这一数字可能会更高，因为并非所有案件最终都掌握在警方手中，”她说道，“家人和邻居知道的比他们说的要多。与受害者最亲近的人往往会隐瞒有价值的信息。”

这位女发言人还说：“在现代社会，这是一种越来越严重的毒瘤，因为在许多社区，家庭的名誉被认为比个人的幸福更重要。”

我的手抖得那么厉害，剪报好像在强风中飘动。我真想抽支烟。或者喝一杯。一些简单粗暴的东西。我父亲从来不知道这一点，但我和一些男孩常常喝苹果酒或啤酒。不过从来没有威士忌。那是另一个联盟。我第一次品尝威士忌是在这个屋檐下。在监狱里你能找到任何东西，只要你知道怎么做。

我把纸对折，把边角折到中间。一个正方形，两个三角形，一个长方形……我把边角拼在一起，把三角形拉开，就折出一个纸船。我把它放在地板上。没有水使它漂浮。没有大风能让它起航。你会认为它是水泥做的。不会去任何地方。就像我胸口的痛。

伊斯坎德尔·托普拉克

埃斯玛

伦敦，1977 年 12 月

我们住在哈克尼区，在一条名叫薰衣草园的街道上。周围没有薰衣草丛，它只存在于街道的名字中，这使我母亲总是很失望。她一直在期望有一天能看到，在别人的花园里，在某个角落，在一片被遗忘的树林，有一片紫色的海洋。

我喜欢这一带。有非洲美发沙龙、牙买加咖啡厅、犹太面包店、经营水果摊的阿尔及利亚男孩，他以一种有趣的方式念出我的名字，并且总是给我带一点礼物；还有那些住在附近的音乐家，每天开着窗户排练，不知不觉地让我知道了肖邦；那个在里德利路市场画肖像的画家，每幅画像十先令，有一次我只是对他微笑了一下就给我画了。这一带汇聚了各种宗教信仰和肤色的人。

住在这之前，我们在伊斯坦布尔有一套公寓——我和伊斯坎德尔在那里度过了幼年时期，但现在它属于另一个时代，另一个国家。我们一直住在这里，直到 1970 年 5 月，尤努斯出生前不久，我们搬到英国。和许多外邦人一样，母亲也有选择性的记忆。在她对于过去所留下的记忆中，即使不是全部，大多也是关于美好事物的：温暖的阳光，市场上成堆的香料，风中飘来的海草的味道。这片故土依旧洁净无瑕，是香格里拉，一个可以回归的潜在避难所，如果并不存在于真实的生活中，也至少在梦中。

然而，我的记忆是复杂的。也许，在与父母共同生活的过去，孩子们记得的点点滴滴永远不会和父母记住的一样。偶尔，我的思绪又回到那所老房子的地下室：家具被布置成了天蓝色；咖啡桌上和厨房架子上则铺上了圆形白色的钩针编织的蕾丝桌布；墙上长着霉菌；高高的窗户面向街道打开着……刻在我记忆中的那间公寓是一个光线昏暗的地方，那里整天都开着噼啪作响的收音机，空气中弥漫着一股淡淡的腐臭味。那里总是黄昏的样子，早晨和下午都没有什么区别。

当这个地方是我的家时，我还很小。我会盘腿坐在客厅的地毯上，半张着嘴仰望着靠近天花板的窗户。透过窗户，我可以看到许多双腿忙乱地左右奔走。人们去上班，购物回来或出去散步。

看着路人的脚，试着猜测他们的生活是什么样子，这是我们最喜欢的一个游戏——三个人玩的游戏：我、伊斯坎德尔和妈妈。例如，我们会看到一双闪亮的细高跟鞋轻快却急促地走着，脚踝绑得整整齐齐，鞋跟在人行道上噼啪作响。“我想她是去见她的未婚夫。”妈妈说，然后编了个引人入胜的关于爱和心碎的故事。伊斯坎德尔也很擅长这个游戏。他会发现一双破旧、肮脏的鹿皮软鞋，然后编造一个故事，讲述这双鹿皮鞋属于一个失业好长时间，现在非常绝望的人，他要抢劫拐角处的银行，在那里他会被保安开枪打死。

地下室没有足够的阳光，但雨水却很多。毛毛雨并不是什么威胁，但只要城里降水量达到两英寸以上，房子里的排水沟就会溢出来，使地下室淹没在一个脏乱昏暗的湖里。木制烟灰缸、铲子、相框和竹篮都会漂浮起来。烤盘、案板、茶壶、杵和臼都用不了。桌上的玻璃花瓶很快就会掉下来，里面的塑料花则会浮起来。然后是挠背耙……我也希望它能沉下去，但它永远不会。

我的父母曾说过要搬出公寓，但即使他们有办法在这个贫困的街区找到一个阳光更充足的地下室，也不能保证它能更好地经受住伊斯坦布尔臭名昭著的暴雨。也许多年来，他们也对自己的公寓产生了依恋。这里也许阴暗潮湿，但它毕竟是家。

伊斯坦布尔。在那缓慢旋转的记忆深处，这座城市的名字在我一生记得的数百个城市中最为突出。我把这个词放在舌头上，慢慢地、热切地吮吸着，仿佛它是一种煮过的糖。如果伦敦是一种糖果，那一定是奶油太妃糖——浓郁而传统。

然而，伊斯坦布尔将是一种有嚼劲的黑樱桃甘草糖——一种口味冲突的混合物，能够把酸变成甜，把甜变成酸。

*

我父亲赌光了两个月的工资后不久，我母亲就开始工作了。突然之间，我们从未如此需要钱。伊斯坎德尔去上学，妈妈开始去富人家，在那里她会照顾她们的孩子，做饭，打扫房间，擦洗锅，熨衣服，偶尔还会听听她们诉苦。我被留下由邻居照顾，那是个说话尖刻、听力差的老妇人，但在其他方面很好。

晚上，好像讲睡前故事一般，妈妈会告诉我们在别墅里的生活，每个孩子都有自己的房间，时髦的丈夫们会邀请妻子和他们一起喝酒。她曾见过一对夫妇用机器播放着爵士乐跳舞——这让她深感羞愧，因为他们穿着沾满灰尘的鞋子踏上地毯，这证实了她的看法：富人身上有某种奇怪的东西。否则，为什么有人会往饮料里扔绿色的橄榄，会毁坏豪华的地毯，会用牙签戳着黄色奶酪轻咬品尝？

在为几个家庭打过帮工之后，妈妈找到了一份全职工作。她的雇主夫妇都是名人。女主人是个演员，刚刚生了一个女孩。至于她的丈夫，我们从来不知道他究竟是做什么的，但我们知道他总是很忙，经常旅行。我妈妈的工作是照顾房子和孩子，还有女演员，她似乎不能很好地应对她人生中的变化。这个婴儿哭闹不止，喜怒无常。但这位新妈妈也很容易哭泣，有时甚至哭得更多。她很漂亮——杏仁色的眼睛，乌黑的头发，整齐的鼻子，纤细的手臂，细细的血管。如果她的粉丝看到她窘迫，沮丧的状态，他们可能会感到失望，但妈妈却喜爱她。

那时，照顾我的老妇人病了，妈妈开始带我一起去工作。当我一个人玩的时候，她会辛苦地在女演员的床上偷偷地撒些豆蔻种子来保护她免受精灵的伤害。随后我们会乘坐公共汽车和面包车回家，此时城市上空的天空低垂而黯淡。整整一个月过去了。妈妈希望哪天能拿到工资，但是没有人提到，她也不好意思开口。

一天下午，妈妈在做饭，我在厨房桌子底下玩，那个女人的丈夫出现了。他身上散发出淡淡的酸味——须后水和威士忌混合的味道。他的眼睛充满了血丝，但奇怪的是他很开心。他不知道我在这里，跌跌撞撞地向妈妈冲过去，两手一把抓住她的身子。

“嘘，”那人说着，把手指放在嘴唇上，“他们都睡着了。”

他们都睡着了。他们不会看到我们。他们都睡着了。所以我们也可以睡觉。我会给你买些好东西。鞋子、包、衣服、一对金色的耳环……你是个好女人，圣人。可怜可怜我吧。我妻子永远不会知道。你的丈夫也不会。他们都睡着了。我不是坏人。但我是一个人，像其他人一样，我有需要。我的妻子不再是女人了。自从孩子出生后，她就变了，总是哭，总是哀号。整个城市都在沉睡。

我妈妈把他推到墙边；他喝醉了，几乎没有反抗。他的双手在身体两侧摇晃着，身体松弛下来，好像是空的，就像一个柔软的玩具。妈妈一只手拽着我，另一只手拿着她的手提包，跺着脚走下走廊，然后意识到我们没有足够的钱回家。

“先生……”她说，“你没有给我工资。”

他站在门口，微微有些摇晃。“你想要钱?”他问道，听起来很惊讶。

“我这个月的——”

他打断道：“你这样对待我，还想要钱？你真是个婊子!”

我们大步走出房子。我们乘公共汽车，在我们老地方下了车，决定走完剩下的路回家。但是妈妈没有注意到路的方向。我们一步一步地离开大街，走到弯弯曲曲的小道上，似乎没有什么方向。天渐渐黑了。我们发现到达了海边一个我们从未涉足过的地方。海浪拍打着岸边巨大的黑色岩石。我们坐在那里，屏住呼吸，欣赏着这座城市的壮观，感受它对我们的冷漠。

注意到海滩上的小贝壳，我站起来捡。我还在海边溜达，看见两个男人向我母亲走来。他们吃着葵花籽，吐着瓜壳，身后留下一道痕迹，就像汉塞尔和格蕾特尔糖果屋的故事①一样。

“晚上好，姐们儿，你看起来很伤心，”第一个男人说，“像你这样的女人此刻在这儿干什么？”

“是的，你看起来需要帮助。”另一个说。

妈妈没有回答。她在手提包里摸索着找手帕，要擤鼻子。几个发夹，家里的钥匙，几张要付的账单，一把她随身带着但忘了给我的榛子，一张她孩子们的照片，还有一面镜子，镜子里她看到了自己的忧郁，但没有手帕。

“今晚你有地方可去吗？为什么不加入我们呢？”

“我们会好好照顾你的。”另一个说。

“我不需要你们的帮助！”妈妈反驳说，她的声音里充满了愤怒。然后她转向岸边，喊道：“埃斯玛，快过来！”

那些人看到我很惊讶，但他们没有后退，而是默默地跟着我们。这是一个游戏。妈妈会抵抗。他们会坚持。妈妈会抵抗。他们会坚持。妈妈会屈服。

“走开！难道你们看不出我是个结了婚的女人吗？”

其中一个男人紧张地瞥了她一眼，但另一个则嗤之以鼻，翻了个白眼，好像在说，那又怎么样？

四周又黑又迷蒙，行人越来越少，车辆也越来越少。我

① 《格林童话》中一故事。

们匆匆赶路，小心翼翼地避开角落，树上映照着月光灰色的轮廓。我们看到一两个女人，在她们的丈夫或兄弟旁边散步，享受着保护和特权。十分钟过去了，也许更久，我们遇到一个带着一个男孩的老人。

“你们好。你们还好吧?”

没等妈妈回答，我脱口而出：“我们迷路了。”

老人微微点了一下头，对我微微一笑：“亲爱的，你的家在哪儿?”

妈妈低声说了一个地方，但出于礼貌，她补充说不应为我们担心。

“好的，你很幸运。我的孙子和我也要走那条路。”

“不，我们不是。”男孩反驳说，他比我稍大一点。老人捏了捏孙子的肩膀。“有时候，捷径就是跟随朋友的路线。”然后他转向我们身后的两人，狠狠地瞪了他们一眼，他们突然尴尬地转移了目光。

于是我们开始步行回家——妈妈，我，老人和男孩。我呼吸着海风带来的咸味，永远感激那些陌生人，他们如此意外地变成了路上的伙伴。当我们走到街上时，妈妈问那个人的孙子叫什么名字。

“尤努斯，”他骄傲地说，“*真主庇佑*，他下个月就要受割礼了。”

“如果上帝再给我一个儿子，”妈妈说，“我会记住你，给他起名叫尤努斯，这样他对陌生人就会像你对我一样好。”

*

而在地下室的公寓里，父亲坐在窗户下等着，在一片石板色的空屋中，一根接一根地抽烟。他一听到我们钥匙转动门锁，就跳了起来。“你们去哪儿了?”

“我们不得不走路，”妈妈说，对我皱起了眉头，“埃斯玛，脱下外套，回你的房间去。”

她把我推到走廊上，用力地把门关上，门又弹开了，微微半开着。“我没有钱去坐面包车了。”

“你没有钱是什么意思？他们给了你多少钱?”

“什么都没有。我不会再为他们工作了。”

“你到底在说什么?”父亲问道，声音提高了一点，但仅此而已。“我要还债，你知道的。”

“他们没付钱给我……”

几乎整整一分钟我都没听到一点声音。然后，就像从黑暗的水里出来呼吸一样，我父亲大声地吸气。“你这个时候回家，你以为我会相信你的谎话。钱在哪儿，你这婊子?”

沙发上有一把挠背耙，用公羊角制成的一种淡黄色的、凉凉的工具。转眼间，他一把抓住它扔向妈妈。妈妈被他的话弄得心烦意乱，没能及时躲开。挠背耙砰的一声击中了她的脸，划伤了她的脖子。

不，我父亲阿德姆·托普拉克从没打过他的妻子和孩子。然而，在那天晚上，以及之后几年的其他晚上，他很容易发脾气，用充满绝望和愤怒的话把气氛弄得沮丧；他会把东西往墙上砸，同时憎恨整个世界把他推到边缘；他害怕曾虐待自己的父亲的影子正等着告诉他，他最终可能和父亲没有什么不同。

一盒果仁酥饼[1]

幼发拉底河边的一个村庄，1961 年

阿德姆在伊斯坦布尔出生和长大，18 岁时才第一次离开这座城市。他随身带着一个手提箱，里面装满干净的内衣、薰衣草香水和一盒果仁酥饼。他上了一辆大巴，二十四小时后，筋疲力尽且不知所措的他来到了一个他并不了解的位于西南部的村庄。在过去的五个月里，他的二哥哈利勒一直在这里服兵役。

哈利勒的脸在冬日的阳光下晒得黝黑，体重减轻了一些，但最大的变化是他的举止。他的眼睛闪烁着若有所思的光芒，似乎异常沉默，仿佛身穿制服改变了他的性格。尽管他很高兴地接受了内衣和古龙水，但他看上去更忧郁，而不是快乐。阿德姆好奇地打量着他，因为他在大约一年后也将成为一名士兵。由于服兵役是义务的，他打算中学毕业就服兵役。大

① 西亚各国的著名甜点。它由很薄的酥皮一层一层裹起烤制而成，中心部分基本由核桃、杏仁、开心果之类的坚果组成。

学不适合他，他也负担不起。从军队回来后，他会找份工作，结婚，有六个孩子——三个男孩，三个女孩。简而言之，这就是他为自己设想的未来。

探视时间结束后，阿德姆离开了留在驻地的兄弟，骑着驴回到附近的村庄。冰冻的土地，颜色如同米粥，延伸到了目所不能及的地方。大自然在这里是坚韧不屈的。正当他在观察地形时，突然想起他忘了给哈利勒那盒果仁酥饼。

老天爷，他暗自想道，*也许这是要给其他人的吧*。

阿德姆一到村里，就找到了村长——头人。

幸运的巧合，他父亲过去曾和这位村长做过生意。虽然两人已经很多年没有见面了，但他们通过共同的朋友保持着联系。因此，在他到来之前，阿德姆给他父亲的熟人寄了一张明信片，告知自己的到来。令人担忧的是，他没有得到任何回复。

“明信片？什么？”当阿德姆敲门时，村长喊道：“我没有收到任何东西。”

他皮肤黝黑，个子很高，在进出门口之前不得不弯腰。他的嘴唇上翘着一撮浓密的小胡子，他的络腮胡涂上了一种看起来像油的物质。

“我……对不起……那我最好还是走吧。”阿德姆说。

“你想去哪儿?”

“我……你看，我——”

“在这个屋顶下，从来没有不受欢迎的客人。”

慢慢地，阿德姆意识到这个库尔德人没有生他的气，也没有喊叫。他的声音天生响亮沙哑，他的土耳其语太不熟练了，以至于他听起来很愤怒，尽管他并没有生气。

“好的，谢谢您。只要一个晚上，真的。”

“一个晚上吗？你不能这么快就走！再过两天这里就有一场婚礼。你必须加入我们。否则，新郎的家庭就会被冒犯。”

*他们连我都不认识，怎么能被冒犯呢？*阿德姆想问。但是这个地区的风俗习惯不同，而且要比其他地方明显得多。此外，他没有任何理由赶回伊斯坦布尔。家里的人并没有迫切希望他回去。

婚礼虽然欢乐，但长久以来一直是阿德姆悲伤的源泉，因为婚礼总是让他想起他的母亲艾莎。她的名字在他们的家里不会再被提起；她的照片被销毁了，就好像她从来没有存在过一样。她织过的花边，她绣过的手帕，她长长的脖子上曾经戴过的项链，她穿过的上衣，长筒袜和发夹——都被爸爸（喝醉的那个）放在篝火上烧掉了。

就这样，阿德姆接受了村长的提议，留在了村子里，狼吞虎咽地吃着新鲜的黄油、奶油和蜂蜜。第二天下午，村长吃过午饭后打起了瞌睡，他的妻子和女儿们专注地擦拭家里的铜器，他的儿子们则沉迷于一场西洋双陆棋比赛。早上，阿德姆又去见了他的哥哥。第二次访问时间较短，但也同样伤感。他又一次忘记了果仁酥饼。此刻，因为对西洋双陆棋不感兴趣，又没有更好的事情可做，他决定出去走走。

他在村子里踱来踱去，观察着摇摇晃晃的房屋、墙壁上的裂缝、手指甲里面沾着泥土的孩子们、穿过这片土地的大车和商队留下的车辙，而那些商队再也没有回来过。这里贫瘠且凄凉，但奇怪的是，这儿令人陶醉。他偶然发现一群流浪狗在泥土中晒太阳，其中一只有着黄褐色皮毛，眼睛充血的大狗露出了牙齿。其他的狗也紧随其后，嗥叫着，咆哮着，耳朵向后耸起。阿德姆转过身开始跑，尽管他知道这会促使狗群追赶他。他气喘吁吁地沿着泥路跑，一点方向感也没有，直到他来到一间草皮屋，屋前的花园里有好些小鸡和母鸡。有个人正坐在花园的墙上——像个女孩，又像个女人——仔细一看，正暗自偷笑他的恐慌。阿德姆向她冲过去，未经允许就冲进了花园，从她的自信中找到庇护。

几秒钟后，狗来到花园，把他团团围住。一条狗危险地靠近，蹲伏着。就在它要攻击的时候，那姑娘拍着手，用一种既威严又有趣的声音，大声喊着一些阿德姆听不懂的话。效果神奇。动物们一个接一个地坐下来，低着头，尾巴夹在两腿之间。

阿德姆盯着他的救星，他很恼火自己被一个女孩救了，但深感松了一口气。她的左脸颊上有一个酒窝，一双水汪汪的大眼睛，均匀间隔，呈现出深不见底的湖水的颜色。她手里拿着一种点心，急切地又吃了起来。他从未见过这么有胃口的女孩。

“你怕狗?”她问。

他没有回应。

“如果它们知道你怕，它们就会吓你。聪明的动物！我姐姐喜欢它们。”她向前倾着身子，好像在透露一个秘密。“我不喜欢。”

她说土耳其语带有浓重的口音。*一个无知的库尔德女孩*，他想。*可能身上有许多虱子*。他瞥了一眼她那梳得整整齐齐的头发，栗色的头发闪着金色和琥珀色的光。想摸她辫子的冲动如此强烈，他举起了手，但在半空中停住了。

“你怎么会说土耳其语，村里的大多数人都不会?”他说。

“我上过学。我所有的姐妹都去上过学。父亲坚持这么做。”

阿德姆的眼睛仔细端详着房子，审视着挂在绳子上正在晾晒的连衣裙、短裙和袜子。“你有几个姐妹?”

“我是家里第八个女孩。”

“哇。没有男孩?”

她摇了摇头，改变了话题:“嘿，你想吃点吗?我刚做的。”

他拿起她递给他的那块点心，咬了一口那油腻、蓬松的面团。他没想到会这么好吃。狗儿们期待地抬起头来，摇着尾巴。被狗狗们狠狠地盯着，两人默默地吃着，不知道怎样才能让谈话继续下去。

“我住在伊斯坦布尔。”阿德姆又开口了。

“真的吗？每个人都说那里很漂亮。”

“真的。”阿德姆带着一丝骄傲回答。他决定要开始喜欢她了。她轻松愉快的神情让他着迷，她说话时的悠闲使他平静。

“我可以问你一件事吗?”她突然说，然后没等他回答接着说道，“伊斯坦布尔的鹅卵石真的是金子做的吗?”

这是一个怎样的女孩，阿德姆想——勇敢地面对一群野狗，却又如此天真地相信着这种胡话。可是他却被她的魅力迷住了，并听见自己说：“是的，用金子做的。如果你嫁给像我这样的人，你可以亲自来伊斯坦布尔看看。”

她脸红了。“我为什么要嫁给你?”

“因为我可以带你去很远的地方。”

“我不想走得太远。在这里已经足够了。”

当他们听到房子里传来一个女人的声音时，他还在考虑怎么回答。她跳了起来，站在他面前，紧紧地盯着他的眼睛。然后转向狗，摇着手指，喊道：“别吓他。”

她一消失，阿德姆便开始慢慢地走出花园。领头狗专心地看着他，就在他经过的时候，它咆哮着，他被吓了一跳，把剩下的点心全都扔在了地上了。惊慌之下，他看着地上那一团黏糊糊的东西，糖和土全混在了一起。

伊斯坦布尔没有金色的人行道。世界上任何一个地方都没有这样的人行道。没有可以追求的梦想。这种事情只存在于传奇和神话中。真实世界里的人就像糖和土的混合，并且或多或少有着同样的味道。她不知道吗？

*

次日，阿德姆参加了婚礼，这是他从未见过的婚礼。院子里挤满了各个年纪的男人，他们坐成一个半圆形，一位乐手敲着鼓，另一位吹奏着单簧管，孩子们没人带着，自己跑来跑去，妇女们在平房屋顶上看，脸半遮着，手上都涂着海娜手绘。阿德姆注意到未婚男子们会小心翼翼地避免抬头，他也一样，眼睛保持直视。

新郎的父亲和新娘的父亲在入口对面并排坐着，彼此一言不发。根据等级或亲疏程度，亲戚们被安排在两边。新娘和新郎站在中间，每个人都可以尽情地打量他们。新郎刚刮完胡子，始终笑着。人们不可能知道新娘的感受，因为她的脸被一层闪闪发光的深红色面纱遮住了。一个女人不时蹑手蹑脚地走近她，给她拿点喝的。她们一起轻轻地掀开她的面纱，这样她就可以小口啜饮，不会溅到衣服上，也不会被人看见。

阿德姆正打算坐在一个安静的角落里，这时村长发现了他，就喊了起来，拍了拍旁边的座位："城市男孩，到我旁边来。"

他照做了。他愉快地坐在那里，享受着这场典礼，直到他旁边的人掏出枪，开始朝空中射击。随即，其他人都跟着做了。那声音震耳欲聋。其中一颗子弹击中了附近一所房子的屋顶，在那里留下了一个洞，灰尘从顶板落下来。阿德姆害怕被击中，惊慌地环顾四周，在混乱中看到了她，瞬间屏住了呼吸，她站在晒台上，看着他，冷静且沉稳，仿佛她意识到自己是这个已经失控的世界里唯一平静的人。

枪声一平息，阿德姆就借口去上厕所，尽管他真正想要的是找个办法和她说话。他刚走出大门，就看见她坐在一口井边，正埋头准备一大锅酸奶饮料。她什么时候从晒台上下来的？

"很高兴再次见到你。"他说。

她冷冷地瞪了他一眼。"你在说什么？"

阿德姆突然想到，她假装以前没见过他，这是出于谦虚和矜持的缘故，在这样一个地方，一个年轻女子一定要谦虚和矜持。他决定合作。"对不起，我不该打扰你。你当然不认识我。我叫阿德姆。我可以知道你的名字吗？"

"我为什么要告诉你我的名字？"她厉声说，她的嘴唇噘了起来，右脸颊上有个酒窝。

她的眼睛今天有所不同，还是那双眼，却有所改变，闪烁着一种居高临下的光芒，或者在他看来似乎是这样的。有一刻他怀疑她在取笑他。他便找了个借口缓步走开了。

当他回来时，他从灌木丛后拨开一条细缝，稍稍镇静了下，她已经不在井边了。新娘骑着一匹乳白色的马准备去她的新家，这匹马由一个男孩牵着，这样她也会生儿子。马的鬃毛饰以猩红色的丝带和“邪恶之眼”蓝珠子，尾巴编成了辫子。一群孩子和妇女跟在马后欢呼鼓掌，男人们准备坐下来享用婚宴。孩子们把又大又圆的铜制托盘端到里面。阿德姆大步往回走时，闻到了扁饼和肉的味道。一进院子，他又看见了她。她抱着一个哭哭啼啼的小孩，显得匆忙。

“你为什么冲我发火?”他问道，挡住了她的去路。

“什么？我为什么要冲你发火?”她大笑着说道。甚至在她臂弯中的孩子看上去都全神贯注，瞬间安静了。

“那么为什么你不告诉我你的名字?”

她把一绺头发塞进松垮的围巾里，微笑着。“因为你没有问我啊。但你现在既然问了，我叫贾米拉。”

他点了点头，表示感谢。

“那你叫什么名字呢?”

“可是我一分钟前告诉过你。”他低声说道。

她脸上掠过一种困惑的表情。“也许你跟彭贝说了，我的孪生姐姐。你什么时候见到她的?”

仿佛是受到这个问题的激发，枪击声又开始了。孩子突然大哭起来，贾米拉不得不赶紧把她带出院子。阿德姆站在那里，感到有点晕眩，但也松了一口气。一对双胞胎！这就对了，解释了一切。严厉的举止，冰冷的凝视。那不是贾米拉。不是他的贾米拉。

晚上，阿德姆站在窗前，望着月光洒在屋顶上，道道银光洒满整个村庄。屋内的灯光就像黑暗中闪烁的烟头。他很怀念伊斯坦布尔，并为很快就要离开这里而高兴。然而，没有了贾米拉，他该怎么办呢?

他去拜访村长，那人正穿着睡衣，抽着烟斗。他身边有一盏油灯，在墙壁上映出了他的影子，在他的眼睛下面照出了两个洞。“我想把这果仁酥饼给你，谢谢你的款待，还有——”

“啊，我不能吃那个。我希望我能吃，”村长疲倦地说，“糖尿病啊。”

阿德姆盯着手里的盒子。也许这意味着它终属于某个人。他深吸了一口气。他本打算不要直接处理这件事，但现在他明白没有办法了。“今天在婚礼上，我看见了一个女孩。”

“一个女孩?”

阿德姆慢慢地注视着村长扬起眉毛的脸，知道他领会了其中的含义。哦，上帝！这个男孩觉得他恋爱了。

村长催促说：“她叫什么名字?”

“贾米拉。”阿德姆回答，觉得自己的脸越来越烫。

“贾米拉……我并不认识贾米拉。”

“长长的棕色头发。大大的绿色眼睛。”

村长从水袋里慢慢地吸了一口烟，摇了摇头。“不。这里没有这样的女孩。”

“她会说土耳其语。”

“噢……我想我知道你说的是谁了。贝索的女儿们。她们都上过学。你说的是足够美丽吗？”

“足够美丽？”

“是的，她和她的双胞胎姐妹，她们的名字有两层含义。粉色命运和足够美丽。”村长说道，但没多解释。

阿德姆听着，不懂这是怎么回事。

“如果一个人爱吵架，他的爱就充满了争斗。如果他是平静善良的，那他的爱便是一种安慰。如果他一直怜悯自己，他的爱就会化为乌有。如果他是个快活的人，他的爱情将充满欢乐。在爱上一个女人之前，你需要问问你自己，你能给她什么样的爱？”

“好吧，我是个好人。”阿德姆说。

“我唯一认识的好人就是先知，愿他平安。”村长说道。“不管怎么说，贝索有太多的女儿了。按照习俗，你必须先和年龄最大的结婚。而贾米拉是最小的。然而，我认为这可能是一场完美的婚配。这家人历尽艰辛。她们的母亲，纳兹，死于难产，可怜的女人。她很想要个儿子。贝索再婚了。但是新妻子还没有给他生孩子。然后是年纪最大的女孩，海迪耶……”

“怎么了？”

“那个人命中注定不幸，孩子。他也许想快点把姑娘们嫁出去。贾米拉也许不用等了。”

阿德姆咧嘴一笑。不管多么微小，还是有希望的。

“但别忘了他们很穷，”村长低声说，“你的父亲和哥哥们可能并不赞成一个来自库尔德的新娘，一个村民。不过还有一点……自从你母亲和别的男人私奔后，你的家族就没有什么好名声了。也许在这儿选一个人是更好的选择，毕竟这儿偏僻。”

突然，阿德姆的脸色变得阴沉。他并不知道这个人了解他家族的耻辱。流言，就像流浪的部落，没有固定的住址。走遍四面八方，散布在地球上。

爱像一颗彗星

幼发拉底河边某处，1977 年 12 月

寂静的夜晚，贾米拉在壁炉旁打盹，她的头歪向一边。她的左手悬在椅子边，右手紧紧地抓着一封信。她在第五遍读这封信的时候睡着了。

她睡得很不舒服，梦里充满了恶魔。她的颧骨上泛起了红晕，脸上闪过一滴发亮的汗珠。梦里，她在一个看起来既奇怪又熟悉的小镇，和世界上别的地方都不一样。一条河从小镇中心穿过，宽阔而汹涌，各种大小的船只都在泊船处系着，上下颠簸。贾米拉发现自己一个人待在河滩上，窥视着一艘渔船的内部。船舱里聚集了一群人，他们的表情阴沉，他们的身体柔顺而黏稠，就像蜡一样。他们激烈地谈论着……她。

贾米拉发出半是呻吟、半是叹息的声音。其中一个人——不可思议长得像阿德姆的人——注意到了她，并告诉了其他人。他们无来由地变得愤怒，满怀恶意。他们飞奔下船，冲向码头，追逐她。她飞快地逃开，穿过蜿蜒曲折的小

巷和铺满鹅卵石的广场，但很快她就累了，她的脚比水泥块还重。她不一会儿就会醒来：当追逐她的人们最终把她困在了一条死胡同时，她就会用尽全力，气喘吁吁地从梦中跳出来。但此刻她还在梦中，在她的噩梦之城。

小屋里满是发霉、陈旧的气味。壁炉里的最后一根木柴裂开了，燃烧起来，发出一阵金色的火花，就像魔杖里的灰尘一样。山谷外面，一只鸟啼叫起来。地上有脚步声，但却很遥远，很模糊。贾米拉并没听见。还没听到这声音。她还在拼命地跑，刚拐弯跑进了那条死胡同。

此刻，贾米拉的脸看起来比一个三十二岁的女人还要老。她的脖子上有着皱纹，弯弯曲曲的线条就像刻在木头上的神秘字母。事实是她几年前就不再觉得年轻了。

突然一阵痉挛，贾米拉的身体被拉了回来，她醒了过来，椅子上的雕刻痕迹印在了她的脸颊上。她左肩疼得很厉害，一开始她都不敢动弹。慢慢地，她用一只手按摩着僵硬的手臂，另一只手仍拿着那封信。她茫然地盯着那张纸看了一会儿，仿佛忘了那是什么东西一般。但是，不像她梦中的船只，这封信是真实的。它就像环绕在她周围的群山一样真实，但也同样预示着凶兆。贾米拉又读了一遍。

我的妹妹：

自从我来到这个岛，我还未曾看到过大海，我好几次都希望你在我身边。但我从未像现在这样希望过。如果你在这里，我会把我的头放在你的膝盖上，告诉你我正在坠落。你会接住我吗?

阿德姆不再是我的丈夫。他再也不会回家了。他遇到了另一个女人。孩子们不知道。我把一切都藏在心里。一直如此。我的心充满了无法诉说的言语，和未曾流下的泪水。我并不怪他。我怪自己。我是他的新娘，而不是你，这是我们一生中最大的错误。没错，他从来没有像爱你那样爱过我。他是一个有很多遗憾却没有勇气的人。我为他感到难过。

我多么希望我们还是个孩子，你和我。从许愿喷泉偷硬币。要是我们当时能知道我们现在知道的事就好了。

我有没有告诉你阿德姆曾对我说过什么?“我希望我有一块魔法橡皮，”他说，“我想改变的事情太多了。”虽然他没有承认，但我知道他指的是我们。我本不该嫁给他的。这不是我能决定的，但我没有试图阻止它，没有真的阻止。我真想离开这个村庄。他是我到其他国家的通行证。贾米拉，你一定在生我的气吧?如果我是你的话，我会的。

你有想起过我们的姐姐海迪耶吗?前几天我为她的灵魂做了果仁糖。我把糖分给了我的邻居。他们有点惊讶，看来他们并不了解我们的习俗。我们没有以应有的方式哀悼她，这是一种耻辱。你有同感吗？

你挚爱的另一半，彭贝

贾米拉站了起来，搓着手掌上的老茧。她走近窗户，凝视着夜色。她以为自己听到了什么声音，但仔细一听，她又疑惑了。她叹了口气，走回去，把水壶放在炉子上，开始泡茶。

*

“今晚的天空有好多星星。”阿德姆说道。那是 1961 年一个寒冷刺骨的夜晚。

一点点靠得更近，他的眼睛扫过着她的脸，阿德姆告诉她有些爱情就像最明亮的星星。它们向人类眨眼，使心灵充满了希望和喜悦，即使是在情况糟糕的时候。其他的一些爱情就像银河，他们祖先的鬼魂跟在后面，留下一道淡淡的余晖。

“那么我们的爱情呢？”贾米拉问道，“也如星星般吗？”

阿德姆对她欣然接受这个词感到畏缩。他一直在考虑要如何告诉她自己爱着她，但她自己却说出了口。她比他更活泼，更勇敢。对他来说，一切都发生得太快了，让他眼花缭乱，同样也感到害怕。然而，没时间等待时间来赶上他们。

没有时间牵手散步，没有时间品尝偷吻，没有时间了解彼此。

他脸上挂着灿烂的微笑，说道："我们的爱情是一颗拖着双巨大尾巴的星星。你知道那是什么吗?"

贾米拉摇摇头。

"它叫做彗星。"

"彗星……"贾米拉嘴里还在重复着这个词，一下跳了起来，从墙上抓起一把镰刀，削下一缕长发。

"给我的?"阿德姆惊诧地问道。

"它会让你想起我。你要永远带着它。"

她的脸上流露出爱和关心，还有一种他没有看过的东西：信任。

"我不需要一直带着它；你会一直陪在我身边，"他说。但他把她的礼物放在了口袋里，好像他自己都不相信自己的话。

多年后，她会对彗星有更多的了解，了解它们相互碰撞的方式。虽然当时阿德姆可能没有意识到这一点，但她逐渐意识到，正如两颗彗星一样，他们以惊人的速度相互靠近碰撞，在它们身后拖着无法兑现的诺言和无法实现的梦想。

*

贾米拉把水壶从火上拿开，把茶倒进一个小玻璃杯里。

在她喝第一口之前，她把一块方糖塞进嘴里，若有所思地吸着。然后，她相当用力地抓起一支笔，就像许多不习惯写字的人会做的一样。不像她的双胞胎姐姐一半用土耳其语写，一半用库尔德语写，她坚持只用库尔德语。

我亲爱的彭贝，我的亲骨肉，我的另一半，我无尽的思念：

我从未生你的气。我们的生命是由安拉创造，只有他。

这些天我醒来时感觉很沉重。有些事正在悄然进行。我再也无法在我的床上睡去。我在椅子上睡着了。什么都帮不了我。我做了噩梦。当然，它会过去的。没什么好让你担心的。

贾米拉放下笔，手慢慢放松，皱起了额头。她能听到从西北方向过来的人——估计有三四个人。她能察觉到他们沉重的靴子下树枝的啪嗒啪嗒声，以及他们扔到下面山谷里的鹅卵石发出的哗啦哗啦声。

他们可能是士兵。可能是土匪。可能是任何人。贾米拉瞥了一眼门口。门是闩着的，窗户用已被虫蛀的木板盖住。她戴上头巾，从墙上取下步枪。她没有别的办法了。她想写完这封信。她不得不把这种痛苦的感觉告诉彭贝，并警告姐姐不要在婚姻中做任何粗心或不当的事情。但是，在彭贝的一生中，有过谨慎的时候吗？她的这个孪生姐姐，那个骨瘦如柴的女孩总是问一些不可能的问题，甚至想知道为什么树根长在地里，而不是长在可以接雨水的地方——她已经长大了，但这点从未改变。

贾米拉心里掂量着，也担心她姐姐的脸就像一本打开的书。不管彭贝的心情如何，从最小的喜悦到一丝淡淡的忧伤，她都表露在外。如果连最简单的感情都掩饰不了，她又怎能对大家隐瞒她对婚姻的冷淡呢?

外面，脚步声越来越近，最后停在了她门前的台阶上。轻微的拍打声，拘谨却坚持着。贾米拉深吸了一口气，喃喃地祈祷着，然后打开了门。

一共有三个人，还有两只狗跟在后面。他们是亡命之徒，她看得出来。他们的胡子上粘着冰屑，就像屋檐上悬着的冰柱。其中一个走了过来。一个身强力壮的男人，眼睛深陷，牙齿镶金。她以前见过他，他是他们的首领。

“我的妻子，”土匪简短地说，“你必须和我们一起去一趟。”

“阵痛什么时候开始的?”

“两小时前，或许更久。”

点点头，贾米拉带上了她的外套和步枪，跟着他们。

在深夜，她来到一间废弃的房子，门上有许多弹孔，屋顶是瓦楞铁制的，她的脸上满是血汗，双手抱着她所遇到过的最奇怪的婴儿。

那是一个女孩，或者更准确地说，是一个半女孩。她的胸腹部连接着一个男婴的身体。他们还在母亲的子宫里时就像双胞胎一样开始了他们的旅程，但其中一个已经长大了，而另一个却在中途停下，仿佛他害怕这个即将到来的世界，改变了主意。但未发育的婴儿仍与他的双胞胎姐妹连在一起。

“你必须去城里，”贾米拉说，“必须进行手术。第二个身体需要移除。那你的孩子就会没事了。”

走私犯呆呆地站在那里，眯起眼睛，既不怀疑也不接受。“这是凶兆吗?”

贾米拉对这个问题有些期待，柔声回答道：“这不是什么凶兆。这样的分娩很罕见，但会发生。有些双胞胎无法分开。”

“有一只山羊有五条腿。就像那样。”他说，仿佛她说的话他一个字也没听见似的。

“你的孩子很特别。她需要你的爱，”贾米拉说，她意识到自己找不到太多言语来安慰这个深山里的男人。“如果有人告诉你不要这样做，他就不是你的朋友。你明白吗?”

这个男人看向别处。

然而，当贾米拉回到她的小屋时，她已经筋疲力尽，但仍然无法入睡，她想知道这是否真的是一个征兆。不是为了土匪和他的家人，而是为了她。她坐了下来，把给她姐姐的那封信写完。

我刚处理了一个难产回来。连体双胞胎。一个死了，一个活着。如果你在这里，你会问：“**他**为什么让这种事发生？这是不公平的。”但我并不是这么认为的。我完全无条件地屈从，我只是尽我最大的努力帮助他人。

亲爱的，我们无法抹掉过去。这不是我们能控制的事。我没有，也从未因你或阿德姆而感到心烦意乱。你能阻止阵风吹拂吗？你能使雪变成白色以外的任何颜色吗？我们很容易接受我们无法控制自然这件事。但是为什么我们不能承认我们无法改变自己的命运呢？没什么不同。如果安拉指引我们走上不同的道路，那一定是有原因的。你在那边有自己的生活；而我的生活在这里。我们必须接受。但我担心你的婚姻。难道你就不能更努力地让它重新开始吗？为了你的孩子，你必须这么做。

你提到海迪耶。真奇怪，最近我也比以前更想念她了。

你永远挚爱的妹妹，
贾米拉

没有愚蠢就没有智慧

幼发拉底河边的一个村庄，1961 年

下午，宣礼员的呼唤声飘遍了库尔德人的小村庄。阿德姆听着，一种可怕的感觉在他的胃里滋生。时间缓慢得让人难熬，却也去得匆忙。他把回伊斯坦布尔的时间往后推迟了几天，但他不能再推了。他和村长一起去了清真寺，这是他自母亲离家后第一次祈祷。

“安拉，我的真主，我知道我祈祷的次数并不多，”他坐在祈祷用的毯上低声说道。“去年斋月期间我没有禁食。在此之前也都没禁食过。但请帮帮我。让贾米拉的眼里只有我。永远！”

“你还好吗，孩子？”当他们走到明亮的室外时，村长问道。尽管有太阳，但还是很冷。

“我一定要娶她。”

“你不觉得自己还很小吗？”

“我已经足够大了，可以订婚了。”

“是的，但你甚至还没有工作。你还没完成兵役。你为什么如此着急?”

就在阿德姆去军营看望他的兄弟哈利勒的前一天，在他的帮助下，他给在伊斯坦布尔的哥哥塔里克发了一封电报。

> **哥哥，我遇到了一个女孩，她就是那个人，我知道我还年轻。**
>
> **但这是真主的呼唤，我要娶她，需要你的祝福，**
>
> **和钱。**

阿德姆没有把这些告诉村长。相反，他说，“因为我已经找到了我一直在等待的女孩，如果我不能拥有她，我会死去。”

“那你接下来需要和她的父亲谈谈。”

“如果他说不想见我呢?”

“别担心，我会和贝索说的。他不会吃了你。”

“你为什么要帮我?”阿德姆停了一会儿问。

这句话让村长笑了起来：“因为有人需要。没有帮助你可能啥也干不了。”

与贾米拉的父亲见面比阿德姆想象的要容易；然而，要提出这个话题，看上去不太可能。贝索一向不善言辞，在妻子和女儿海迪耶死后，他变得更加沉默寡言。所以，当阿德姆腋下夹着一盒果仁酥饼，和村长一起到达贾米拉家时，他看见的是一个阴沉的男人，眉头紧绷，目光呆滞。

“我来这儿是想谈谈你女儿的事，”他们喝完茶，吃了无花果干后，阿德姆说。然后，他想起来这个人有很多女儿，就补充说道：“我是说你的女儿贾米拉，足够美丽。”

“别这么叫她！”这个男人用蹩脚的土耳其语说。

“对不起……”阿德姆支吾着说。

贾米拉的父亲用库尔德语说了一连串的话，村长简短地翻译了下：“他说，只有这个女孩已故的母亲才能叫她足够美丽。”

阿德姆感到一种近乎绝望的自怜。谢天谢地，村长介入了。“这个年轻人不知情，真的。但他是一个诚实的人，他来自一个体面的家庭。我认识他的父亲。阿德姆的意图是单纯的。他只想娶你的女儿。”

贾米拉的父亲又一次用库尔德语说话；而他的话再一次大致被翻译成了：“这是什么样的求婚？你父母在哪儿？”

“我妈妈死了，”阿德姆说谎了，“爸爸病了。”至少这部分是真的。“我有两个兄弟。大哥塔里克，对我来说就像父亲一样。我已经给他发过电报了。”

他们陷入深深的沉默中，抿着茶，吃着无花果干。最后，贾米拉的父亲说，“你不能娶她。她已经定亲了。”

“什么？”阿德姆脱口而出。为什么她没有告诉他？他转过身去看着村长，村长移开了目光。

再次换回蹩脚的土耳其语，贝索接着说，“她和一个亲戚订婚了。他们来年结婚。”

“但是——”

“你想和我的一个女儿结婚的话，就和彭贝吧。她们是一样的，你喜欢一个的话，就会喜欢另一个。”

阿德姆摇摇头，眼里充满挑衅。“不，我要贾米拉。她是我心中的唯一。你把彭贝送给你的亲戚。”他在越界，但他控制不住自己。

贝索啜完最后一口茶，咂咂嘴，咕哝了一声。“不行。我的话说完了。”

当他们两个人在外面的花园里时，阿德姆举起双手，对着村长怒吼：“这是怎么回事？你欠我一个解释。你在瞒着我什么？”

校长拿出他的袋子，开始卷烟。“一年前，贾米拉的姐姐卡米尔准备结婚了。就在婚礼前，两家人发生了争吵。我甚至不记得争吵的内容，但事情变得很糟糕。贝索取消了婚礼。新郎的家人非常沮丧，他们绑架了贾米拉作为报复。”

“什么？”阿德姆尖声问到。

“他们把她关在了某个地方好几天。接着，贝索派人去找他们，同意了卡米尔的婚事。作为回报，他们把贾米拉带了回来。”

“他们……碰她了吗……?”

“唔，没有人确切知道。他们说他们没有碰过她，但他们很狡猾，而且女孩从来没有解释过。她父亲打了她几次，但还是一句话也没说。一位接生婆给贾米拉做了检查，说她没有处女膜了，但有些女孩生来就是这样。”

阿德姆颤抖着。

“好消息是，卡米尔丈夫的家人同意把她嫁给一个上了年纪的亲戚做新娘。一个鳏夫。她的名誉得救了。”

阿德姆猛然领悟到什么，瞪大了眼睛。“你一直都知道这件事。”

“村长知道在他村子里发生的所有事。”

“你为什么不告诉我?”

“你还是有机会可以得到她的。如果你想，你必须自己去找寻机会。”

阿德姆没有听清楚，他被愤怒冲昏了头脑:“我还以为你是我的朋友。一个聪明人!”

“没有人是聪明的。”村长说。“我们都是一半傻瓜，一半聪明的。没有愚蠢就没有智慧。没有羞愧就没有骄傲。”

但阿德姆已经气冲冲地离开了，几乎是在跑，好像他被人追赶似的。只是这次他身后没有一群流浪狗。他在一个邻居家里发现贾米拉，正在和不同年龄的女人织地毯。当她们看到他透过窗户往里看时，女人们咯咯地笑着，捂着脸。贾米拉立刻跳了起来，冲了出去。

“你在这儿做什么？你在羞辱我！”她说。

“羞辱！是的，没错，”阿德姆喊道，“这就是我在找的词。”

“你在说什么？”

“好，你告诉我。显然，你需要解释一些事情。”

突然，贾米拉的目光变得冷酷：“那好，我们谈谈吧。”

他们走到了房子的后面，刚刚有人在那儿的筒状泥炉上烤饼，尽管火灭了，灰堆里还有一些燃烧的余烬。四周是一片片的草地，一片片的绿草，像是春天的先兆。

“你的父亲说你可能不是一个处女了。”他本不想说得如此直白，但结果还是说出来了。

“他这么告诉你的？”贾米拉说，避开他的目光。

阿德姆本以为她会有更大的反应，对这种无礼的行为表示抗议，哭得死去活来。恰恰相反，她抬起头来望着他，显得出奇地镇静。

“那你呢？”她问。

“我什么？”

“你说了什么？”

他没预料到这个问题。“我想知道真相！”他说。

“真相在于你是怎么认为的。”

愤怒涌了上来，就像胆汁涌上喉头。“闭嘴。别再愚弄我了。”

“可我没有，”贾米拉说，美丽的面容上露出一丝倦意，“我就是这样，你还会爱我吗?”

他什么也没说。他想说“是”，但他就是说不出口。他瞥了一眼群山，听到了她的喃喃自语，然后她走开了：“好吧，我想我根本看不到伊斯坦布尔的金石了。”

那天下午接下来的时间里，阿德姆一直都在这个库尔德村庄走着，和自己争辩。他的脚嘎吱嘎吱地踩在一堆泥土上，围着一个可以俯瞰贾米拉家的土丘绕圈。他可以看到他第一次遇到她的花园。他来到这个凄凉的小村庄已经第五天了。五天里他的生活已经改变太多，他觉得再也不能像以前一样了。

尽管绝望，他内心仍有个念头想去见贾米拉的父亲，告诉他自己不在乎。他爱她，他也可以感觉到她爱他。就这样挺好。其他一切都微不足道。正如他承诺的那样，他会娶她，带她远离这里。

然而他的内心还有种感觉是怀疑，是不安。贾米拉没有为她自己辩护或宣誓她的贞洁，而她的沉默是如此令人不安。如果她不是处女呢？他怎么能在这种怀疑中度过余生呢？如果他的大哥塔里克知道他给自己找了一个已经被玷污的妻子——完全复制他们的母亲，又会怎么说呢?

塔里克！他要怎么去跟大哥说呢？现在他一定读过电报了。甚至一想到要面对他的大哥，就足以使阿德姆心神不宁。

他无法回到伊斯坦布尔，说这都是一个可怕的误会。几个小时后，当他走进村长的房子时，发现他正叼着烟斗等着。

“你来了，城市男孩！乡村女孩不适合你，嗯?”

“并非如此，我没有改变我的主意，”阿德姆坚决地说，“我真的想结婚。”

“真的?”村长的眼睛闪闪发亮，表示欣赏。“你让我吃惊，小伙子。我以为你不想要贾米拉。”

“是的，我不要她，”阿德姆停了停说道，“我会娶另外一个。”

“什么?”

“双胞胎的另一个，我会娶她。”

在他内心深处，在他表现出的大胆个性之下，阿德姆知道他应该为事态有着这样的扭转感到可怖。奇怪的是，他没有。事实上，他一点感觉都没有。一块木头被湍急的河水冲走时，会不会感到疼痛？一片羽毛在风中飘荡时，会感到焦虑吗？那一天他就是这样，以后的许多天都是这样。

***

什鲁斯伯里监狱，1991 年

“特刺激”的这一天很糟糕。这里有糟糕的日子，也有不那么糟糕的日子，以及“昏沉”的日子，在昏沉的日子里，你会觉得自己像一辆被撞坏的车。这不是最糟糕的。昏沉的日子有点像那些醉酒的晚上，昏昏沉沉的，却睡不着。在这种时候，你处于植物人状态，什么也不做，什么也不思考。像萝卜一样麻木。在这样的日子里，你太过沮丧以至于都不知道自己情绪低落。有没有人照顾你都不在乎。可以预料到，不那么糟糕的日子还算过得去。那些糟糕的日子才是最差的——那些折磨你、伤害你灵魂的日子。

日历是一个愚蠢的发明。如果时间过得很快，就像他们说的，它并不是每时每刻都以同样的速度流逝。要是能有办法分别评估一周中的每一天就好了。我们假设，不那么糟糕的一天用白色标记，等于1分。然后，昏沉的一天是红色的，等于2分。糟糕的一天是黑色的，有3分。

过了30个糟糕日子的人，衰老的速度是过了一个月不那么糟糕日子的人的三倍。算一下，你就会知道为什么有些人老得更快。至于我，自从我来到这里，我经历了许多糟糕的日子，一个接一个，我的日历是黑色的。这让我想起了我母亲用来涂抹她眼睛轮廓的眼影粉。

“特刺激”的妻子要求离婚。他知道，我也知道，这个垃圾场里的每个人都知道这种事迟早会发生，但我们都感到震撼和惊讶。不是因为它有什么令人震撼或惊讶的地方。离婚和分手在我们这很常见。但我们还是因为这事发生在“特刺激”身上而感到相当震惊。当你听到朋友的妻子抛弃他的消息时，你不会说：“是啊，我一直都知道会发生这种事。”你会让他觉得自己像个白痴。在众人面前无地自容。

但如果你说：“真气人，什么时候发生的？你永远都不知道女人是怎么回事，对吧？”或者一些类似的话，那么你就分担了你朋友的痛苦。可他仍然是个失败者，只是没有那么明显罢了。

她过去常给“特刺激”带一些蛋挞，尽管狱警们极少让他吃，她仍然不停地烤着。一个苗条的女人，有着铜色的头发，白皙的皮肤，手臂上布满了雀斑，表情十分耐心。当然，这是一种幻觉。没有人有那样的耐心。

今天她亲自来告诉他。你必须要面对她。她本可以像有些妻子那样，寄一张纸条，也可以根本不寄。但她来了，用她自己的方式解释，用她那粗声粗气的烟嗓诉说着像烟灰一样的话。她告诉他，她遇到了一个人，他和孩子们相处得非常好，孩子们需要一个男性榜样，尤其是他们的儿子，现在他已经五岁了。她告诉他孩子们会来看他的，因为他是他们的父亲，没有什么能改变这一点。然后她最后一次吻了他，留下一个蛋挞，然后就走了。嘭！

我常常在想有个妻子会是什么样的感觉。一个比你更了解你的弱点和失败的女人，知道你的所有死穴，一个把你的灵魂轮廓画在她手掌上，却还依旧爱你的女人。一个人会在你的心里种下一辈子的东西，那么美好，那么微小，直到你失去它们，你才意识到你是多么依赖它们。天知道我有多后悔先前没明白这点。

但我并不后悔我的儿子汤姆称另一个男人为爸爸。无论如何，我都会成为一个糟糕的榜样，一个可悲的父亲。而一个可悲的父亲就像一根鱼骨卡在你的喉咙里。你不确定你是如何被它困住的，但是当你摆脱它的时候，有些东西仍然存在，一个永久的伤疤，没有人能从外面看到，但你总能感觉到它的存在。没有人需要那种垃圾。

我记得有一次我问妈妈为什么要嫁给我爸爸。这是我最接近问她是否爱他的时候。

她转过身来看着我的脸。窗外的光线照到了她绿色眼睛里的斑点。琥珀和金黄。她是多么漂亮。你通常不会注意到你母亲的美貌。但那天我清楚地看到了。这让我很不安。那一刻，一种奇怪的恐惧攫住了我，我不喜欢那种感觉。

“那是一个不同的世界，”她说，“跟你在伦敦的生活完全不一样。你们年轻人真幸运。”

这不是我想听到的答案。没有绣有对方姓名首字母的手帕。没有甜蜜欲望的悸动。在我父母的过去里，没有在黑暗中轻声耳语的爱情的承诺。爱是如此遥远的可能性，他们甚至没有假装一下。我妹妹知道。她知道我们三个在这里只是因为责任、屈服和冷漠，而不是因为爱。这就是为什么我不听话，她叛逆，而尤努斯反应敏锐。

埃斯玛和我过去经常聊天。

“你们两个像倾盆大雨一样喋喋不休，”妈妈会说，“屋外有雨，屋内也有雨！”

我一定告诉过埃斯玛一些我从未和别人分享过的事情，甚至没和那些男孩和凯蒂分享过。我向她吐露心事，因为她总会说些有趣的话。她善于言辞。但也因为，在我的内心深处，我知道她是我们家最能够理解我的人，也是唯一一个可以完全置身事外的人。我喜欢这样——直到1978年秋天。有什么东西突然在我内心折断了，再也无法修复。

*

“特刺激”沉默地度过了整个下午。他的脸色很难看。他在探访室里装出了一副勇敢的样子。他告诉他的妻子，他理解，他确实理解，并祝她生活美满。没问题！他感谢她这么多年来的支持和容忍。然后，他向门卫比了个手势，表示探视已经结束，然后陪她走到门口，和她吻别，开玩笑说他会想念她的蛋挞。

现在他背对着墙坐着，牙关紧闭，眼神冰冷。事实已经明朗，他认为她就是个冷血的婊子，背后捅了他一刀。人性本来就是这样，我们最恨的人即是我们最爱的人。

“我受够这些了。”“特刺激”说，手来回摆动，仿佛在拔着一丛想象的杂草。

“会过去的。”

“该死的。见鬼了会过去。”

我尝试用不同的方法。“你总是告诉我，外面有很多悲惨的人。每个人都会踩到屎。”

“特刺激”没理我。“她肯定怀上了那个混蛋的种。”他说道。

“你怎么知道的?”

“我就是他妈的知道!”他吼道。

他跳了起来，来回踱步。他的目光落在胡迪尼的海报上。有那么一会儿，我有预感他会把海报扯下来，撕成碎片。但他没有。相反，他的脸上闪过沮丧的表情。然后，他踉踉跄跄地向前走去，用尽全力，一拳打在了墙上。

击打的声音响亮、厚重、令人惧怕。突然，我想起了那一刻。我和父亲在街上争吵。他鼻孔冒火，眼睛怒视——或者我才是生气的那个？是的，我失去理智，撞到了墙上。我一遍又一遍地撞着头。人们跑来跑去，俱乐部的保镖气得要命。

“特刺激”的第二次击打使我清醒过来。我试图阻止，但他把我用力推开，我仰面摔倒在地。他又打了几次墙，直到我抓住他的胳膊把他放倒。

“你再这么做，就会把所有狱警招过来。你听到我说的了吗?”

他的指关节在流血，呼吸急促。我把他的头夹在我的两肘之间，等着这一刻过去。

“你没必要这样。”我说。

“说得好像你懂一样。”

“我懂。”

“我需要拿什么东西出出气。”他抗议道。

“那么，我们应该给你拿一个沙袋。”

“特刺激”轻咬嘴唇。我知道他在想什么。沙袋并不好。毫无趣味，枯燥，平淡。他想感受指关节下的肌肉，听到骨头的断裂声。如果他是个自由人，他今晚会去酒吧，痛痛快快地喝上一顿，然后大打出手。对他这个瘦弱的家伙，他们会狠揍。那样第二天他就可以开玩笑了。就可以有关注点了。

我仍然抱着他，向后仰着头，直视他的眼睛说：“打我。”

“什么?”他问道，声音哽咽起来。

“嘘，小声点……”我说，“我是个训练有素的拳击手。你忘记了吗?”

我看着他脸上的困惑渐渐消失。“去你的，”他笑着说，但我们都知道这意味着“好的”。

一种狂热的情绪攫住了我。我脱下T恤扔了。我深深地吸了一口气，然后吐气。我调整了一会呼吸，从来不会憋太久。吸气，呼气，吸气，呼气……

肩膀向下，腹部向外，我握紧双手，收紧肌肉。你必须要有空间。你与敌人、拳头与内脏、个人与社会、过去与现在、记忆与心灵……无论你做什么，无论你这一生中发生什么，你都需要空间。它会保护你。接受重击的诀窍是知道如何创造额外的空间。

“特刺激”扬起眉毛看着我，每当遇到他不懂的东西时，他总是这样。

“那你还在等什么，混蛋?”我提示他。

第一次攻击有点不稳，打在我的侧身。这对他的伤害一定比对我的伤害更大。我轻轻地吹了一声长长的口哨。

“什么?”“特刺激”恼怒地问道。

“没什么。”我说，脸上露出傻笑。

“特刺激”讨厌别人对他傻笑。他就是忍不住。这使他怒火中烧。事实上，这个圈子里没有特别喜欢傻笑的人。

经过多年的锻炼，我的腹部变得很硬，但第二次击打的力量让我措手不及。我感到胸腔下面有一股剧烈的刺痛，这种感觉来了又去。“特刺激”停下来盯着我，惊讶于自己的力量。

另一段记忆突然出现在我的脑海里。我记得有一天，我妈妈带我去伊斯坦布尔的澡堂。我那时大概六岁左右。蒸汽、热度、回声、分开双腿的裸女身体、一位老奶奶和她下垂的乳房。我吓坏了，赶紧跑出去。妈妈抓住我，使劲摇我。“你要去哪儿?”

“我不喜欢这里。”

“别傻了。我不是无缘无故叫你苏丹的，”她说，“表现得像个苏丹，否则我就叫你小丑。”

空间。我需要从她的记忆中获得更多的空间。它快把我逼疯了。

我又傻笑了一次。“再来，小丑！我随时奉陪!”

“特刺激”的下一击更用力，更集中。他不是一个敦实的人，但他也不是一个懦夫。他让我想起了一只猎狗——精瘦，身上一点脂肪也没有，但很固执，不屈不挠。

我们就这样持续了好一会儿。一度，“特刺激”昏了头，打在了我的下巴上，但除此之外，他都打在了同一个地方。在那块肌肉后面的某个地方是我的阑尾，像虫子一样蜷缩着沉睡——一个不必要的器官。

尽管毫无用处，但它还是害死了胡迪尼。

几分钟后，走廊尽头的铁门被打开了，灯也亮了。有人在附近的牢房里偷笑，好像在享受这场骚动，三个狱警跑了过来。他们冲进来，以为我们刚才在打架。“特刺激”用胳膊抱住我，向他们证明事实并非如此。我们是好朋友。他得意地傻笑了一下。真是够了。傻笑。就像我说的，这里没人喜欢那样。

不知不觉中，我们听到了呼喊、咒骂、恐吓和推挤，一个权威的剧场，一个权力的舞台，以及投射在我们身上的太多明亮、尖锐和刺眼的东西。我和“特刺激”像晚上在厨房里捉到的虫子一样畏缩。

“你不明白吗？我们没有打架。”“特刺激”尖叫着说。

“那你们在干什么？”其中一个问，“跳舞？”

“特刺激”看看我，瞬间困惑，仿佛在问：“是啊，我们在做什么？我们到底怎么了？”

*

第二天早上，警官安德鲁·麦克劳克林过来了，他的虚荣心像条饿狗一样跟着他。他已经习惯了这份工作，但不习惯我。他昨晚读了报告，说我们一定是嗑药了，因为脑子正常的人都不会那样打架的。他以找我们藏匿的东西为借口，命令他的人把所有的东西都翻出来——书、毯子、“特刺激”孩子的照片、我的笔记本，甚至还翻了我们床垫的内部。

“特刺激”咬着嘴唇内侧，强忍着笑。我们在想同样的事情。我们出人意料得干净。如果这次搜查是在几天前，他们会发现一些好东西。但现在一切都没有了。我们没什么好担心的。

他们正要离开时，麦克劳克林警官停了下来。手里拿着什么东西，问道："这是什么?"

这是一张明信片，上面有一张游乐园里旋转木马的照片。背景里有木马和灯光。画面里没有人，只有一只红色的气球飘走了，似乎有一种看不见的力量潜伏在周围，也许是风。

"我听不见你说的!"麦克劳克林说道。

"特刺激"和我都没有回答。麦克劳克林警官开始大声朗读，他模仿着女人嘲讽般的声音。

"亲爱的哥哥……或者我是不是不应再这么叫你了?那我怎么称呼你呢?阿斯坎德尔?伊斯坎德尔?亚历克斯?苏丹?杀人犯?你还记得我们刚到伦敦时妈妈带我们去的旋转木马吗?这些都没意义吗?那会尤努斯还没出生，天知道爸爸在哪里。只有你、我和妈妈。

我永远也不会原谅你的所作所为。你可能会在监狱里腐烂或在地狱里被烧死，但女王和真主的惩罚都不能洗去我眼中的罪恶。在法庭上，我不会支持你。不管塔里克伯伯说什么，我都会说出不利于你的证词。从今天起，我会为两个死者哀悼：一个母亲，还有一个兄弟——"

埃斯玛

"你的妹妹很冷静，"麦克劳克林警官说着，把手放在心上，好像受了伤，“很高兴看到你的家族中有一个人能够明辨是非。”

他说这话的时候并没看着任何人，但他一说完，他的眼睛就盯着我。我伸出手想从他手里拿明信片，但他却在空中嬉戏地挥舞着。“啧，啧，”他噘起嘴，“首先你得回答我：你为什么要让‘特刺激’打你？”

在我沉默的时候，麦克劳克林警官耸了耸肩，打量了一下他的指甲。“好吧。我现在就让你们两个自己待着，”他最后说，“我要带上这张可爱的卡片，亚历克斯。如果你想说实话，就来找我，我会还给你的。”

我不需要把明信片拿在手里看上面写着什么。他不知道我已经记住了上面每个字。每个“不”，每个逗号，每个“妈妈”。

麦克劳克林警官一走，我便坐了下来。我的喉咙哽咽，眼含泪水。尽管我努力保持冷静，保持清醒，但我又一次失去了理智。我打自己耳光。没有用。我又打了一巴掌。我明白，这将是糟糕的一天。

伊斯坎德尔·托普拉克

种族主义和米布丁

伦敦，1977 年 12 月

作为一个渴望要儿子的女人生的第七个女儿，从彭贝出生的那天起，她就一直把这个世界看作是滋长偏爱和不公的温床。她认为人类的某些行为是不可改变的。但在她的生活中，她从来没有因为自己的身份而遭受公开的敌意。直到 1977 年 12 月初的一天，也就是她遇到他的那天。

“水晶剪刀”发廊里只有一个客人——似乎不急着去任何地方的退休图书管理员——彭贝询问店主丽塔能否休息一下，她想去买点东西。尤努斯很想吃他最爱的甜点——橙花米布丁——她打算晚上给小儿子一个惊喜。

“丽塔，我出去一小时可以吗?”

丽塔不仅是她的老板，还是一个亲密的朋友。她是一位高挑的黑人女性，有着丰满的胸部、有缺口的牙齿，有着全镇最大的爆炸头，以及像夏季天空般明媚的笑容，丽塔总会谈论起她的家乡牙买加。在彭贝听来，这个名字感觉像烤腰果，又干又脆。

“去吧，亲爱的，”丽塔说道。“我会照顾这位图书管理员的。我打赌她想告诉我她在意大利度假的所有事情。”

彭贝离开发廊时感到又轻松又沉重。轻松，是因为她拥有属于自己的一整个小时。沉重，是因为最近生活过得并不顺利。埃斯玛总是闷闷不乐，手里拿着一本书，正在经历另一个阶段。伊斯坎德尔更糟糕。他每晚都很晚回家，她担心他交了一群糟糕的朋友；还有她的丈夫……好吧，她并不想知道他这段时间到底在干什么，一连几个星期不见，当他再次出现时，却带着另一个女人的味道回家。

阿德姆是个悲伤的男人。他经常谈论起他的童年，一遍又一遍地提起那相同的、被遗弃的记忆，无法释怀。这就像是一种你明知有害却不停咀嚼的零食，即使吃饱了也不能停。不经意间，几乎没有意识到，他就开始谈论过去。至于彭贝，相信时间，或是她的祈祷，都会让一切顺其自然，她没有丝毫抗议地继续生活，安慰自己这都是为了最好的结果——或者说总有一天会有好结果。对于她而言，未来是一片充满承诺的地方。她还没有去过那里，但是她相信那里是明媚而美丽的。那是一个充满无限潜力的地方，由马赛克铺就而成，时而井然有序，时而略微混乱，永远在自我重塑。

对他来说，过去是一处圣地。可信赖，立体，不会变化并且，最重要的是，经久不衰。它使人洞悉万物的开端；给他一种中心感、条理感和连贯感。他一遍遍忠实地拜访过去，与其说是出于需要，不如说是出于一种责任感——仿佛是屈从于一种更高的意志。阿德姆对过去虔诚，而彭贝对未来忠诚。

不同于早上柔和的太阳，刚过正午的天刮着刺骨的寒风。彭贝穿着一件让她看起来更显老的灰色系扣外套，同时也看起来像认真记录每一分钱的战时女孩，事实上，她就是这样做的。她在乐购快速购物，购买她需要的食材。正当她经过街角的面包店时，她看见橱窗里有巧克力泡芙，不是很大、很厚、里面塞满鲜奶油的那种，而是小小平滑的，正是她喜欢的那种。

虽然她很少屈服于诱惑，但她还是径直走向泡芙条，走进店里，门后的铃铛欢快地叮当作响。在里面的是面包师——一个肥胖的女人，腿上静脉曲张，眉毛细得几乎看不见——正在热烈地和一个熟人聊天。与此同时，她的店员正在为顾客服务。一位身材瘦削的顾客，年龄不超过二十岁，有着晶亮的蓝眼睛，红肿的脸颊表明他的皮肤过度敏感，头发剪得特别短，以至于分辨不出发色。他的额头上布满了斑点，他的指关节和手臂有一些文身，包括一个巨大的纳粹十字标志。

因为店里还有一个客人——一位打扮得体的老妇人——排在她前面，彭贝只得等着。过了一分钟门铃又响起来了，一位中年男士走了进来，但是她几乎没有瞥见他。

那位老妇人非常挑剔，每过几秒就感觉要改变主意。她先是想要原味司康饼[①]，三个，好吧，也许是四个，但是来些葡萄干馅饼怎么样，不，思考了一会儿，她又想要水果司康饼了。草莓馅饼看起来也值得考虑，但它们新鲜吗？酥皮脆吗？她想知道，因为如果是这样的话，她可能会喜欢选馅饼而不是烤饼，司康饼太寻常了。就这样一直在犹豫。

每次她改变主意时，那个店员就把面包放回原本所在的托盘内，并根据需要拿出下一块蛋糕，拿给她看并等待她的认可。当她最终做出决定，选了半打冰淇淋圆面包，他们开始讨论该如何把面包装起来——放在又轻又薄的纸袋里更好吗，但是路上会磨破，还是放在盒子里，这更加安全，当然，就是拿着更费事。店员从玻璃柜后抬起头，大略看了一下等候的顾客，注意力集中在彭贝身上。彭贝没有注意到那个年轻人的目光中流露出的怨恨，但是她身后的顾客注意到了。

最终老妇人离开了，她走得如此缓慢，以至于她开门时门铃都没有响。现在轮到她了，彭贝向店员点点头，可是他并没有理睬她，只顾整理糕点。然后他开始整理金属托盘，把盒子端出来，又放回去。

“打扰一下，”彭贝说着，指着巧克力泡芙条，“我想要这

① 一种英式快速面包，以燕麦为主要材料，将面团放在煎饼用的浅锅中烘烤。

种……两个，可以吗?”

“轮到你再说。”店员擦着一只钳子咕哝道。

彭贝被他的语气所困惑，而不是被他所说的话所困惑，犹豫了一会儿。就在那时，另一位顾客插嘴说：“轮到她了。”

这下好了。店员把钳子放下，走向他们，眼睛紧盯着彭贝：“那么，你想要什么?”

彭贝之前从来没碰到过种族主义者，有人会因为另一个人的肤色，宗教或阶级而厌恶他们的这种想法对于她来说如同八月飞雪般陌生。并不是说完全陌生的人从来没有虐待过她或贬低过她，而是这些事情都是暂时的，或者看起来是暂时的，而不是她无法控制的先入为主的判断。她知道托普拉克一家和他们的英国邻居是多么不同，土耳其人和库尔德人也各不相同，有些库尔德人也完全不像其他的库尔德人。即使是在幼发拉底河边她的小村庄里，每个家庭都有自己的故事，并且每个家庭中没有两个孩子是一样的。如果安拉想要创造相同的人类，他一定早就这样做了。彭贝不理解为什么真主在他的创造中融入如此多的种类，但是她相信他的意图。接受人们原有的样子就等于尊重神的安排。

事实上，她对天生的差异是相当宽容的。她无法适应的是后来形成的变化。一个头发像刺猬一样尖的朋克，一个眉毛穿环的青少年，一个浑身都是文身的歌手，或者埃斯玛对于裤子加背带的热爱——这些是她觉得很难理解的事。她的线性逻辑有时会让她陷入两难境地。比如说，当她遇到一个同性恋时，她会想知道他/她是否天生就这样，还是随着时间变成这样的。如果这是真主造成的，那么是可以接受的；如果是那个人造成的，她就无法接受。但是因为，到最后，每样事物都是真主自身的杰作，她无法长久地对别人产生蔑视感。

所以当店员问她想要什么时，彭贝只听到了问题，却没有听到问题下隐含的轻蔑语气。她出于本分及时回答道："请给我这个和那个。"

店员的目光越过她头顶看向远处，就好像她对于他来说是隐形的。"它们没有名字吗?"他问道。

彭贝以为这个男人没有理解她说的，就走近面包托盘的那一面再次指向那些泡芙条，而并没有意识到她的外套边缘擦过了肉桂卷。

"喂，别碰到它们!"店员大喊道。他拿起其中一个面包卷检查着。"不，我再也卖不掉它们了。"

"什么?"

"你看到这团绒毛了吗?"他发着牢骚，"是从你的外套上来的。你现在必须买下这一整托盘的。"

"绒毛?"彭贝噘起嘴，仿佛这个不熟悉的词在她嘴里留下了酸味。"不，不。我不想要这整一托盘的东西。"慌乱中，她的手向上一翻，一个购物袋打翻了一个装着岩皮蛋糕的篮子，蛋糕全都滚落在地。

店员摇了摇头。“哇哦，你真是个行走的灾难。”

这时，骚动引起了店主的注意，她迈着沉重的步伐朝他们走来，想看看发生了什么。

“这个女人毁了面包卷并摔坏了蛋糕。我告诉她必须都买下，但她并没有明白。”

彭贝的脸颊在店主的审视下变得通红。

“我觉得她都不会说英语。”店员补充道。

“我会说。”彭贝厉声说道。

“那你一定明白人家跟你说的话了。”店主慢吞吞地说，故意扯大了嗓门，好像彭贝是个聋子似的。

“但是他说买下整个托盘。我没有那么多钱。”

店员把手臂交叉环在胸口，说道：“那么我们就得报警了。”

“不要叫警察，为什么要这样？”彭贝开始慌了。

“呃哼。”站在后面的顾客剧烈地咳嗽起来。现在所有人都把头转向他，这位沉默的旁观者。“我目睹了这场泡芙条危机，”他说道，“我觉得我有义务说些话。如果涉及法律，我就是这里唯一的证人。”

“所以呢？”店员说道。

“所以我要告诉他们故事的另一面。”

“什么另一面？”

“你亏待了你的顾客，没有好好地为她服务。你反应迟钝，没有礼貌，不肯配合，难以沟通，甚至咄咄逼人。”

“好了，好了，先生们，”店主说道，她的嘴唇浮现出一抹抚慰的笑容，因为她意识到情况正在失去控制，“我们不要小题大做。并没有造成什么伤害。没有必要叫警察。”

彭贝静静地转过身来，第一次认真地看着那位顾客。他穿着一件棕黑色灯芯绒夹克，肘部有一块皮质补丁，里面穿着一件米黄色高翻领毛衣。他的脸很长，鼻子很挺，有着淡棕色头发，在灯光下呈现金色，两边颜色淡一些。他的眼睛很和善，虽然有点倦意；眼睛的颜色是风暴天气那种深沉的暗灰色，暗灰而热切，再配上一副眼镜，让他看起来像个教授——她这么猜想的。

那个店员也在审视着他，尽管有些忿恨。他嘶声说道：“好吧，那么，我能帮你什么忙呢?”

“这位女士优先，”那位顾客说道，“你还没有为她服务。”

*

他们一起离开了面包店——陌生人因为偶然事件相遇。他们理所应当一起走几分钟，重温这段经历，重新建立友谊。他坚持要帮她拿包，那似乎也没什么，不过，要是在她住的附近，她是决不会允许的。

他们一直走到附近的操场才停下，操场很空旷，也许是因为大风天气。现在风已经很猛烈了，到处都是被刮落的树叶，好像被卷入了漩涡。然而，自从她来到英国以后，彭贝第一次觉得空气里有一种迷人的东西——除了风、雨和云之外，还有一种她早已习惯并渐渐爱上的宁静。她陷入了沉思。

他透过眼角的余光看着她，注意到她脸上脂粉未施，她的头发，原本包裹着的头巾被风吹掉了，呈现出秋天般的发色，那是明亮的栗色，带有红色的条纹，却并不明显，连她自己都可能没有意识到。他发现她那丰满的嘴唇和单边酒窝很吸引人，但他只把这个想法藏在心里。自然的选择是奇异的。这个女人，如果她穿得不一样，举止不一样，会在街上引起许多人的注意。然而，也许把她的美貌掩藏起来更好。

“那个男孩很粗鲁。”彭贝说道，心里还在想糕点店里发生的事。

“他不是粗鲁，”男人反驳道，“他是种族主义者。”

她顿住了，吃了一惊。*种族主义者是那些不喜欢黑人的人——是讨厌丽塔的人。*“我不是黑人。”她说。

他听到这个笑话笑了。当他意识到她不是在开玩笑，他好奇地盯着她。“你不一定得是黑人，种族主义者才会反对你。种族主义有很多种，但如果你问我，我觉得他们都是一样的。”

她听着，试着努力分辨他的口音，这和她到这里以来听到的任何口音都不一样。

“有的白人厌恶黑人，”他继续为她解释道，“也有的白人厌恶棕色人种。更复杂的情况是，有些黑人讨厌棕色人种，有些棕色人种讨厌黑人，更不用说那些自我憎恨的黑人、棕色人种和白人，还有那些基本上讨厌所有人的黑人、棕色人种和白人。当然，还有宗教，巨大的分歧。有些穆斯林恨所有的犹太人，有些犹太人恨所有的穆斯林。哦，还有一些基督徒恨他们所有的人。”

“但是为什么会厌恶？”她问道。

不止是问题，更令他吃惊的是问话的方式，纯粹的朴素和纯真，几乎像个孩子。他注意到她非常认真。增长的失业问题，贫困，排外，意识形态冲突，石油危机……此刻没有哪个原因足以回答这样一个简单而基础的问题。而他，一个资深的怀疑论者，一个有奉献精神的无信仰者，一个空前的悲观主义者，一个不相信新闻或报纸并对所有事都半信半疑的人，包括他自己，他对人类的未来不抱任何希望，他重复着问题，就好像从一个遥远的回声传来：“嗯，说得太对了。但是为什么会厌恶呢？”

过了一会儿，他们谁都记不起来是谁提议坐在操场上的。彭贝用蹩脚的英语告诉他，她在一家美发店工作，休息期间来买些米布丁的配料。她说，她没能找到榛子，就像她在伊斯坦布尔用的那种，只能用杏仁代替。令她吃惊的是，他同情地听着。她从来没有想到一个男人，任何男人，会对烹饪如此感兴趣。

“这么说你是土耳其人?”他问道。

她从来没有想过说自己是库尔德人，她从来没有那样说过。她总是过了一段时间才显露出她库尔德人的一面，像是事后才想起来的。于是她点点头。

“街头小贩在用土耳其语叫卖：女士，我有土耳其软糖，鹰嘴豆……”他用一种单调的声音唱着。

她望着他，眼睛睁得大大的，这让她感到惊讶，他大笑着说道：“恐怕就只有这些了。我只知道几个单词。”

“可你怎么知道的?”

“我的外祖母是希腊人，”他说道，“她来自伊斯坦布尔。她教过我一两个单词。噢，她爱那座城市。”

他没有告诉她，他的外祖母在奥斯曼帝国末期就离开了伊斯坦布尔，她嫁给了一个黎凡特[1]商人，直到她去世的那天，她都很想念她的邻居和博斯普鲁斯海峡岸边的家。相反，他试图回忆更多土耳其语和希腊语中共有的单词：青瓜酸乳酪酱汁，傻子，菠菜，肚皮舞……他的口音让她咯咯地笑起来，她低着头抿嘴笑——这是那些对自己的牙齿不满意或是对快乐觉得不自在的人通常用的姿势。

---

① 在地中海东部。

他观察了她大约很长时间，说道："我还不知道你的名字。"

彭贝拂去了几缕眼睛上的头发，虽然她很少同时提到自己的几个名字，也从来没有把它们翻译成英语，但她听见自己说："彭贝·卡达尔。意思是粉色命运。"

他没有像她期望的那样皱起眉头或咯咯地笑。相反，他盯着她，就好像她刚刚揭开了最悲伤的秘密。然后他说道："你的名字是一首诗。"

现在彭贝知道"诗歌"一词在英语里的意思。是的，她知道。她笑起来。这么久她第一次笑出来。

她打开面包店的袋子，拿出巧克力泡芙条，给了他一块，自己拿了另一块。他作为回报，分享了水果面包。起初他们安静地吃着，接着用了一些试探性的词，比如"如果""也许""我不确定，但是……"慢慢地，他们围绕着一场始于种族主义和米饭布丁的对话展开了交谈。

他的名字叫埃利亚斯。和她一样，他到伦敦已经差不多八年了。他喜欢这座城市，就算觉得自己像个外国人也没有问题，因为这就是他心里所想的：到处都是陌生人。彭贝听他说话时，好几次希望自己的英语能好一点。但你并不需要熟悉一种语言才能说话，对吗？虽然她和丈夫说着同样的语言，他们却很少交流了，即使他们曾经交流过。

"那么你是希腊人？"她问道。

她没有告诉他，她丈夫的哥哥塔里克是怎么看待希腊人的，也没有告诉他自己所听到的关于希腊人的所有负面评价。

“嗯，不完全是。我是四分之一希腊人，四分之一黎巴嫩人，四分之一伊朗人，以及四分之一加拿大人。”

“为什么会这样?”

“嗯，是这样的，我的外祖母嫁给了一个黎巴嫩人，然后我的母亲就出生了。接着她遇到了我的父亲。他的父母是出生于德黑兰的加拿大公民。我出生在贝鲁特，但是在蒙特利尔长大，现在我是伦敦人。那么，我算什么呢?”

多少次旅行，多少次破裂，多少次在陌生的地方重新开始。他不怕周围有这么多的不确定吗? 彭贝回忆起她曾梦想成为一名水手，航行至七大洲遥远的港口，但那是很久以前了。

他似乎看出了她的疑虑，笑着说，“嘿，没那么糟。有些人来自世界各地。”

他把目光从他突然注意到的结婚戒指上移开。然而，她没有意识到，他原来戴婚戒的地方有一个模糊的印子，是再也不存在的，却还没有完全消失的妻子的影子。

“你工作吗?”她问道。

“是的，我是个厨师。”

听到这话，她抬起了脸。“真的?”

“是的，”他说道，“我打赌我能做出和你做得一样好吃的米布丁。”

彭贝想象他在切洋葱，或者在煎锅里戳西葫芦。这个想法太奇怪了，她咯咯地笑了起来，但几乎立刻就安静下来，担心伤害他的感情。她所认识的男人几乎都不愿意进厨房为自己倒杯水，现在她想起来了，这也是她抚养两个儿子的方式，尤其是伊斯坎德尔。

“你的妻子很幸运，”她说道。

“我的妻子和我分开了。”埃利亚斯说道，他用手比画着，就好像在掰一块面包。

彭贝巧妙地把话题转向别处：“你父亲怎么说？他觉得你做饭没问题吗？”

这是个奇怪的问题，却是个恰当的问题。他解释说，声音忽高忽低，他的父亲已经多年没有和埃利亚斯说过话了，不过后来他们和好了。他说，他对烹饪的兴趣始于孩提时代，那时他在寻找一些东西让他的妹妹克利奥振奋精神。

“你妹妹病了吗？”她问道。

“不，她有些特别。”

他说邻里的孩子称之为：弱智的。她一出生就患有严重的唐氏综合征，身体和精神都有缺陷。他去一所当地的学校上学，班上都是天资聪颖的孩子，而克利奥必须每天去城镇以外很远的一个特殊机构。她经常脾气暴躁，压力大，乱扔玩具，扯头发，吃土。年幼的埃利亚斯发现，唯一能够抚慰她的，就是美味的食物。刚烤好的苹果派让她的脸上出现笑容，让她再次成为过去那个可亲的女孩。就这样，一点一点，他学习为克利奥准备美食。后来他意识到并不是他在帮助他的妹妹，而是她在帮助他听从自己的内心。

当你揉面包时，全世界都渗透入你的血管中，坚硬而有力。当你烤肉时，动物的灵魂在和你对话，你必须学会尊重它。当你清洗鱼时，你听到它曾经游过的地方水流涌动的声音，你必须轻柔地腌制它，这样就可以把那条河的记忆从它的鳍中洗去。彭贝倾听着，沉迷其中，漏掉了许多词，但是，令她惊奇的是，她明白他说的话。

*

“噢，天哪……我必须走了。”彭贝说道，噌地跳起来，直到现在才反应过来时间过去多久了。

“需要我帮你把袋子拿回美发店吗?”

“不，不用……”她坚定地说道。“我可以的。”

她突然想到，某个路过的人也许会看到他们在一起并告诉其他人。人们会说闲话，这有可能传到她家人的耳朵里。她怀着一颗沮丧的心意识到，她再也见不到这个人了。他不知道她在想什么，就从口袋里掏出一张卡片。

埃利亚斯·斯特凡诺斯·罗伯特·格罗根

厨师

她看着这些字，惊讶于他的名字竟由这么多单词组成，多得就像他那复杂的族裔背景。卡片的背面是那家餐厅的名字。

“如果你晚上过来，我没法离开厨房。午餐时间也不太好。如果你四点后来，我会很高兴带你到处转转，为你做吃的。”

她什么也没给他作为回报。没有卡片。没有地址。没有承诺。他身体前倾去亲她的脸颊，而她的回应却是往后退，这让他感到困惑和尴尬，她见了觉得窘迫，所以她向他伸出手，他没有看到，因为他还在想为什么她不让他亲吻她的脸颊。两人彼此都有点困惑，他最终轻碰了她的手腕，而她拍了拍他的肩膀。这尴尬的时刻会使旁观者发笑，但对他们来说，这是相当不舒服的，所以他们互相退开，就好像他们是碰到了一根通电的电线，然后他们以最快的速度分离开来。

美女与野兽

伦敦，1977 年 12 月

今天是托比科的生日。在托普拉克一家的生活陷入混乱之前的一年内，七岁的尤努斯在非法占屋者的家中，沉浸在深深的爱里。

托比科二十岁了。“我是个典型的射手座，”尤努斯听到她说——尽管他不知道这是好是坏。尤努斯自己是狮子座的，但这对他来说也没有任何意义。唯一有意义的是他和托比科之间的年龄差距越来越明显，他追上她的希望比以往任何时候都要渺茫。

于是他皱着眉头坐在那里，大口地嚼着塑料碗里的奶油爆米花。他看着那些非法占屋者——欢快而精力充沛——把礼物送给那个过生日的女孩：银质穿刺饰品、安全别针、尖刺项圈、编织手链、饰有钉子的腰带、有破洞的渔网袜和一双军靴。还有一床边缘写着医用大麻字样的拼接床单、几条有标牌的项链、一张帕蒂·史密斯[①]的海报，几本书（史蒂芬·金[②]的《闪灵》，查尔斯·布考斯基[③]的《无北之南》）、一顶警察头盔（从一名警官那里偷来的，他把头盔暂时忘在了当地一家咖啡馆的桌子上）、一张写着“无聊具有革命性”的海报，还有一件黑色T恤，上面印有朋克乐队——“诅咒乐队”（The Damned）的照片。

尤努斯远离了这场忙乱，因为他想做最后一个给托比科礼物的人。这样做有两个理由。第一，他希望可以单独和她待在一起，即使是几分钟。但他也不确定她是否会喜欢他挑选的礼物——看到别人给她的一堆乱七八糟的东西后，这份怀疑加深了。满腹怀疑的男孩在船长走进来时仍在角落生闷气，船长穿着尤努斯从未见过的最紧身的牛仔裤、一件至少比他身材小两码的皮夹克，以及一双机车靴走了进来。他没有给托比科带礼物来。只有一个湿吻和一句承诺：“我的礼物晚点到，宝贝。”

刹那间，尤努斯的心在下沉，他在考虑做同样的事。他可以站起来，穿着灰色的校服长裤和妈妈给他织的蓝色毛衣，迈着缓慢而坚定的步伐朝托比科走去，并且用一种深沉而神

---

① Patti Smith（1946— ），摇滚女诗人、画家、艺术家，二十世纪七十年代美国朋克音乐的先锋人物之一。

② Stephen King（1947— ），美国当代惊悚小说之王，通俗小说大师。

③ Charles Bukowski（1920—1994），德裔美国诗人、小说家、短篇故事作家。

秘的语调说："我的礼物晚点到，宝贝。"

然后托比科会做什么呢？她会像对待船长一样微笑着看着他吗？尤努斯并不这么认为。他闭上眼睛，感受着胃里因为紧张而翻腾。他妈妈一直警告他："小心女孩子。男孩子很简单，女孩不是。她们会把你当傻瓜一样玩弄。"如果真的是这样，如果托比科把他当作沙兹琴[①]一样玩弄，那么那天尤努斯发出的声音是凄凉而忧郁的，有点走调。

"嘿，兄弟，你想要吸一口吗？"

尤努斯睁开眼睛，看见一个留着厚厚的雷鬼辫的年轻人躺在他脚下。他紧盯着天花板上一个看不见的地方，手里拿着一支新点燃的大麻烟。他的手上有一个文身：*当富人打架时，死的却是穷人*。尤努斯忍不住想，如果妈妈看到这人，她会吓一跳的。彭贝会问：*他们是怎么洗头发的？*等她有了新的体会，她会不安地又问：*他们会洗头发的，是吧？*

尤努斯以前喝过啤酒，也叼过丢弃的烟头吐烟雾，但是他从没有接近过毒品。这是非法占屋者家中一个非常具有争议性的话题。有些人（黑豹党支持者、激进的女性主义者、马克思主义者、托洛茨基分子）严厉抵制毒品，并且看不起吸毒的人；那些嬉皮士和前嬉皮士喜欢某种毒品（如大麻），但不喜欢其他毒品；还有一些人（朋克、虚无主义者、情境

① 土耳其安纳托利亚地区流行的一种弦乐器。

主义者）拒绝大麻，而选择药片和化学药品，这些东西会让你精力充沛、怒气冲冲。然而，让尤努斯一直远离毒品的不是这些一直存在的分歧，而是对母亲发怒的惧怕。

但现在他只是被邀请吸一口，他不明白为什么要拒绝。他很有礼貌地拿起烟头，深深地吸了一口，马上就全部咳了出来。

“他们在学校教你这首歌了吗?”那个留着雷鬼辫的男人打了个哈欠，开始唱:“卷啊，卷啊，卷一支烟，沿着边轻轻卷。”

尤努斯咯咯地笑着，喘着气。

“吸一口我的大麻烟，把你他妈的脑袋炸飞。”

尤努斯喘着气，咯咯笑着。两人弄出很大的声响，引起了其他人的注意，包括托比科。她带着一种难过又震惊的表情走向他们。

“别这样，亲爱的，”她说道，并从男孩手中夺过那根大麻放在她自己双唇间。“你为什么要跟别人一样？你是不同的。这就是你的特别之处。”

尤努斯看到她那调皮的目光，声音里流露出的忧虑，不由得使劲咽了口唾沫。他没有像先前计划的那样简单地说，而是脱口而出:“我有件礼物送给你。”

“是吗?”托比科假装惊喜地说道，“是什么东西，宝贝，能告诉我吗?”

尤努斯站了起来，高昂着头，挺起胸膛，像一个随时准备接受命令的士兵。他把藏了一个晚上的包裹交给托比科——金色的盒子，金色的薄纱，金色的丝带。

盒子里是一个水晶球音乐盒——粉色，紫色，绝美。球中有两个人——一个公主和一个怪物——站在一座迷人的城堡前，互相拥抱着。公主穿着一件华丽的衣服，而那个笨重的怪物站在她旁边，一副害羞、笨拙的样子。当你拧动发条时，他们随着叮当作响的曲调翩翩起舞，听起来就像一辆冰淇淋车从身边驶过。当尤努斯看见这个，知道它源于《美女与野兽》时，他回想起托比科非常喜欢大卫·鲍伊[①]的一首同名歌曲。如果她喜欢那首歌，她也许也会喜欢这个。

事实上，尤努斯起初计划要买个不一样的水晶球，里面有一对新郎和新娘在教堂前接吻，片片的泡沫米粒飘落在他们身上，但是后来他不确定托比科是否会喜欢。她反对婚姻，反对宗教，而且据他所知，她也反对像那样把米扔到空中。所以他选择了另一个雪球——尽管它更贵，而且把他的积蓄都花光了。

在他看来，托比科和公主没什么不同，华丽又无暇，他却有点像那个怪物。他是穿着优雅衣服的怪兽，牵着她走向舞池——这个故事中不太可能成为英雄的主角还不是一个男

① David Bowie，1947 年出生于英国伦敦。英国著名摇滚音乐家，60 年代后期出道，是 70 年代华丽摇滚宗师。

人，但有着终将成为男人的潜能。这个男孩把童年当做一个魔咒，他抱着一线希望，希望魔咒能很快被打破。

这件东西天真烂漫，让托比科措手不及。她像捧着一只小鸟一样把雪球捧在手心，高兴得满脸通红。“噢，这太棒了！”

尤努斯微笑着。他就要和她结婚了。

“什么太——棒——了？”船长从房间的另一边问道，但是托比科并没有回答。

尤努斯的笑容变得越来越大，大得像一件斗篷，遮住了屋子，遮住了蜘蛛网，遮住了围着烛光飞舞的飞蛾，遮住了木椅上的白蚁，以及一切他希望消失的东西，包括所有潜在的对手。

*

夜晚在“撞击”乐队（The Clash）、“伦敦废物”乐队（The Cockney Rejects）和“性手枪”乐队（The Sex Pistols）的音乐声中流动，还有一个巨大的巧克力香蕉大麻生日蛋糕。蛋糕上没有可以吹的蜡烛，不过当天从商店里偷来的黄铜和锡制灯笼，增添了想要的庆祝气氛。

到现在为止尤努斯已经喝了好几口啤酒，吃了几块那个诡异的蛋糕了。他的脑袋并没有晕眩，但是他的胃肯定晕眩了。他尽可能不要吐出来，往后一靠，目光扫视着墙壁。坐在那里，在闪烁的灯光下，他注意到一幅他从未见过的画。一个肩膀粗壮、鼻子突出、胡子拉碴、头发需要梳理的男人。因为这天是托比科的生日，他猜想这个男人一定和她有什么关系。“那是你的祖父吗?”他问道，指着那张照片。

托比科还没弄明白他在说什么，更不要说回答他，那个留着雷鬼辫的男人无意中听到这个问题并转向其他人，愉快地喊叫道,“嘿，这个男孩在问卡尔·马克思是不是她的祖父!”

接着就是一阵大笑。“他是所有人的祖父。”有人非常欢快地回答道。

“我们的祖父会改变这个世界。”船长说道，很明显是在逗乐。

在认识到他说了一些蠢话后，尤努斯的脸红到了耳朵。然而他只能站起来面向船长。所以他问道，“他要做这些年纪不会有一点大吗?”

“他又老又聪明。”船长回答道。

“他还有点胖。”尤努斯固执地说。

这又引起了大家的一阵窃笑，但船长变得严肃起来，他的眼睛突然眯成一条缝。“我的朋友，你就不能尊重一点吗?那个人站在你这边。他为像你这样的人争取权利。”

“他是土耳其人吗?”尤努斯不由自主问道。

占屋者们笑得太厉害了，其中一个从沙发上摔了下来。他们擦着眼泪，仍然咯咯地笑着，他们听着，渴望能听到更多。

“像你这样的人，就是穷人。”船长解释说。

“什么是穷人?”尤努斯问道。

“穷人是那些被富人剥夺了所拥有权利的人，所以那些富人可以拥有比原本更多的权利。”

尤努斯站在那里咬着下唇，皱着眉。

“这个世界上没有其他物种像人类一样傲慢，残酷又贪婪，”船长接着说道，“整个资本主义经济是建立在富人有系统地剥削穷人的基础上的。你，我，我们这里的小伙伴，以及他的家人，我们都是平民！是普通大众！是下层民众!”

“我的母亲总是在打扫屋子，”尤努斯说，这是他能想到的唯一反对意见。

他们大笑，但这次不一样。他们的笑声中有一种温和的锋芒——混杂着怜悯和同情。

然而，船长被他自己的正义感冲昏了头脑，没有注意到观众的情绪已经发生了改变。“面对真相吧，伙计!”他说道：“像你父母一样的人一直以来都在被剥削，这样其他人就可以填满他们的钱袋。”

尤努斯喘不过气来，摇摇晃晃地跳了起来。“我父母没有被剥削，而且我们也不是下层民众。我哥哥是个拳击手。”

他这样说话不仅仅是由于自尊心，尤努斯从没想过他的家庭是贫穷的。的确，他的母亲有时抱怨入不敷出。但在家里，没有人认为自己贫穷，潦倒，低贱，或者同样的，当自己是穷人。

这次没有人笑了。外面，天色黑沉。在不远的某个地方，街灯的微光下，彭贝正在厨房的窗户边等着，忧心忡忡，不知她的小儿子在哪里，她的身体隐没在一片寂静和孤寂中，像一个水晶球里的小雕像。

“嘿，我不是有意冒犯你的，”船长一边说着一边咯咯笑，这样他的下一句话就不会被人责备，“我觉得你太年轻了。”

最后总结的这几个字让尤努斯非常厌恶：他的年龄，他的不合群，和不可能得到的爱。他在椅子上瘫软下来，非常沮丧。

“别理他，”托比科小声说道，“天晚了。你或许该走了。”

“没错，我还是走吧。”尤努斯承认道。他皱着眉头，肚子又觉得怪怪的。

“晚安，宝贝。”

尤努斯向他们挥手道别，不是像他父亲和叔叔教他的那样，把右手放在心口，而是像占屋者们那样，抬起食指和中指比画一个V的手势。他刚迈出一步，房间就开始旋转起来。灯光变暗，变成柔和的珍珠般的光辉，他陷入另一个空间。没有预兆地，当着在场每个人的面，尤努斯吐了出来，吐在他心爱的女人的生日礼服上，而不是地板上。“哦，不。”他呜咽着闭上眼睛，非常清楚地意识到她永远也不会爱上他了。

那一晚占屋者们把尤努斯抬回了家。他们按响了门铃就跑开了，几秒钟后，极为震惊的彭贝打开门，发现儿子正酣畅地在门槛上打着呼噜。

一件绒毛开衫

伦敦，1977 年 12 月 18 日

从这学期开始，凯蒂·埃文斯就喜欢上了伊斯坎德尔，几乎无法自拔。管他叫亚历克斯还是亚历山大，他是彻头彻尾的混蛋。眼里只有他自己。总是和他的跟班待在一起，觉得自己是帮会头目。但她不得不承认，他有一点英俊，浅橄榄色的皮肤，一双火辣辣的眼睛。最终，她鼓起勇气问伊斯坎德尔是否可以和她一起出去，而他草草地回答："行。"他说他周日早上得帮他妈妈，十一点到下午两点还有拳击训练。那之后他就空了，可以见她，如果她愿意。

约会前几小时，凯蒂在房间里一件又一件地试衣服，对着镜子生气。她和母亲一起买的那件马海毛套衫颜色太柔和——紫红色、桃红色、淡紫色、海蓝色——看上去俗气得可笑。那些劳拉·阿什利的短裙、A 字裙和绑带鞋①也是一样。她用伊

① 玛丽珍鞋，是对绑带鞋的统称，尤指那些低跟、圆面、脚踝搭扣绑带式的鞋子。

斯坎德尔的视角看着她的衣柜，惊讶于每一件衣服都看起来呆板而幼稚。经过多次灰心和尝试，她最终选择了一套休闲装扮。一条牛仔裤，胶底帆布鞋和一件藏青色的运动衫，她把头发梳成马尾辫，只化了一点妆，希望他能把她的打扮看作是自信或谦虚的表现，或者更好的是，两者兼备。

凯蒂提前五分钟到了咖啡店，在路上经过的每一间商店的橱窗检查了她的着装。四十分钟后伊斯坎德尔仍然没有出现。凯蒂太骄傲，不会接受失败，所以她叫来服务生又点了一杯可乐。起初，她本来想点一杯奶昔——草莓香蕉口味，她的最爱。但是再次思索后她改变了主意，觉得那样太少女气了。

凯蒂的第二杯可乐快喝光了，她的耐心也快耗尽了，这时门被推开，伊斯坎德尔走了进来，他嚼着口香糖，肩上背着一个健身包，他的头发还是刚洗完澡湿漉漉的状态。她看得出来他不慌不忙，把他的头发梳理整齐，并没有急着赶来见面的样子。

“你好啊，亲爱的。”他说道。

那个词，那个简单的、愚蠢的词*亲爱的*，让她的怒气一下消散了。她的脸颊泛起红晕。

“等很久了吗?”

“没关系。”

他乌黑的眼睛凝视着她，打量着她的头发、她的嘴唇，还有遮住她胸部的松垮上衣。为什么她不打扮得更好看一点，他很疑惑。

“拳击怎么样?”

“好极了，”伊斯坎德尔说道，“我的教练太棒了。坚硬如铁。他以前是个伞兵，在北爱尔兰打仗。这家伙见过一些很恐怖的场面。”

“他用过枪吗?”

伊斯坎德尔嘲笑道：“他用过枪吗？他至少杀过十个人。在战斗和爆炸中受过伤。这家伙用艰苦的方式学会了拳击。”

凯蒂的脸色变得非常苍白。突然，她很庆幸自己没有穿毛茸茸的套衫。

“那么，你点了什么?”伊斯坎德尔问道，指着她空荡荡的杯子。

“我喝了两杯可乐。你也来一杯吗?”

“不，我讨厌可乐，”伊斯坎德尔说道，“它让我感觉浮肿。那些秘密的气泡配方有问题。我更喜欢奶昔。”

看到伊斯坎德尔叫来服务生点了两杯饮料——给她又点了一杯可乐，给他自己点了一杯奶昔，香蕉草莓口味，凯蒂的脸变得僵硬。他们闲聊着学校和那些从不洗澡的孩子，以及那些他们无法忍受的老师。当她开始放松下来，他的脸却沉下来，突然冷酷起来。“凯蒂，你跟我在这干什么?”

她的目光闪烁了一会儿，然后又落在他身上。她能向他坦白吗？她一整晚都在床上抱着录音机，一遍又一遍地听比吉斯乐队[1]唱“你的爱有多深”？

“唔，我们只是在——聊天——”

“听着，别误会。我觉得你很好，真的，但是我们不合适，你和我。我们都知道这一点。我是说……我对你来说不是最合适的那个家伙。我们的世界不一样。”

她紧咬着下唇，快要哭出来，就好像某些珍贵的东西从她这里被偷走了。因为他公然拒绝了她，因为他觉得他们不合适，因为他是那么遥不可及，赢得他的心突然成为她生命中最重要的目标。“但是你根本不了解我，”她说道，思绪在感情和对峙之间徘徊。

“噢，我不是故意让你难过的。”伊斯坎德尔说着，他看上去一点也不难过。看到自命不凡的凯蒂·埃文斯如此没有安全感、如此脆弱，真是一个可爱的惊喜。现在他都怀疑自己正享受着这份甜意。“告诉你吧，我们好像陷入了一个糟糕的开始。我们何不再试一次？”他向前探了探身，握住她的手。“哈喽，你好吗？我叫伊斯坎德尔。你可以叫我亚历克斯。”

她的嘴唇微微张开说道，“见到你很高兴。”

在他们离开前，伊斯坎德尔去上了厕所。下到楼梯中间，他遇到了一个瘦骨嶙峋的年轻人，光头，蓝眼睛，脸上长满

---

① Bee Gees，来自澳洲的三人兄弟乐队组合，成立于 1967 年。

了雀斑。这名男子是一家烘焙店的店员，他审视了伊斯坎德尔一会儿，不自然的微笑后藏着一抹狡黠的光芒。

伊斯坎德尔走进洗手间时，小便池旁站着一个黑人。伊斯坎德尔大步走向一个隔间，吹着欢快的口哨。他关上门时停住了，被眼前的景象吓了一跳。在那扇门上，有一个两英尺高的纳粹十字符，旁边是一些种族主义口号和脏话。下面写着**白色力量**。其中一些字是用金属物体在表面刮出来的，而其余的字是匆忙喷上去的。伊斯坎德尔查看着这副图案。无论是谁做的，那人应该不久前还在这里。

伊斯坎德尔很快离开了隔间，朝那个黑人点点头，他正在洗手，看上去有些害怕。当他爬上楼梯回到凯蒂身边，他真希望自己早一分钟就在厕所，在作恶者还在那里的时候。

*

他们一起散步，这对于凯蒂来说是一种放松，她喝了三杯可乐。他们漫无目的地闲逛，经过了蔬果店，药房和博彩屋，落日的余晖笼罩在他们身后。虽然这一天狂风大作，天空像一层阴冷的帷幔，仍有许多人出来走动，做着自己的事。

他们站在维多利亚公园的池塘边，看着一群鸽子。青草在他们脚下散发着芬芳的气味，令人心旷神怡。他的手臂环住她，把她拉近。她喜欢他的味道，他嘴唇的味道，她喜欢他不像其他男孩那样会在她衣服底下摸索着握住她的乳房，希望能够更进一步。她注意到他声音中的热情，眼睛里的勇气，和他灵魂中的饥渴。

他们牵着手，坐在一张长凳上看着行人，对着彼此的耳朵低语，对路过的每个人做出无聊的评价。疯癫的人、讨嫌的老人、抢劫犯。一些人朝他们微笑，很开心看到又一对年轻情侣坠入爱河。还有些人则转移了他们的视线。

“那边那个家伙呢?”凯蒂说道，“他看起来是不是有点狡猾?”

伊斯坎德尔顺着她的视线看，瞧见一个黑头发瘦削的男人朝他们走来。他立刻挺直了腰，搂着她的胳膊松开了。

“怎么了，你认识他吗?”

伊斯坎德尔没说话，他背对着马路，把衣领拉高以遮住他的脸。那个男人，所有人都叫他演说家，并没有看坐在长凳上的这对情侣一眼，不一会儿就大步走了过去。

“发生什么了？他是你不想看见的人吗?”凯蒂问道。

“不是。但我希望他没有看到我和你在一起。”

凯蒂被伊斯坎德尔三缄其口的行为激起了好奇心，当他被问到不想回答的问题时就会这样，包括关于他家庭和童年的问题。他有她无法理解的一面。她想，他是个很酷的家伙，但容易发怒。当他们下次见面时——她知道会有下次的——他会对她更好的。关于这一点，她非常确信。

奇　迹

伦敦，1977 年 12 月 24 日

在一间宽敞明亮的厨房里，厨子和店员云集，克里奥餐厅的老板兼主厨埃利亚斯无精打采地坐在一个巨大的炉灶前，各种各样的锅在上面嗞嗞作响。他缓慢地搅动着一锅黏稠的奶油蘑菇酱汁。就快做好了，但还不完美。在端起锅之前他总会加入少量的肉豆蔻。这是他的秘方。而且今天每一样东西都不能出错。毕竟，今天，是圣诞夜。

他出生在一个信仰东正教的家庭，长大成为一个不可知论者，他热爱圣诞精神：颂歌、家人团聚、分享、给予，尤其是对奇迹的信念。这使得他相信最好的事会发生。他小时候最喜欢的圣人是克里特岛的圣安德鲁——不是因为这位圣人比其他人虔诚和善良，而是因为他与他们中的许多人不同，他自己就是一个活生生的奇迹。圣安德鲁出生时是个哑巴，直到七岁时，他突然说出了超出他的年龄所能道出的真理。年轻的埃利亚斯非常喜欢这个故事，一想到圣安德鲁说出第一个词时，他身边的人们脸上的震惊，他就有种顽皮的愉悦。得知这位圣徒最终成为了一位优秀的演说家和圣歌作者时，他非常开心。如果一个哑巴男孩可以做到这个地步，生活也许并不像它有时看起来的那么凄凉。

把肉豆蔻放入平底锅后，埃利亚斯又搅拌了一遍酱汁，并关掉了炉子。他的副主厨出现在他身边，小心翼翼地把酱汁倒入一个陶瓷容器中，冷却之后就要淋在五十五份菲力牛排上。

埃利亚斯看了看表，然后开始做下一道菜：加枫糖核桃酱的五香梨蛋糕。他在准备食谱时从不使用金属器皿。这是他的另一个秘密。所有的东西都必须是木头的。金属冰冷，光滑，太过完美。它不会和食物相连，只会抑制它们。木头虽然拙劣粗糙，但却很朴实。

距离圣诞节只剩七个小时了。如果倒计时的话，1978 年也只有几天就来了。埃利亚斯并没有对来年有很高的期待。嗯，只有一个。它不会像即将结束的这一年这样糟糕。

这十二个月是埃利亚斯五十年人生中最艰难的一段。年初时，事业蒸蒸日上，妻子很有魅力，在伊斯灵顿有一幢宽敞的房子，餐馆里的生意多得他应付不了。七个月过去了，他变成单身，住在一个小公寓里，几乎没有家具。除了几个朋友，他几乎不再进行社交活动——他还没有准备好从离婚的伤痛中恢复过来。情感上，他把这种状态看作是一辆火车模型在翻越山峰时电池没电了。在他婚姻的最后阶段，他一直在努力，用一种他不再拥有的精力蹒跚前行，直到他偏离了轨道。离婚是丑陋的，他们俩的行为都不像平时那样。他常常发现自己在为经济问题而不是感情问题争论不休，直到最后——他放开了她，放弃了赡养费，放下了回忆。

他爱过他的妻子，某种程度上他仍然爱着。安娜贝尔有着瘦削的身材，窄窄的肩膀，苍白的肤色，清脆的英国口音和机智的思想，而他就是为了她来到这个国家的。由于她比女王还像英国人，由于她和格洛斯特郡的家人有着密切的联系，而且他的工作比她更灵活——她创办了一家先锋的女性法律中心——他们在伊比沙岛[①]短暂度蜜月后，定居伦敦似乎是很自然的事。

虽然埃利亚斯在任何阶段都不反对这项计划，搬家却并不是简单的事情。伦敦在 70 年代初期并不是一个美食天堂。只有极少数的一流餐厅；而对食物的全新尝试，都被公然怀疑，更不要说跨文化菜系了。印度菜相对较受欢迎，但是它的口味却并不像埃利亚斯想要推介的那些。总之，他觉得英国菜沉闷又难以融合，并且顾客拒绝新鲜口味——所有这些都是他要试图解决的问题。

最终，他们的婚姻以刚开始的方式结束：带着一种紧迫感

---

① 位于地中海西部。

和对挑战的需要。离婚协议签完字，七年半的婚姻生活留给埃利亚斯的就只有一只叫马格诺利娅的又老又懒的波斯猫，相册里有他不再想看的照片，还有他记忆中的痛苦，有时还有他的梦想。

仲夏时节，他接到母亲打来的电话，告诉他父亲心脏病第二次发作，这一次，他没有挺过来。埃利亚斯连父亲什么时候第一次生病的也不知道。

“他每天都提起你，”她说。“你爸爸很尊重你，还有你在那里所做的事。他太骄傲了，不会当面告诉你。”

线路信号很差，埃利亚斯不确定他是否听清楚她的话。“我就回家，妈妈。”

“现在不要，亲爱的，”她说，“等你情况好转，也等我好一些你再来看我和克利奥。现在回来没有什么帮助。你留在那里，做你该做的事。你爸爸会希望这样。”

但是即使她不说这些话，埃利亚斯也知道他已经决定不离开伦敦。他要不停地工作，狼吞虎咽地，顽强地吞食掉他的过去，就像毛毛虫吃掉它所看见的每一片叶子一样，到那时他会等待有人把他从这个茧中拉出去，奇迹般地变身。1977 年这一年没有受到影响的就是他的生意。餐厅的生意蒸蒸日上，像是为了弥补其他方面的混乱——他正计划在里士满开第二家店。

现在埃利亚斯已经习惯了这种痛苦。一开始就像胃里的一阵痉挛，然后上移至他的胸腔，停留在那，使他无法大笑，有时甚至无法呼吸。他的朋友们不停地给他打电话，催促他重新开始与人交往。他们在他的答录机上留言，为他安排相亲，对象要么是崇拜自己，要么是鄙视自己的女人。事实上，最近，埃利亚斯发现自己越来越多地在寻找独处的借口。孤独，这种他几乎一生都恐惧的枯燥感觉，现在已经变成了一种可感知的，有形态的东西，几乎像液体一样。它冲进他的毛孔，渗透进他体内的每根血管和每个组织，水渗透了一块干海绵。奇怪的是，他并不觉得这很糟糕。粉色命运——她说这是她的名字。埃利亚斯忍不住观察她和安娜贝尔有多大的不同。如果她的前妻看见彭贝，她会狡黠一笑，发现她单纯而天真。她会说，这不是所有男人内心深处想要的吗？一个简单的女人——一个不会质疑、唠叨、对抗或批评他们的人。虽然如此，安娜贝尔还会补充道，这是一个虚假的幻想，因为世上并没有简单的女人这种存在。只有那些明显很复杂的和背地里很复杂的人。

尽管安娜贝尔在他的脑海中像针刺般隐现，埃利亚斯还是在想着彭贝。起初，他希望她会来拜访他，他们会谈论他们喜欢的东西，甚至可能为对方做饭。*一次友好的交流。别无其他。*他对自己的外表格外注意，但几个星期过去了，这种希望已经被一种意识所取代，那就是她不会来了。为什么她要来呢？他很可能已经自我沉迷得太久了，以至于对真实或可能的东西已经失去了把握。

工作安慰了他，正如以往一样。今晚，除了餐厅里的圣诞客流，他们还要承办两场著名的活动。所有的员工都在拼尽全力，他很高兴没有人有机会问他，为什么他在最后一刻在菜单上加了一道菜：米布丁配香橙花。

半小时后，牛排还浸泡在调味酱汁中，一个新店员走了过来。“主厨，有客人找你。”

埃利亚斯扬眉，从他的思绪中回过神来。“唔?”

“有人要见你。”

“等一下，”埃利亚斯说道，“我现在连尿尿都没时间。”

埃利亚斯看着店员耸耸肩走回去，一个困惑悄悄浮现。“等一下，是不是赤褐色头发的女人?”

“哪种是赤褐色头发，主厨……是不是……”

“没关系。”埃利亚斯咕哝着，决定自己去看看。

那个圣诞夜之后的几年，埃利亚斯都记得那一刻——他是如何走出厨房，用毛巾擦干手，却在看见她时突然站住了，她站在走廊上，把短裙往膝盖下拉，就好像她突然发现裙子太短了，她的手臂下夹着一个酒红色的手提包，她的脸上蒙着内疚的阴影，仍然无法相信她来了这里。

他们在空荡荡的餐厅的一张桌边坐下，这感觉很奇怪，厨房团队在四处走动忙碌着，这感觉就更奇怪了。每过几分钟，一个店员就来询问一些事情，而每次埃利亚斯都既焦躁又平静地回答。

“你去厨房吧，”过了一会儿彭贝说道。

“不，不，没事的。我有大把时间。”埃利亚斯撒谎说。

她坚定地摇摇头：“你去，我可以跟着吗?”

“你确定?”他问道，“那里就像个鸡窝。还有一只‘饥饿的狐狸’在游荡。距离晚餐只剩两个小时了，所有人都有些发狂。”

她笑起来，不为所动。美发店今天关门了，因为她家不庆祝圣诞节，她说她有时间。再说，她喜欢鸡窝。还在犹豫的埃利亚斯把她领进了厨房，大家都很忙，没有时间盯着她看。他给她拿了一件制服，然后，在她的要求下，把胡椒给她让她切块，欧芹切碎，生姜去皮，等等。没有说一句话，也没有休息，她就这么干活。

过了一会，到彭贝该离开的时候，埃利亚斯把她带到门口。他们站在一幅画下，画中一个白皙赤裸的女人用一双冷漠的双眼盯着他们——这是安格尔①的《大宫女》的复制品。出于不同的原因，他们都感觉不自在，他们的视线从那幅画上移开，看着彼此。

“我欠你一个人情，”他说，当他意识到她没有听懂，他补充道，“谢谢你。”

---

① Ingres（1780—1867），法国新古典主义画家、美学理论家和教育家。

“我要谢谢你，”她说道，“你几天前帮过我。”

他非常害怕说错话或做错事，害怕没有遵循文化规范，于是他伸出手想紧握她的手。彭贝无视他这个动作，靠近他，轻轻地吻了吻他的脸颊。

***

什鲁斯伯里监狱，1991 年

今天下午，我去见安德鲁·麦克劳克林警官，想拿回我妹妹的明信片，他知道我会去的。

他让我等了 30 分钟，并不是因为他有其他事，而是因为他要让我记住谁才是老大。等着见他的还有一个新来的犯人，一个浑身不自在的人。

他紧张地抖腿，手里抓着一些文件，他是来投诉的。你看这个家伙一眼，就能看出他是新手——没有经过考验，没有经过审讯，没有受过伤害。

“别蠢了。”我想告诉他。

“别白费口舌了。”在监狱里告密从来都不是什么好主意，尤其是在刚入狱的头几个星期，每个人都像秃鹫一样盯着你，而你还不知道谁是谁。有一些大人物是你不敢惹的，但如果你敢惹，你最好保护好自己。

我对面的墙上有块板，贴满了海报和宣传单，有关器官捐赠、美沙酮替代疗法、为囚犯的亲友服务的团体、乙型和丙型肝炎，以及撒马利亚会①的囚犯帮助计划。对于一个自由的人来说，所有这些都显示出监狱生活的悲哀。但我不是这么认为的。在做了十多年的笼中鸟后，外面的世界才是我恐惧的。

我们到英国那年我八岁，埃斯玛快七岁，我们从一辆红色公交车的顶部看女王的报时钟——大家叫它大本钟。我们学语言非常快，不像我们的父母，尤其是妈妈。她并不是没有掌握语法。只是她通常不相信英语。并不是说她觉得土耳其语更好说。或甚至她的母语库尔德语。语言会引起麻烦，她相信。它们使人们彼此误解。她也不相信那些说行话的人，比如记者，律师或是作家。妈妈喜欢歌曲，摇篮曲，食谱和祷文，在这里文字——如果它们真的这么重要——只是次要的。

在家里，和我们这些孩子在一起时，我妈妈会说夹杂着库尔德语的土耳其语。我们用英语回答她，我们孩子之间只说英语。我总是怀疑她明白的比她表达的要多。

也许所有的移民在某种程度上都对一门新语言望而却步。

① 撒玛利亚会是一间注册志愿机构，以英格兰和爱尔兰为基地，为情绪受困扰和企图自杀的人提供支援。撒玛利亚会的名称源自圣经好撒玛利亚人的故事，但它本身并没有宗教立场。

拿起砖头一样厚的牛津英语词典，给新来的人看几页，询问一些词条。尤其是习语和暗喻——这是最糟的。想象一下你试图破解“踢水桶（一命呜呼）”的含义。你学会了动词“踢”并且你也知道这该死的水桶是什么，但是，无论你多么努力地尝试，就是无法完全理解。修辞有点像繁文缛节。它让你感到渺小，脆弱。

我的妹妹不同。埃斯玛喜爱语言。就像鸭子喜欢水。如果有人用了她不熟悉的表达方式，她会用尽方法让它成为自己的方式，就像一个收藏家发现了一枚稀有的硬币。她喜欢文字——它们表达的声音，它们隐藏的含义。妈妈担心她的视力——以及她对婚姻的选择——会因为阅读太多而毁了。至于我，我没有时间看书。那句俗语能更好地形容我：对我来说，钱就是力量。直到有一天我开始结巴。

从此我开始改变了。不是一夜之间改变，而是一点一点。虽然我并不是一个“值得信赖的囚犯”，马丁给了我休息时间使用图书馆的特权。我阅读、研究和思考——这三大点可以让你在监狱里更接近地狱或天堂，取决于你如何看待它。

你可以想象每个人都会讨厌像我这样的家伙。只是，奇怪的是，情况并非如此。我收到来信、卡片和礼物，这些寄件地址在地图上只是一个小点。有些男孩认为我是英雄。他们对我的生活一无所知，却仍然这么认为。也有想和我结婚的女人，要用她们的爱治愈我。脑子有病，就是这样。

还有那些盲从上帝的人，他们想在我身上“下功夫”。他们信仰不同的宗教，根本就没有特定的一个宗教；我似乎有相当广泛的吸引力。有时我甚至会听到一些新时代的胡言乱语。他们给我寄传单、小册子和磁带。“让我们帮助你受伤的灵魂，让光明照亮你最黑暗的时刻。”浮夸的话！

他们假装他们的教条是为了全人类，但却准备在火刑柱上烧死任何不赞同他们的人。不过，他们还是喜欢我这样的人。他们就是对我们欲罢不能。他们纠正罪人，在上帝面前得分的欲望是如此强烈。我们是他们去天堂的门票。我们，是世上卑鄙的人——邪恶的人，堕落的人。

有一次一个记者来看我：瘦得像根棍子，但是穿着考究，短裙，性感的长腿等等。她来看过我几次，似乎站在我这一边。“请放心，亚历克斯，我只是想要了解这个故事，并且通过写出来提高社会意识。”

多么高尚啊！然后她就去写最狗屎的文章。我小时候被人玩弄过。都是妈妈的错：作为大儿子，我被她宠坏了。“这是中东父权传统的一个典型案例。”吧啦，吧啦，吧啦。我很愤怒，我再也没有和记者说过话。他们对真相并不感兴趣。他们想要做的只是让你融入他们脑海里已经形成的故事。

还有人写报告，甚至伦敦某所大学的论文。曾经有一个政客拿我做例子诽谤所有的穆斯林移民。他说：“这个人是移民的典范，显然与欧洲文明的基本原则格格不入。”对所有这些人来说，我是隐形人。我妈妈也是。我们只是实现他们自己目标的一种手段。

办公室的门打开了，麦克劳克林警官的头探了出来。“嗯，瞧瞧是谁来了？”

他走到一边让我进去。办公室发生了很大的变化。马丁在的时候，这儿是个不同的地方，但那时马丁也是不同的人。我们都很尊敬他。

麦克劳克林坐在桌前，打开一份文件。我的文件，很显然。“我看到你出生于1962年，”他说，“你和我一样大，出生在同一个月。你能相信吗？”

尤努斯是狮子座，埃斯玛是处女座，我是天蝎座。麦克劳克林警官也是。

“有人说天蝎座有两种不同的类型，你知道吗？”他继续说着。“那些毒害别人的人和那些毒害自己的人。”

他盯着我，好像在想，我是否会成为这两类人中的异类。

“这里写着你多次被单独监禁。你打架打得太多了。真是个搅屎棍！我们来看看，你打断了一个狱友的鼻子，袭击了一个缓刑官。噢，还捏碎了另一个狱友的手指。四个手指——”他停顿了一下，打量着我。“哎哟，那一定很疼。”

我的胃一紧。

“你是怎么做到的，亚历克斯？你是把他的手指放在一个硬物表面，然后一下子把它们全部折断呢，还是把它们一个个地掰断?”

我知道他在做什么。他在提醒我，我曾经是谁，现在是谁。我在这里的生活包括两个阶段。起初，每个人都很讨厌我。没有别的办法解决。我充满了愤怒、怨恨，完全迷失了方向。然后是第二个阶段，那就是，或多或少，就是我今天的样子。仍然易怒发狂，但是更多的是冲着自己，而不是冲着我身边的那些人。

“我用一块水泥板砖压碎了他的手，”我说道。

“没错，”麦克劳克林点点头说道，像是很欣赏我。“那么缓刑官呢？怎么回事啊?”

“我和他有些过节。”

这是他自找的。他用力逼迫我，想看看他到底能得逞多少。他试图在光身搜查时让我张腿弯腰，辱骂我，激怒我。我把剃须刀藏在牙刷里，割伤了他半边脸。

后来他被送去另一个监狱。我听说伤疤还没愈合。“上面说你有癫痫，并且发作过，偏头痛，无端恐惧症，焦虑症，精神病，有自杀企图……唔——”他停住了：他发现了有趣的东西。“言语障碍！这是什么情况?”

“我会结巴，”我回答说，“有一段时间。”

已经不会了，虽然还没有完全消失。当我紧张的时候我还是会说不出话来，但我不会让他如愿知道这件事。

麦克劳克林继续看文件。“重度药物治疗。曲唑酮、齐美利定、锂盐、帕罗西汀、安定、阿普唑仑……"

有些药根本没有效果；有些药似乎在一段时间内能起作用，有些药有很多副作用，结果比以前更糟。锂盐使我体重增加，齐美利定引起了强烈的恶心，我几乎想把我的肺吐出来，二曲唑酮曾经让我痛苦地勃起，这整整持续了三天。我想知道这些是否都在我的档案里，还是他强行获取了我的医疗记录，就算是的话，这是否合法。

突然，不知看到了什么，他窃笑起来，肩膀在跳动。"噢，你不吃肉!"

我点头。

又是大笑。"对不起，我忍不住。只是像你这样的狠角色……我是说一个杀了他妈妈并且有暴力行为记录的人，害怕动物很奇怪!"

我没发表意见，我们陷入了尴尬的沉默。"现在我可以拿回我的明信片了吗?"

"当然，"他说，突然严肃起来。"只要你告诉我为什么你让你的狱友攻击你，你就可以把这该死的明信片拿回去。"

"他那时快失去理智。他的妻子要离婚。他需要打人。"

"所以你，心地善良的人，献出你的胸膛，是这样吗?"

他打开抽屉取出埃斯玛的明信片。令我惊讶的是，他并没有玩弄我，而是把它递给了我。然后他说："有些傻子认为胡迪尼的死是由于腹部受连击。他们说其中一拳打破了他的阑尾。”

我没有说话。没必要告诉他我可能是那群傻子中的一个。如果你用足够的力量反复击打阑尾，也许就会有这样的结果。问题是要找到正确的角度。至少值得一试。我有什么能失去的呢？我正在进行死亡实验。

“亚历克斯，我有足够的证据表明你试图找死。也就是说，如果你是一只有毒害自己倾向的蝎子。”

他比我想得更聪明。但我还是要否认。“我为什么要自杀？我很快就会成为一个自由人。”

这时，麦克劳克林警官从他的桌旁俯下身子，看着我的眼睛，说出了他说过的唯一正确的话。“亚历克斯，你和我都知道你永远不会成为一个自由的人。即使你从这里出去，即使你走在大街上，你仍然会被关在你的罪恶里。”

然后他坐回去。“如你所知，胡迪尼的死和他遭受的那些击打无关。他的阑尾早就坏死了。”

“你为什么要告诉我这些？”

“因为只有聪明的水手才能在暴风雨来临时前及时赶到港口。”

“如果没有暴风雨呢？”我说着，站起身来。“你白费力气赶往港口，却错过了阳光？”

这是个错误，我知道。我不该这样说话。但我是清醒的——如果它曾经沉睡的话。

“坐下。”麦克劳克林说。

我照做了。我们在寂静中等待。几分钟过去了。“你现在可以离开了。”麦克劳克林说道。

我走向门口时，我听见他咕哝，就好像在自言自语：“你们这些人为什么要来英国，还把你们的垃圾带给我们？”

在英国，人们对外国人的厌恶总是让我猝不及防。

他们并不总是当着你的面叫你西班牙佬或是油腻的意大利佬，虽然这种情况有时会发生。种族歧视并不是日常生活的一部分，像我听说的在其他一些国家那样。它很微妙，总是显得圆滑。这与你的肤色或宗教信仰无关，真的。得看你有多文明。

我走回牢房，在路上向几个哥们打招呼。他们大部分是英国本地人，但是也有一些西班牙人、俄罗斯人、保加利亚人、阿拉伯人、非洲人。每个国家都有好人和坏人。这是我的看法。有些人因为吸毒和打架脑袋乱糟糟的。我的头脑可能也很恍惚。

这里有很多那玩意，毒品。有些家伙只是在喝醉后或性交后用。那些娘娘腔……这对他们来说太残酷了。最初我到这里时，我不喜欢这些帮派中的任何一个，于是决定成立自己的帮派。这并不容易，但我成功了。我们有严格的不成文的规则，每个人都遵守。不能容忍恋童癖和强奸犯。我们中间没有同性恋者、骗子和变态狂。没有毒品，没有瘾君子，不吸毒。

突然间，我再也无法忍受了。我是他们的头目，但我离开了帮派，因为我脑子里有很多问题要解决。为了阻止我伤害自己，我被施加了大量镇静剂。每周七天，每天二十四小时都有人对我进行严密的自杀监视。很长一段时间我就这么消沉了——比我曾经还要消沉。

有天晚上，我妈妈来看我。她的鬼魂。一个幽灵。随便你叫它什么。我可以闻到她头发的味道。如此真实。她整晚都和我在一起。我看得到她的脸。她的眼睛。我从来没有那样哭过。在那之后，我开始改变，今天我是一个不同的人。也许不是更好，但是不同。这是麦克劳克林警官在我的档案里永远找不到的信息。

*

当我走进牢房时，“特刺激”迷迷糊糊地坐在他的铺位上，盖着几条毯子，脸色苍白，闭着眼睛。他看起来神志不清。“怎么样?”他问道。

“棒极了！我们没有掐死对方。”

“太好了,”他说着又回到了麻木不仁的状态。自从他得到即将离婚的消息后，他服下的片剂越来越多。

有那么片刻我想让他放轻松。但是我能看出来他只想独处。我尊重他。我走向我的床铺躺下，开始沉思。

另一个世界有一座桥，比一根头发丝还细，比一条鳗鱼还滑。当审判日到来，每个人都要独自穿过那座桥。你会听到有罪之人的尖叫声，他们的皮肤被烧焦，他们的骨头被煮烂。如果你就是个罪人，你会坠入下面炽热的火焰中。如果你在生命里做了足够多的好事，你在开斋节献出的动物会从死亡中苏醒，指引你安全抵达另一边。这是谁教我的？一定是塔里克伯伯，但是我不确定。

我七岁时就不再吃肉了。每年开斋节我们都会为了无法祭献动物而祈求真主的宽恕。邻居给我们买肉，他们很善良。但是我们在伊斯坦布尔的最后一年，妈妈强烈要求爸爸买一头公羊，不是随便买一只，而是买一只大的。毕竟我们就快去英国了。爸爸在英国的工厂找到了一份工作。真主为我们开启了全新的一扇门，我们当然应该感谢他。

父亲抱怨着这一切是多么昂贵和没有必要。但是，有天早晨我醒来时听到花园里传来咩咩的声音，那里有一只公羊，在稀疏的草地上吃草。这是一种令人印象深刻的动物，角上系着红丝带。他们让我喂它吃草，给它喝水。妈妈和我在它的蹄子上涂海娜手绘，留下红色的斑点。接下来的两天我都在它身边度过。它是我第一个也是唯一的宠物。

塔里克伯伯说：“别太喜欢那只公羊。”

“为什么？”我问。

他皱着眉说:“他们没有告诉你吗?它很快就会被宰杀。”

我哭着跑向父亲。他似乎心情愉快,答应不碰那动物。“我只有一个儿子,”父亲说,“我会把羊给你。”

天啊,我欣喜若狂。我为自己是一个男孩而感到骄傲,而不是像埃斯玛那样一个瘦弱的女孩。第二天,他们派我去办事,我回来的时候,看见公羊浮肿的尸体挂在树上。

我无法分辨哪种更伤害我:是我宠物的死亡还是我父亲的谎言。妈妈也会是同谋吗?或者我并没有像我想的那样受宠爱。妈妈把公羊血点在我的额头,亲吻我,说我看上去就像苏丹,然后就去烧肉了。一股刺鼻的、黏糊糊的气味弥漫在房子里。晚上,当他们把盘子放在我面前时,我拒绝吃。

“你知道那只公羊花了我多少钱吗?”父亲问道,“你知道吗,你这个忘恩负义的孩子!”

当时,我不知道发生了什么,但现在我知道了。愤怒。肾上腺素。同时上升和下降的感觉。它像波浪一样冲击着你。接下来,你知道你正站在山顶上,你可以挑战任何人,甚至你自己的父亲。我把盘子推到一边,比我想象的更刺耳。食物撒得桌子上到处都是。父亲眨了眨眼,不相信自己的眼睛。我是在我妈妈和妹妹面前挑战他的权威吗?他暴怒。我从未见过他如此震怒。

“伊斯坎德尔,吃下去!”他咆哮道。“我不会喂我的孩子!”

然后我耸了耸肩。那是最后一根稻草。他把我的脑袋推向那堆肉。猝不及防，我的下巴撞到了盘子边缘，像橡皮球一样弹了回来。但是我的鼻子还浸泡在肉汤里，黏稠又油腻。混合着我的眼泪和鼻涕。我听见了啜食声。是从我嘴里发出来的。那个味道我永远也忘不了。是我懦弱的味道。父亲继续摁着我的头，他的手指在我的脖子上收紧。我不断地咀嚼，在狼吞虎咽间抬起头呼吸。

最终他放弃了。当我抬起头时，我看到他为自己的反应感到羞愧。他不是一个虐待狂，不会用这种方式。我不知道那天他是怎么回事。我想他也不知道。

妈妈跑向我，擦拭着我的脸。“我的小狮子，我的苏丹。你还好吗?”

我无视母亲放在我额头的手，瞪着我的父亲。此时他的眼里充满了怨恨，但同时也闪过一丝痛苦。我们对自己都做了些什么？为什么我们总是拿对方出气？

从那时起，我就明白害怕是没有用的。如果我表现出软弱，别人就会践踏我。这个该死的世界也会践踏我。但如果我强壮，非常强壮，没有人能对我这样。从那以后我再也没有软弱过。有错，是的。哪怕大错特错。但并不软弱。决不。从那以后我就没吃过肉。

伊斯坎德尔·托普拉克

胡　子

伦敦，1978 年 1 月 1 日

早上 5 点 40 分，阿德姆已经醒了。最近他开始把闹钟定得很早，这样他就可以在罗克萨娜醒来之前有一些自己的时间。他喜欢在她睡觉的时候看着她。那时她的脸看起来不一样，不那么紧张，不再因为他是谁、他无法改变的出生而生他的气了。现在，擦去桃红色的唇膏，她的嘴唇更小了，没有一丝冷淡；她的头发像毛线一样在枕头上向四周散落开来，让他深深痴迷。

爱上罗克萨娜就像看着一艘船从远处经过。阿德姆一动不动地坐在岸边的树桩上，盖住他的眼睛遮挡阳光。在他的注视下船继续前进。开得不快，从不匆忙，是一种几乎难以察觉的告别。他知道他们在一起的日子不多了。她一点一点地驶离他，他唯一能做的就是等她变成海平线上的一个小点。当她发现他身无分文，她就会和他断绝关系。他意识到这一点是因为她从一开始就说得很明白。女人有需求，她喜欢这么说。罗克萨娜总是惊人地、令人痛苦地直率。

她看到他在轮盘赌上输了，但她仍然相信他还有钱：银行里的存款，一笔可以偿还的贷款，或者伦敦的房产。他肯定有什么东西。他在这个国家待了这么久。她希望阿德姆随时能露出他隐藏的财物。她的期望并不是凭空而来：为了给她留下这样的印象，他已经竭尽全力了。

然而，事实是，就在几天前，阿德姆丢掉了他在工厂的工作。他的马虎终于付出了代价。现在他唯一的收入来源是他从朋友那里借的钱；他唯一的资产，是他家人住的那套房子。六年前他获得了一笔抵押贷款，到目前为止他只还清了其中的四分之一。

叹了口气，罗克萨娜在睡梦中翻了个身。她的脸扭曲着，鼻孔微微张开。“不，”她说，嘴里咕哝着一些听不懂的话。然后又重复说着：“不，不。”

阿德姆屏住呼吸，想再听一听。他想知道她梦到了什么。她的身体和他一起躺在这张床上，但是她的灵魂却在远方和另一个男人在一起。如果是这样，那是她爱的人吗？他不知道哪种更糟糕：是她从没有坠入爱河，无法打开心扉；还是她曾经爱过，再也不会以同样的方式献身于任何人。

轻轻地，他从床上起身。毯子滑到一边，露出罗克萨娜裸露的大腿。她可以裸睡，无论冬天还是夏天，她的皮肤很舒服。而他永远不会那样做。每次做爱前，他都会先脱掉睡衣，事后会立刻再穿上。

“在床上把你的袜子脱掉。你就像一个老头子！”罗克萨娜抱怨道。

他听从了，尽管他不喜欢，因为他总是觉得冷。公寓里的暖气很差。老旧的管道需要维修，某些地方在漏水。但是他不敢对此抱怨。另一样罗克萨娜不喜欢的是他的胡子。“英国男人不留胡子，”她经常抱怨，“你什么时候剃掉？它让你看起来像斯大林。”黑暗中，阿德姆拖着步伐走向厨房，打开了灯。杂乱的场景让他吃惊，尽管他认为自己已经习惯了。罗克萨娜讨厌做家务，经常斥责他不帮她的忙。“你不能让我伺候你。我不是你的妻子，不是吗？”

她喜欢说这样的话——像碎玻璃一样尖锐的暗讽。她的痛苦是她不可分割的一部分，几乎是一种报复。他在意的并不是她的评论有多尖刻，而是她对他所作的概括。每次罗克萨娜教育他时，阿德姆都觉得她是在对所有她认识的男人说话。这太伤人了。作为众多陪客中的一员，他在她的眼里不是什么特别的角色，这让他觉得自己只是一个临时情人。他想要成为独一无二的，成为她的那个人并且是唯一一个。在他之前还有别人并不重要。好吧，这很重要，但至少如果他可以确保他是特别的那个，这种不适感就会减少。罗克萨娜会嘲笑这种想法。*我从来没说过我爱上你了，不是吗？*不管什么时候他想谈及他的感受，这是他之前从没有做过的，无论是和他的妻子还是孩子，她都会挥挥手，就好像要驱散她讨厌的那股香烟烟雾。

阿德姆打开碗柜，尽量不去看水槽，那里一堆裹满了霉菌的脏盘子和杯子，它们浸泡在浑浊的水中。他设法找到了一个干净的罐子，开始做土耳其咖啡。

在备用炉子上用小火煮着，咖啡开始沸腾，它缓缓地沸腾着，有很奇怪的安慰作用。厨房里弥漫着一股刺鼻的味道。不一会儿他坐在桌子边，手里拿着咖啡杯，几大口就喝完了。尽管如此，他仍然没有完全清醒过来。他仍然带着困意。

前天他去了小儿子的学校，在外面等他，躲在暗处。*就像一个罪犯，他心里想。*当尤努斯和朋友走出来时，他没有叫儿子的名字，他的喉咙太紧了。同样的，有几次他在一家叫做“阿拉丁的山洞”的咖啡店附近闲晃，想要碰到伊斯坎德尔。有次他在远处看到他和一个瘦弱的金发女孩手牵手。他知道伊斯坎德尔有一个英国女朋友，但是看见他们在一起，轻松而充满热情，展现出他不再具有的那种活力，让他感觉自己老了。他没回家的这几个月，他的儿子已经长大了这么多！长成一个年轻小伙，非常帅气。尽管阿德姆很想，他却不能过去和儿子说话。人们都在看着。这是最艰难的。与朋友和邻居的目光相遇，边闲聊边假装不去注意他们在想什么。*一个为了舞女抛弃家庭的可耻男人。*

他大步穿过大厅，走进浴室，打开灯，在镜子里观察自己。他皱着眉头，看着自己凹陷的眼睛，脸上的老斑，以及白发——他的胡子还是黑的，头发怎么就变白了呢？他要修剪他的胡须，五十五年来每天早上他都会这么做。但是他的右手似乎有另一个计划。带着一股突如其来的冲动，他抓起了剃刀。

当阿德姆走出浴室时，他已经把胡子剃光了，他看见罗克萨娜在床上坐起身，翻阅着一本女性杂志。他只瞥了她一眼就知道她睡得不好，现在不是心情最佳的时候。

“你给我煮咖啡了吗？”她说道，头也没有抬起来。

“当然。”与她交谈时，他的声音听起来有点模糊，就像他自己的回声一样。

“我的脖子又疼了。”

他开始按摩她的脖子，在她的肩膀上不断扩大地画圆圈。他的手在她背上一小处按住。她发出一声呻吟，她的身体就好像在泡沫浴中放松下来。他继续按摩着，加大了力度，直到他的指尖触碰到她的脖子边缘，起初是无意的，后来就是故意的。他想到，不是第一次了，他可以杀死这个女人。他说，“我去给你煮咖啡。”

“等一下，”她仔细地打量着他，“你的脸怎么了？”

“噢，我的胡子，”他说，“你喜欢吗？”

尽管罗克萨娜点了点头，但是突然间她希望，并且不知道为什么，希望他没有剃光胡子，希望他没有这么爱她，希望所有一切可以变得不同。她的嘴角掠过一抹悲伤的微笑，所有的痛苦似乎都从她身上抽离了。

沉默的惊喜

伦敦，1978 年 1 月 2 日

下午早些时候，一束金色的阳光照亮了“水晶剪刀”的窗户，大批的圣诞装饰像葡萄成熟时一样悬挂着，闪耀的光芒让室内焕然一新。受前一晚派对的影响，这已经是丽塔的第三杯黑咖啡了，这时门开了，一个中年男人走了进来。他的脸生气勃勃，容光焕发，有一种平静的自信，如果不是他温暖的笑容，可能会给人疏离感。

丽塔挑起眉毛，把陌生人从头到脚打量了一番。他看上去不像是一家洗发水公司的代表，也不像是试图收集更多签名的请愿者。他也没有检查员来检查发廊卫生状况的那种神气。他衣冠楚楚，举止得体，看上去是个体面的人——但现在谁知道呢。

“需要帮忙吗?”丽塔说。

“是的。我想剪头发。”

丽塔发出一阵轻笑。“可是我们还没有开门。要十五分钟后才开，而且——”

“噢，我可以在外面等，没关系。”

“我想说，这不是一家男女混合的沙龙。你可以试试找拐角处的那个理发师。”

“啊，我之前去过那里，”埃利亚斯说，“那个人应该称自己为屠夫，而不是理发师。”

“好吧，我确信我可以为你找到一个合适的地方。”丽塔退一步说，她的声音里有一丝笑意。

“只想问，”他用一种甜蜜的语调说，“你有没有注意到最近有多少沙龙变成男女混合了?”

“真的吗?”丽塔假装惊奇地问道。她还没有排除他可能是疯子的可能性。

在后面小房间里干活的彭贝停下清洗发刷的工作，努力想听清丽塔到底在和谁说话。她想她听出了那个声音，但不可能是他。她的心跳到嗓子眼，踮着脚尖走进大厅。看到埃利亚斯和她的老板在聊天，她惊讶地斜靠在墙上，无法挪动半步。

埃利亚斯没有看到彭贝走进来。“过去四年我都留着长发。我觉得是时候改变了。”他正说着。

“唔，我总是对我的顾客说，女士们，长发是属于女人的。这就是上帝创造的方式。”

此时彭贝觉得她非插手把他赶走不可，可是她怎么想也想不出法子来。

她噘着嘴，咬着嘴唇，继续看着他们。

“那也许你该考虑帮帮我，”埃利亚斯说道，“你知道，我是个厨师。每天都有客人跟我抱怨说汤里有头发。”

丽塔大笑：“亲爱的，我很乐意帮忙，但是我稍后十二点半有约了。”

“我来剪吧。”彭贝突然插话。

丽塔和埃利亚斯都转过身来，目瞪口呆地看着她，他们的胳膊有些僵硬，脸上都没有表情，就好像忘了她是谁。彭贝尽量让自己听起来很随意，又说道：“我来帮他剪。”

这不是第一次。虽然她没有做过理发师的培训，彭贝已经观察丽塔很长时间，她知道那些门道。这么多年来她帮孩子剪头发，尤其是她的儿子们，同样学会了一些技巧。

“好吧，那就这么定了。”丽塔不以为然地耸了耸肩。她本来准备说些别的，但是门突然砰地开了，她的顾客进来了。丽塔走向那个女人，张开手臂。“玛格丽特，见到你真高兴。”

同时，彭贝领着埃利亚斯走向房间尽头的一张椅子，她紧张地低声说：“你为什么在这里?”

“对不起，我得见你。”

“不，你不必。”她说，听上去就像一个任性的孩子。她把罩衫挂在他的脖子上，把剪刀放在一个塑料托盘上，开始用喷雾器把他的头发弄湿。

埃利亚斯看出彭贝因为他的出现而心烦意乱，她的手在颤动。他有种强烈的欲望想要抱住她，因为让她不安而向她道歉，他需要深呼吸来控制住自己。他有点后悔自己的恶作剧。尽管如此，与她亲密接触的快乐胜过了内疚。他透过墙上的椭圆形镜子看着她的每个动作。在她的触摸下他闭上了眼睛，当他睁开眼睛时，他看到她也同样在观察他。然而，她接下来的话，却与她目光中的怜惜并不相符："我帮你剪头发，但是别再来了。"

"好的，别担心。我保证，我不会再来这里了。"

听到这话，彭贝第一次露出微笑。"我该怎么剪呢?"

"现在看来，我并不知道。"埃利亚斯一直都留着一样的发型，直到现在才开始意识到他还没有准备好改变造型。但是他说："把我变得帅一些，拜托了，好看一些。"

"你已经很好看了，"彭贝用很轻的声音咕哝着，他能听到简直是个奇迹。

房间的另一头爆发出一阵笑声。丽塔和她的客人在兴致勃勃地谈论八卦，形成了一个她们自己的世界。

"我得问你一些事。"

"什么?"她担心地回答道。

"听着，我……我想更多地了解你，多花点时间在一起。但是如果你想我离你远一点，请告诉我。"

彭贝退缩了。她的脸有些苍白，在似乎过了一辈子的时间之后，她低声说："不要动。"

埃利亚斯抬起他的右手——那只手更靠近墙，因此没有人发现——抓住了彭贝的右手。这是他们第一次用这种不经意的方式接触，或是害羞的触碰，伴随着内疚和慌乱。就像一个坠落的人伸手去抓绳子一样，他抓住了她的手，紧紧地握着，很疼。她并不在意，因为她也是同样的感觉——这种紧张的，迟来的，不可能的感觉。她的手在他的手中像麻雀一样小。

他们就那样又保持了一秒钟，直到她抽手。"我该怎么剪?"

"剪成那样的。"埃利亚斯听见自己说。

彭贝顺着他的目光落到了旁边的一张桌子上，一本翻开的杂志上面有张一个男人在颁奖典礼上的照片——是一个好莱坞运动明星，有着烤瓷般的牙齿和黝黑的皮肤。"像他一样？不是吧！要吗？确定?"她忍不住咯咯地笑了起来。

"当然，我一直都希望看起来像个名人。"

她拿起杂志研究那张照片，即使她知道他对那个演员并不感兴趣，他只是争取时间靠近她。接下来的半个小时她默默地工作着，眉头紧锁，聚精会神。他们没有再聊天。每一次丽塔想偷瞄他们在干什么，都只看到彭贝在忙活，那个奇怪的客人翻着一本又一本八卦杂志。

剪完后，彭贝拿了面镜子让他看看脑袋后面。埃利亚斯叹了口气，尽量不因为他头发的长度和可见的后颈而沮丧。彭贝帮他拿掉罩衫时，他好像貌似不经意地问道：“你喜欢看电影吗，彭贝?”

“什么?”

“我说，电影院。你想去吗?”

彭贝点头，微笑着。在英国的最初几年里，她几次请孩子们带她去看电影，孩子们带她去了，但语言一直是一个障碍。她觉得很难听懂对白。“为什么这么问?”她问道。

此时埃利亚斯靠近她，两眼定睛看她。“我把一些东西放在发胶下面了。请看一下。”然后他提高了嗓门，快活地说：“好了，非常感谢。你剪得很不错。”

沙龙另一头的丽塔眉开眼笑，很高兴看到又一位满意的客人。她和埃利亚斯彼此说了些好话，他付了钱。彭贝一动不动，眼睛盯住那罐发胶。那里放着一张票——下周五下午四点东芬奇利电影院。一部老电影。黑白默片。

羞 耻

伦敦，1978年1月5日

塔里克自豪地拥有皇后桥路一家街角小店。一周六天，一天十二个小时，他出售糖果、零食、厕所用品、汽水、冷冻食品、香烟和杂货。他还有一个展架，摆着五花八门的报纸和杂志，每当他的眼睛扫过这些报纸和杂志时，有些就会让他皱起眉头——《梅菲尔》《男人专刊》《嘉年华》《痞子》《豪宅》《国际俱乐部》。这个国家有太多不得体的地方；这样赤身裸体是不好的。他无论如何也弄不懂有些男人是如何从这些出版物中找到乐趣的，他也弄不懂那些摆出姿势裸露自己的女人。她们难道没有自己的家庭——父亲、丈夫或兄弟吗？他把那些淫秽的东西放在架子的另一端，藏在金枪鱼罐头和炼乳罐头下面，粉丝们仍然可以在那里找到它们，但它们不会烦扰那些纯真的眼睛。

塔里克觉得有些饿了，他看了眼墙上的钟。才十一点一刻。他的妻子梅拉尔每天十二点半都会用锡桶给他带午饭——肉丸配薄荷酸奶酱、烟熏茄子泥、米饭配鹰嘴豆。还有茶壶在盒子里嘶嘶作响，随时都能喝。在平常的日子里，从早上到深夜，塔里克会喝大约三十杯茶，他喜欢原味红茶，另外放一块方糖在嘴里吸。

在他吃饭时，梅拉尔会忙着擦地板，掸去架子上的灰尘，擦亮窗户上写着 *Oasis Mini Mar et*（绿洲迷你市场）的标志。他想要修好标志中脱落的 k，但是一直都没有时间。再说，客人似乎也并不在意。

吃完后，梅拉尔会拿着空桶回家去完成家务。也许有一天他会让他的妻子帮忙照料店里，但是绝不会允许她去一个满是陌生人的遥远地方工作，就像阿德姆让彭贝做的那样。这是不对的。除非遇到经济危机，否则一个女人不应该去找工作。

塔里克午饭前后都没有去当地的清真寺，就像这个地区的一些店主一样。他不是一个有信仰的男人——尽管那些看到他留着浓密的胡须，手里拿着一串念珠的人往往持相反的看法。他留胡子是因为那更适合他的脸，而且能把痘痕藏在下面。念珠是出于习惯，而不是虔诚。他家里有各种念珠——亮黄色、浅翠绿、珊瑚粉、玛瑙黑、翡翠绿。他用手拨弄着珠子，又快又稳，店里不时响起咔嗒咔嗒的声音，但他并没有注意到，因为外面有嗡嗡作响的公共汽车驶过，或是汽车在红灯前的急刹车声。

塔里克是三兄弟中的老大，并且是第一个离开伊斯坦布尔去海外工作的。起初他在德国一个叫做特罗斯多夫的小镇上的一家机械制造工厂工作。他觉得这份工作很吃力，无法跟德国人走得很近，也不懂他们的语言。德国人请你去他们国家工作，并不是为了让你融入这里，而是希望你在不被需要的时候立马就能离开。适应他们这种方式就像试图拥抱一只刺猬。移民社区本可以帮助他站稳脚跟，让自己感觉不那么脆弱，从而减少怨恨，但塔里克从来不善于结交朋友，在德国的那些年也不例外。

然而，有一次，他认识了一位突尼斯同事，那个人带他去汉堡的红灯区“大自由街”。霓虹灯招牌，音乐酒吧，混杂了各种语言的阵阵笑声。塔里克吃惊地看到女人们像商店橱窗里的模特一样展示自己的身体。但她们冷漠的表情，她们眼神中的镇静，都是那么令人不安。她们并不像土耳其老电影中的妓女，被生活打击得遍体鳞伤。

“你想进去吗?”他的朋友指着一个装饰着闪烁灯泡的入口，混杂着德语问他，这样他就可以听懂了。

“里面是什么?”

这个男人的脸上掠过一抹假笑。“里面是什么?”他假装惊恐地重复了一遍。“娘们，哥们。金发娘们。”

塔里克垂下眼，盯着靴子上的污渍发呆。他咕哝着回答，声音低得快听不到。“我不想进去。”

他的朋友给了他一个不屑的眼神。“随你便，哥们。如果你做不了，你就是做不了。”

塔里克想揍他，用沾着泥的靴子踢他的小腿，但这种冲动很快就消失了。他看着那个男人飞快地冲进了门，消失在视线中，把他留在昏暗的街上，他能听见一个女人在关着的窗户后面唱歌。

就在同一周，塔里克从工厂其他工人那听说，那个男人告诉所有人他是如何在妓院失去勇气的，说他“干”不了这件事。人们在他背后窃笑。有人说他可能是个同性恋。塔里克本打算那年结婚，但这一事件加速了他的计划。当他把他的新娘从安纳托利亚的一个小镇带来时——是他父亲那边的远房表妹——他让梅拉尔第一个月每天都来工厂，这样他们就能知道他并不是同性恋，就会闭嘴。

*

十二点二十五分时，店门被打开，梅拉尔缓缓地走了进来，她的双颊被风吹得涨红。今天的菜单是扁豆汤，酿青椒和托伦巴①。她看着他吃了一会儿，为他的胃口感到自豪。然后她说：“今天早上彭贝来过。”

① 裹糖浆吃的炸油条。

"她想要什么?"

"她没有直接问，但是我觉得他们需要钱。"

"钱，钱，钱……"塔里克嗡嗡地说。

塔里克曾经看过一部电影，当中男主角变成了一个强盗，为的是把弟弟从贫困中解救出来，为了给他提供一个比上帝认为更好的未来。最终，出乎意料的是，那个弟弟成为了一名警督，最终逮捕了这个男主角，即使他尊重、爱戴并钦佩着他的哥哥，并且一生都很感激他。

但是他们的家庭故事并不是强盗或英雄的故事。虽然他已经尽了最大努力来帮助他的两个弟弟勉强度日，他相信，有了一定的支持，他们就会改变命运，塔里克知道他是个能力有限的男人，阿德姆和哈利勒也是一样。他的弟弟们跟随着他的脚步，都变成了外籍劳工——一个在澳大利亚，另一个在英国。几年后塔里克辞去了在德国的工作来了英国，据说这里的天气很糟糕，但是人都很友善。

此时，塔里克把面包浸泡在汤里，问道："彭贝知道他在哪儿吗?"

"她毫无头绪。但是……"梅拉尔停顿了一下，把烧开的水倒入俄式茶壶上的陶瓷锅中。"她知道他搬去和另一个女人一起住了。"

"那么，你还能指望什么呢？如果她不够女人，不足以把她的丈夫留在家里……"塔里克说着，并没有把这句话说完。

阿德姆就不该和那个女人结婚。有更好的女孩可以让他选择，但是，令人难以理解的是，他却爱上了彭贝。为什么是她，为什么如此突然，塔里克一直都不明白。倒不是说他没有发现彭贝的美。只是在他的眼里，美只会增加她的不可靠。当男人觊觎有魅力的女人时，他们就错了。她们会在他们单身的日子里跟他们调情，但是一个配偶应该有美貌以外的品质。从一开始他就反对这桩婚姻。但是阿德姆向彭贝求婚的时候是独自一人在那个凄凉的库尔德村庄。独自一人，而且太年轻了。

当他们的妈妈和另一个男人私奔时，塔里克十六岁，哈利勒十三岁，而阿德姆只有十一岁。伊斯坦布尔数以百万家庭中的母亲都尽她们最大的努力让家庭团圆，让孩子满足，而他们的母亲，只有他们的，离开了他们。

不是每个人都能理解，但是名誉是这世上有些男人所拥有的全部。有钱人可以承受这种失去，并且可以重塑他们的名誉，购买名声就像订购一辆新车或是重新装修他们的豪宅一样毫不费力，但是对于这世上其余的人，事情就不一样了。一个人拥有的财产越少，那他的名誉所具有的价值就越高。英国人并不理解这些古老的规则。他们的妻子可以亲吻别的男人，和陌生人饮酒跳舞，而他们还能面带微笑地看着。

一个被剥夺了应得名誉的男人就是一个死人。你无法再在街上走路，除非你习惯盯着路面。你无法去茶馆玩一局西洋双陆棋戏或在啤酒屋看一局足球赛。你的肩膀会耷拉下来，你的拳头会握紧，你的眼睛会深陷在空洞中，你整个人都会变成无精打采的一团，随着每个谣言的传播变得越来越虚弱。当你说话时没人会注意你；你的话并不比干粪更有价值。你给的香烟不会有人抽，你喝的咖啡会苦到最后。你不会被邀请参加婚礼、割礼或订婚宴，以免你带来伴随你的厄运。在你自己的角落里，在耻辱的包围下，你会像干果一样干瘪。塔里克清楚地知道这些，因为这事发生在他父亲身上。爸爸不是死于肝硬化。酒精可能加速了事情的恶化，但最终是耻辱害死了他。阿德姆和哈利勒太年轻，无法理解这些，但塔里克目睹了这一切。

梅拉尔离开后，塔里克静静地想了一会儿。到目前为止，他认为他弟弟的处境与其说是恶习，不如说是降临在他身上的灾难。赌博是一种病，是最糟糕的那一种。但是把你的钱浪费在一个舞女身上，一个和杂志上赤身露体的女人没有区别的女人，这更糟糕。他得跟阿德姆好好地谈一谈，如果他能找到他的话。如果一个男人忽视他的家庭到这种地步，家里的其他人就很容易有越轨行为。为了确保这不会发生，塔里克必须密切关注彭贝和那些孩子。他们都有同样的姓氏。如果他们其中一个人丢人现眼了，作为最年长的托普拉克，羞耻就会黏附在他身上。他们的名誉就是他的名誉。

缺失的碎片

伦敦，1978 年 1 月

凤凰电影院始建于 1910 年。有着现代主义的瓷砖外墙，通往门厅的一小段梯楼和装饰艺术风格的礼堂。战争期间，它为全国人民播放新闻短片和逃亡电影，但幸运的是，它没有受到德国炸弹的袭击。最近，在被一家小型电影发行商收购后，这家影院开始放映一些不知名的艺术片，不过偶尔也会推出一些好莱坞经典影片。但它的位置离市中心太远，几乎总是空荡荡的。

今天观众席只有四个人——一对年轻情侣，看起来对电影的兴趣远不如对新发明的接吻技巧来得多，还有一个戴着平顶帽子坐在那儿的人，他看上去比电影院本身还要老。第四个就是埃利亚斯，拘谨又焦虑，坐在中间的某个地方，就他一个人。电影已经开始几分钟了，但他仍然盯着入口处。她没有来。

埃利亚斯充满忧虑地看着开头的一幕。屏幕上显示着一张笑脸，或许还带着泪水。一看到查理·卓别林，埃利亚斯的脸就柔和下来了。他一直都喜欢卓别林——幽默中夹杂着忧伤，他那无限的人性，那双忧伤而乌黑的眼睛。慢慢地，他发现他的紧张情绪渐渐消失了，他的思绪也渐渐转移到《寻子遇仙记》[1] 的故事中去。

过了一会儿埃利亚斯感觉这排的末端有轻微的动静，但是他不敢回头看是谁。有人在黑暗中走近他，坐在他身边，安静得像个影子。埃利亚斯的心在胸腔里怦怦跳，他认出了彭贝的脸，眼角余光一闪，看见了彭贝美丽而容光焕发的面庞。她的目光紧盯着屏幕，她的胸膛起伏不定。

我很高兴你来了，埃利亚斯想说。*你知道吗，我好怕你对我生气*。但是他尊重她的安静，并没有说一个字。他们一起专注在电影上。

彭贝睁大双眼看着《寻子遇仙记》，她脸上惊讶的表情随着每一个场景而加深。当卓别林在垃圾箱里找到一个被遗弃的婴儿，并把她当作自己的儿子抚养时，她微笑地赞赏。当那个孩子朝邻居的窗户扔石头，这样流浪者——伪装成玻璃工人——就可以修好它们以赚取更多的钱，她偷笑。当社会福利机构把男孩带走，她泪如泉涌。最后，当父亲和儿子重聚，她看起来心满意足，埃利亚斯捕捉到了一抹忧郁。她看

① 《寻子遇仙记》（The Kid）是查理·卓别林 1921 年的出道电影，演一个流浪汉和一个孤儿的故事。

电影时显得那么专注，他感到一阵愤恨。嫉妒查理·卓别林是一件多么好笑的事。

埃利亚斯仔细看着她解开头发，又用夹子固定好。他闻到一阵茉莉花和玫瑰花的香气，是一种令人陶醉的迷人的混合香味。在电影结束之前的几分钟，他鼓起勇气去触碰她的手指，就像第一次约会的青少年一样。让他欣慰的是，她并没有把手移开。他们静静地坐着——像两尊在黑暗中雕刻而成的雕塑，都害怕移动一下就会破坏那一刻的柔情。

当灯重新亮起时，他们用了几秒钟来适应现实。很快，他拿出一个记事本，写下了镇上另一个地方的另一家电影院的名字。“下周，同一天，同一时间，你会来吗?”

“会。”她颤抖着说。

他还没来得及开口，彭贝就跳了起来，奔向出口，从他身边跑开，躲开了他们之间发生的一切，或是将要发生的事，仿佛他们是不同世界的人。她手里拿着写着他们下次见面地点的纸条，紧紧地攥住，就好像这是把通向魔法世界的钥匙，如果她可以决定的话，她现在就想用这把钥匙。

就这样开始了。他们开始每周五同一时间见面，偶尔也会在其他日子的下午。比起其他地方他们更常去凤凰电影院，但他们也会在其他一些电影院见面，都离他们家很远，都没有名气。因为影片并不会太快地更换，他们最终看了两遍《寻子遇仙记》。但他们也去看了《国王和我》《巴格达窃贼》

《金刚》《圣女贞德受难记》《巴黎圣母院》和《宾虚》。

他们都没有把这些电影当作是过去的故事，而是在某处仍待展开的命运。无论去看哪部电影，都是一样的。她的眼睛一直盯着屏幕，而他的眼睛一直盯着她。埃利亚斯喜欢她的表情随着剧情的每一个转折而改变。他感觉他见到了潜伏在她内心的无数个女人，瞥见了她性格中不为人知的一面，也许是她自己都不知道的一面。偶尔，她也会用同样的方式盯着他，就好像渴望发现他的灵魂深处。埃利亚斯战栗，不知道她在那里究竟看见了什么，也不知道是否她觉得他值得爱。

随着时间的推移，他发现了更多关于她的事，就好像一张拼图的碎片，他只有在她走了之后很久才能完成。他渐渐了解到，虽然她叫这个名字，但她最喜欢的颜色是紫水晶。她喜欢唱古老的库尔德情歌，而且声音非常好听。除了不吃猪肉是出于宗教因素，她也不吃虾、蜗牛、鱿鱼或蔓越莓，所有这些都让她的牙齿酸冷，但是她却可以一整天吸吮柠檬片。他同样发现她非常年轻。虽然她的装扮和行为让她看起来显老，事实上，她比他小十六岁。

慢慢地，他开始理解这种情况。这个在他之前的生活中如此陌生的女人，对于他有深不可测、近乎神秘的吸引力，就像重现的童年记忆。出于一个他意识不到，而内心并不知道的原因，他觉得有必要爱她，保护她免受全世界的伤害。

他和他生命中的三个女人经历过这种情感的滋味：他姐姐、他母亲和他的前妻。然而他对彭贝的感情却跟他以前所知道的完全不同。她是他通往一个世界的大门，虽然这个世界更加模糊和危险，但同样也感觉更加真实。这是一段不正当的爱情，这使他极为不安，但是无论何时失去她的可能性只会增加他对她痛苦的渴望。她是他生命中缺失的一环，连接他的过去、他的祖先，和他的东方。她的爱可以弥补失去的碎片和失去的时间。

每一次，在电影院的灯亮起来之前不久，他们就会分开，然后各自离开。因此他们绝不会被看到在一起——至少他们希望如此。

她总是走在她的前面。他会在后面逗留，在电影院里踱步，观察着墙上的海报，地上的垃圾，糖果和汽水，仍然想着刚才的电影，以及她眼里的光芒，试图习惯于她留下的空虚感。

***

什鲁斯伯里监狱，1991 年

半夜我被惊醒了。牢房里很黑，除了走廊里透进来的微弱黄色灯光。这些灯泡，应该对我们的神经有镇静作用。这是一些心理医生的想法。事实上，它们让我想吐。

床很难受，就像躺在水泥块上。但这并不是我这么早醒来的原因。有些不对劲，我能察觉出。我屏住呼吸聆听着。附近牢房里传来打鼾声、放屁声、低吟声、窸窣声、磨牙声。

外面的人觉得监狱是个极度安静的地方。这不是真的。但是今晚，除了惯常的声音，感觉出奇得空荡。好像缺了点什么。要么就是我失去理智了。

我的母亲常说，预感是真主在黑暗森林中的低语。他不时会告诉我们要小心，不要与某人成为朋友，不要推开某些门，尽管我们永远不会注意。但是我不确定现在我身边发生了什么。预兆是感觉一些不好的事即将发生。我感觉不一样。那是一种在某些事发生之后才会袭来的悲伤，已经太晚了。

我用胳膊肘支撑着自己，竖起耳朵。起初我怀疑我母亲的鬼魂来看我了，但我很快意识到她今晚并不在。我的心没有怦怦跳，这是每次我感觉到她出现时都会发生的事情。牢房的一角也没有像刚下过雪一样发出奇怪的光。没有像丝绸窗帘发出的柔软的沙沙声。没有茉莉花和玫瑰花的香味。没有芝麻果仁糖的香味。我永远不会忘记那情景第一次出现的时候。那把我吓坏了，就好像在地狱一样。

她过去经常来看我。然后渐渐地越来越少。最近她再也不露面了。我担心她再也不会出现了。这是个愚蠢的想法，但是只要她还来看我，就还有她会原谅我的希望。

起初我被吓得不知所措。我惊恐得睡不着觉，害怕她会在半夜来勒死我。我过了一段时间才知道鬼魂是不会做这种事的。你认为他们是在报复，但是他们只是想弄清真相。所以他们用空洞的目光盯着你，等着一个解释。他们盯着你的灵魂。他们并不会交流。他们也不会提问。至少我妈妈不会。就像一部默片，除了有颜色以外。

但是今晚妈妈并没有过来。我的预警与她无关。那么，会是什么呢？我吐气。又吸气。然后屏住呼吸。我聆听着，这一次更加仔细。突然我想到了。"特刺激"没打鼾。睡着的他没抽搐、抖动或是梦呓，而平时不管多累，嗑药后多嗨，他都不会这样。我下床走近他。他背对着我。我喊了一声："'特刺激'。"

他没回答。也没有动。"帕特里克，你还好吗？"

我不知道为什么我叫他的真名，这几年我从来没这么叫过。但就脱口而出了。我掀开他身上的毯子。有一股臭味。他看起来非常小，就好像他一夜之间变瘦了。我摇摇他的肩膀。他并没有挪动。我更用力地摇晃他。他的脚以一种滑稽而笨拙的方式悬挂在那，就像一个破败的木偶。他的胳膊很重，尽管他是我所认识的人中最瘦的。

"'特刺激'，别胡闹，兄弟！别闹了，哥们。"

我伸手去摸他的脉搏。他的脖子又硬又冷。"比巫婆的乳头还硬，"他会说。没有心跳了。我把他的头靠在我的胳膊上，向他嘴里吹气。这张嘴亲过他老婆，还有一些其他的女人。这张嘴一直在咒骂，但也会祈祷。这张嘴毁了他，却也是他的可取之处。他没有反应。

我大笑起来。因为这太荒谬了。死亡天使不是瞎了就是老了。死神应该辞去工作。难道上帝没有看到这个亲信没有做好他的工作吗？为什么总是不该死的人死了？我一直在教“特刺激”如何使用他的拳头。他是个糟糕的学生，理解力很差。但还是有进步。我一直让他打我同一个地方：我的腹部。男人的身体还有更致命的地方。像头、脖子、喉结，甚至是鼻梁。如果他真打我那些地方，那就会变成一场真正的斗殴。然后“特刺激”就会陷入麻烦。打我的腹部就不那么可疑了。每个人都知道我打拳击是为了好玩。

有了适当的力量，打击腹部就会致命。内出血。如果不治疗，几小时内就会被宣布死亡。在我看来毫无疑问是不会得到治疗的。

当然，“特刺激”并不知道这一切。这会是一场意外。巡查员会过来，在他的笔记本上乱涂乱画。他的秘书会把报告打出来，然后把它泄露给媒体。小报会表现出兴趣：“名誉杀人犯死于监狱”。麦克劳克林警官会把剪报剪下来，放进他的档案里。他们会说起我，谈论一会儿。没有人会感到悲伤。然后这个案子就会结束了。就像一个饥饿的人吃饭的盘子一样干净。“特刺激”会摆脱困境，我也会解脱。最终获得自由。

胡迪尼只是一个提醒。麦克劳克林警官说没有这种事，这只是一个无稽之谈，魔术师不会死于击打，像我这样的白痴才会相信。但是我不在乎胡迪尼是否真的死于这个或那个原因。每一次我看见他的海报，我都记得他可能被打死。然后再一次，他让我想起另一件事。悲伤的事。因为胡迪尼，塔里克伯伯才发现了我母亲的情人，其他人也知道了，包括我。

我把“特刺激”挪到一边并坐在他旁边。我身下有什么东西裂开了。我看看是什么。我把它拿起来，咯咯笑了起来。“你这个可悲的混蛋。”

这是一支注射器。他是什么时候做的？这是场灾难吗？这是致命的剂量吗？为什么我都没有注意到呢？他是等到我睡着了才做的吗？我是块木头。我就是一坨屎。我就像一只冬眠的胖刺猬。我觉得自己很恶心。我检查床铺。他的尿、唾液和呕吐物把床单全弄湿了。他的身体试图清除毒素。然后我注意到“特刺激”的左拳头握得紧紧的，手指上的关节像钉子一样。我用力掰开他的手指。有一张纸。我靠近窗格，这样我就可以对着走廊的灯光看纸条。

“亚历克斯，兄弟。如果你看到这张纸，说明我已经达成目标了。你想在我之前离开，是吗？你个蠢货。你觉得我不知道吗？但是我会帮你的。我对上帝很诚实。只是我再也受不了了。不要生气。我会等你的。

无论那里有什么。我会去查看一下的。再也没有小伎俩。再也没有胡迪尼。你是个好伙伴。我看到你妈妈之后我会告诉她的。”

你的朋友“特刺激”

眼泪顺着我的脸颊流下来。我拍了拍脸。没有用。我扯了扯头发。先用一只手，再用两只。用力。再用力。我能感觉皮肤脱离了，头发被扯掉了。而这一次我把自己弄得像是在街上呜咽的狗。一辆车撞到我跑了。我的骨头断了。“特刺激”从我身上碾过去。

我站起身。我的脑袋快要爆炸。肾上腺素带回了我曾经熟悉的感觉：愤怒。我以为我把它落在路边了。两年前，我把它放进一个袋子里，把它系紧，然后沉在水里，就像一只不想要的小猫。我向自己保证要用我的余生尝试，至少尝试一下，做一个更好的人。但尝试到此结束。它又找到我了。它跟着我，嗅着回家的路。现在它就在这里，我的老玩伴“愤怒先生”。一如既往的忠诚。

我把胡迪尼的海报扯下来撕成碎片。我把床单、毯子和枕头扔了。我踢墙，捶墙，我扑向墙，用我的脑袋撞墙。

灯光。脚步。骚乱。有人走进了牢房。“什么鬼?”其他人拥了进来。他们把我按在地上，把我的头摁下去。灯亮着。

太多灯了。我的眼睛很痛。在我面前耸立的那个是安德鲁·麦克劳克林警官吗？他在这里干什么？上夜班？这个男人真是热爱他的工作。

他们到处搜查，检查“特刺激”的脉搏。他们找到了注射器。他们看到了纸条。他们中的一人开始大声朗读起来。狗屎。我挣脱开来，出其不意地抓住他们。我跳起来。在他们反应过来之前我就抓过了纸条。

“嘿……”一个年轻的狱警惊叫道，就好像我在一场游戏里作弊，惹恼了他。

麦克劳克林警官走向前一步。“把它给我。”

“这是我的。”

“没有什么是你的，你这个白痴。现在把它给我。”

我们盯着对方。最终这一刻还是来了。他可以告诉我他有多恨我。我可以告诉他这种感觉是相互的。别再装模作样了。不用再通过虚假的努力来做一个比我们自己更好的男人。我们就是我们自己。我把纸条放进嘴里。

“噢，你想都别想，”麦克劳克林警官说道，“你看了太多电影了，呵?”

我开始吞咽。慢慢地。没有必要慌张。他们都盯着我。“亚历克斯，你会后悔的。我会给你最后一次机会挽救你的小命。停下。”

咀嚼，咀嚼，咀嚼。我从不知道纸片尝起来这么像粉笔。

我想知道"特刺激"能否看到我。当我们死去，我们的灵魂会立马离开我们的身体，然后像热气球一样飘向天空吗？还是会逗留一段时间呢？我母亲的灵魂是否还在我身边，看着我的手拔出刺她的那把刀？

我吞下了那张纸条。

第一拳打在我的下巴上。我完全没有准备好。我的牙齿互相撞击得很厉害。麦克劳克林警官知道该打哪里。不像可怜的"特刺激"。其他狱警远远地看着。他们并不赞成这样，我能看出来。他们有妻子，孩子。是良好市民。他们想要在夜里睡得安稳。没有人希望手上沾血。但是他们也不会试图阻止他。因为恶霸就是这样。没有人会对着他们说"够了"。这就是为什么恶霸会成为恶霸。而且我应该知道，因为我曾经也是，并且仍然是，他们中的一个。

*

我母亲是个迷信的女人。在我们家里到处都是"邪恶之眼"。她在我口袋里，帆布包里放入玻璃珠子。有一次我发现我的皮夹克里缝进了一个。我们从不在晚上吹口哨，从不在室内打开雨伞，也从不在日落后修剪指甲。有时我们把内裤反穿来避开厄运。在晚餐桌上我们不会互相递叉子。妈妈尽其所能保护我不受他人伤害。但她忘了是什么在我的内心溃烂。没有什么可以保护一个人免受内心伤害。

那是我在伊斯坦布尔接受割礼后的几个星期。伤口已经愈合，我又开始在街上玩耍了。那时一定是秋天。我记得树木开始落叶，路上结着泥块。我们家附近有一条运河。我们从不在那游泳。

那条河散发着恶臭，很难闻。人们朝里面扔各种东西。罐子、瓶子、盒子、塑料、共产主义的宣传单。有次有人在河岸上发现了一把枪。

那天我沿着运河漫步，想着那把枪。那是谁的枪？银行抢劫犯？还是暗杀者？警察找到他了吗？我一定完全沉浸在我的思绪中了。否则我就会注意到他们并转头。或是藏在灌木丛后面等到他们离开。相反，我径直向他们走去。三个男孩。比我大几岁。

“瞧瞧这是谁？小红帽出来散步了。”

“伊斯坎德尔，你妈妈在哪呢？她没有和你在一起吗？”

我摇摇头。

“她总是叫你‘我的苏丹’，”第一个男孩说道，“还有那些库尔德人的胡言乱语。”

“贫民窟的苏丹，他就是啊！”

第一个男孩，站在最中间，显然是他们的头领，并没有加入这场嘲讽。他在观察我。他看起来很关心我，甚至为他朋友的行为感到尴尬。我错误地把它看作一个信号，向前迈了一步。我的保护者。

“你从你的割礼上逃走是真的吗?”头领问道,“你还爬上了树?”

我当时一定看起来吓坏了。他们是怎么知道的?是谁告诉他们的?

“留言到处在传。”他说道,就好像他读出了我的思想。

“所以发生了什么?你经历过割礼了吗?”

“是的。”我说,听到了我声音中的懦弱。

“他说他经历过了,”头领说道,“但是我们能相信他吗?”

他们把我推倒在地上。他们脱下我的裤子。我用我最大的声音喊叫着。

“这是什么?这么小!就像秋葵。难怪他要从割礼上逃跑——一刀下去他一大半都没了。”

“但是他还没有完成割礼,”头领说道,“我们应该帮他完成。”

他手里有小刀吗?还是我的脑袋出了问题?我还是不确定。我所记得的全部就是我尿在了自己身上。

“噢,不。苏丹现在需要好好洗个澡了,”头领说道。

他们脱去我的裤子和内裤,还有袜子和鞋子。然后把它们扔进了运河里。“自己去取吧。或者就这样回家让所有人都看看你的秋葵。”

他们离开了。但是我不相信他们会永远离开。我坐在那,抱着我的膝盖，缓缓地摇晃，等着他们从灌木丛后面出来袭击我。我不知道过去了几个小时。黑夜降临了。开始下毛毛雨了。我不在乎。

我妈妈和两个邻居在夜幕中出现了。她一定到处在找我。她怎么知道我在运河边的，这个唯一她禁止我独自来的地方？她什么也没有问我。她用围巾裹住我，把我带回家，洗干净，帮我梳好头发并套上干净的睡衣。

“好了，”她说，“你看起来又像个苏丹了。”

十天后我有了自己的帮派。没什么了不起。只有我们五个人。但是他们对我忠心耿耿。都是没人愿意和他们交朋友的吉卜赛人。他们都很厉害。他们抽烟。他们收集一切：瓶盖、铝箔、喷雾罐。他们什么都不在乎。

我们揍了那两个男孩，但是并没有碰头领。我想让他吃点苦头。我不知道我是否或何时会退出。那时我已经和父亲发生了第一次严重的争吵。公羊事件。我向自己保证我不会再软弱，并且我遵守了诺言。

周日早上我们的门铃响了。我妈妈开了门。门口站着一个女人，在哭泣。她说前天有个戴着面具的男孩帮派袭击了她的儿子。他们把他扔进了肮脏的运河。要不是有块厚木板救了他，他就会淹死了。他不会游泳。她说这些男孩子，这些流氓，逼她的儿子喝自己的尿。她打听着，却没有问，我妈妈是否知道这件事的任何消息，因为她儿子并没有告诉她名字。

我听见我妈妈邀请那个女人进厨房，说她很抱歉她儿子遇上这种事。她给她倒了茶，又给了她一块蛋糕。但是这个女人什么都不要。

“昨天是我的洗衣日，”妈妈说道。“伊斯坎德尔帮我拿下窗帘，然后再装回去。所以你看，他一整天都和我在一起。如果你想知道的话，我儿子和这件事一点关系也没有。”

“你确定吗?”

“绝对。”

那个女人离开后，我妈妈走进客厅，我坐在窗下，看着鞋子经过。我希望她能告诉我一两件事。给我一些轻微的处罚。至少，掐一下我的耳朵。但她只是长时间严厉地看着我，我觉得我在她的眼里看到了一丝骄傲。然后她说：“你晚饭想吃什么，我的苏丹？要我给你做扁豆汤吗，用你喜欢的那种做法?”

我们没有再谈论我袭击的那个男孩。当时没有，以后也没有。

伊斯坎德尔·托普拉克

勇敢的战斗

伦敦，1978 年 3 月

还没到那座被占屋之前，尤努斯就知道有些不对劲。当他靠近那座老房子，他注意到三层楼的窗户都用硬纸盒、货箱盒和瓦楞纸盒封上了——其中一些盒子上显示着无政府主义的符号。前一天，气温下降到零度以下，冰柱像眼泪一样在水槽中垂下。空气中一片沉寂，一种可怕的安静。

托比科生日，他被那群朋克带回家的那晚，尤努斯到家这么晚，而且情况很糟，以至于彭贝——那时已经急疯了，差一点就要去医院了——好几周都不准他出去。每天早上她都会送他去学校，每天下午她都会接他。但今天她终于又开始了在“水晶剪刀”的正常工作了，于是尤努斯再次成为自由人。虽然他答应过他的妈妈放学后会直接回家，尽管他从未撒过谎，尤努斯还是发现自己，违背了自己的意愿，骑着自行车去了那个他如此熟悉的地方。

他把自行车停好后，沿着狭窄的小路摇晃着向房子走去，小心翼翼地不滑倒。令他吃惊的是，他发现大门是锁着的。他在那里住了许多次，从来没有见过门关上过，更不用说从里面闩上了。占屋者们总是吹嘘说，这是伦敦唯一一间不需钥匙、不用挂锁的住宅，因为这毕竟只是一所房子，不像其他的房子那样是属于私人财产的囚笼。

没有门铃，尤努斯先客客气气地敲了敲门，但很快加大了声响。几分钟后他开始使劲敲门。

“别烦我们！”有人从里面喊道。

尤努斯停下来，非常震惊。那些占屋者们再也不想见到他了吗？这就是他们把自己隔离起来的原因吗？他胆怯而坚定地又开始重重捶门。

“离我们远点，你这个沙文主义者！”另一个人大吼。一个女人的声音插进来：“滚开！我们要反击了！”

现在男孩吓坏了。尽管他很喜欢托比科，他还是没有准备好面对一屋子躁动的占屋者。他的声音哽咽了，他大喊着，“但是……是我啊，是尤努斯！我可以进来吗?”

一阵短暂的沉寂，接着是一阵大笑。几秒后门被推开露出一条缝。一个男人站在入口处：他长得像美国歌手伊基·波普（Iggy Pop)，就像歌手本人一样赤裸上身，袒露出他赤裸、无毛的胸膛。当他看到尤努斯时，他大笑，越过肩膀大喊：“大家主意，警报错误！危险解除！是小孩儿！”

“哈喽，”尤努斯说道，“我只是骑车经过，想看看你们还好吗。”

“不能更好了！我们准备好踹屁股了。”

“谁的屁股?”尤努斯静静地问。

“噢，当权者们。”伊基·波普慌乱说道。

当权者——这又是一个尤努斯以前听到过却并不是很理解的成人词语。曾经他问过托比科这是什么意思，她非常想说些俏皮话，于是就告诉他：“这是父亲所拥有的，母亲从来都没有，像你这样的男孩子，某种程度会否认，等你到一定年龄就会明白了。”

睁大双眼的尤努斯问道：“你是说长了胡子的人?”所以当伊基·波普说出同样的词后，这个男孩就觉得这些占屋者们准备好攻击长着胡子的男人。他震惊得站在那里一动不动，脸上带着难以置信的表情。

没有意识到男孩的思虑，伊基·波普将头探出门外，左顾右盼，以确保街上没有可疑的活动。然后他把尤努斯拽进屋里，从后面把门关上，将一根临时用钉子和铁丝固定的木棒闩上门。

“发生了什么事?”尤努斯问道，但是那个男人已经转过身重重地踏上楼梯。

当尤努斯到了二楼，他无法相信他的眼睛。所有占屋者们都聚集在那里，有人在用厚橡胶做弹弩，有人在组装警棍、飞镖和吹管，而另一些人在准备弹药。每个人似乎都是有目的、有意图的，在一片躁动的气氛下狂热地工作着。空气中夹杂着香烟、焚香和杂草的气味。一壶茶，或者类似的东西，放在一个小炉子上，随着低沉而疲惫的哨子声向外吐着蒸汽。在尤努斯看来，就连茶壶都在发狂地工作。

船长站在人群中，像童子军队长一样发号施令。他鼬鼠般的脸上露出极度专注的神情，让这个男孩怀疑这片混乱中是有秩序的。那一刻，他脑海中浮现过很多想法，其中一件就是立即离开那里。但他需要见到托比科的迫切感抑住了这种不适感。她在哪？尽他所能，他还是没有看见她。

尤努斯靠近一个绰号叫作博加特的朋克——一个头发尖尖的年轻新兵，戴着一副能放大他眼睛的圆眼镜。

“你好，你在做什么？”

“哈喽，约拿！你要帮我吗？”

尤努斯耸耸肩。“好啊，我需要做什么？”

“把这个液体倒进这个玻璃瓶，就好了。”

然后这个男孩拿起塑料漏斗，开始往酒瓶里倒松节油，制作燃烧弹。“这些东西闻起来怪怪的，”过了一会儿尤努斯说，“你用这些东西要做什么？”

“把它们扔向当权者们。”博加特一本正经地尖声说道。

尤努斯僵住了，下巴微微抽动了一下。为什么这些占屋者们如此坚定地要把这些散发着臭气的瓶子扔向长胡子的男人呢？他能做些什么来解救他的父亲呢？“你要袭击所有的当权者吗？”他询问道。

“不！那是不可能的。他们太多人了，该死的杂种。他们就像老鼠一样繁衍，”博加特说道，他那突出的喉结上下浮动着，“他们真该死！”

“我一会儿回来。”尤努斯说着，站起身来。他必须自己思考一会儿。

尤努斯进的每一个房间，都发现有类似的骚动。这可不是开玩笑。占屋者们在准备一场战争。然后他就看见她了——托比科。她独自坐在一张垫子上，她低着头，闭着眼，陷入沉思中。尤努斯在她旁边坐下，趁这个机会看着她清晰的侧脸。她黑色的头发，她的文身，她的穿刺饰品。他试图弄明白，像他这样年轻又身无分文的人，该怎么把她从这场即将到来的战斗中解救出去。

“是你吗，小东西？”托比科用低沉、迷人的嗓音问道。

尤努斯感觉自己脸色通红。“你怎么知道的？”

“我看见你过来了，你这个傻瓜。”她转过身来，向他眨眨眼，并在他脸上快速吻了一下。“天呐，你看起来好严肃。”

“我不是很明白这里发生了什么？”

“噢，是议会，”托比科说道，她的眼睛闪烁着轻蔑的神色，“他们想把我们赶出去。你相信吗？他们发布了驱逐令，要求我们在一周内搬走。这是九天前的事了。我们随时都在等他们，混蛋们!”

“但为什么呢?”

“这样他们就可以把这里卖给像他们这样的有钱人。”

当尤努斯意识到这与留胡子的男人无关时，他松了一口气。然后，他竖起耳朵，仿佛期待着能听到房子周围的撞锤、警车或救护车的声音。但是周围只有风声——刺耳的、寒冷的大风。缓缓地吸了一口气，男孩询问道：“你们要去哪里呢?”

“没有人要出去。”托比科回答。

“但是这栋房子属于他们，对吗?”

“不，并不是。有一些房子是公共的。如果你问的是，是不是所有房子都是这样的。”托比科挺直背，继续用和她的目光一样坚定的声音说着:“他们的计划是把我们丢出去。而我们的计划是回击，因为如果你不反抗这个体制，那么你就会成为体制。”

“也许他们会改变主意，”尤努斯说道，“真主是伟大的。”

“真主? 真主有属于他们的星球，就像我们一样。在那，有另一个我，另一个约拿。他们很像我们，但他们不是我们，因为当我们落入凡尘，他们也鞭长莫及，对吧?”

男孩仔细地听着，但话没说出来，就像沙子从他手指间滑过一样。他以前从没有听过任何人质疑安拉，出于某种他不能完全理解的原因，他觉得很难过。“妈妈说真主爱我们。”

“爱?”托比科说不出话，就好像这句话卡住了她的喉咙。“爱是靠不住的东西。很抱歉，我说句坏话：真主把我们忘了。”

男孩的眼睛先是变小，然后又变大了。他凝视着自己的双手，嘴里咕哝着一些听不懂的话，就好像在念一段祷文。在杂乱的话语中，带着些迟疑，托比科听见他说话，就好像遥远的回声：“但是我绝不会这么做。我绝不会忘记你。”

*

过了一个小时，船长在一块从附近一所学校偷来的黑板上画了一幅草图。通常他的动作慢得出奇，就像注射了镇静剂，但他一旦开始长篇大论，似乎就精力充沛地悸动起来。当警察突袭这栋大楼时，他说，他们都打算去阁楼上，在那里他们储存了足够一支小部队使用的弹药。一楼的床和二楼的桌子会被翻过来用作路障。他们会在后方展开一场激烈的战斗，以至于英国媒体不得不前来观看。当记者从现场发回反抗的照片时，全世界的年轻人都会质疑哈克尼议会的暴行。最终政府为了挽回颜面，会要求议会让步，然后占屋者们就会赢得胜利。

“这太酷了，兄弟！这将是我们的巴黎公社革命。”博加特说道，他站在离燃烧弹只有一英尺远的地方，嘴里叼了根燃着的烟头。

“唔，公社的结局相当血腥。”伊基·波普警告道。

尤努斯知道，如果警察在那一刻突袭了这栋楼，他和这群占屋者们一起被围捕，他妈妈可能会心脏病发作。他必须离开这里，并且要尽快。如果这是一场战争，那也不是他的战争。无论当权者是什么，他都不想朝它扔瓶子和石头。然而，就算他有这种想法，他还是走不了。就像一只需要温暖的小猫，他待在他爱的女人身边，准备新的弹药，听着革命故事，吃着碎爆米花，唱着“反抗，反抗”。

幸运的是，他担心的那场冲突那天下午并没有发生。事件发生在三天后，那时尤努斯在学校。他们的准备不充分，并且，虽然他们进行了勇敢的战斗，但几小时后他们还是全部被捕了。

大多数占屋者们在一两天后都被释放了，在此之前，他们都接受了警察的彻底检查，并受到有关得体举止和败坏社会风气的严厉批评。与此同时，议会迅速用木板封了屋子。命令很快就下达了，要把里面所有的物件都清理出来。

琥珀情人

幼发拉底河边某处，1978 年 4 月

贾米拉搅动着研钵中的研杵，研磨着像红宝石一样红的藏红花。这是她最后的一些了，而且她不知道什么时候才能拿到下一批补给。其他的一些原料也快用完了。马郁兰、龙蒿叶、鹤金梅、南非钩麻。她要到山里去几次，包括去拜访走私犯。然而，最近她越来越不愿意出门了，除非有紧急情况或有人生产，但这其实是同一件事，真的。

整个上午她都在地窖里干活，冥想。这是她的避难所，她的避风港：这是一间阴暗潮湿、长 16 英尺、宽 14 英尺的地下室，没有窗户，只有一排台阶顶上的一扇活板门。整个地方从地板到天花板排列着木板架子。每层架子上有玻璃罐和细颈瓶，还有不同尺寸和颜色的玻璃瓶。里面装着野生药材、树皮、芳香精油、种子、香料、矿物、蛇皮、兽角、干虫——她用来配制药水和药膏的上百种原料。四个不同角度的洞，比通往鼹鼠地道的开口还窄，为安静的室内通风。尽管如此，空气中弥漫着一股明显的，混合着泥土气的刺鼻味道，尽管贾米拉自己无法察觉。但是，如果一个陌生人到了这里，他会觉得头晕，被气味熏倒。但这不可能发生。没有其他人来过这里，以后也不会有人来。

在过去的十五年里，贾米拉每天至少要在地窖里待上几个小时，配制着随时有人敲门索取的药剂。她是医师。是会说鸟类、爬行动物和昆虫语言的处女接生婆。是先知苏莱曼的孙女。当地人都这么叫她。这也是她能够在荒野中独自生存的原因之一。他们尊敬她，敬畏她，厌恶她。所以，他们从不打扰她。这个女人不是个女人；是一个能够在两个世界间走钢丝的女巫。

当贾米拉在地窖中时，她走出了自己的身体，成为一种神秘能量的管道，这种能量在宇宙中流动，治愈，修复，繁衍。她在那里自我繁衍，子宫扩张到她周围的整个自然世界，一个充满温暖和同情的洞穴，在那里她快乐地失去了自我意识。她永远无法分辨出白天和黑夜。这并不重要。她独自生活在时间之外。有时她从早到晚都在那里工作，准备古老的配方，尝试新的配方。这从不会无聊。当然很累，但不会无聊。每朵花，每种矿物，都拥有上帝赋予的神圣的秘密。人们经常会错过线索。他们看到槲寄生，就是看到一种寄生植物长在树干上，而不是它所提供的血液循环药膏。信任。这是贾米拉需要实现的目标。当生命的形式信任你时，它们就会交出秘密。不是马上，而是慢慢地。然后你就会知道哪种植物适合治疗哪种疾病。宇宙中的一切，无论多么渺小，多么微不足道，都注定是对其他事物的回答。哪里有问题，哪里就有解决办法，而且往往出人意料地就在附近。这是能否看见的问题。贾米拉就是一个先知。

她对于去不熟悉的地方旅行，遇见陌生人，发现地平线以外的大陆并不感兴趣。世界一定是丰富多彩的，但是任何地方的人都是一样的。看着下面山上的煤气灯在夜里闪烁已经足够了。安拉希望她通过揭开自然的秘密来为他服务，所以她相信待在她所处的地方是她的职责。她知道如何治疗许多疾病，尽管其中有许多仍然是个谜。在她穿的长袖彩色长袍和花式马甲下面，她总是会穿一条宽松的裤子，帮助她在必要的时候骑马。日日夜夜，她必须准备好一切。

当地人编造了许多关于她的故事。他们说一定是神灵给了她药方。另一些人相信她偷偷溜进了卡夫山，那里不欢迎任何人类，是神仙、仙女和精灵的住处。贾米拉听到这么荒诞的故事，诧异地摇摇头。在一个渴望有英雄、传奇和奇迹的地区，他们希望她同时具备这三种特质。但是贾米拉知道她只能做自己力所能及的事。根据需要帮助的人的经济状况，她会为自己的调配药酒和药膏调整价格，虽然通常她会免费给她们。她用这赚取的一点点钱去买更多的原料。

她同样准备了毒药，虽然她只会与更少的人分享。毒药是来自上帝的礼物。是一种常常不被欣赏的神圣祝福。你可以把它看作是一种诅咒或治愈，就像生命中所有其他的事物一样。大自然超越了善与恶。能治愈你的东西也会让你生病。能让你生病的东西也能治愈你。贾米拉深信，毒药制造者的工作与其他手艺人的工作没有什么不同。就像一个工匠，她为产品的质量负责，而不是为人们使用它的方式负责。她卖毒药用于清除田鼠、鼩鼱、老鼠、蟑螂和蛇。虽然她承认她的产品可能是致命的，但她总是得出结论，肉也是致命的。吃太多肉会引起痛风，一种如果不治疗就会致命的疾病。但没有人因为这个原因停止买肉，也没有人四处逮捕屠夫。

此刻，贾米拉的前额被油灯照着反光，她把研钵放在一边，拿出一个盒子。一个小小的，方方的，贝壳。里面有块石头。是最珍贵的一块。是一块钻石，像琥珀，又像蜂蜜，比榛子还大。她用手指拿起，端详着。山谷里有些人为了得到这么一颗特别的宝石，不惜割断别人的喉咙。蠢货！钻石永远无法被拥有，只能被守护。每一个拥有者只不过是钻石漫长旅程中的一个暂时停留处。贾米拉理解并接受这一点。这颗钻石今天和她在一起，明天就可能在别的地方。同时，贾米拉用它来完善她的调和物。有些石头散发出温暖，内部散发着光芒，当她把它们放在药剂里一段时间后，它们就放弃了自己的灵魂，磨平了棱角，帮助其他成分一起混合。她保存了几块宝石用于这个目的，钻石是最好的一种。

自古以来，美索不达米亚人就称钻石为“上帝的眼泪”。他们相信钻石是由天上的星星落下的尘埃或暴风雨之夜闪电劈下来的碎片组成的。贾米拉甚至听过有人说它们是地球母亲和天空父亲每年春天做爱时流下的晶莹的汗水。无限的想象力！当人们遇到无法控制的事情时，他们就会胡思乱想，仿佛通过虚构故事，他们就能理解所有这些令人痛苦的困惑，包括他们在这个世界的短暂停留。

与钻石相比，人类的生命比夏季的雨还短暂。到了八十岁，人类就会又老又虚弱，但是钻石却仍然被认为是一个婴儿。贾米拉猜测她的石头被开采、打磨和雕琢以来，大概已经过了三四百年了。它可以活上千年，甚至更久。

谈到对钻石的贪婪，穷人和富人并没有多大区别，而且永无止境。没有机会获得钻石的人渴望得到一颗。已经得到一颗的人还想要更多。欺骗、贪婪和残暴——这颗钻石很小的时候就已经看过所有。它有一段血腥的历史，就像所有稀有的钻石一样。商人、流浪者、朝圣者、水手、士兵和间谍为了得到它而相互背叛。女仆对她们侍奉的贵妇们更加尊敬，贵妇们更加一心一意地爱着她们的丈夫，丈夫们更加觉得自己在家里是个有能力的人。暧昧变成确定，调情发展成婚姻，朋友变为敌人，而敌人变为同伙。就像一束阳光反射在纯净的白雪上，琥珀钻石使它周围的一切都更加明亮，就像阳光被纯净的白雪反射后显得更加明亮一样；但它同样也会带来黑暗。贾米拉知道，一颗如此华丽的钻石能让一个人丧失灵魂。

这是一个部落头领[①]送的礼物。那是一个习惯了让所有人在他面前顺服的男人，并让所有人感受到同等程度的恐惧和尊重。贾米拉救了他独子的性命。医生都认为没有希望了，她默默地、顽强地苦撑着，把孩子从死神的王国带了回来，一点一点，就像在破冰中拉雪橇。男孩第一次睁开眼睛说话的时候，头领哭了。事实上，是号哭，就像大多数不习惯哭的男人一样。头领给她钱。贾米拉拒绝了。金币。一块土地。一块蜜蜂的聚集地。一个丝绸农场。每次贾米拉都摇摇头。她就要离开的时候，他向她展示了这块钻石。琥珀情人，他这么叫它。她被吸引住了。不是因为它的价值，而是由于它深藏的迷惑。她看得出来，这是一块充满秘密的石头。

“他们说它被诅咒了，”头领说道。“它不能花钱买，不能用武力夺取。不能被偷走。它只能被发自内心地给予，作为一个礼物。我就是这样得到它的，并且我用这样的方式给予你。”

刹那间，贾米拉觉得她和那块石头以一种她无法理解的深奥而神秘的方式连接在一起。不过，她拒绝了。但头领是

① 此处用了 beg 一词，是突厥语。

个聪明的男人。他明白贾米拉是被这块宝石吸引了，但也同样排斥它，担心如果拥有了它，她就不会再安全了。她在山谷里暴徒和强盗的袭击中幸存下来的部分原因是她没有什么值得偷的东西。头领并没有坚持。但当天晚上他派了一个可靠的信使去送这块钻石。从那以后贾米拉就成了这块琥珀情人的主人。

关于人类，有许多奇怪的事。他们觉得昆虫很恶心，但是一只瓢虫落在了他们的手指上又会觉得很幸运。他们讨厌老鼠，但喜欢松鼠。他们觉得秃鹰令人讨厌，却觉得老鹰令人赞叹。他们讨厌蚊子和苍蝇，却喜欢萤火虫。尽管铜和铁在医学上很重要，但他们崇拜的却是黄金。他们不去注意脚下的石头，却疯狂地追求光亮的宝石。

在贾米拉看来，人类对于所做的每件事，都只选择了几种最喜欢的去爱，而厌恶剩下的那些。他们几乎不知道，他们不喜欢的东西和他们所珍爱的东西一样，对生命循环至关重要。在这个世界上，每一个生物都被要求去挑战，去改变，去完成一些别的事情。 只水蚊的重要性不亚于一只萤火虫，黄铜相比黄金也是一样。真主，伟大的珠宝商，就是这样设计宇宙的。

一声响亮而尖锐的敲击声把她的注意力拉回现实环境中。楼上有人在敲她的门。她跳起来，把钻石放回盒子里。敲击声持续多久了？她吃力地爬上楼梯，胸部起伏不定。她一打开通往客厅的地板门，喧闹声就像一巴掌打在她身上。

“开门！处女接生婆，你在哪?”

贾米拉双手放在活板门的两侧，扭动着身体爬上楼。她关上盖子，拉过地毯盖住。最后她抓起步枪。准备好之后，她就去开门了。

她很惊讶地看到那个走私犯，她前几天才照料过他的妻子。那个一个半婴儿的父亲。她正想问那个孩子怎么样了，就注意到了他身后的男人。他背着他的同伴。流了一路的血。浓稠的、深褐色的血。

“贾米拉……妹妹，”走私犯说道，“你必须帮帮我们。”

她明白了。他们跨越了叙利亚的国境线，运送物资。茶、烟草、丝绸，也许还有毒品。事情并没有像预期的那样发展。他们遭到了伏击。其中一人中枪了。他们本可以丢下他，但他们没有。他们一路把他背回来。但是这个人失血过多；他的灵魂已经游离了。她不需要仔细看就知道他快死了。

“恐怕我帮不上忙，”贾米拉说道，“你们需要去医院。”

走私犯的胡子末端抽动了一下。他看上去既不生气也不懊恼，只是不耐烦。“你知道我们不能把他带到那儿去。”

接下来，好像达成了协议一般，他们把受伤的人放在沙发上，然后离开。在他们大步离开之前，走私犯说：“如果他死了，在你的花园点一把火。我们就会看到，然后会回来把他埋掉。”

*

伤者的脸又长又尖，颧骨很高。他的肩膀绷得紧紧的，脸色阴沉，身材细长瘦削。贾米拉试图猜出他的年龄。他可能已经快三十岁了，但也可能已经四十多岁了。他的两颊毫无血色，血管中的生命在苟延残喘，他可能是任何年龄的人，也可能完全没有年龄。

她尽可能轻柔地把他抱起来，在他的头下放了一个枕头，很奇怪的是，枕头很重的同时也很轻。他发出一声压抑的声音，含糊不清，不像是人类发出的，就好像他胸部有个肿块，喉咙里又卡了一颗子弹。一股血从他的鼻孔中渗出。贾米拉以前经历过许多困难，也克服过许多困难，但她的生命中没有任何东西能让她准备好面对此刻的恐惧。

杀了他会更仁慈。断腿的马应该有尊严地死去。对于他来说，一剂铁杉就够了。这是一种古老而有用的植物。令人惊讶的是许多人误以为它是茴香，都不知道是为什么就咽了最后一口气。村民叫它“撒旦的呼吸”，但是贾米拉有一个更好的名字送给它：“紫色烟雾”。只要她能让他吞下适量，他就会昏昏沉沉地睡去，做最后的梦。她一生中有两次差点自杀：第一次是在被绑匪们带回她父亲那里时，虽说她仍是处女，却已有了污点；以及她得知阿德姆向彭贝求婚的那天。每一次，要坚持下去的决心，对地狱的恐惧，或者仅仅是第二天早上看到太阳升起的愿望，都迫使她活着。

贾米拉挺直了肩膀，决定不让自己沉沦下去，尽管她非常想放弃。她专注于这个男人的伤口。她熟练地剪开他的衣服，把他脱光。他瘦削的身体几乎要让她哭出来——满是污垢，脆弱不堪，骨头突出。他有三处主要伤势：一个在腿上，一个在肩膀，但第三处是最致命的。靠近脊柱。是有人从他背后开枪导致的。

辛苦了整整一个下午，病人两次因疼痛晕倒，贾米拉拿出了两颗半子弹。第三颗，在他的右膝盖下方，已经碎裂了。她觉得没必要再往深处挖了。如果他在这个地狱中存活下来，他就可以带着弹片继续活下去。她知道他再也不会像以前那样了。就像石头和钻石，子弹也是一样，都通过它们所触碰的身体把灵魂灌输进去。

在落日余晖从天空褪去很久之后，她在他旁边的椅子上睡着了，她的脖子变得僵硬。今晚，就像昨晚一样，她胸中有一种不祥的感觉，压得她透不过气来。

他的呻吟把她吵醒了，他的嘴闭上又张开，就像脱离海水的鱼。她用手帕蘸了蘸水，浸湿他干裂的嘴唇。

“再多一点，求求你！”

“抱歉，”她温柔地说，“你现在只能喝这么多。稍后我会给你更多，我保证。”

他咒骂她，话语含糊不清。他发着高烧。他的意识时有时无。她想知道他是否是个体面的男人。这重要吗？她不还是会不顾一切地救他吗？他一定是个结了婚有了孩子的男人。如果他现在死了，会有人想他吗？

贾米拉慢慢地把地毯挪到一边，打开地板门。她在地窖中有工作要做，要准备一剂药，这次是为了她自己，一些帮助她缓解烦躁不安的药。她偷偷地看了一眼躺在床上的病人。他几个小时内不会醒过来。她从开口处放下身子，在楼梯上站稳后，拉上盖子，指尖按住。她没有办法把毯子放好，但至少这个盖子会保持关闭。如果这个男人醒过来，会以为她出去砍柴了。她松开手。盖子砰的一声回到铰链上。

就在那一刻，走私犯睁开了眼睛。透过模糊的视线，他环视了一下小屋，他的目光从整齐堆放的柴堆移到墙边的步枪上，最后停留在了地板门上。他的脸上出现了一种难以捉摸的表情，随后他又进入了痛苦的梦乡。

埃斯玛

伦敦，1978 年 4 月

我关上门，深吸一口气。最近，午夜起床成了一种习惯。所有人都去睡觉后，我把自己锁在了卫生间。我点燃了一根蜡烛，看着我的脸随着火焰的闪烁而改变。我对观察我这个十五岁的孩子不感兴趣。相反，我想要找出表面之下的东西，把我和另一个未曾发现的自我联系在一起。

我认识的大多数女孩都有自己的卧室，她们可以随自己高兴把门关上。但我没有。如果我锁上我和弟弟合住的房间的门，我的家人就会担心我出了什么可怕的事。这就是我喜欢卫生间的原因——我唯一可以和我的思想和身体独处的地方。

我脱掉毛衣和那件恨之入骨的肉色胸罩。我的胸部尖尖的，露出细细的青筋，我觉得很讨厌。我要背负这两个负担，就好像我的负担还不够多一样。就在今天早上，班上的一个男孩试图要摸它们，假装从我身后的书架上拿了本书。注意到他的意图，我在最后一刻躲开了他。我立刻听到一群男孩在窃笑。他们共同策划了这件事。他们谈论着它。谈论着我的胸部。我觉得很恶心。

外面雨落在薰衣草街上。我看着窗户，又看向镜子，我无数次地想，如果我生下来是个男孩会是什么样子。我抓起一支深棕色的眼线笔，把眉毛先描粗，再连起来。接着我开始在嘴唇上画胡子。不是一根细细的鬃毛，而是大而浓密的一团，向上卷着。如果伊斯坎德尔现在看到我，他会摇摇头说："妹妹，你疯了！"有时我觉得自己像个怪人，就好像是天上的记录出了一个错误，让我最终来到了这里。我作为托普拉克人在挣扎着生活，而我真正的命运在别处等着我。

"哈喽，这是我的妹妹。她只喜欢失败者。"伊斯坎德尔无论何时和别人介绍我都这么说，特别是对男孩。

这招从没失灵过。然后男孩就会远离我。但是我不在乎。尽管伊斯坎德尔这样说很奇怪，但他说得有道理。我发现自己注定会被那些受压迫的人，那些弱者吸引。甚至当我看足球赛时，我多么希望比分是平局，最终我支持了失败的那一队。想到球员们在那一刻的感觉多么糟糕，被球迷的失望和悲伤压垮，就足以让我的心向着他们。

"你站在蜗牛的一边。这就是问题。"妈妈说。她相信世上有两种人：青蛙同盟和蜗牛同盟。

在妈妈小时候所住的村庄中，孩子们会从附近的小溪中抓青蛙。有一天他们抓住了一只以前从未见过的最大的青蛙。有人从家里带来一只碗，把它翻过来盖住那只丑陋的动物，它害怕得瘫在那里。一整天孩子们都来敲玻璃，靠近碗以便更清楚地看青蛙，对它那凸出的眼睛和结痂的皮肤感到既兴奋又厌恶。然后，一个男孩从口袋里掏出一只蜗牛，把它放在翻转过来的碗下。青蛙立即就忘记了它的不幸，集中注意力在它的猎物身上。同时，蜗牛慢慢地爬行，希望能从监狱里逃出来，没有意识到危险来临。青蛙跳了一下，又跳了第二下，抓住了蜗牛。在一群尖叫孩子的目光中，青蛙吃掉了蜗牛，黏稠的，胶质的黏液从嘴中溢出。

妈妈说那天所有的孩子都支持青蛙，鼓掌，欢呼。“但是如果你在那，我打赌你会站在蜗牛那边。有时我很担心你。”

我在蜗牛的阵营感觉很好——只要我不需跟上那些高速生活的人，就像我班上的一些女孩。我们的学校两极分化。有那些像我一样的人，苦读者，相貌介于丑陋和充其量普通之间，为着高中毕业会考证书而努力，除了老师以外，她们从来没有得到过太多的关注。还有残渣。她们不关心她们的课程，她们如此渴望开始自己的生活，认为没有必要在教育上再浪费一分钟。她们当中最漂亮的称为芭比娃娃。

我会观察芭比们，研究她们的言行举止，就好像在生物课上解剖一个新物种。她们只谈论男孩，分享关于哪个男生喜欢哪个女生的详细信息。她们保留了谁和谁约会的详细记录，好奇他们有没有做过，并且，如果做过的话，做过几次，以及某某人的腹部膨胀是否是因为她怀孕了，她会把孩子生下来还是去堕胎。她们不断地坠入爱河，又不断地失恋，浪漫而又疯狂，就像过山车一样体验每一天，她们的眼睛充满渴望，热衷于传播八卦消息。

她们最喜欢的消遣是一起购物。有时她们的母亲或姐姐带她们去百货公司买内衣。当前者试图说服她们买运动内衣时，她们却选择花边款式——性感而优雅。第二天她们在学校厕所向彼此展示，谈话中充满了惊叹声。如果某事是好的，那就是“绝妙”或“一流”。否则，就是“垃圾”。同样的术语也适用于食物、衣服、老师、父母、甚至国家和国际事务。

这些芭比娃娃们偶尔会向亲密或不那么亲密的朋友、男朋友、妈妈，还有一些人会对她们的爸爸抱怨她们的经期——想到这一点就足以让我退缩。我很好奇，几乎要变成一种科学探索，这些东西在不同文化之间怎么会有这么大的不同，更不要说在不同家庭之间了。如果我和我的妈妈谈论经期，她会因羞愧涨红脸。然后她就会用从纳兹外婆那里听来的话来教训我。

如果我和其他邻里的小孩一起上了当地学校，情况会不会不同？如果我同班同学的名字是艾莎、法拉或泽内布，而不是特蕾西、黛比或克莱尔，我是否可以更好地融入？也许吧，但我并不这么认为。我知道这看起来很可悲，但事实是我更喜欢做作业或读一本好书，而不是和我的同龄人在一起。尽管如此，我还是为我的成就感到骄傲，这要归功于我的小学老师鲍威尔夫人。可怜的女人！有传言说，她唯一的儿子被学校拒之门外，已经搬出了家，她不知道他在哪。在悲痛中，鲍威尔夫人致力于帮助贫困家庭的孩子站稳脚跟。我就是他们其中的一个。

我对自己的小胡子很满意，开始在下巴上画山羊胡。是的，是鲍威尔夫人来我们家和我的父母谈话，说服他们把我送去一间更好的学校。不是私立学校，而是文法学校。“经过多年的经验，我能隔着好远认出一个特别的孩子。以我专业的观点，托普拉克先生和太太，你们的女儿既能干又有天赋。”鲍威尔夫人和新学校的理事们打过招呼——这是一间白人为主、信仰基督教、讲英语的中产阶级学校——并且，不管她跟他们说了什么，都奏效了。虽然我的内心还是蜗牛，却完成了青蛙的跳跃。

我想成为一个作家，但不是一个女性作家。我甚至已经取好了我的笔名。约翰·布莱克·小野（John Blake Ono）——一个由我最喜欢的三个人的名字组成的混合体，一个诗人、一个作家和一个行为艺术家：约翰·济慈①、威廉·

① John Keats（1795—1821），出生于18世纪末的伦敦，杰出的英国诗人、作家之一，浪漫派的主要成员。

布莱克[①]和小野洋子[②]。

我经常想知道为什么女性的名字和男性的名字如此不同，更加古怪而梦幻，就好像女人都是不真实的，是一个人想象出来的虚构的存在。男人的名字包含了力量、能力和权力，就像穆扎费尔，“获胜的人”；法鲁克，“辨别真伪的人”；或是胡萨姆丁，“信仰之剑”。但是，女性的名字，就反映出一种微妙的精致，就像一个瓷瓶。像妮露菲这样的名字，就是“莲花”；或是居尔塞伦，是“铺开的玫瑰”，或是宾纳兹，“一千种甜言蜜语”，女人是这个世界的装饰品，是一旁的漂亮装饰，却不是太过必要的。

J. B. 小野。一个书商们用虔诚的语调提及的名字。有点神秘，一定是雌雄同体。是一个不需要穿胸罩的人的名字。

画完山羊胡子后，我审视了一下自己的脸。没有用。即使伪装成一个男人，我也没什么好看的。要是我有我父亲的修长身材和我母亲的漂亮眼睛就好了——绿色的，稍微倾斜的大眼睛。相反，我结合了所有错误的特征，包括我母亲的短脖子和我父亲普通的眼睛。我的鼻子是球状的，我的头发卷曲得都无法梳理，而且我的额头太宽了。我下巴上有颗痣，

---

① William Blake（1757—1827），英国第一位重要的浪漫主义诗人、版画家，英国文学史上最重要的伟大诗人之一，虔诚的基督教徒。

② Yoko Ono（1933— ），日裔美籍音乐家、先锋艺术家。披头士乐队主唱约翰·列侬的妻子。

一个难看的褐色肿块。很多次我让妈妈带我去看医生把它切除，但她从未在意这件事。她是个美丽的女人——每个人都这么说。我的兄弟们也长得好看。在两个儿子之间，美的基因去休假了，跳过了我，这不公平。

尤努斯有一张天使般的脸，尽管童年的稚嫩开始褪去。伊斯坎德尔也是一样，非常帅气，却是不一样的帅气。他的帅是那种沉闷的，邪气的——性感得令人讨厌，芭比们会这么说。我意识到我的一些同学喜欢我那有魅力的哥哥，她们和我成为朋友只是因为这个原因。伊斯坎德尔有时会来学校接我，向左右两边投去硬汉的目光，让我惊叹的是，这总是奏效。

"谁能拒绝那种目光！"女孩们窃窃私语。

"他看上去就像《教父》里的迈克尔·柯里昂。他只需要一把枪！"

"你上次做视力检查是什么时候？"我咕哝着，看不出伊斯坎德尔和阿尔·帕西诺①有什么相似之处。但即使她们听出了我声音里的讽刺，她们也不会注意我。她们觉得我的哥哥有着不可抗拒的男子气概。

自从我们爸爸搬出去，伊斯坎德尔就变了很多——自负，

① Al Pacino（1940—　），美国著名电影演员，1992 年奥斯卡最佳男主角奖得主。早年因出演《教父》（The Godfather）及《教父 2》而家喻户晓。

易怒，暴躁。总是和他的哥们混在一起，还有他那个黏人的女朋友。他日日夜夜地打着他的拳击袋，仿佛世界上到处都是看不见的敌人。如果这就是他们所说的少年的烦恼，我觉得我不想长大了。

我和我的妈妈一直都很亲密，但当我的乳房开始长大，来了第一次月经时，一切都改变了。她现在唯一感兴趣的是我的贞操。她总是在讲那些我绝不/永远/即使在最荒唐的梦里也不应该做的事。她一次也没有告诉我什么是可能的，什么是可做的；她只在宣布规则和禁令时才表现出沟通的力量。我母亲警告我要提防男孩子，说他们只想做一件事，只有这一件事。在这个年纪大多数男孩都很自私，爱出风头，许多人永远也无法摆脱这些特点。然而她没有把同样的规则强加给我的兄弟们。也许，尤努斯还太小，但是她对待伊斯坎德尔却完全不同，开放多了。伊斯坎德尔不需要注意。他只要做自己就可以了。没有规则约束他。

妈妈不明白的是，我对男孩子一点也不感兴趣。我觉得他们无聊，肤浅，荷尔蒙旺盛。如果她没有日夜谈论这个话题，我完全不会考虑性这件事。毕竟，蜗牛是雌雄同体的，同时拥有女性和男性的繁殖器官。为什么人类不能那样呢？如果上帝以蜗牛为模型创造我们，这个世界上就不会有那么多伤心和痛苦了。

玻璃心

幼发拉底河边某处，1978 年 4 月

床上的病人在发烧。贾米拉用嘴唇贴着他的额头检查他的体温，她就是用这种方法检查婴儿的体温的。她温柔地把手放在他的手腕上，把着他的脉。跳得又快又虚弱。心跳就像远处传来的鼓声，就像战争的声音。人类的身体是个谜。它喜欢战斗。虽然许多人并没有认识到这一点，身体是个战士，比灵魂更加顽强。但是，就像所有伟大的战士一样，它有一个意想不到的弱点。它害怕未知。它需要了解它的敌人，以便能够抵抗、打击、威慑和粉碎它。如果它没有意识到它对抗的是什么，就不会获胜。这就是贾米拉的作用。很久以来，像她这样的治疗师帮助患者恢复体力，以便他们能够了解自己的病情。与其说她治愈了他们，不如说她使他们能够治愈自己。

当她把一条毛巾浸在蒸馏醋里，放在走私者的前额上时，贾米拉犹豫了一下，禁不住想自己在照顾一个什么样的男人。

在她的心中，毫无疑问，每个人都应该活下去，但每个人都应该从死亡边缘被拉回来吗？这是她时常思索的一个难题，并没有得出明确的结论。人类是天生善良，后来却堕落的吗？还是在他们怀胎的时候就已经播下了罪恶的种子？《古兰经》说我们都是由血块创造出来的。贾米拉想知道，目前与这滴血液融合到了何种程度。一颗珍珠，即使纯洁而完美，也是从一粒偶然穿透贝壳的灰尘中生长出来的，如果真有这种事情的话。即使是一颗坏种子也能变成一颗精美的种子。然而有些时候一点邪恶只会产生更多相同的邪恶。她接生到这个世上的一些孩子会变成骗子、撒谎者、小偷、强奸犯，甚至是杀手。如果她有办法预测每个孩子的成长，她会选择不接生其中的一些吗？她能把婴儿留在母亲的子宫里，把他舒服地埋葬，以免他把灾难和痛苦带到世上来吗？

每次贾米拉抱着一个新生儿时，她都很羡慕它的小脚趾，玫瑰花蕾般的嘴，像纽扣一样的鼻子，并且坚信，像这样完美的生物除了善良不会有别的。但她也不时地感觉到，有些婴儿是不同的。从一开始就是这样。不一定更麻木不仁或心怀恶意，但却是不同的。母亲们也是一样，也许已经发现了这一点，如果她们的直觉没有被爱的帘幕遮蔽的话。但不包括她。贾米拉能预见一些事情。她只是不知道之后该拿这些孩子怎么办。

虽然很难相信，曾经有接生婆杀死了她们带到这个世界上的婴儿。亚伯拉罕的故事就是这样——这是贾米拉和彭贝从她们父亲那里听来的故事。

一个晴天，贝索带着他的八个女儿去参观乌尔法的一个圣池。纳兹就快生孩子了，尽管她的年纪大了，全家人还是去那里祈求能有一个儿子。云朵在浩瀚宽阔的天空中颤动。到处都是人，传来轻柔的低语声，就像树叶发出的沙沙声。姑娘们被眼前的一切惊呆了，挤在一起，胆怯而又激动。她们喂了鱼。在回家的路上，她们的父亲告诉了她们这个地方的传说。贝索那天不太一样，他的目光并不严厉，笑容很真诚。那是在一切都变得非常糟糕之前。

尼姆罗德国王是一个野心勃勃、残酷无情的人。有一天，他的首席占星师提醒他，当一个叫亚伯拉罕的男孩出生时，他的统治就要结束了。尼姆罗德还没有准备好放弃王位，就命令帝国所有的接生婆杀死每一个新生儿。无论贫富，无一例外。于是接生婆们开始执行。她们一开始帮助妈妈接生婴儿，结果是男孩，那么，就会当场勒死他们。但是亚伯拉罕的妈妈成功逃脱了这场暴行。她是自己接生的，在山上的一个洞穴中——黑暗，潮湿，但却很安全。

当亚伯拉罕成年后，他带头反抗尼姆罗德的暴行。族长被激怒了。他要求每个人，无论老少，收集浮木燃起篝火，火焰烧得很旺，最终燃烧了好几天。接着亚伯拉罕就被扔进火焰中。但是过了一会儿，先知就从火焰中走了出来，除了一缕变白的头发，他并没有受伤。瞬间，真主把火焰变成了水，把木头燃烧后的炽热灰烬变成了鱼。因此才形成了乌尔法的这个圣池。

尽管如此，贾米拉却并不憎恨她的生活。在彭贝和阿德姆结婚后，她说服父亲让她保持单身，并协助本地区的接生婆。贝索同意了，认为这只是暂时的心愿。但她坚持了下来。今天她唯一的遗憾是没能成为一名医生。如果换个情形，那就是她的目标。在一家整洁的大型医院工作，穿着写有“贾米拉·耶特医生”牌子的白大褂。足够美丽医生。

*

贾米拉靠近了一点，她把两个洋葱切成厚片，把洋葱圈放到病人脚下，用亚麻围巾包裹住它们。洋葱把头部的高烧转移到下半身，她每隔几分钟就换一次他额头上的湿毛巾，在没有别的事可做的时候，她就祈祷。到午夜，走私犯的体温降下来了。贾米拉心满意足地在椅子上睡着了，跌入了个令人不安的梦中。

她独自在一个着火的城市，就快要生了。她要找一个地方生产，但她所到之处都是一片混乱。建筑物摇摇欲坠，人们左冲右撞，狗惊恐地嚎叫。在一片混乱中贾米拉看见一张有着巨大的雕刻柱子和丝绸般枕头的大床。她躺在那里生下了一个女孩。有人问起她女儿的名字，她说：“我会叫她彭贝，用我死去的双胞胎姐姐的名字命名。”

贾米拉醒了过来，她的心跳得很快。她检查着走私犯的体温。现在几乎恢复了正常。他挺过来了。外面，天已经亮了。贾米拉揉揉疼痛的四肢，喝了一杯冷水，尽量不去想那个梦。她安静地点燃炉子，开始准备早餐。她热了一大块黄油，打了三个鸡蛋，加了一小撮盐和一些迷迭香。做饭从来都不是她的强项。大多数时候她满足于简单的菜式，并且，因为她没有人要照料，她从来不觉得有必要提高她的烹饪技巧。

“闻起来好香。你在做什么?”

贾米拉瑟缩了一下，转过身去。走私犯在床上坐起身，他的头发蓬乱，他的胡茬是金棕色的。她说：“噢，只是鸡蛋。”

他咕哝了一声，也许是感激，也许不是。“还有你到底是谁?”

“我叫贾米拉，接生婆。”

他的表情变得像是责怪。“我为什么在这里?”

“你中枪了。你能活下来是个奇迹。你在这里一周了。给，喝点茶吧。”

他喝了一小口又吐了出来。“呸！这是什么？尝起来就像马尿。”

“是治病的药，”她说道，尽量不觉得被冒犯了，“你最好喝了它，而且你最好不要在我的屋子里吐口水。”

“对不起，”他用粗糙的语调低声说，“我想我得谢谢你救了我的命。”

“你应该感谢安拉，他才是救你命的人。”

对于贾米拉这么想，他做了个鬼脸，沉默了一会儿。“嘿，接生婆，你有烟吗?”

“你不应该抽烟。”贾米拉说道。

“拜托，”他说，“就一口。”

在各种情绪中挣扎着，贾米拉拿出一包烟和一些纸。当她开始卷烟时，他注意到她的手，粗糙，发红又干裂，因为在冷水中洗了无数次而疼痛，手掌因为劈柴而生出老茧。

“你是个奇怪的女人。”他说。

“他们都这么说。”

“你一个人在这里怎么生活？你需要一个男人保护你。”

“你妻子现在有男人在保护她吗？我打赌她就和我一样孤独。有些女人结婚了，依然孤身一人。有些人，像我一样，只是独自一人。”

走私犯咧嘴一笑，眼神里闪烁着半开玩笑的光。“我可以和你结婚。我妻子不会介意。她会很乐意有个伴。”

贾米拉点燃香烟，吸了一口，吐出烟雾。她不情愿地把烟递给他，忽略了他的手轻轻地擦过她的指尖。“你真大方，但我现在这样很开心。”

他带着评判的眼光看了她一眼，但什么也没说。然后他又开口了，烟从他的鼻孔里冒出来，他的声音逐渐变弱：“我们四个人越过了边境。他们有没有告诉你另一个人发生了什么？”

贾米拉摇摇头，不确定她是否想听这件事。

“他踩到了地雷。这是最糟的，相信我。我不担心中枪或去监狱，只担心地雷。但这不会发生在我身上。我会被完整地埋葬。我所有的器官都在我身边。没有缺失的部分。”贾米拉不知道怎么回答，问道：“你有孩子吗？”

“三个男孩。还有一个快出生。会是个男孩，真主保佑。”

“有女儿吗？”

“有，四个。”他弯下腰，咳出痰来，脸痛得扭曲着。“我必须回去了。他们需要我。”

“他们需要你强壮健康，不是虚弱又受了伤。你应该先休息一会儿。然后你就可以离开了。”

“我听见人们谈论你。他们说你有个神灵丈夫，他会在没有月亮的夜晚来看你。他就是给你提供秘密药方的人，对吗？”

贾米拉从橱柜里拿出一个圆形的铜托盘，她在上面放着薄饼、茶和鸡蛋仍在滋滋作响的煎锅。她小心翼翼地把托盘给他。“一个神灵丈夫……”她不由自主地笑了，“恐怕我只是普通的人类，我的生活比你想得要无聊得多。”

她一说出这些话就后悔了。如果这个男人认为她是非凡的生物，是和别人不一样的女人，那对她来说更好一些。她不应该让他或任何人看到她的不完美，她的脆弱，她的人性。如果他们知道你有一颗玻璃心，他们会把它打碎的。

一个蜡像男孩

伦敦，1978 年 5 月

在占屋者们被逮捕的那天，托比科也被拘留了，但与其他人不同的是，她在被释放后不久就消失了。没有人知道她去了哪里。尤努斯很担心，敲着空房旁边的门。一位老人打开门，从防盗链后窥视着。

“很抱歉打扰你，先生。我在找我的朋友，一个有文身的黑发女孩。她之前住在那里的房子里。”

“你是说所有那些疯子住的地方?”

“唔。”尤努斯迟疑地说道。

“我不认识什么有文身的黑发女孩。我希望他们已经永远离开了，”他说，“这也是一种很好的解脱。”门砰的一声关上了。

尤努斯决定自己在镇里搜寻。他骑着脚踏车搜索一条又一条街，追着每一个远远看上去长得像托比科的女人，他找遍市场和超市、洗衣店和酒铺，但是他仍然没有找到她。

于是在五月初的那一天，当他拐过国王大道的拐角时，在离里约电影院几步远的地方，他四处观察，希望能找到托比科。他睡意蒙眬的目光落在了站在花铺前的一对情侣身上，他们背对着他，选中了一盆花。他不知道那对情侣的哪一点吸引了他，但不知怎的，他的视线始终无法离开他们。

那个男人伸出手触碰着女人的手腕，轻轻地抚摸着，饱含爱意。女人苗条的身体斜靠着男人，仿佛她随时都会把头靠在他的肩膀上。突然，尤努斯感到肚子里有一种莫名的不适，耳朵里一阵骚动，这个女人栗色的头发，带有金色纽扣的半短袖翡翠色连衣裙是那么熟悉，她腰的形状和她手臂温柔优雅的弧度……男孩的心怦怦直跳。他的脸变得苍白，嘴唇紧绷着。

男人把女人拉向他，在她耳边轻声说了些什么，用他的嘴唇触碰着她的颈部，快速，短暂地滑过，也许是个意外，是无心的，并不是故意的，只是一个害羞的交流，然后她半转过身来，微微一笑，她的右脸颊露出一个酒窝。

妈妈。

男孩调转自行车，骑得飞快。在震惊和恐慌的笼罩下，他在思考，或者他的部分大脑在思考，他之前从来没见过他妈妈这样。刚才看到的那个女人是妈妈，但又那么不像她。她身上有一种幸福的气息，像她买的花一样明艳。

那晚尤努斯回到家，看起来就像一个用蜡制成的男孩——苍白，了无生趣。伊斯坎德尔和埃斯玛不停地嘲笑他，说他就像杜莎夫人蜡像馆中的一个雕像。彭贝担心他会得肠胃炎，试着让他喝薄荷茶。但尤努斯拒绝了他们的玩笑，也不理睬他们的戏谑，坚持要早睡。

那晚他尿床了。

走私犯哈龙

幼发拉底河边某处，1978 年 5 月

那天傍晚，贾米拉出去拾柴。回来的路上，她坐在一块岩石上沉思。她的腰带里塞着一封信，她拿出信来，用一双空洞的眼睛盯着它，仿佛忘记了那是什么。但是，不像她梦里的怪物那样，这张纸是真实的。它就像环绕着她的群山一样真实，也一样预示着什么。她又开始读一遍。

我亲爱的妹妹贾米拉：

这么多年来，我一定给你写了几百封信。曾经的日子有好有坏。但这是最难写的一封信。妹妹，我遇见了某个人。请不要皱眉。也请不要评判我。给我个机会解释，虽然我不确定我是否理解我自己。除了你以外，我无法相信任何人。没有人知道。我很害怕。但我也充满了喜悦和希望。怎么会这样？

这段时间我一直坚信我的心是干枯的。就像一块皮革在太阳下暴晒太久。我无法爱任何人，除了你以及我的孩子。但我以为绝不会爱上男人。当我遇见他时，就好像我一直都认识他似的。我无法用言语描述这种感觉。我努力试着不去想他，但是我失败了。

他是一个厨师。像你一样，他懂得草药和香料的语言。在伦敦的大街上，年轻人示威游行。每个人都对一些事感到愤怒，但他不会。他说只有耐心的人才能烹饪。他是一个有着很多故乡和很多名字的男人，但不是土生土长的。也许他把他的故乡背在了肩上，就像一只不老的乌龟。

我知道你一定很震惊。我知道你会跟我说什么：这很羞耻。妈妈的鬼魂将永远缠着我。爸爸的也是。“我宁愿在幼发拉底河看到我女儿的尸体，也不愿她给我带来羞耻。”这是他在海迪耶逃跑后说的，记得吗？

告诉我，如果你教别人字母，你怎么能阻止他读书呢？当一个人尝到了爱的长生不老药，她怎能不渴求呢？一旦你通过你所爱的人的眼睛看到了你自己，你就不再是那个同样的人了。这段时间以来我一直都瞎了，我的眼睛一睁开，就害怕光明。我不想像鼹鼠一样活着。再也不想了。

亲爱的，如果你心里不愿意原谅我，就不要原谅我。但是请爱着我。现在，以及永远。我也会同样爱你。永永远远……

你挚爱的双胞胎，彭贝

姐姐一定是心力交瘁了，贾米拉推断。爱有一种使人衰弱的力量，一种使人失去理智和精力的无形力量。阿德姆也许不在意，但是其他人都会争先恐后地诋毁彭贝——朋友和邻居，本地的和远方的亲戚。即使她能轻松离婚，这个厨师会同意尽快和她结婚，以平息谣言吗——这么一个漂泊不定，对过去没有感觉的男人？他是个局外人，很可能是个基督徒，这使事情变得更糟。贾米拉越想，就越意识到这一切都是不可能的。她需要把姐姐带出伦敦，远离危险。她得保护彭贝不受流言蜚语的伤害，必要时还得保护她不受自己的伤害。

思绪在她脑海中飞驰，她回到小屋，背着一堆干树枝走了进来。她把树枝放在壁炉旁，呼吸急促。她眼角的余光瞥见走私犯已经离开了沙发，在她照料了几周后，最终能站起来了。她半转过身面对他，微笑着。就在这时，她注意到他手里拿着枪。

“我觉得你是个神秘的女人，”他说着，用枪指着她，“你藏着什么，我想知道。”

“我怎么会藏着什么？我是个接生婆。我甚至连报酬也没有。”

一时间，他似乎被说服了，但随后他说：“好吧，我们来看看。先带我去地窖。”

“什么?”贾米拉颤抖地说。他怎么会知道地窖的事?“但那里什么都没有。只有旧的小饰品。”

“旧的饰品也不错。”他说道。他太阳穴上的静脉突起来，他的眼睛在充血。“快点，给我带路。”

她的身体，不习惯接受任何人的命令，变得紧绷，抗拒。

“快走，否则我就打爆你的头，把你喂狗吃，”他嘶声说道，“然后我还是能去地窖。”

她把地毯推到一边，打开地板门退后一步，这样他就可以看到下面是什么。

“不，”他说，“我们一起下去。你先。不过等等……”

他扔给她一根绳子，让她把双手绑在前面，松紧程度刚好可以让她活动双手，却无法轻易解开绳结。

“我没法这样爬下去。”

“噢，你是个聪明的女人。你会解决的。”

贾米拉艰难地保持着身体的平衡，她抓住最高一级的阶梯，慢慢地走下楼梯，一步又一步。他跟在后面。贾米拉能感觉到他处于痛苦中，他的伤口仍然溃烂着。然而他的贪婪更加强烈。

“啊，这是什么臭味?”他说着，向前弯曲，好像要吐出来。

这么多年来贾米拉第一次注意到这个味道——辛辣而刺

鼻，无处不在。

“好吧，好吧，你在这儿做什么?”他环顾四周，大声说道。他拿起一罐芥菜籽，怀疑地摇了摇。“我知道了。你是个女巫。告诉我你藏着什么宝物?”

“什么都没有。香草和药物，就像你所看到的。我配制药水。其中一种治愈了你，记得吗?”

“我以为你说只有真主才能治愈，”他反驳道，“还有，你知道吗，你是对的。不是别人，是真主救了我。他总是拯救我。那些没有经历过我一半痛苦的人已经死了。他们已经入土了。但我还活着。我总是能活下来。”

他用步枪的末端戳她。她失去了平衡，差一点掉下去。“我很好奇你尝起来是什么味道。”说完，他走近一步，盯着她的臀部，她的胸部。“这么说你还从来没有亲近过一个男人。可怜的东西。也许在这之后我应该让你爽爽，处女接生婆。”

他半转身背对着她，开始在桌子上搜寻。他倒出瓶子里的东西，闻着罐子和空的容器，还不小心打碎了一些东西。贾米拉的脑袋在转动。琥珀情人就在架子上，在那个贝壳的盒子里。“我们上楼吧。”她说道，为了掩饰她的不安，她的声音紧张起来。

“楼上有什么?”

“我会帮你做饭。帮你洗脚。”

这些话像刀子一样刺破了空气。走私犯停了下来，他的眼睛在搜索着。“你觉得我很愚蠢吗?”

她慌了。“不，当然不是。你是个聪明的男人。”

“你为什么要奉承我？为什么改变主意？你应该恨我，”他说道，接着又问，“你在看哪里?”

贾米拉意识到了自己的错误。她在慌乱中，不断地朝他身后的书架瞥着。他的眼睛跟随着她的。他并没有花很长时间就找到了那个盒子。“噢噢噢，你这个肮脏的女巫！看看这个漂亮的东西！肯定值一大笔钱。你从哪偷来的?”

“是个礼物。”贾米拉疲倦地回答。

“噢，是吗？你指望我相信这话?”他说着，把钻石放进口袋里。“快，转过身。我们现在上去。你先走。别要花招。”

贾米拉刚朝楼梯走去，他就用步枪末端把她打倒在地。她向前倾倒，前额撞在铁条上，她的身体不再是她的，世界都是血的颜色。

几个小时后她醒了。她的头晕晕乎乎，她的胃在翻腾，她的太阳穴疼痛得让她不敢睁开眼睛。她在地板上呻吟了几分钟，像一只瞎猫。然后慢慢地，非常缓慢地，她站了起来，等待她的眼睛适应黑暗。

她找到一把刀片，割断了手腕上的绳子。整个地窖一片混乱，就像被军队洗劫了一样。她看到贝壳的盒子在桌上。她还没有机会把这个传说告诉走私犯。钻石被诅咒了。它只能作为礼物送人或被人接受。它不能被没收，不能用武力占有，也不能贩卖。

她爬上去，每走一步都缩成一团。当她爬到上一层时，她看见大门开着，山谷里很寂静，没有风。突然间，一切似乎都很可怕。这片养育和保护了她这么多年的土地，现在到处都是蝎子、毒蛇、有毒植物，恶毒的入侵者……这是上帝为她设置的陷阱。她开始哭了起来，听自己哭得像在听一个陌生人哭一样，拼命地哭，就像一个忘记怎么哭，现在才开始记起来的人那样。这一天剩下的时间过得极其缓慢。她不敢出去。她没有祷告。她不吃东西。她倒了一杯水放在膝盖上，坐在沙发上，对一切都麻木了。

然后她听见了声音。男人。马。狗。她用手掌擦了擦眼睛，她手指上的老茧狠狠地划过皮肤。他一定和他的朋友一起回来了，她想。他还想要什么？她的身体？她的性命？她找不到她的步枪。他把枪也带走了。她抓起一把匕首，但她的手抖得那么厉害，她知道她永远也没有力气使用它。所以她把刀放回去，走到门口，决心面对自己的命运。

四个骑手从暮色中走来。只有一个人从他的马上跳下来并走近她，他的靴子发出咯吱咯吱的声响，好像踩在厚厚的泥里。贾米拉认出这是那群走私犯的头领。这个男人的妻子生下了一个半孩子；也是这个人把那个受伤的走私犯留给她，造成了她的痛苦。

“贾米拉……妹妹。我可以进来吗?”

她一言不发，挪到一边，让他进来。

他看到她额头上的瘀伤和浮肿的眼睛。“我不会待很久。我们已经给你造成了太多痛苦。我来为所发生的事道歉。他不配得到你的善意。”

她知道她应该说些什么，但是话并没有说出口。

“我给你带了东西，”他说，“是我给你的礼物。”

他从长衫裤口袋里拿出了两个丝质的细绳袋，一个是红色的，另一个是黑色的。他伸出手握住她的手，盯着她的眼睛看了一会儿。然后他把红色的袋子放在她的左手掌上，把黑色的袋子放在她的右手掌上。

终于能说出话了，她问道:“他现在在哪?”

“他不会再给你带来任何麻烦了，相信我。”

“他叫什么？我甚至不知道他的名字。”

“他叫哈龙，”他说着，然后大步走回马身边，“我们写在他的石头上了。”

她过了好一会儿才明白了这句话，当她反应过来时，她倒抽了一口气。她惊呆了，打开了红色袋子。里面是琥珀情人，闪烁着光芒。贾米拉随后解开了第二个袋子。里面是一对耳朵。令人难过，沾满了血。直到那时她才意识到这两个袋子是从一件衣服上剪裁下来的，其中一个被血染黑了。就这样，尽管避开了地雷，走私犯哈龙最后还是没能完整地被埋葬。

突然一阵冲动，贾米拉冲出去追头领。有一瞬间她担心他消失了，成为她生命中又一个鬼魂。但随后她看到四匹马在坑坑洼洼的小路上飞驰。“等等我！”贾米拉哽咽着。

他拉紧缰绳，他的手下也跟着这么做。

当她走到他们跟前时，她犹豫了一下，说不出话来。她把一绺头发塞到耳后，整理好围巾。她恳求道：“我需要你的帮助，拜托了。”

“说吧。”

“我想去英国看我姐姐，她遇上麻烦了。她需要我。”

男人们交换了一下目光。

“我没有护照和钱。什么也没有。只能用你们的方式，非法的。”贾米拉张开拳头。“但是我有琥珀情人，我可以把它给任何我选择的人。我选择你。你会成为一个富有的人，它不会给你带来厄运，相信我。”

“你想给我钻石作为安排出国的回报。”

“没错。”

走私犯头领皱起眉头，扯着他的胡子末端，沉思着。“这并不容易。这不像跨越边境去叙利亚。”

“我听说有人会安排这些事。我找不到他们，但是你可以。记得艾哈迈德的小儿子吗？他不就是那么去的吗？是哪个国家来着？瑞士？他们把他藏在卡车里了，对吗？他就用这种方法成功了。”

她一开口，话就滔滔不绝地从她嘴里说了出来。她从灵魂深处紧迫而热切地说着，被一种她没有意识到，也可能无法控制的需要所引导。

他一动不动地看着她。在他那双深陷的眼睛里，她同时看到了几种情感：关心、理解、失落和一种暗暗的钦佩。“我会尽我所能。如果真主希望这事发生，它就会发生。”她头晕目眩，浑身冰凉，不住颤抖，她举起双手，张开手掌，钻石在落日余晖中闪闪发光。“把它拿走吧。愿安拉保佑你。”

他转过脸去，就好像在跟风说话，他说着，声音厚重：“留着吧。你值得拥有它，贾米拉。”

然后，他微微点了点头，没有再说话，他用脚踢了踢马的两侧。他的伙伴们跟上去。她看着他们疾驰而去，马蹄扬起的尘土围绕着她，就像萦绕在心头的记忆。

***

什鲁斯伯里监狱，1991 年

当我从禁闭室回来时，有一个新来的人在“特刺激”的床铺上。这么快。我有半分希望他们可以多给些时间，但是什鲁斯伯里人满为患。每天都有新来的人。监狱系统让我想起了爸爸曾经工作过的工厂。就像传送带上的饼干一样，罪犯不断出现。狱警安排他们，找牢房，把他们锁起来。一群又一群。这里到处都是人。没有空间哀悼任何人。

乍一看，我的狱友似乎还好，相当无害。我没有问他是为什么进来的，他也不主动告诉我。那些事情你不会想提起。他是一个瘦削的小个子男人，前额很高，有瘦削的下颌角，轮廓鲜明的脸。他的头发映着头顶的灯光，就在那一刹那，我被他友善的表情打动了。

他微微鞠躬，说道："我叫齐尚。"

他停顿，仿佛在等我自我介绍。我交叉双臂，皱着眉头看着他，紧闭双唇。

然后他说："齐尚很高兴见到你。"

多么荒唐的话。他的英语真是一团糟。我猜他大约四十岁。东亚人，棕色皮肤，中等身材。他想跟我闲聊，但我一点也不想听。最好马上划清界限。任何一个处于他这种境地的人都会立刻放弃我。他会忧虑他听到的关于我的事有多少是真的，以及他今晚能否安然入睡。还有接下来几个月的每个晚上。但齐尚似乎很放松。经过足够时间的沉默，我决定给他一些东西仔细琢磨。

"睡在那张床的男人死了，"我说。

"噢，我听说了，"齐尚说道，"也听说了你们是好朋友。你一定很难过。我非常，非常抱歉。请接受我的歉意。"

"你是说表示哀悼？"

“是的。”

我一片空白。同情总是让我猝不及防。我从不知道该怎么处理这种情绪。“现在，我不管你是谁，也不管你叫什么名字，”我说，“我告诉你这里的规矩。你学得越快对你就越好。规则一：永远不要侵占我的空间。规则二：别踩我的脚。规则三：别惹我心烦。明白吗？”

他困惑地眨了眨眼睛。他的小斜眼从我身上快速移动到墙上，又从墙上移回我身上。“齐尚明白。”他说。

“好！”

很快我们听到了声响。到了早上开锁的时间了。每一侧的牢房门都被打开了。我们保持安静，等着数人头，推搡，拥挤和搜身检查。

麦克劳克林警官出现了。他左耳上缠着绷带。他和我冷眼相对。他还没有原谅我狼吞虎咽地吞掉“特刺激”的信，我也还没有原谅他欺骗我。他没有原谅我咬他的耳朵，我也没有原谅他把我关禁闭。我们扯平了，又回到了原点。只是现在更加尖锐了。

“喂，我在看着你，”麦克劳克林警官说道。“再犯一个错误我就弄死你。”

我咬着嘴，没说一句话。我深呼吸来让自己稳定下来。他站得那么近，我都能看见他鼻孔里的鼻毛。这个距离不错，就这个。我用额头一顶就能轻易地撞到他的鼻子。完美的角度。可惜，我放弃了。

当我们又独自待着时，齐尚盯着我，充满了好奇。“他为什么对你生气?”

“因为他是一只扮作人的老鼠。”

齐尚大笑，仿佛这是他听过的最好玩的笑话。“鼠人，我喜欢。”然后他开始沉思起来。“还有鱼人，鸟人，蛇人，象人。这个世界上很少有完全的人类。”

我不知道他在说什么。这家伙有点怪，但我就是搞不清楚。你没法轻易敷衍他，他的笑容让我恼火。我正要叫他把脸洗干净时，他说：“总是打架不容易吧?”

“什么?”我问，在消化他的问题。“你是问我一直打架是不是很艰难?”

“是，是。我问你。打架，打架，不累吗?”

我盯着他，被难住了。他看起来没有发疯。他听上去很坦率，非常真诚地在询问。“你从哪来?”我问道。

“哦，”他停顿了一下，好像我提出了一个不可能的谜，“我一开始出生在文莱。”

“那他妈是哪儿?”

他看起来受到了冒犯。“文莱达鲁萨兰国。婆罗洲岛。我们是英国殖民地。然后文莱独立了。”

“嗯，女王的仆人在教你英语方面做得相当差。”

“我学英语，”齐尚说，无视我刻薄的评论，“我每天都学习新的东西。齐尚是好学生。”

我嗤之以鼻。我还不能断定他只是讨人厌还是疯疯癫癫。“你说，一开始我出生在文莱，那是什么意思?”我问道。

他堆满了笑容，露出了全部的牙齿——小小的，狭窄的，斑驳的，就像野生稻米。

“一开始我出生在文莱，”齐尚重复道。“第二次出生在全世界。所以我来自世界各地。世界就是我的家。”

突然间我恍然大悟。“噢，你这家伙。别告诉我，你是那群宗教十字军中的一员。你是一个盲从上帝者吗?”

“一个什么?”

“问题：你是邪教的成员吗?”

他还是没有明白，有那么一瞬间，他看起来很害怕。

“因为我告诉你，我不会让任何人向我鼓吹正义。我厌倦了那些废话。你最好别喋喋不休。”

“喋喋不休。”他重复着，完全不明所以。

“我是说，你是一个狂热分子吗?”

“狂热分子!!”齐尚的脸亮了起来，很高兴终于听懂了一个词。但随后他的表情变得严肃起来。“狂热分子说，每个人都错了，我是对的。齐尚说，每个人都对，我是错的。我怎么会是狂热分子呢?”

“好吧。”我能接受。但是我突然有了一个新的想法。“如果你说你来自世界各地，那你的宗教信仰是什么?”

“我的宗教信仰是爱，”他说。

我翻白眼。“从来没听过。”

有那么一瞬，他看起来被冒犯了。“耳朵只听见他们能听的东西。这世上的许多声音，我们都听不见。”

“那么你是佛教徒，还是犹太人、穆斯林、基督徒……你是什么？”

“唉，唉，唉，”他说着，仿佛我踩在了他的脚上，“你问你是不是这个，是不是那个？”他捶着胸口说：“全宇宙都在一个人心中。”

“那个人就是你？”

“那个人是你。”他说，强调了最后一个字。

好了，够了，游戏结束了。现在他错误地激怒了我。我不喜欢自以为是的人，他们以为自己什么都知道。“全宇宙，哈？我告诉你那里有什么。侵略，残暴，腐败，恐怖主义……”然后我补充说，“谋杀。”

“唔。”齐尚仿佛以前从没听过这些。他闭上眼，有一瞬我以为他要去睡觉了。但是很快他又开始说话，他的声音很清亮。“你看看大自然。你看见动物杀害动物。大的昆虫吃掉小的昆虫。狼吃掉羊。噢，那么多的血。但是在大自然也有很多动物保护动物。鱼在一起游泳。鸟成群飞行。”

“那是因为到处都是鲨鱼和老鹰。”如果你们待在一起，就有更好的机会存活。

"生灵非常关心生灵。"

"是的，漂亮的废话。"

他睁开眼睛。"齐尚不说废话。"

"好吧，抱歉我要插句坏话。大自然都是战争。这里也是一样。到处都一样。这是激烈的竞争。"

他身体向前倾，眯着眼睛看着我，好像看穿了我。"和谐无处不在……"他说，把"和谐"的发音说成了"好些"。然后他继续说着："这里也一样。但主要问题是，你的内心有和谐吗？"

最后这句话我听成"你的内心有好些吗"，也许这是个恰当的问题。我不知道我的灵魂里藏着多少个伊斯坎德尔。

"好吧，"我说，"如果一切都归结于该死的和谐，如果坏人和好人互相制衡，那么所有人都可以随心所欲。这又有什么区别呢？"

"不，不是这样。你不可以做你想做的任何事。你只能做上帝赋予你的事。我有我的成分。你有你的成分。齐尚大部分是水。你，也许是火？是的，我觉得你是火。如果你的内心没有和谐，那这个人总是会愤怒。总是打架，总是令人遗憾。锋利的舌头会像箭一样伤人。宇宙是一片丛林，你说过的。在大丛林中，我创造自己的花园。"

"你在说什么该死的花园？"

"亲爱的朋友，"齐尚说道，就好像在给我写信，"愤怒就像老虎。你看见老虎想着，噢，多么伟大的动物，我想要一只老虎。但是你驯服不了它。没有人可以。老虎会吃掉你。”

“忘记愤怒的老虎，我们无法从它们身上学习到任何东西。我们从人类身上学习。当你遇见不同的人，有着另一个名字，另一种宗教信仰，这都是好事。我们学习这种差异，而不是学习相同性。”

“自我意识就像秃鹰。一种疯狂的鸟。秃鹰说，和我一起飞吧，你会变成强壮的人。但那是谎言。是戏弄你的把戏。如果自我意识强烈，那你就会软弱。如果自我意识软弱，那你就变得强壮。”

他说得很慢，但很笃定。他仔细斟酌着用语，好像它们是玻璃花朵。当他说完后，我说道，“我只想知道一件事……”

“是什么？”

“他们为什么不把你关进疯人院？”

“那是什么？”

我的食指绕着耳朵转圈。他能看出这是精神错乱的人会做手势。他大笑，是开心的笑。“是的，是的，没错。他们说齐尚的脑子有些乱。”

*

那天警察来到凯蒂家，我从后门跑了出去。我很幸运。

我偷了一辆自行车，骑着车从哈克尼区出发，尽我所能地跑远，然后我在路边搭便车。两个法国学生载了我一程。他们的口音比木板还厚重。明显就是同性恋者，两个人都是。我之前从来没有遇到过同性恋情侣，也根本不喜欢这个想法，但是我没有立场来批判他们。他们看到我的痛苦，感觉到了麻烦，什么也没问。他们为我买了午餐，给我香烟，让我听一些奇怪的音乐。

他们在华威放下我。在他们离开前，我们在城堡外的草地上抽烟。我记得我们笑得前仰后合，但我不记得那个笑话是什么，如果有的话。然后他们向北边出发了。

突然我就独自一人了。四天后我被捕了——他们发现我在公园里露宿。那时我已经饿得喘不过气来了。我太累了，几乎可以松一口气了。在审讯过程中，我很冷静，很配合。他们没告诉我她死了。暂时没说。我确信她的伤不严重。只刺了一刀，就在她右肩附近。能有多糟糕呢？这时一个警察走了进来说，“你不知道吗？你杀了她。”

我瞠目结舌，说道：“你是什么意思？”

“你杀死了你自己的妈妈，你这个变态的混球。看你怎样脱身？”

我无法相信。我认为这只是个让我坦白的骗局。是那些老警察的把戏之一。但他们拿了张报纸放在我面前。可能麦克劳克林警官也有一份同样的剪报。就在那时我知道妈妈死了。

审讯过程中，我很麻木。我僵住了，就像割礼那天我在树上时一样。媒体。摄影师。法庭外面有人举着反对我的牌子，都是陌生人。有人支持我，也是陌生人。在人群中我看见埃斯玛的脸，就像戴了一个白色的面具。然后我看见我的弟弟，尤努斯。他的眼睛睁得大大的，不明白是怎么回事。那时我无法呼吸。我的肺无法吸入空气。我瘫倒了，气喘吁吁，就像一个戴着呼吸器的老人。他们以为是哮喘病发作。医生很友好。他为我检查，什么问题也没有发现。然后我找了心理医生。是个糟糕的男人，一坨狗屎。我把烟灰缸朝他头上扔去，可惜没打中这个卑鄙小人。

但就在我进警察局的第一个晚上，我瘫倒在床铺上，盯着天花板。整整一个小时。我想知道心理医生是不是对的。我是否有很严重的问题？我是不是疯了？

“他没有疯，”检察官在法庭上宣布，“这个年轻人精神正常。他应该受到严惩。”

第二天晚上，我还是丝毫没有睡意。在我的经验中，你的睡眠越糟糕，你就变得越暴躁。就是这样。早些年就像一个长长的梦境。而我就是别人的噩梦。我让他们很不好过。很久之后，在一个午夜，我记得非常清楚。外面下着雨。大暴雨，雷声，闪电夹杂在一起。然后雨停了，寂静却让人感觉更糟糕。就在那时，我有一种奇怪至极的感觉。好像我妈妈和我一起在这里。她没有心烦或恼怒。她已经超脱了这些情感。

我开始抽泣。我哭了，胸口痛得直起伏。我一辈子都流不掉的眼泪都从我身上流尽了。

*

和齐尚共处两周后，我违反了自己的一条规则。我问他：“你犯了什么事进来的？像你这样的人。”

他的脸垮下来。“噢，他们说齐尚犯了可怕的罪。没有证据。但是有一位先生。法院听信他的话，因为他来自有名的家族。他说他看见我偷包并且伤害了一位老妇人。她在医院里，昏迷不醒。”

“你为了钱袭击了一个老女人？”

“齐尚不会做这种事，”他说，“等女士睁开眼睛，她会说出真相的。我会等待。我会祈祷。”

“好，我看看我们有没有搞明白。所以你告诉我，你进来是因为一项你没有犯过的罪？你指望我相信这种废话？”

他奇怪地看了我一眼，好像想知道该怎么反驳。然后他说：“自从警察来我家的那天起，我就在想为什么会发生这种事？事出一定有因。上帝自有目的，是什么呢？我提出问题却得不到回答。但是现在我明白了。”

“你在说什么?”

“听着，我不知道为什么上帝把我扔进监狱。我说，为什么，为什么。但是接着我就遇到了你。我就不再悲伤了。”

“如果你再不停止这种胡言乱语，我会让你有的受了。”

他看起来一点也不害怕。“现在我明白为什么齐尚会在这里。多亏了你。”他停顿了下，叹了口气。“当然，如果你早点来找我，事情就容易多了。但是不，你没有。所以我不得不来找你。所以齐尚变成了囚犯。都是为了一个目的。”

“胡扯。你是在告诉我你是无辜的，只是某些宇宙力量把你送进来的吗?”

“是的，现在你说对了。”他脸上堆满笑容，就像一个拿到新气球的孩子一样快乐。

这个男人疯疯癫癫的。而且一天比一天糟，除非他是故意的。我突然想到了。我抓住他的衣领，把他推到墙上。

“是麦克劳克林警官把你安排和我关在一起的吗？是他的主意要给我个教训吗？你想把我逼疯，对吗？你们是这样谋划的吗?”

他把脸绷得紧紧的，好像我已经揍过他似的。“我告诉你，是上帝让我来这里的。你说什么麦克劳克林。你的麦克劳克林很渺小，上帝很伟大。”

我放开他，揉揉我的太阳穴——这是头疼的开端。“你几岁了?”我问道。

他害羞地垂下眼睛。

“六十七。”

“不要开玩笑。”

“真的。”

“你看起来不像六十七岁。”

“谢谢，”他说，“齐尚看着自己。”

“你是说，照看自己。”

“是的，是的，照看。”

他又开始胡说八道了。“我来找你，”他说，“我最近没用了，上帝把我带到这里，因为上帝不喜欢懒惰的人。我们应该非常努力地工作。”

“什么工作?”

“神秘主义者说——”

“什么?”

“神秘主义者是那些看到内心，认为所有人都有联系的人。区别只在外表、皮肤、衣服和护照上。但是人类的内心都是一样的。到处都一样。”

“又来了。又一堆胡扯。”

他笑了，或许是因为他不知道什么是胡扯，或许是因为他故意无视我。

“神秘主义者相信，当我们死后醒来，上帝会问我们四个问题。你是怎么打发时间的?你的钱是从哪儿来的?你是怎么度过青春的？第四个问题非常重要：你用我给你的知识做了什么？你明白了吗？”

“没有。”

“我有知识，”他说，“我是个老师——”

“我记得你告诉我你是个学生。”

“每个老师都是学生。”

“噢，让我歇歇吧。”

“我是个老师，”他平静地重复道，“并且我来这里和你分享我的知识。”

我在里面见过各种各样的人。在狱警和我相似的狱友之间。变态、疯子、最伤心的人、最软弱的人和最卑鄙的人，有时都集中在同一个人身上。但是在什鲁斯伯里从来没有任何人像齐尚一样。生于文莱，长于世界。我不知道该拿他怎么办。

伊斯坎德尔·托普拉克

埃斯玛

伦敦，1978 年 5 月

塔里克伯伯和梅拉尔伯母带着他们的四个孩子来做客。晚饭后我们聚在电视机前，一边看《加冕街》一边喝茶吃水果。除了偶尔对屏幕上的角色评价几句话外，房间里几乎没有人说话。每个人都想知道，苏西已经成功地勾引了史蒂夫，而盖尔已经发现了他们的亲密关系，接下来会发生什么。塔里克伯伯认为这段关系不会持续很久。梅拉尔伯母也同意，但是没有人把她当回事，因为她总是抓不住重点。我必须为她翻译关键的场景，因为她的英语水平不足以跟上剧情。有时我会添加一些自己的东西来强化故事情节。

在客人离开后，大家都去睡觉了，我又去了卫生间，在镜子中观察着自己，这时有人敲门，把我从遐想中拽了出来。

“忙着呢!”我对着钥匙孔说道。

又是一记敲门声，胆怯而执着。我很生气地打开了门。尤努斯穿着彼得潘的睡衣站在那里。“噢，我的天啊。你对自己做了什么?”他喊道。

直到现在我才记起我脸上有山羊胡。最好的防守就是进攻，我反驳道：“这个点你在这里干什么?”

“我要尿尿。”

当我注意到他胳膊下夹着的床单时，我换成了土耳其语：“你确定你需要尿尿？看起来你已经搞定了。”

我弟弟眨了眨眼睛。一阵沉默，我们都等着对方说些什么，随便什么都好。

“好吧，”我让步，“就一会儿，好吗?”

我关上门，打开灯，熄灭蜡烛，在镜子里再次审视我的脸。然后我探出头。“跟你说吧，你为什么不把床单留在这？我会处理的。”

犹豫了片刻，尤努斯朝我害羞地笑了笑，放下了他的罪恶感。我在水盆里装满肥皂水，把被单泡在里面。我希望他回自己的房间去，但是他宁愿等着，从半开着的门往里看。“姐姐，你好了吗?”

“快了。在盆里洗不太容易，你知道的，”我无精打采地说，“你为什么老是尿床?”

尤努斯安静了。

“噢，别担心。我不会告诉任何人的。”

让我意外的是，他似乎并没有松一口气。恰恰相反：他脸色阴沉，嘴唇颤抖。我朝他跨了一步，微笑着看着这个我一直喜爱的弟弟，看着他那双天真的大眼睛和竖起的耳朵。

“抱歉，小东西。我不是有意冒犯的。”

“我没觉得被冒犯。只是这些天我有很多心事。”

“比如?”

“我不能告诉你，”他说，“这是个秘密。”

“秘密就棘手了。你想把这件事说出来，但是一旦你说了，话就会传开。就像迈达斯国王，呃?”

“那是谁?”

于是我给他讲了一个国王的故事，国王的耳朵很大，他不得不把耳朵藏在帽子下面。他的理发师，是唯一知道这件事的人，他承诺不告诉任何人。然而分享的欲望是如此强烈，他向一根芦苇吐露秘密，这是他能想到的最无害的对象。然后，有人用芦苇做了一根笛子，在一场音乐会上演奏，秘密就飘到了空中。过了几天，每个人都知道国王有一对驴耳朵。

“你是说，我不应该告诉任何人。”尤努斯说道。

“好吧，如果是重要的事，我会跟你说要保守秘密。你没法相信任何人。甚至芦苇也不行。”

我原以为他会笑，但他没有。相反，他伤心地盯着我，然后转身消失在走廊里。

“晚安，亲爱的。”我喃喃地说，尽管我知道他听不见我说的话。

我站在那里，双手还沾着肥皂，感到胸口发紧。那时我心里暗暗起了疑心。当我梦想成为一个男孩，考虑着各种各样难以理解的事情时，有些事就在我的眼皮底下发生，我却没有看到。后来我回想起那一刻，意识到那就是我所知的平凡生活破裂的时刻，我们开始一个接一个地滑向另一个地带，在那里，太多的事情发生得太快了。从那以后，我一直在想，如果那天晚上我不这样说，情况会不会有所不同。如果我让我的弟弟和我分享那个从内心侵蚀他的秘密，也许，只是也许，我就可以早点醒过来，在一切迅速恶化之前提醒我母亲。

耳　光

伦敦，1978 年 6 月

男孩们在“阿拉丁的山洞”等着伊斯坎德尔。总共四个人，懒洋洋地背靠着一张塑料桌子。当伊斯坎德尔走近时，他朝着他们点点头。他们也回以同样的动作。他注意到他们眼中的尊重——那是他父亲从未在任何人那里得到过的尊重，包括他的那些赌友们，也许他赢钱的那些日子例外。

“你好啊，”伊斯坎德尔并没有特别对着某个人说，“艾尔沙德在哪?”

“他还没到。”法里德说道，他是个说话轻声细语的瘦小摩洛哥人。

“也许他该死的退缩了，”阿齐兹大笑着说道，露出他那排有缺口的牙齿，“过了这周，我就不怪他了。”

那是个让人紧张的夏天。每天都会有人谈论某个地方又出了一起事故。男人们在街上被恐吓，女人们被人辱骂，孩子们被人吐口水。到了夜晚，有人朝着移民居住的屋子里扔砖块；把晾在绳子上的衣服剪成碎片，或者把狗屎放进他们的信箱里。但是最糟糕的事发生在六天前。

6月11日清早，一群光头青年聚集在红砖巷的街头。到了中午，他们的人数增多。他们不断地有人涌入——步行，骑自行车，坐汽车或是货车，有些人从帕特尼那么远的地方过来。然后游行开始了，他们唱起了圣歌，“国家的前线是白人的前线。”奇怪的是，到处都看不见警察——即使在示威者开始袭击移民开的商店时也没有，他们叫喊着“杀死黑杂种”，打砸汽车挡风玻璃和窗户，破坏私人财产。

法里德说：“你听到警察事后说的话了吗？他们管这叫自发性爆发。”

“见鬼。”伊斯坎德尔心烦意乱地说道。

他们的对话被阿拉丁打断，他是这个地方的主人——是一个五十多岁身材偏胖的瘸腿男人，他的一条腿比另一条短。他对每个人都很友善。他微笑着走近两个男孩，但只和伊斯坎德尔握了握手。他问他学校生活怎么样，还有他妈妈怎么样，以及他大伯的店在这段艰难的日子经营得如何。伊斯坎德尔礼貌而简短地回答了这些问题。

“所以你打算吃什么呢？”阿拉丁最后问道，“你朋友都等着你点餐呢。”

伊斯坎德尔很高兴听到他这么说。“我们还有个客人要来。我们等他到了再点。”

他们看着阿拉丁一瘸一拐地走了。伊斯坎德尔转向阿齐兹，继续刚才的对话。“还有别的吗?”

“噢当然，一个男孩昨天被暴打了。一个孟加拉人，离艾尔沙德家不远，他们发现他被打得流血。这是一个月内的第四起了!”

伊斯坎德尔咬住嘴唇内侧，他的脸皱得像个面具。

“你知道最让我气愤的是什么?”桑尼大胆说道。“这些该死的种族主义坏蛋说他们不是种族主义者。我们是现实主义者。胡说八道！他们作为种族主义者已经够坏了，不用在这个基础上继续撒谎!”

他的名字是萨尔瓦托雷，但是每个人都叫他桑尼。他的家人从西西里的一个村庄搬到了哈克尼。他英语说得很快，而且口音很重，所以他说的话往往有一半没被别人听懂。

“所以那小子什么时候来？那个有名的话痨!”

是奇科问的，他的手指敲击着菜单。他父亲是摩洛哥人，母亲是西班牙人。

“别那么叫他，”阿齐兹说道，“放尊重点。叫他演说家。”

“没什么差别。有句话怎么说的，愚者说，智者听！而这家伙总是在说。所以你自己想想吧!”伊斯坎德尔皱了皱眉往后一靠，双手合十，这个动作使得整张桌子的氛围从欢快变得更加严肃。“他半小时之内到。我觉得我们早点见面讨论一下比较好。事情不太顺利。如果我们没有看到灾难降临的预兆，那就太蠢了。”

奇科垂下了目光。其他人点点头，严肃而又兴奋。“他们想把我们赶出这个国家，”伊斯坎德尔说道。“你，我，他……阿拉伯人、土耳其人、意大利人、牙买加人、黎巴嫩人、巴基斯坦人……我们要坐在这里用这件事开玩笑吗？就像游乐场里的鸭子一样。这是我们父母希望我们做的。微笑着等待被击毙。但我们不是鸭子，对吗？”

“当然不是，”奇科说道。

“听着，我以前听过这个家伙发表言论。他很棒，真的很棒。让他来说出他想要说的话。如果你不喜欢他，你就不必喜欢他。就是这样。但至少他不是鸭子，我们都知道这点。”

就在这时门开了，艾尔沙德走了进来，双手插在口袋里。当伊斯坎德尔看到跟着他朋友走进来的那个女孩，他的表情变了。“该死，她在这里干什么？”

“嘿，不能怪我。我试图阻止她……”艾尔沙德说道。

伊斯坎德尔怒视着埃斯玛。“回家去。”

“不，我也想听。”她说道。

男孩们带着警惕的微笑看着他们吵闹。

“妹妹，我受够了你的固执，”伊斯坎德尔说道，“我不想和你争论。”

“好啊，那就不要争论。”

“你真是让人厌烦。这不是女孩该接触的事！”

“为什么不可以？你认为那些光头只欺负男人吗？你他妈的错了。他们也会袭击女人。还有女孩。如果我准备好做一个受害者，我也可以准备好反击回去。”

“她说得有道理。”阿齐兹说道。

得到大家的支持，埃斯玛恳求道：“噢拜托了，大哥。”

伊斯坎德尔摇头，不过这次没那么用力了。“好吧，但是我不想听见你发出任何声音。小声也不行。”

“好的。我会像具尸体一样坐在这里。”她说道，努力不让脸上流露出喜悦的表情，但接着又高兴地补充说，“我迫不及待想看看那家伙长什么样。我确定我立马能认出他来。”

然而，这种假定后来并没成功。当演说家走进半满的咖啡馆时，除了伊斯坎德尔没人认出他来。其他人都以为他是一个健壮，令人印象深刻的人，他应该看不出年龄，穿着带有半分传统和半分异域风情的服装，他的头发向各个方向飘散开来，他的眼睛像祖母绿一样闪烁。因此，当一个面容憔悴，穿着褪色牛仔裤的二十五岁左右的普通男子走进来时，他们都没有看他第二眼，直到他走近向他们打招呼。

“噢，快请坐。”伊斯坎德尔说道。他简单地介绍了大家，但没介绍埃斯玛。

他们点了食物。鹰嘴豆沙、巴巴罗萨①、烤肉串、炸豆丸

① 茄泥，是一道中东、地中海地区的特色菜，用煮熟的茄子与中东芝麻酱，橄榄油和各种调味料调配而成。

子……伊斯坎德尔把客人的盘子装满，后来发现毫无意义，因为这人的食量像鸟一样。他的食欲不振让每个人吃饭都慢了下来——连桑尼也停了下来，他以前总是很饿。

然后，当他们喝茶时，演说家开始说教。他的声音很细，但却像波浪一样起伏，每隔几分钟就会停下来，然后又恢复，仿佛他在阅读一本看不见的小册子。他谈到了晚期资本主义的各个阶段，以及人类离末日有多近。我们都在往悬崖下看。我们将看到这个政权的垮台。今天的年轻人被麻醉，这样他们就不会质疑这个体系。世界各地的政客操纵着世界上一半的毒品交易。所有的意识形态都是让年轻人不断发呆的发明。虚假的“主义”是新药，是大众的安眠药。

“我阿姨是个女权主义者，”桑尼说道，他没有吃饱，声音有些许紧张。“她的头发比我的还短，并且总是穿着裤子。”

“女权主义对我们来说就像撒哈拉的雪人，”演说家作出评论，“这是没必要存在的。你们知道为什么吗?”

“因为这让女人看起来很丑陋。她们甚至不再剃腿毛，真是恶心。”桑尼说道。

男孩们强忍住不笑出来，而埃斯玛翻起白眼。只有伊斯坎德尔一个人盯着演说家。他们的目光交汇着一种相互理解，一种超越孩子气反应的共同感觉。

演说家说：“我想说的是，我们的朋友是对的，因为女权主义的确让女人看起来不自然。但这是结果，不是原因。然而，我想问为什么它与我们这样的人无关?”

“因为这是他们的问题，”伊斯坎德尔回答说，“这是西方的事物。”

阿拉丁端着一盘茶进来，无意中听到了最后几句话，他怀疑地扬起了眉毛。刹那间，伊斯坎德尔有一种预感，阿拉丁知道这个演说家，不喜欢他。这种家伙正在社区里播下坏种子。他在这里干什么，把东西塞进孩子们的脑袋里？演说家好像感觉到阿拉丁的厌恶，沉默下来，直到有人端上茶水，又让他们单独待着，他才开口说话。

“确实。女权主义是他们解决问题的答案，”演说家继续说道，眼中闪现出同情。“但这是一个蹩脚的解决方案。你能用海绵擦干湖面吗？这就是女权主义者的有效性。如果西方人没有家庭价值观，也不尊重妇女，那么一群激进分子在街上大喊大叫，不会改变任何事情。”

埃斯玛哼了一声。伊斯坎德尔从眼角余光里向她投去了冷酷而凶狠的一瞥。“对不起。”她默默地说。

“规矩点。”伊斯坎德尔回了一句。

即使演说家注意到了他们的和平交谈，他也假装没有注意到。“在西方，人们感到困惑。他们混淆了幸福与自由和自由与滥交。而我们尊重我们的母亲、姐妹和妻子。我们不会强迫她们穿得像芭比娃娃。这是一个完整的行业。化妆品，时装，鞋子设计师。你们听说过神经性厌食症吗?”

男孩们都摇摇头。

“这是对身体形象的一种迷恋。患这种病的女人一直在节食。她们吃东西后会呕吐。每年，欧洲和美国都有几十个女人因这种疾病住院。有些人会死。心脏衰竭。但她们仍然认为自己很胖。”

“兄弟们，别忘了，与此同时，亚洲、非洲和中东的婴儿正在饿死。他们找不到一块面包啃。他们一生中从未见过一块糖。当西方国家的女人在高档餐厅里大吃巧克力白兰地蛋糕时，第三世界的人们却在挨饿。”

“西方的两大产业是战争机器和美化机器，这并非巧合。他们用战争机器进行攻击、监禁、拷打和杀戮。但美化机器也同样邪恶。那些光彩夺目的衣服、时尚杂志、雌雄同体的男人和男性化的女人。一切都是模糊的。美化机器控制着你的思想。”

一种敬畏的感觉笼罩着大家。埃斯玛透不过气来，检查了一下指甲。她真希望伊斯坎德尔把这种情况看得轻松一些。拍拍那个人的背，告诉他要放松，逗他们笑。如果他愿意，他可以。他有这种气质。那种大胆，那种轻快，她想。可是，当她抬起头来，她发现哥哥脸上的表情和她所希望的完全不一样。“亚历克斯，我们能再喝点茶吗？”埃斯玛问道，“我都觉得渴了。”

演说家看了看表说：“我该走了。很高兴见到你们。”他站起身来，转向伊斯坎德尔："她为什么叫你亚历克斯？"

"您别介意，她是我妹妹……大家都这么叫我。你知道，它是缩写。

"亚历克斯不是伊斯坎德尔的缩写，"演说家怒斥道，"再想想吧，兄弟。我们是不是要改名字，让英国人更容易发音？我们还必须放弃什么？应该是反过来的。让每个人都知道你的全名，并尊重地说出。"

说完，他就离开了，留下一阵尴尬的沉默。

伊斯坎德尔紧张地跳了起来。"我先送埃斯玛回家，然后再回来。"

"嗨，我还不想回家。"

但他已经到了门口。"快点！快点走！"

埃斯玛照做了，嘟哝着。他们一走到外面的大街上，她就大叫："该死的，我不喜欢那个家伙。傲慢先生趾高气扬。"

"你可能不喜欢他，但他是个战士。"

"他让人难受。"

"事实让人难受时，你也需要这样。"

"得了吧，他就是个大男子主义者。他甚至不看我的脸。"

"那是因为他尊重你，你这个笨蛋！你喜欢男人盯着你的腿看吗？这就是你想要的吗？"

"哦，你怎么啦？"她说道，举起双手。"放松点！这些胡言乱语都要使你发疯了。"

“说话注意点，埃斯玛。”

“呀，我好害怕啊！”

“你听着，你再也不要来参加我们的会议了。我不能一直照看你。”

“谁说你得照看我？”她厉声说，“我能照顾好自己，非常感谢。都是妈妈的错。她就是这样养大你的。我的家，我的狮子。现在你以为你是哈克尼的苏丹了！”

“闭嘴。”

埃斯玛没有注意到他语气的变化，也没有注意到他握紧拳头的动作，来不及了。她沉浸在自己的话中：“我们是一个团队，你和我。这是乐趣。我们过去常常笑。现在没有什么乐趣。看看你——看看你把自己弄得多么严肃。”

伊斯坎德尔抓住她的肩膀，把她推到墙上。“人们在街上被殴打。就在上周，一位老人被石头打昏了。你在说什么乐趣？”

“噢，那么你是那个大英雄。请你拯救我们吧。”

一记耳光。突如其来，好像不知从哪儿冒出来似的。埃斯玛捂着她的脸颊，震惊得动弹不得。

“你离这远点，”他说着，没有看她一眼，“我警告你。”

她看着他快步走回咖啡馆。她曾经以为她对哥哥了如指掌，但不再是了。他总是保护她不受别人的伤害。然而现在，埃斯玛第一次觉得她必须保护自己不受他的伤害。

一条褐色大鳟鱼

伦敦，1978 年 7 月

尤努斯绝望地搜寻了几个星期，终于遇到托比科时，他感到既宽慰又害怕。感到宽慰的是当他几乎放弃希望时找到了她。但同时也害怕再次失去她。他紧紧地抱住她，像一只蚌紧紧地贴着壳。

她有些变化，体重增加了一点。她的头发乌黑发亮，就像雨中一颗黑色的小石子，依然很长，但发梢却染成了闪亮的绿色。她用闪闪发光的金属扣代替了她下唇上穿孔的银饰。她每边耳垂上都戴着半打深红色的心形耳饰，小得像血滴一样明亮。尤努斯数了数，又一次注意到她的耳朵是多么小巧，多么漂亮。

托比科守口如瓶，拒绝解释自己一直在哪里，也拒绝解释自己为什么没有留下字条。“这里那里到处都住。需要换换空气，宝贝。”尤努斯知道她住在什么地方，心里很不高兴：她与船长和他的母亲住在一个三居室的复式公寓里。另外几个占屋者也在那里。

船长的母亲鲍威尔夫人是一位退休教师，一个寡妇。事实上，她对住在自己家里的这群人几乎没有什么宽容之心，但她已经同意接待他们一段时间，希望能有更多的时间和她唯一的儿子在一起。她带着电视和热水壶搬进了楼上的卧室，把公寓的其余部分留给了这些朋克青年。她很少走出自己的房间，吃饭全在那里，假装没有注意到楼下不断传来的骚动和大麻的气味。

尤努斯第一次去那套公寓拜访朋克们，他坐在托比科旁边的沙发上，显得身材矮小，面带微笑。

“这是一个临时的解决办法，”船长解释道，“等我们回到原来的地方，我们要再把所有人聚集在一起。”

“我们要把房子收回来，这次没人会把我们赶出去。我们已经吸取了教训，”博加特嘴上夹着一根香烟，手里拿着两根琴弦的吉他，说道，“我们会踢爆他们的屁股。”

他们有个新朋友，头上只剩头顶一把蓬乱的头发，他把这一把头发染成了不同色度的橙色。他被昵称为费尔奇[①]先生，因为他不相信任何东西都需要付钱——书、黑胶唱片、食物、内衣。有一次，他提着一对马丁靴，在他那件华达呢上衣的每只袖子里各装着一只。“现在，”费尔奇先生插嘴说，

① 费尔奇的英文为 Filch，作普通名词用有“偷窃”的意思。

“是的，你就像猫一样。舔着你的伤口。”

尤努斯听着他们的喋喋不休，很高兴他们又回到了他的生活中，奇怪的是他们非传统的生活方式使他得到了安慰。博加特注意到他的快乐，说：“这孩子也像猫一样。”

“而你是他那舒适的小篮子，”船长对托比科眨眨眼说。

托比科只是微微一笑，以免冒犯尤努斯。为了改变话题，她转向博加特，问道：“你在玩什么？”

“哦，这是我写的一首歌。你知道我认为占屋袭击是我们的血色星期日。某种程度上。所以我写了这首歌，就叫血色星期二。”

不需要更多激励，博加特开始唱歌。旋律不好听，歌词更糟糕。

我身处边缘，我需要救济，
像一块石头，我跌进这个洞里，
这个洞，这个洞，这个洞，这个洞。
老比尔①抓人之前，警笛不会响起。
血色星期二，最悲惨的一日。

---

① 原文为The Old Bill，是英语的俚语，指警察。来源据说是1914—1915年，漫画家布鲁斯·班斯法瑟（Bruce Bairnsfather）创作的一个虚构角色，是参加一战的一位老兵。

反对这个体制！它没有灵魂！

没有灵魂，没有灵魂，没有灵魂，没有灵魂。

伊基·波普穿着一件阿富汗式的马甲和一件短得几乎盖不住乳头的暗黄色T恤，用手指堵住耳朵。“啊，你不能闭上你那该死的臭嘴吗?”

“什么?”博加特大声说道，中途停了下来。“唱得太烂了，伙计。”伊基·波普说。

“根本不是在星期二，”托比科说。“他们突袭的时候是在星期三。”

博加特皱起眉头说：“谁说的?”

尤努斯听了，觉得又好笑，又忧虑，他知道，当他们被石头攻击，砰地关上门，互相大喊大叫，咒骂他人或自己时，他们可以轻易地从幼稚的嬉戏变为直接的争斗。

“你们都知道些什么？你们这些蠢蛋!”博加特嘲笑道。他停了一会儿，对托比科怒视着说：“你该死的都不记得你早餐吃了什么。”

“我们问问尤努斯，”托比科建议，“他是中立的。”

“我的屁股才中立，”船长反对道，“他对你太好了，你说雪是黑的，他也会完全同意。”

尤努斯满脸通红，假装不理会，他知道他必须说点什么——说点有趣的，足以分散他们的注意力。于是他宣布：

"我想弄个文身。"

博加特咯咯地笑了。"哇！这个小伙子酷!"

"我们来做吧，"伊基·波普说，"没问题。我是镇上最好的文身师。"

"亲爱的，你妈妈不会恼火吗?"托比科温柔地问道。尤努斯已经考虑过这一点。"好吧，如果她看到了，她会的。但如果你把它文在我的背上，她就不会知道。"

"聪明的小伙。"费尔奇先生说。

"我去拿那套东西，"伊基·波普搓着手说。

"我需要去小便，"尤努斯平静地说。

楼上有两扇门，走廊两边各有一扇。犹豫片刻之后，尤努斯打开了左边的那扇门。他惊讶地看到一个女人穿着淡紫色的睡衣坐在床上，一边吃着一盒丽兹饼干，一边观看《南岸秀》① 的最新一集。她的头发像个鸟巢，她一定哭过了，因为她的脸颊上有几道睫毛膏的印子。她看起来有点疯狂。

"对不起，夫人。"

尤努斯正要关上门，那女人的眼睛一直盯着屏幕，喃喃地问："他们在招募你吗?"

---

① 本注释译自英文维基百科：The South Bank Show（《南岸秀》）是一档英国电视文艺杂志节目。它最初由伦敦周末电视台制作，并于1978 年至 2010 年间在英国独立电视台播出。2012 年 5 月 27 日，新版本的《南岸秀》开始在天空艺术频道播出。该节目由前英国广播公司文艺播音员梅尔文·布莱格（Melvyn Bragg）构思、撰写及主持，旨在将高雅艺术及流行文化带给大众。

男孩停住了脚步，不知道这句话是不是说给他听的。于是他问："什么?"

"他们在招募你吗?"这个女人重复道。"你会成为英国最年轻的少年犯吗?"

"不是的，"尤努斯回答道，有点惊慌。

"那很好，"她说，还在对着电视讲话。"我一生都和孩子们一起工作，但我帮不了自己的儿子。"

现在尤努斯更仔细地打量着这个女人，认出她是鲍威尔夫人，曾经来拜访自己父母了解姐姐教育情况的那位老师。他也看到了她长得多么像船长——宽前额，长鼻子，圆鼻尖，微微突出的火石般灰色的眼睛。

"我儿子像你这么大的时候，他非常可爱，"她继续说着，"孩子们在婴儿时期是可爱的，但是接着他们开始走路，破坏一切，再当他们长大后，他们就会恨你!"

鲍威尔夫人转向尤努斯，目光如炬。她的眼睛下面有黑眼袋。她看起来很疲倦，需要好好睡一觉。她问道："你怎么称呼你母亲，亲爱的?"

"我……我叫她'妈妈'。"尤努斯说。

"好吧，告诉她，她是个幸运的女人。我儿子叫我'体制'。他认为我是个资产阶级小丑!"她叹了口气。"你认为他是对的吗?"

"哦，不。"尤努斯不安地说。他记得曾经答应过托比科不会让体制接近他。然而他并没有避开。“我认为你是一位美丽的女士，鲍威尔夫人。你只需要在阳光下看到自己。”

那女人站在那里待了一会儿，突然咯咯地笑了起来。嗓音粗哑，但是当她再抬眼看时，她的眼睛里放出新的光彩。“这是我最近听到的最甜蜜的事情。”

“再见，夫人。”

当尤努斯回到客厅时，他发现托比科坐在窗前，看着花园里的一只鸟，它的羽毛在午后的阳光下闪闪发光。她准备了两杯热巧克力。当他们呷饮时，尤努斯鼓起勇气问：“我可以问你个问题吗?”

“当然，宝贝。”

“关于秘密，”他紧张地说。“我姐姐说秘密不应该和任何人分享。哪怕一根芦苇。”

托比科好奇地盯着他。“我不确定你在说什么。”

“我想我是在问……如果有一个你爱的人，而那个人有一个不为人知的秘密，这有点尴尬……但你发现了。你觉得你应该告诉她吗?”

“哇，这就艰难了。我觉得你最好还是保持沉默。”

说着这些话，托比科轻轻地把头靠在男孩的肩膀上，而不是全身都靠着。尤努斯的心快要跳出喉咙。他希望这一刻永远继续下去。但很快，船长和其他人回来了，手里拿着一盒针和文身图案。

“好了，我们开始吧，”伊基·波普说。“听着，这可能会有点疼。可以吗?”

尤努斯点点头，咬着嘴唇。

“你想要哪种类型的文身？一个字？还是一个符号?”

“请你给我纹一条鲸鱼可以吗?”尤努斯问。“就像吞下先知的那条。”

最终完成的文身看起来更像一条巨大的棕色鳟鱼——在另一个生命中，一个过去的世界里，纳兹外婆希望变成的那条鱼。

一家之主

伦敦，1978 年 9 月

伊斯坎德尔与演说家的第四次会面与他们之前的所有会面都不一样。那人想单独看看他，也想看看别的什么地方——除了“阿拉丁的山洞”。他们同意在维多利亚公园见面。

穿过皇家大门进入公园，伊斯坎德尔大步走向维多利亚喷泉。他看到那个演说家背对着一棵栗子树站着，身边放着一个小提包，双手插在口袋里，脸上若有所思，却又神秘莫测，于是放慢了脚步。从演说家的样子很难判断他是等了很久还是刚到。今天他戴了一副薄框眼镜，更突出了他的方脸。他穿着一双棕色尖头鞋，一件宽松褪色的夹克，还有一条只有母亲才会给儿子买的牛仔裤，伊斯坎德尔暗自想。

“你好啊！”伊斯坎德尔举手打招呼。演说家微微笑了笑。“来吧，我们一起走走。”

尽管伊斯坎德尔情绪并不好，他还是同意了。“当然可以。”

太阳在晴朗的天空中闪耀。湖边很平静，一片翠绿的草地，上面挂着一层淡雾。有父母和孩子把小面包团扔给鸭子。有几个人在慢跑。草地上的一对情侣似乎深深地沉浸在激情中。伊斯坎德尔注意到演说者避开了他的目光，额头上微微起了皱纹。最后，走得累了，他们发现了一个空长椅，可以坐下来聊天。

“你给我的印象是一个有着牢固友谊的人。”演说家说。

“是的，我的朋友都很酷。”伊斯坎德尔轻快地说。

“你是他们的领头人吗?”

伊斯坎德尔犹豫了。他从不以这种方式提到自己。

“没关系，”演说家说，似乎读懂了他的心思。“你负责是件好事，但你并不表现出来。这是高尚的行为。”

“谢谢，”伊斯坎德尔说道。以前从未有人说他高尚，他忍不住感到骄傲。

“你的伙伴还不错，但他们还是男孩，真的。还有很长的路要走。你不一样，比他们成熟得多。怎么会这样呢?”

“我父亲不在身边，”伊斯坎德尔听到自己说，“如果你懂我的意思，我必须以最快的速度成长。”

演说家点点头：“嗯，这就可以解释了。”

伊斯坎德尔感受到了一种暖暖的成就感，几乎是流动的，在他的血管中带来了新的刺激。他以前没有意识到成长，即使那一直在他眼前。他成长得很快。“你知道，我是老大，我有一个弟弟和一个妹妹。”

“我记得你的妹妹，”演说家说。他的声音变得有点尖。

“是啊，很抱歉你上次见到她时，她有点粗鲁。”

“没关系。不要责怪她。她很年轻，她的思绪混乱。她从其他女孩那里，从她读的杂志，当然还有电视里学到那些东西。宣传轰炸。”

伊斯坎德尔咬着嘴唇，听着。

“这对女性来说更难，这是事实。有太多的干扰使她们偏离正确的道路。花花世界中的闪耀之物，然后是对有钱丈夫和时髦家具的追求。永远不会结束。”

“对的，”伊斯坎德尔说。

“如果你不介意我问，你的父亲为何不在身边?”

伊斯坎德尔的下巴默默地抽动了一秒钟，仿佛他正在吞下脑海中浮现的第一个答案。他感到不安，像是在接受审查。这是一个测试吗?那个人知道他父亲的事吗?他是否在考验伊斯坎德尔是否信任他?如果真是这样，伊斯坎德尔可不喜欢这种测试。“我父亲已经过世了，仅此而已。”伊斯坎德尔简略回答。

“我明白了。”

“你为什么不把自己最细微的事情显露出来，却期望别人向你袒露自己呢?”

演说家微微一笑，略带一丝讽刺。“这就是我喜欢你的地方。你有气魄。如果你不喜欢某人的态度，你不会容忍。你天生爱冒险。没有人可以糊弄你。”

“说得没错，”伊斯坎德尔说，“不是胡扯。”

“好吧，我尊重这一点。我想，就像你一样，我不喜欢敞开心扉。但是，既然你这样问了，我会的。”

伊斯坎德尔的脸变得柔和了一点。他对自己的一时冲动感到有点不好意思。

“我的父亲哈立德出生于埃及，1951 年来到伯明翰。他在夜班工作时自学英语。如果你不努力工作，你终将一无所获。你知道，那是他最大的恐惧。变得一无所有！他改变了穿着、食物和习惯，但说话仍有口音。他和一个英国女人结婚，然后我出生了。他们是好人。别误会我的意思。问题是他们太沉迷于这个世界了，他们忘记了下一个世界。他们没有信仰。我为他们感到难过。”

一名穿着旱冰鞋的年轻女子飞驰而过，身着短裤和棒球夹克，都是紫色的。伊斯坎德尔盯着她的腿，然后继续道：“是的，但说到底，他们是你的父母。”

“是的，我爱他们，但这并不意味着我尊重他们。这两者是完全不同的东西，爱和尊重。如果你的父母犯了错，你必须站出来反对他们。”

“我的父亲——”伊斯坎德尔说，他不太清楚自己要说什么。“在我们成长的过程中，他从未在身边。然后他离开了家。就那么回事。已经差不多一年了。”他试图轻描淡写地说这个话题，但是他的声音掩饰不住地颤抖。

演说家把眼镜往后一推，开始审视伊斯坎德尔。“所以你现在是家里的头儿了。一定很艰难。你必须坚强起来。你喜欢拳击很好。但你也需要坚韧的品德。”

“我明白你的意思。”伊斯坎德尔说道，其实有点不确定自己是否明白。

演说家打开书包，拿出两本小册子。“拿去看吧。当你看完后，让我们再谈谈。告诉我每本书里你喜欢什么。你也可以随意说说什么是你不喜欢的。”

“伊斯玛喜欢看书。我自己不怎么看。”

“那么，这点必须改变。”当他这么说时，他并不是那么专横，只是显得坚定。“我们的头脑需要想法，就像汽车需要燃料一样。而想法主要来自书本。”

“是的，我想你是对的。”

“顺便提一下，你自己留着书，好吗?”

“你可以相信我，”伊斯坎德尔说，他正要多说几句，眼睛瞟了一下手表，“哦，不，我得走了!”

演说家用舌头舔着他的牙齿，目光中隐现出一丝遭受背叛的痕迹。“女孩?”

“是的。”

“英国女孩?”

“是的。”

“为什么不是我们中的一个呢?”

这个问题让伊斯坎德尔感到意外。他一直认为凯蒂和他之间的差异只是个性冲突的问题，仅此而已。再说，演说家本人也是地道的英国人，不是吗?当伊斯坎德尔再次说话时，他的语气充满了恼怒:“我不知道。就这样发生了。”

“嗯哼。她是个好女孩吗?”

“她还好。”伊斯坎德尔说，尽管他并不真正知道自己的意思。

“好吧，那就去吧。不要让她等。我祈祷真主可以引导你朝着正确的方向前进。”

“谢谢，回头见。”伊斯坎德尔喃喃地说，假装没有因为这个男人的干涉而生气。

债　务

伦敦，1978 年 9 月 30 日

星期六傍晚时分，伊斯坎德尔突然出现在塔里克的店里，衣领向上翻起来。他伯伯站起来迎接他，脸上带着自豪的微笑。这个男孩在这一年里改变了很多；他已经比他父亲高了，身体更健康，更强壮。淡淡的胡须勾勒着他上唇的曲线，他的眼睛闪烁着青春的激情。

“看看谁来了，是我最喜欢的大侄子啊!”

伊斯坎德尔微微一笑。“你还好吗，伯伯?”

“好极了，”塔里克说，“有什么能让我高兴的事吗?”

“我要在附近见几个朋友，我想我应该先拜访你。”

这个男孩说的英语是土耳其语和英语俚语的混合体。虽然他口音并不重，但他的词汇量很有限，他经常用同一个词来表示不同的意思。当塔里克站着听的时候，心里暗自想，也许送侄子去伊斯坦布尔住一段时间比较好。或者，更好的是，可以跟彭贝谈谈，给侄子找一个未婚妻，一个来自安纳托利亚村庄的乖巧女孩。

“学校怎么样？你喜欢上课吗？老师对你好吗？”

“学校很好。”伊斯坎德尔立刻回答。

“拳击练得怎样？”

“我马上有场比赛，”伊斯坎德尔说，“但是妈妈不赞成。”

“好吧，我也不能指责她。她担心你会受伤。”

伊斯坎德尔沉默了一会儿，听着念珠有节奏的咔嗒声。然后说道：“伯伯，我的一个朋友遇到了麻烦。”

“呃，你的这位朋友来找你帮忙，是吧？”

“是啊，我就像这些男孩们的大哥。所以他来找我。”

“你朋友的麻烦究竟是什么？”

“他需要钱。”

塔里克抑制住一声叹息。“你想要多少现金？”当伊斯坎德尔报出数字，塔里克摸了摸胡子，问道：“为什么一个小男孩需要那么多？”

伊斯坎德尔的脸闪过一丝忧虑的阴影，一种诡秘的表情，但当他说话时，他的声音是泰然的。“好像是他的女朋友怀孕了。钱是给诊所的。”

塔里克吮吸着牙齿。“这个女朋友——”他停顿了一下，“她是地道的英国人吗？”

“怎么？是的，当然。”伊斯坎德尔说。

这点让人宽慰，这个女孩不是四邻街坊，也不是来自另一个移民社区。不会有家庭参与，没有世代结仇的父辈或兄长。塔里克深深地呼了一口气，仿佛把他决定不问的所有问题都释放了出来。他意识到男孩在看着他，便站起身来，朝保险柜走去，保险柜放在商店后面。

他回来时手里拿着钞票。他把钱放在伊斯坎德尔面前，伊斯坎德尔感到不安，一时觉得有必要把目光移开。“告诉你的朋友，你会帮助他。”塔里克说。

“谢谢你，伯伯。”

“但也要让他知道，这将是你最后一次收拾他的烂摊子。你的朋友需要控制自己。否则他会有更大的麻烦。你向他转达我的问候并确保他理解。”

“别担心，我会确保他收到消息。”说完，伊斯坎德尔把钱放进口袋，走向门口。然后他停了下来。“伯伯?”

“嗯？还需要别的什么吗?”塔里克眯起眼睛，突然怀疑这个男孩遇到的可能是几张钞票也无法解决的麻烦。

“没什么。我只是想说你就像我的父亲。”

听到这话，塔里克的脸色变得柔和了：“随时来找我，孩子。我永远都在你身边。”

伊斯坎德尔微微点了点头，突然变得严肃起来。“总有一天我会报答你的。你会看到的。”

远方来客

伦敦，1978 年 10 月

星期五，当梅拉尔按往常的时间走进商店时，她发现丈夫正在全神贯注地听电话。塔里克向前探了探下巴，扯了扯他的胡子，就像他在快要发脾气的时候那样。电话那头的人似乎说得更多。梅拉尔静静地从他身边嗖地走过，朝商店后面走去，打开她的铁罐，开始准备她丈夫的午餐。今天她已经煮好了曼提①，在酸奶和黄油调味酱里放了比平时更多的辣椒，她担心丈夫可能会不喜欢。

梅拉尔摆好桌子，随即抓起一块湿毛巾，开始掸架子上的灰尘，她手腕上的金手镯咯咯作响。她检查了几听肉和烤豆，几瓶棕色酱，几盒凉拌卷心菜和土豆沙拉，几罐腌洋葱——这些都是她从来没吃过的食物。

“谁买这些东西?”她曾经问过她的丈夫。

---

① 辣肉馅饺子。

“现代主妇，”塔里克回答。“她们没有时间做饭。她们整天工作。晚上，她们会进来，买一些罐头金枪鱼，用色拉酱拌一拌，称之为晚餐。”

梅拉尔想知道她们是什么样的女人。她们来自哪类家庭？即使是男性杂志封面上的女性也不会像这些不是主妇的女人那样使她惊讶。杂志上的女孩一定是被骗了，或者得了一大笔钱，才穿上生日礼服摆姿势。她们堕落了；愿上帝帮助她们找到正确的道路。但这些现代主妇绝不是受害者。她们赚钱，开车，穿得很漂亮，有的甚至还有孩子；然而，她们甚至不会为自己的丈夫做青椒塞肉。

在内心深处，梅拉尔怀疑她嫂子也有这种态度。当然是隐藏的，表面上根本看不出来。彭贝有一种独立的特性——梅拉尔无法完全确定——在平静的海洋中表现出的一种不羁。但是彭贝的丈夫不好。他已经十个月没露面了，到现在也没出现。而自己的丈夫根本不是那样的。

“老婆，”塔里克喊道，手里还拿着话筒。“什么人来了？”

塔里克把头歪向一边，向门口做了个手势。有三个顾客进来了。两个男孩和一个女孩。这么年轻。*也许和我大女儿的年龄一样大*，梅拉尔想。其中一个男孩的眉毛上戴了银饰，头顶上一团橙色的头发，就像一只奇异的鸟儿筑的巢。另一个男孩又高又瘦，在他的阿富汗马甲里面没有穿衬衫，露出了他那无毛的胸膛。至于那个女孩，她有着乌黑的头发，苍白得像面粉一样的皮肤，撕裂的长筒袜，眼睛能看到的身上每一处都有文身。

梅拉尔闭了一会眼睛，仿佛希望当她重新睁开时，年轻人会离开。

“我打赌她不会为我们服务。”女孩咕哝着。

“哦，不！我们吓到你了吗，女士?”那个赤膊的男孩斜靠在柜台上，半指责半打趣地说。

梅拉尔闻到了这个年轻人吐气的味道：混合着啤酒和烟草的气味。不经意地，她后退了一步。她眼角的余光扫视了一下她的丈夫。塔里克还在打电话，看来他不太可能很快结束。

“是的，你想要什么?”梅拉尔谨慎地问道。

有多少次她要求她的丈夫在店里增加安保措施，但他以太贵为由拒绝了。梅拉尔现在能想到的唯一武器，如果需要的话，是一根带网的棍子，他们用它来把储存在架子顶端的东西拿下来。

“你这有姜汁汽水吗，女士?”那个橙色头发的男孩问。

梅拉尔抬起下巴，好像要挨一拳似的，说道：“没有。”

她的声音微弱，没有安全感。由于听不懂他们在说什么，她觉得直接拒绝可能更安全。但与此同时，这个赤膊男孩发现了他们放汽水的冰箱。“啊，女士，你这儿有很多。你为什么说‘没有’?”

“也许她打算自己全部喝光，”那个橙头发的男孩皱起鼻子说道。

“别傻了，”女孩插嘴说。她指着柜台后面的架子说，“请给我一盒棉花糖，好吗?”

梅拉尔的目光茫然地掠过商品。这个女孩到底想要什么?她抓住巧克力豆、甘草糖果、果冻软糖，而这些朋克们异口同声地喊道：“不，不是那些。”直到她找到他们要的东西。

他们的闲谈被塔里克洪亮的声音打断了。他把双手放在背后，手指摸着念珠，走向他们。“欢迎!”他说，然后转向他的妻子，用最文雅的英语问她：“他们要什么?”

“什么糖[①]，”梅拉尔解释说，一边把袋装糖摔在柜台上，砰的一声响。

塔里克点点头说：“好的，剩下的事我来处理[②]。”

梅拉尔很不情愿地回去掸灰尘，但很快就惊讶地看到那个橙色头发的男孩拿起两个牛轧糖棒。犹豫片刻后，她决定假装没有注意到，只要这个男孩不继续偷更有价值的东西。她看着丈夫和顾客们开玩笑。除了姜汁汽水和棉花糖之外，朋克们还买了一包香烟、火柴和一袋嫩枝小薯条[③]。他们离开了商店，向梅拉尔挥手告别，梅拉尔忍不住也向他们挥手。

“看看他们!”就剩他俩的时候，梅拉尔就向她的丈夫

---

① 梅拉尔听不懂“棉花糖”的英语 marshmallows，所以讲了一个类似发音的词 mashmolluuu。

② 原文用的土耳其语。

③ Twiglets，一种零食品牌。

抱怨。

塔里克耸耸肩。“你能怎么办——他们年轻又容易冲动。”

他们年轻，还是英国人，梅拉尔想。如果他们的孩子中有一个打扮成那样，她丈夫就会大发脾气。至少，她始终如一。在家里、在街上或在商店里，她都是同一个人。她不明白，究竟为什么有人会穿破他们的皮肤，或穿着用安全别针扎起来的破衣服到处逛。梅拉尔不会因为他们是顾客就假装赞同他们的做法。

塔里克不顾妻子的想法，站着吃午饭。“哦，这太辣了。”

“你为什么不坐下来慢慢吃?”

“没时间。我得走了。”

“你是什么意思? 我不能在这里等。家里锅里还炖着汤。”

“女儿们在家，她们会处理的。”塔里克边嚼边说。“老婆，事情紧急。我跟经销商们有麻烦了。如果我今天不解决这个问题，明天我们就没有什么可卖的了。没有牛奶，没有黄油，没有鸡蛋。即使是面包也不会被送来。”

这话让她叹了口气。她问道：“你要去哪儿?”

“哦，去该死的伦敦城的另一头。”

*

塔里克坐公共汽车，因为他非常讨厌地铁。地下旅行使他感到不安。当我们死的时候，我们会被埋在土里，但活着时去那里有什么意义呢?

他一点也不熟悉他所要去的伦敦西南地区。路很远，公共汽车开得很慢，但至少司机们不再罢工了。他为不得不跑大老远去解决他认为的简单误会而感到愤恨，他盘算着和经理的谈话。电话里跟他通话的那个人指责他不再与他们续约。白痴！塔里克从口袋里掏出一张折起来的纸，检查了一下。当他把合同推到他们面前时，他们会感到羞愧的。也许，为了补偿他，他们会提供特别优惠。无论如何，他必须马上把这些乱七八糟的事情解决掉。他是白手起家的，他不会让一些无知的官僚毁掉自己多年的汗水、鲜血和眼泪积累起来的事业。

换了两次公共汽车，几小时后，塔里克在布里克斯顿下车。虽然下午很冷，但太阳出来了，像一个让人惊喜的派对一样让人出乎意料。有些人站在冷港道上，享受着阳光的温暖。塔里克观察过英国的孩子，他们的圆鼻子通红，他们的皮肤苍白，他们的衣服总是太轻薄。土耳其妈妈们会用开襟羊毛衫把婴儿和幼童裹起来，然后给他们披上一条针织毛毯，再带他们出门。然而，英国的妈妈们却只让孩子们穿一条短裤和一件薄薄的风衣。有时孩子们甚至连袜子都不穿。他们不会被冻僵吗？塔里克这一生都无法理解，应对寒冷的能力怎么会跟文化有关。

他本想去咖啡馆喝杯茶，但那不在他的预算之内。他是整个托普拉克家族中唯一有智慧和毅力的人，能存下钱以备不时之需。哈利勒沉溺于自己的世界。他在澳大利亚有自己的生活，从不问他们是否需要什么。至于阿德姆，完全没指望。他赌博，无论他赢了多少，都把钱交给那个俄国舞女，大家都在议论她，但塔里克还没见过。

塔里克脚步坚定，缓缓地走过一个鞋匠铺、一家宗教书店、一家看上去破旧不堪的慈善商店，以及一排排一模一样的红砖房子。这个地方不像主路，没有什么行人，而且看起来很荒凉。甚至连电影院都有一种怪异的气氛，就像另一个世纪的遗物。这座城市太古老了，充满了过去的痕迹。有一次，塔里克在花园里挖花圃时还发现了一些弹片。

他想知道梅拉尔在店里做得怎么样。如果她要在那儿帮助他，她就得学得快。他应该给她买一本袖珍字典，确保她每天至少背五个字。他的妻子在英国生存下来的这些年，只会在她的小世界里说土耳其语。原先这并不是什么问题，但现在他清楚地看到，梅拉尔必须做得更好。毕竟，塔里克不再年轻了，他现在照顾着两个家庭——他和他弟弟的。

然而，梅拉尔在顾客面前表现得如此糟糕，不仅因为她的英语不好。她太拘谨，太爱评头论足，不知道如何去伺候别人。奇怪的是，这个一生都在服侍别人的女人——她的丈夫、她的孩子、她的亲戚和邻居——却不能让自己服侍陌生人。而他从来没有照顾过家里或其他任何地方的任何人，却对顾客很好。

太阳又一次消失在浓密的乌云之下。一场暴雨即将来临。塔里克加快脚步，终于到达了目的地。

*

会议气氛紧张。塔里克不被允许见经理，因为经理有重要的事情要处理。塔里克失望地向代表出示了他的合同，他们给他看了一个条款，上面说公司可以要求某些修改，甚至在没有预先通知的情况下终止协议。塔里克威胁要寻找一个替代供应商，他们回应说“随你便”。

二十分钟后，他跺着脚走出大楼，虽然情绪低落，但并不气馁。他得四处打听一下，和哈克尼区的其他店主商量一下，再联系另一家公司。唯一的问题是他喜欢给别人出主意，而不是从他们那里得到建议。他有一个值得维护的名声。当塔里克走近电影院时，他放慢了脚步，看了看外面墙上的海报。

《天外来客》

哈里·胡迪尼

虽然塔里克不喜欢看电影，但他对这位伟大的魔术师的生活很感兴趣。一个倒挂在装满水的水箱里，脚踝和手腕用链子拴着，却还能挣脱的男人，值得注意。于是他走进门厅，四处看了看。墙上有一块板，上面有几张照片和评论。读着这些，他失望地发现这是一部老默片，无疑是黑白片。人们还来看这些东西吗?

礼堂入口处的门打开了，一对英国夫妇走了出来，仿佛是对他困惑的回应。这部电影已经结束，一些观众正在离开。在这对夫妇背后，塔里克看到了一个女人。她正朝着出口走去，眼睛盯着地面。

不经意间，塔里克走上前，仿佛要去抓住他的弟妹。他正要喊她的名字，问她在这儿干什么，并提出要和她一起回去，这时他注意到有一个中年男人正朝彭贝走来。他抓住她的胳膊肘，喃喃地说着什么，听不清，递给她一张纸，她微笑着接过，迅速地放进了她的口袋。

在他们身后，塔里克茫然地站着，思绪在漫游，眼睛在一张海报下来回扫视，海报上写着：世界上没有什么能困住胡迪尼。

决　定

伦敦，1978 年 10 月

星期六早上，伊斯坎德尔走近准备跟凯蒂约会的咖啡馆。他惊讶地看到塔里克站在外面，踱来踱去，使劲地拽着胡子。

“伯伯，您在这做什么?”

“在等你。我经过‘阿拉丁的山洞’，你的朋友告诉我你可能在这。”

塔里克伯伯在营业时间离开了商店来找我? 伊斯坎德尔感到他的胃拧了起来。“一切都好吗?”

“我们得谈谈。男人和男人的谈话。”

“是关于那天你给我的钱吗?”

“噢，闭上嘴听我说。”

“可是我跟人约了现在见面。”

“不用管那个了。”塔里克说着，他的声音嘶哑。

直到这时，伊斯坎德尔才意识到伯伯是多么紧张，他穿着汗衫，汗流浃背，就好像天气很热一样。他们坐在附近花园的矮墙上，周围一片尴尬的寂静。塔里克点燃一支香烟。伊斯坎德尔想知道凯蒂是否能从她坐在咖啡馆的位置看到他们，如果凯蒂出来问到底发生了什么事，他该说些什么。

“我的孩子，”塔里克说道，“我有个不好的消息告诉你。”

“是啊，我明白。”

塔里克不安地抽着烟，烟从鼻孔里袅袅升起，然后用尽可能平静的声音说：“是关于你母亲的。”

*

当伊斯坎德尔走进咖啡馆时，他的嘴唇噘起，眼神僵硬，脸色苍白得像个鬼。他朝凯蒂走去，凯蒂在他们惯坐的餐桌旁等着，准备吃烤饼，第二个草莓香蕉奶昔也吃了一半。

“又迟到了。”凯蒂叹着气说。

“抱歉。”

“我已经习惯了，你知道的。但我希望今天会有所不同。我想，这一次，你是在为别人担心。”

伊斯坎德尔握住她的手，吻了吻她的指尖。“你为什么这么暴躁?”

“为什么？好像你不知道原因似的。”凯蒂停顿了一下，似乎要说点别的什么，但接着她哭了起来。

伊斯坎德尔从口袋里掏出一叠钱放进她的掌心，说道：

“这应该有点帮助。”

见她没有发表评论，他补充说：“我从我伯伯那里拿的。找不到机会给你，因为你不想见我。”

“好吧，我告诉过你，我必须考虑一下。我自己。”

“所以呢?”

“所以把钱拿回去吧!”凯蒂厉声说道，身子抽离，好像碰到了一块烧热的煤。

“你什么意思?”

“我改变主意了，亚历克斯。”

“你什么?”

“别这么看着我。我只是……不想做掉。我想要这个孩子。”

“你他妈的疯了吗?”伊斯坎德尔喊道。然后他压低了声音。“你只有十六岁。你母亲会得心脏病。”

“没事。她已经知道了。”

“你一定是在开玩笑!”伊斯坎德尔又怀疑起来，低声说：“哦，我明白了。是她给你洗脑的。”

“不是这么回事！当我提到她时，你为什么总是那么激动?”

“因为我们已经谈妥了。我们一起做的决定！我去找我伯伯，拿到了钱。我找到诊所。我预约好了。约了两次了！你一直推迟。最后我们同意继续。现在公主说她改变主意了。”

凯蒂又哭了起来。但这次感觉有所不同，毫不自怜。一滴眼泪落在她的奶昔里，在粉红色的表面留下一滴咸的水滴。“这是因爱而有的孩子。他有出生的权利。”

“你这是胡扯，凯蒂·埃文斯。”

“不，不是的，”她抗辩说。“我已经感觉到与它的连接……不管是男孩还是女孩。我已经怀上三个月了。”

“什么？你为什么不告诉我？”

“我自己也不知道。”她激动地说。“但没关系。当我们的孩子出生时，我希望你能来跟我和我的母亲一起生活。”

伊斯坎德尔眉头紧皱。“你真的相信这些瞎话，是吗？你已经变得不正常了！”

凯蒂用力把椅子往后推，发出刺耳的刮擦声，她用一种几乎无法辨认的、充满痛苦的尖锐声音说道：“我要走了。我不想再待在这让你这样跟我说话。”

“你到底要去哪儿？”

“回家。躺下。妈妈说我不应该太累。”

伊斯坎德尔猛地一拍桌子，砰的一声巨响，有几个顾客朝他们瞥了一眼。但凯蒂似乎并不害怕。“听我说，你为什么不冷静下来，想想名字？准备好几个男孩、几个女孩的。”

伊斯坎德尔深吸一口气，静静地坐着，双手抱着头，胃又拧了起来。他没有抬头。他能感觉到侍应生在看着这出戏的进展，侍应生一定在想，既然他的女友已经怒气冲冲地走了，他现在该怎么办。现在，他既不想见朋友，也不想回家。他咬着凯蒂剩下的烤饼，拂去掉在腿上的碎屑。他希望自己也能把塔里克伯伯那可怕的暗示从脑海里抹去，不留痕迹。他感到很不自在，就拿出了刚才那个演说家给他的一本小册子，他一直放在上衣口袋里，但从来没有打开看过。他试着费力地读懂冗长的句子，眼前闪过一堆乱七八糟的单词。很快，他放弃了，并喊来侍应生，点的食物比他能吃的还要多。毕竟，他有钱。

母　亲

伦敦，1978 年 10 月

尤努斯沿着里士满路骑行，风吹拂着他头上柔软的卷发。他穿着一件浆过的白衬衫，扣得那么紧，脖子都红得吓人。他没有松开一个纽扣，因为他相信这样看起来更帅。此外，这样跟他的皮夹克很相配，而这件皮夹克虽说大了些，却是他穿过的最酷的衣服。当他想到自己是如何拿到夹克的时候，他的脸羞得通红。

那天早上，尤努斯从床上爬起来，做了件事。顺着走廊的昏暗灯光，他蹑手蹑脚地走到哥哥的房间。伊斯坎德尔前一天晚上参加了一场拳击比赛，很晚才回家，筋疲力尽。他轻声打着呼噜，身子蜷缩着，把头埋在枕头下。上一次生日，他母亲给他买来当作生日礼物的夹克被扔在椅子上，这件夹克皮革是如此黝黑而光滑，像黑冰一样闪闪发亮。墙上贴满了海报。《星球大战》、拳击台上的拳王阿里、李小龙的《龙争虎斗》、飞越曼哈顿的超人、骑着摩托的詹姆斯·迪恩[1]、一幅英国国旗，还有在阿森纳对阵诺丁汉森林的比赛中，肯尼·伯恩斯与弗兰克·斯特普尔顿对峙的画报。

当尤努斯环顾四周时，他感到一阵嫉妒的痛苦。伊斯坎德尔在这里有他自己的世界：运动装备、运动鞋，最重要的是自由。没有人干涉他的生活。他不定时回家，随便什么时候离开，似乎不欠任何人解释。这不公平，尤努斯知道自己不是唯一这么想的人。

像是新发现的秘密行动，尤努斯把手臂伸进皮夹克里，感到既不安又兴奋。不安是因为他拿走了哥哥的东西，即使他那天晚上还回来，那仍然是偷来的。他也感到很兴奋，安慰自己，托比科会更喜欢他这个样子，虽然他矮了几英寸。夹克很酷，很流行。托比科肯定会发现他不再是一个小男孩了。

就在这时，伊斯坎德尔在床上翻了个身，头从枕上滑落。尤努斯屏住呼吸，一动不动，一直等到确信他哥哥又睡着了。他还记得父亲在世的时候，只要伊斯坎德尔犯一丁点儿错，都会受到责备和惩罚，但这些事都早已过去。现在，伊斯坎德尔似乎认为自己是家中管事的，总是发火，无法让人亲近。要是妈妈能勇敢地面对他，使他接受她才是一家之主就好了，

---

① James Dean（1931—1955），出生于美国印第安纳州，美国男演员。1955 年 9 月 30 日，因车祸而去世。1999 年，他被美国电影学院评为“百年来二十五位最伟大的银幕传奇男星”之一（名列第十八位）。

可是她太心神不定，太疏远他了。

那个秘密。尽管尤努斯努力尝试，还是无法让自己憎恨和妈妈在一起的那个男人。他是谁？他怎么能让妈妈那样微笑，而其他人却做不到呢？他会把妈妈带走吗？可是尤努斯不能问。他不能告诉别人。任何人。

尤努斯穿着夹克飞快而用劲地骑着车，他决定永远不结婚。婚姻太乱，太痛苦了。为什么在几乎没什么人真的想要保持这种状态时，还有这么多人结婚呢？尤努斯更喜欢住在公社里。他唯一不喜欢它们的地方是灰尘和泥土太多。否则，他相信占屋会带来更大的快乐。当他长大后，他不想建立一个家庭，而是会和托比科一起占屋。他们会有很多朋友，冰箱里有很多食物，如果他们有了孩子，他们会一起抚养。

尤努斯把自行车锁在木栅栏上，朝船长母亲的房子走去。令他吃惊的是，他发现门半开着。他检查了一楼的房间、厨房和浴室。朋克们无处可寻。也许他们出去买东西了，或者到当地的小船上去捡家具。屋里静悄悄的，只有水龙头滴水和水管吱吱作响的声音。尤努斯决定在客厅里等着，翻阅一堆肮脏的传单、漫画书和海报，其中一张海报上贴着一个年轻人打碎商店橱窗的照片。照片下面写着：

国家正在针对其庶民发动社会战争。

你知道为什么？因为这是它的功能。

这就是一个国家的意义。

抵制国家的意识形态机制。

抵制他们的强制幸福。

尤努斯不知道什么是意识形态机制，但他知道什么是国家：一个有着宽大胸脯、迷人个性和令人印象深刻的蓬松头发的女人。每当妈妈想要称赞一个女人的力量和技能时，她不是说这个女人就是独自撑起一个国家的人吗？他不明白的是为什么朋克们会对这样的女人和她们的机制感到不安。

尤努斯还在看着海报，突然被一阵音乐声吓了一跳。几乎与此同时，他意识到两件事：其一，声音是从楼上传来的，其二，那是占屋者恨之入骨的一种容易上口的流行歌曲。朋克们从不听那种音乐。他猜想一定是鲍威尔夫人。但这也很奇怪。想起他们见面时那个女人看起来是多么消沉，他无法想象同一个人会听这么欢快的歌。

满怀好奇，尤努斯爬上楼梯，发现一个有点走调的女声跟着在唱。他在卧室门前停了下来，敲了敲门。等了一会，又敲了敲门。没有人应答，他偷偷地往里看。

在那里，托比科在房中间，眼睛半闭着，手抓着发刷，唱着舞着，全身在旋转。她把家具移到一边，以腾出更多的空间。大白天窗帘紧闭着，只透过几丝阳光。在昏暗的环境中，她看上去又瘦又高，完全不像她自己。

尤努斯站在原地一动不动，呆呆地望着他所爱的朋克女祭司。在经历了一段仿佛永恒的时光后，这首歌快唱完了。“给我一个机会”……托比科对着她那粗硬的麦克风大声唱着，跪在地上，摇着头，手在空中旋绕，这首歌是一种瑞典流行音乐和印度舞蹈的混合。旋律刚一停，她就睁开了眼睛，意识到房间里有一个人。她转向门口，喘着气。“噢！尤努斯！你吓死我了。”

“对不起，”尤努斯咕哝道，“不是故意的。”

托比科站起身来，有点不稳，想笑一笑，有点羞怯，几乎有点窘迫。她把发刷放在梳妆台上，关掉录音机，拉开窗帘，对着阳光眨眨眼睛。“你在这里干什么？”

“我是来看你的。发现门开着，”尤努斯回答，“你在听什么？”

“哦，我只是在消磨时间。鲍威尔夫人有很多这种东西。”她说，慢慢地走开。

“她去哪了？”

“去医生那了，三点才回来，”托比科把声音压低接近耳语，“我想她在看心理医生。”

“真的吗？她很伤心吧？”尤努斯沉思着说，但马上又被另一个念头分心了：“你唱的歌是 ABBA 乐队①的，对吧？”

① ABBA 是瑞典的流行组合，成立于 1972 年。乐队名称来自四名成员的姓名首字母缩写的组合，这两男两女在事业走上坡路时曾是两对夫妻，在事业开始下坡时又分别劳燕分飞。该乐队于 1982 年解散。

“你怎么知道?”

“我妈妈也喜欢他们,”尤努斯咧嘴笑着说。

“好吧,我其实并不喜欢。不是我的类型。太俗气了。你不觉得吗?”

尤努斯温柔而又惊奇地看着托比科。自从他们相遇的那天起,他第一次瞥见了小女孩的内心。他意识到,他并不是唯一一个试图让自己看起来比实际年龄更成熟、更坚强的人。

托比科没有意识到他的想法,说道:“你给自己弄了一件漂亮的夹克。”

“谢谢。”尤努斯说,但没有接着这个话题。“你能把那首歌再放一遍,把你刚才做的教给我好吗?”

托比科顽皮地笑了:“你想和我跳舞吗?”

虽然尤努斯的脸涨得通红,但他没有退缩。“是啊,为什么不呢?”

“好吧,”托比科附和,“但既然你已经这么努力,我最好也穿上一件漂亮的衣服。”

他们一起打开衣柜,惊讶地发现里面塞满了衣服、配饰、鞋子和时髦的帽子。

“这位女士一定是把所有的钱都花在买衣服上了。”托比科说。“但她没有黑色的衣服。”尤努斯说。

但是,除了朋克风什么都没穿过的托比科似乎并不介意。她羡慕地看着一条淡紫色的围巾、一条淡棕色的短裙、一件丁香紫的上衣。还有一件带亮片的晚礼服、一件棕色狐狸毛边的夹克，还有一件长及脚踝的毛皮大衣，摸起来很柔软。

托比科拿出一个衣架，上面挂着一件复古的长裙，缎子和塔夫绸质地，浅浅的紫色，几乎是白色的。裙子是束腰的，紫晶色的肩带非常细，裙子上饰有百余颗宝石。

“你穿这件会很美。”尤努斯说。

托比科摇了摇头，好像觉得这个想法很荒谬。但当她说话时，她说：“你能让我单独待一会儿吗？等我叫你再进来。”

尤努斯在走廊里等了很久。当他被邀请回到房间时，那里出现的是另一个女人，有着托比科的眼睛和文身，但除此之外与她没有任何共同之处。她把头发放下，卸了妆。黑色的口红换成了粉红色，烟熏的眼影也不见了。她没有穿破的渔网袜，而是穿了肉色的紧身裤袜。金色厚底鞋，钻石耳坠，脸上羞涩的微笑，空气中弥漫着一股香水味，令人陶醉。

尤努斯用伊斯坎德尔教他的方式吹了一声口哨。“你看起来……”他颤抖着，意识到没有一句话足以形容他所看到的一切。于是他大胆地说，“你看起来像是*路易十四*。”

托比科笑了。“我是路易十四，”她说，张开双臂。然后她抓了两个发刷，一个给自己，一个给尤努斯。她打开了录音机，随着音乐的开始，他们在舞台上滑动，手拉手，笑容满面。今晚有数千人来听他们的演唱。所有门票已在几周前售罄；还有更多人在音乐厅外等候。身轻如羽，穿着皮夹克的尤努斯很酷，他弹钢琴、拨吉他、敲鼓、吹萨克斯管。她唱着跳着，拍着她的裙子。在每次副歌的部分，他们背靠背地站着，彼此靠在一起。观众沸腾了。

音乐结束后，他们都气喘吁吁地躺在地板上，托比科用胳膊搂住尤努斯说：“前几天你问我秘密。我们对ABBA的爱将是我们的秘密。答应我你会保守这个秘密。”

那天下午尤努斯得知了一些关于托比科的事情，他不敢想象那是真的。她仍然穿着ABBA的裙子，抽着大麻，向他坦白她没有抛弃她的前男友托比。事实正好相反。他就这样离开了她，她的心都碎了。后来她遇到了船长，虽然她不爱他，但她也不拒绝。过去她胆子更大，但随着日子一天天过去，她变得越来越依赖别人，越来越黏人。她说这都是因为她患有无法治愈的伊莱克特拉情结①。她把她爱的男人等同于她的父亲，并且仍然和她的母亲竞争。然后她给尤努斯看了一首题为《母亲》的小诗。但是，就在尤努斯开始读的时候，他们听到楼下有脚步声。鲍威尔夫人已经回来了。

托比科惊慌失措：“哦，不，该死!”

“别担心，”尤努斯说。“你换衣服，我去分散她的注意力。”然后，他把诗放进上衣口袋里，匆忙下楼。

---

① 即恋父情结。

*

到了晚上吃晚餐时，伊斯坎德尔恶狠狠地盯着尤努斯，但闭口不问他的夹克一整天都在哪儿。晚饭后他声称要出去散步。他要去看伙伴们，玩一会儿斯诺克。他需要这样才能集中思想。尽管他母亲反对，他还是离开了，不理会她。自从他和他伯伯那次谈话以来，他对他母亲一直很冷淡，尽管他还没有和她当面对质。

晚上的空气清冷凉爽。伊斯坎德尔拉起上衣领子，双手插进口袋。他口袋里有东西，一张纸。他把纸拿出来，就着旁边的街灯看。

伊斯坎德尔的手轻轻一挥，就把纸揉成一团，扔进了垃圾桶。有人在跟他玩游戏。整个晚上他都在想到底是谁，想不出来，脑子里始终萦绕着纸上的最后两行字。

妈妈撒谎，妈妈骗人，

她不是自己说的那种人。

***

什鲁斯伯里监狱，1991 年

缓慢的一天。缓慢得令人痛苦。在洗衣房工作到十一点半。回来吃午饭。下午读了一本书，听齐尚喋喋不休地谈论爱情与和谐。四点时，我们都被锁起来了。半小时后，麦克劳克林警官出现了。

“看来你很快就会有访客了。”他说。

“哪个？”

“你为什么不自己看看是哪‘个’呢？”

只有埃斯玛来看过我，就连她今年也不再来了。但我很惊讶麦克劳克林警官竟然同意了。根据我最近的表现，他可能会直接否决。我整个晚上都在沉思，就像鸟儿在巢。然后我终于明白了。麦克劳克林警官知道，无论谁来看我都会让我失去平衡。他就指望这点。我的身上有一个保护罩没有人穿透过，但有几个人可以冲破我的勇气。只有几个人。他们能穿过我的盔甲就像鬼魂穿过墙壁一样。

“你在焦虑。”齐尚说。

无论这句话是提问还是陈述，我都不否认。

“是啊，不知道明天谁来见我，真是太紧张了。”

齐尚说：“我们永远不知道明天会发生什么，但我们总是充满希望地开始新的一天。”

我没有心情听他的废话。于是我躺在床上，把自己与外界隔绝。感觉就像又一个糟糕的日子。我一生中有很多这样的日子。但是有一天比这些日子更糟糕：第二天早上。

犯罪后的早晨，你从无底的夜晚醒来。在你大脑的某个地方有一个信号，红灯闪烁。你试图忽略它。有一种可能性，无论多么微小，发生的事都是一场梦。你抓住这个可能性，就像一个摔倒的人抓住他看到的第一根绳子。一分钟过去了。一小时。你无法计算时间。直到你突然记起。绳子没有绑在任何东西上，它的末端是松的。你头向下跌入现实。

我在薰衣草园街上，手里拿着一把刀。我听到尖叫声。刺耳，没完没了。有人在哀号。奇怪的是，听起来像我母亲。但不可能是她，因为她躺在地上，流血不止。回声在我的大脑中荡开。我看着我的左手。我更有力的手。但它已经变得松弛，好像它只是暂时附着在我的身体上，现在属于另一个人。我把刀扔在一辆停着的车下。如果我能，我会扔掉我的手。

我开始跑了。我的夹克上溅满了鲜血。我无法解释为什么没有人阻止我，但他们没有。我穿过小巷，穿过后花园，根本不知道我要去什么地方。我肯定穿过了街道，碰到了人，吓到了狗。我不记得了。接下来的半小时是空白的。但我记得发现了一个电话亭。

我打电话给塔里克伯伯。我告诉他我做了什么。一阵尴尬的沉默。我以为他没听见我说话。所以重复了一遍。我告诉他我因为妈妈的不正当行为而惩罚了她。从现在起她再也不做这种事了。我说她的伤口不太严重，但需要一段时间才能痊愈。我刺到她的胸部右侧。这将向她表明她的罪孽有多深重。这会给她时间去思考她的错误，去忏悔。那个男人会吓破胆。他会让我们安生。我们家族的名誉被洗净了。

“你做了什么啊，孩子?”他的声音听起来有点哽咽。“这真可怕。”

我大吃一惊。“可……可是……我……我们……说……说过……这……这件事的。”

“我们肯定没说过。”我的伯父说。

那个把一切都告诉了我，然后一遍又一遍地给我灌输，说我必须做点什么，而且必须马上做的人，消失得无影无踪了。我惊呆了。

“伊斯坎德尔，孩子，你必须自首。我会告诉警察这正是我在你给我打电话时告诉你的。你不能逃脱法律!”

突然间，我产生了一种奇怪的怀疑，塔里克伯伯已经演练过这一刻。他一直在等这一刻吗？已经准备好他的台词。他会在电话里告诉我什么，他会和警察报告什么，他会在法庭上宣布什么……他对这一切都做好了准备。

“孩子，你在吗？告诉我你在哪。”

我挂断了电话。我脱下夹克，把它扔进垃圾桶。然后我去了凯蒂家。我曾多次陪她回家，但我从未进去过。我按了门铃。令我宽慰的是她打开了门。

“亚历克斯，真让人吃惊，”她说着，脸上绽开笑容，“噢，亲爱的，我知道你会来的。”

凯蒂领我进屋。她说她妈妈知道我决定和她们住在一起会很激动。她抱着我，肚子又硬又圆。在我看来，她并不像怀孕四个月，更像是吞下了一个球。

我让凯蒂带我去洗手间。我洗了手。镜子里的我和前几天看到的没什么不同。我差点以为我的脸上和眼睛里会有不寻常的东西。但是没有。我又洗手了，使劲地擦洗。肥皂有玫瑰的味道。我打开橱柜，发现了一些漂白剂。瓶子上有一个漂亮的家庭主妇，她的笑容比云彩还要苍白。我把漂白剂倒在手上。我的手掌有伤口。疼痛难忍。我不停地擦洗。我的指甲里面有东西。灰尘？油漆？血渍？它就是洗不掉。

凯蒂进来问是否一切都好。她抱着我，凝视着镜中的我们。我、她，还有我们的孩子。她骄傲地接受了这个孩子。我注意到她和漂白剂瓶上的女士有着同样的微笑，透着一种成就感。

她把水关上。说："我看你已经洗得够干净了，亲爱的。"

我们走进客厅。凯蒂的妈妈坐在床边的扶手椅上等着。她穿着一条宝蓝色的裹身裙。就是电视上看到的那种丝质的。隐约可见她的乳房。她的胸部满是雀斑，好像肉豆蔻上的斑点。她的头发刚梳过，嘴唇抹了口红。她的脸打扮得像要去一个豪华餐厅就餐，但其他部分看起来就好像是家居的状态。我试图只盯着她的脸。尽量不去看她的头以下的部位。

埃文斯夫人用骨瓷杯给我沏茶。配着温热的水果烤饼。

我们默默地吃着。墙上有数十个相框。我在其中一些看到了凯蒂的父亲。我看着他不像是那种会出轨的人。

埃文斯夫人正在注视着我的一举一动。我有一种感觉，她在审视我的指甲缝。我把手藏了起来。

“亚历克斯，我女儿告诉我，如果你们的孩子是女孩的话，你想给婴儿取名为麦琪，如果是男孩，就叫汤姆。”

我转身看向凯蒂。她避开了我的目光。

“是啊，大概吧。”

然后，埃文斯夫人问我是否觉得自己会成为个负责任的父亲。我说我不知道，但我会尽力做到最好。

“有时有人说最好就是不够好。”她说。

这话听起来像是她在电视上听到的。或者像过去有人这样告诉她。她说她会帮助我们——当然是一个临时计划——直到我们可以自理。她会为她的外孙做这件事。第一个外孙呢。她笑了。她的牙齿洁白如珠，美极了。

晚上，凯蒂跟我说，我们得分房睡。我睡客厅的沙发上。她说只是暂时的。很快我们就会结婚，然后我们就会共有一张床。永远在一起。

她给我拿来干净的床单，一个枕套。她慢慢地提起毛衣。她的乳房肿胀，乳头呈暗色。我能看到那些静脉——发青，粗大而凸起。她让我把耳朵贴在她肚子上。有一段时间我什么也没听到。然后我感觉到了一个动作，好像有人从沉睡中伸懒腰。一下、两下、四下。这就像魔术。

我想知道妈妈是否让爸爸在她怀孕的时候听她的肚子。

我推开凯蒂。说："对不起，我需要睡觉。"

"当然可以，亲爱的。"

等她走开，我伸展身子，环顾四周。网眼窗帘，带花朵图案的靠垫，旋转壁纸，壁炉架上的华丽花瓶，老式的钟。我以为我永远不会睡觉，但是当我的头挨到枕头，我就一下睡死过去。我在黎明时醒来。凯蒂站在我身边。她脸色苍白，眼睛睁得大大的。

"亚历克斯，门口有两名警察。"她说。

我站起来，用手捧起她的头。我吻了她。她的唇有咸味。恐慌的滋味。

"他们来找你的。"

我们慢吞吞地走到走廊里。凯蒂的妈妈穿着睡衣正站在门口。她的脸上还留有奶油的痕迹。她的下唇颤抖着。她把女儿拉近身，好像我得了传染病一样。我在她们身后看到一辆闪着灯光的警车。两个警官。其中一个看起来像詹姆斯·卡拉汉①，只是他没有戴眼镜。他们还没看到我。我让凯蒂告诉他们我正在穿衣服。

逃跑的决定不是有意识做出来的。我只是这么做了。我

---

① James Callaghan（1912—2005年），英国政治家、首相。

走到厨房，打开门，偷偷溜进花园，跳过篱笆，然后又跳过一个。当凯蒂在和警察说话的时候，我已经离开了她家的路，进入另一条路。

*

1978年11月的最后一天。当我看到她转过拐角时，我正要改变主意。她一直在购物，手里拿着包。她不慌不忙地走着，慢慢地。我感到热血沸腾。我跟她说过不要离开家。

她放慢脚步，盯着一个街头音乐家，背对着我。我端详着她的侧影。她在笑。我内心涌起了一股怨恨。我不是告诉过她，不许她出去，不能穿露腿的衣服吗？而此刻，她违背了我的规矩，拿我开玩笑。

我跟着她。她盯着橱窗，显然不急于回家。我想她可能在等着见她的情人，但没有发生这样的事。当我们走到街上时，她绊倒了，钱包掉了。一个我从未见过的旧卡其布钱包。当她把钱包捡起来的时候，她注意到我在她身后。

“伊斯坎德尔……”她低声喊着，好像我的名字是个秘密。

伊斯坎德尔·托普拉克

木棍与木梱

伦敦，1978 年 10 月

找到演说家比伊斯坎德尔想象的要困难得多。他去了几家咖啡馆，打了几个电话，但没找到。他突然意识到自己对这个人知之甚少。在这几个月里，一直是演说家发出要求会面的信息，从未有一次是伊斯坎德尔主动。他不知道演说家住在哪里，也不知道他在业余时间做什么。他记得他说自己是某个理工学院的学生，但究竟学的什么是一个谜，就像其他一切一样。

但是，通过一个朋友的朋友，在红砖巷一个昏暗的武术馆，他设法找到了他。演说家被六个穿着短裤的年轻人围住，紧挨着坐在地垫上，就像窝在山墙下的鸽子一样。有些人胸前有汗渍，脖子上挂着毛巾。看起来他们刚刚完成了一段辛苦的锻炼，在去洗澡前，聚在一起讨论一些实质性的事情。他们看到伊斯坎德尔走近，便安静下来，用不信任的目光打量着他，觉得没必要隐藏敌意。

“没关系，”演讲者对其他人眨眨眼说，“我认识他。”伊斯坎德尔不喜欢他的眼色或语气，但他还是和他们打了招呼。他歪着头，嘴唇微微噘了一下，短促地说了一声：“嘿！”

演说家轻快地跳了起来，右手放在心脏上：“祝你安康①，兄弟。你想加入我们吗？”

“不，谢谢。我有……我需要去别的地方。我是来跟你打招呼的，顺便把上次你给我的磁带还过来。”

演说家咕哝着他的朋友也听不清的话走上前来。伊斯坎德尔注意到，当脱掉冬衣和毛衣时，这个人显得那么矮小。窄窄的肩膀，枯瘦的手腕，微曲的双腿。

“你没必要大老远为这事跑来。”

“没关系。”伊斯坎德尔说，仍然不确定自己为什么来这儿。

“你想和我谈点什么吗？”

“好……的。就几分钟。”

两人走到一个安静的角落，坐了下来。在他们对面摆着一系列举重器材。他们看见一个矮胖的男人在他无法承受的重压下呼呼地喘气。他脸上有一层汗，脸颊上有红斑，胳膊上几乎没有力气了。

伊斯坎德尔侧身瞥了一眼演说家，低声说：“不知道你也

---

① 原文为土耳其语 *Selamun aleykum*，表示问好祝福。

锻炼。你练什么?”

“哦，我练跆拳道。不过，我打得不好。这不是我擅长的，真的。我擅长思考。”

“那你为什么来这?”

“因为像我们这样的人应该知道如何保护自己。你听说昨天在北区发生的事了吗?四个光头袭击了一位孟加拉店主。四个对一个。很公平?”

“没听说这事。”

“他们把他推倒，剃光了他的头。他们在他的头颅上画上了愚蠢的符号。那可怜的家伙吓得生病了。他的妻子一直哭。”他停下来喘了口气。“好吧，至少你知道如何保护自己。”

伊斯坎德尔点点头，但他不确定这是他开始练拳击的原因。他这样做不是为了与敌人战斗，不管是想象中的还是现实中的。他之所以这么做，是因为，与其他许多表演和骗人的运动不同，拳击是确切的、真实的。拳击是生活的一对一反映。你独自一人在赛场上。没有团队合作。没有替补队员在场边等候。每个人都为他自己。善与恶，崇高与卑贱，贪婪与恩典。一切都在那里。如果你想知道一个人的真实性格，你所要做的就是看他打拳。

演说家说:“你是个了不起的拳击手。天生的。”

“你怎么知道?你从来没看过我打。”

“我看过。我偷偷地看了你两次。你不会躲避危险的战斗，你的防守也很强大。你好像知道下一拳从哪里打过来。这是一种罕见的天赋，肯定是与生俱来。”

不知道该生气还是骄傲，伊斯坎德尔没说话。

演说家停顿了一下，眼睛始终没有离开伊斯坎德尔。“亚历克斯，我一直想问你一件事。你会考虑教我们怎么打架吗？兄弟们可以从你的技术中获益。”

伊斯坎德尔呼出一口气，思索着。“不知道，伙计。我喜欢单打独斗。”

演说家的脸皱了起来：“好吧，我跟你说实话吧，你是做自己的人，我看得出来。不愿意受牵绊。这就是你喜欢的方式。但不要忘记伟大的战士内外都很棒。如果你有更强的价值观，那么你就会所向无敌。”

“我不想所向无敌。”

“那你想要什么？”演说家问，目光里带着绝对的权威，口气里透着赤裸裸的挑战。

因为从来没有问过自己这个问题，伊斯坎德尔没有回答。

“你为什么来这里找我？”演说家咄咄逼人。“因为你心里某处知道真相。你需要属于某个地方。你需要生活的目标，一个新的方向。加入我们吧。”

伊斯坎德尔绞尽脑汁地想说些什么，好让他摆脱困境，但什么也没说。他拉开外套的拉链，拿出他借的磁带。

“你都听了吗?”

“是啊。”

这引起了演说家的一阵咕哝。“我给你的那些小册子你从来没看完过。一本都没有。而现在,录音带——是不是要求太多了?”

“听着,我弟弟和妹妹总是占着录放机,知道吗?但我确实零零碎碎听了一些片段。有几点我很喜欢。像兄弟情谊。一根棍子很容易折断,但一捆却牢不可破。”

“但是?”

“但是……我不知道,伙计。我想我现在有太多事情要做。我女朋友遇上麻烦了。并且……嗯,我需要处理一些家庭事务。”

演说家不予置评。他知道伊斯坎德尔就是那种问得少才会说得多的男孩。

“你以前说过的话引起了我的共鸣,”伊斯坎德尔说,“我的意思是,如果你的父母错了,你必须站出来反对他们,对吗?”

“是的,但不要混淆。我的意思是,如果你的父母不敬上帝,你必须选择上帝而不是他们。因为上帝比你父母大。但是要小心。如果你自己不敬上帝,而又忤逆你的父母,你就会飘浮在空中无所忌惮。没有什么准则可以阻止你,伙计。”

“比方说,我身边的某个人……”伊斯坎德尔把拉链拉到下巴，接着说道，“我的意思是，假设我家里有人在犯罪。我想弄清楚我的职责是什么。”

演说家意识到问题的严重性，僵住了。他兴致勃勃地端详着伊斯坎德尔，现在才注意到后者的嘴角紧张地抽搐着，还不停地咬着指甲。演说家问：“比如说，谁?”

“比如说，我的母亲。”

一阵不安的沉默之后，演讲者说道：“好吧，跟你父亲谈谈。这是他的责任，而不是你的。但如果他不在……那就看你了。我从不允许我的母亲、姐妹或妻子让我蒙羞。”

“可是我能做什么?”伊斯坎德尔问。

“除非你完全相信我，否则我不会告诉你该怎么做。你理解我在说什么吗? 快来加入我们吧，做些更大的事，伙计。这是正确的方法。你的所有问题都有答案。”

“嗯，我会考虑一下。”

“好的，想想吧，仔细考虑一下。但不要太久。因为有些事情可能会在你思考时发生。”

那天晚上，伊斯坎德尔站在一个他从未去过的俱乐部门口。他曾多次在脑海中预料到这一幕，让人感到奇怪的熟悉。他刚向前迈了一步，就被一个两倍于他身材的保镖拦住了。穿着蓝灰色的西装，戴着镜面太阳镜，尽管太阳早已从天空中消失，光秃秃的头像鸡蛋一样，脖子又短又粗，看上去好像他的头是挂在肩膀上的。

“小伙子，你多大了?”

“够大了,”伊斯坎德尔说着，决心不被吓倒。

“这不是我书中的答案。”

“我不知道哪本书，但我需要进去。”

与其说是恼怒，不如说是惊讶，保镖摘下了他的太阳镜。他的眼睛太小，对他的脸来说两眼挨得太近了。感觉都会有阅读障碍。“你在考验我的耐心吗，小子？我警告你，我的耐心已经耗尽了。

伊斯坎德尔觉得自己的脸颊热了起来。如果保镖愿意，会把他打晕，然而，不知怎的，他觉得那个人并不像看上去那样具有威胁性。只吼人，但不会咬人。这只是一种预感，但对于街斗，他的预感通常是对的。

“好吧，我在找我的父亲。这是犯罪吗?”

保镖的脸上掠过一丝好奇。“你父亲在这儿工作吗?”

“不是。但他搭上的那个女人是的。”

保镖深吸了一口气，说道：“嗯，你是想让我把你引介给这位女士?”

“不是的，伙计！我为什么要那么做?”

“只是问问。那你父亲呢？你对他有意见吗?”

“我不是在找麻烦。我只需要和我老爸谈谈就行了。”

保镖戴上太阳镜。“三分钟。多一秒都不行。你进去，找到你父亲，把他带出来。如果你到时不出来，我就进去打断你的腿。明白了吗？”

“正合我意，伙计，谢谢。”

当伊斯坎德尔大步走进俱乐部时，他把手伸进口袋，摸了摸放在口袋里的玻璃烧瓶。保镖没有搜查他，真是个奇迹。液体酸。实用有效。他所需要做的就是把它对准她的脸。他的父亲不想再见到她了。再也不会有人想要她了。

这一刻他想了多少次？他会迈进那个嘈杂喧闹、烟雾弥漫、拥挤不堪、令人窒息的俱乐部，然后去吧台喝一杯。威士忌吧。加冰。这是正确的选择。他会一口气喝完，他的喉咙还在燃烧，然后，溜到后台。他会沿着散发着汗臭和香水味的狭窄走廊大步走去。他很快就找到了她的房间。他会去敲门，门上写着罗克萨娜的名字，但他不等应答就进去。

“你是谁？”她会问。她的声音里带着一丝惊慌。她的脸妆涂得很浓，嘴唇像血一样红，乳房从长袍里露出来。

“我是你勾走的那个离家男人的儿子。”

每当伊斯坎德尔设想这个场景时，这句话都会改变。有时他用“你不认识我，但我太了解你了”来代替。其他时候则是：“我才是应该问这个问题的人。你以为你是谁，来毁掉我们的家庭？”

那女人的反应也不尽相同。大多数情况下，她会感到尴尬和抱歉。但有时她会大吵大闹，神经近乎崩溃。伊斯坎德尔想象着细高跟鞋被扔向墙壁，香槟酒杯被摔碎。伊斯坎德尔考虑过每个可能性。如果女人咄咄逼人、歇斯底里，他就会拿出他口袋里的瓶子。如果她表示悔恨，他会缓和些，再给她一次机会。

在另外一些幻想的场景中，她会扑倒在地板上/躺椅上/沙发上/地毯上，羞愧的泪水顺着她的脸颊滚落下来。在所有可能的情况中，这是伊斯坎德尔最乐意看到的。

“噢，我不知道他结婚了，”她会抽泣着说，“我不知道他有家庭。他从来没跟我说过。”

在这个版本中，伊斯坎德尔不会把瓶子拿出来。相反，他会安慰她。她会承诺永远不要再见到阿德姆，即使她变老了，她也会信守诺言。

脑子里充满了这样的想法，伊斯坎德尔仔细地观察着俱乐部，惊讶地发现里面只有少数人，其中大多数还都是工作人员。这个时间对赌徒来说太早了。他走到酒吧，数百种陈放多年的饮品散发出浓郁的麝香甜味。一面巨大的椭圆形反光镜，上面挂着霓虹灯；光滑闪亮的木制台面。伊斯坎德尔用手指摩挲着刻在坚硬台面上的文字和符号。

酒保是一名非洲裔加勒比人，头发扎得很紧，他正在烘干一个玻璃杯。他眼睛里露出一丝苦笑，打量着这位顾客。“你多大了？”

“够大了。”伊斯坎德尔回答。

“嗯，我能看看你的身份证吗，够大了先生？”

“嘿，如果我在这里，就表明我已经够大了，可以在这里。不然在入口处的巨人就不会让我进来，对吧？”

“干得好，”酒保说，“为此我要给你一杯水。气泡水。不加冰。你在我这最多就只能喝这个。”

伊斯坎德尔呷了口水，站在舞台的前面，观察着两边的帘幕。她在后面吗？他现在应该去找她吗？他又一次摸了摸口袋里的瓶子。他的手指下感到忽冷忽热。他还在考虑他的下一步行动，准备应对即将到来的相遇，却注意到保镖在找他。那人轻拍着他的手表，不苟言笑，毫不妥协。伊斯坎德尔喝完了水，谢了酒保，然后慢吞吞地走了出去。一切都没有按计划进行。

伊斯坎德尔在人行道上等着，他的思想在盘旋。不知过了多长时间，他注意到有人朝他的方向走来。这人的头发凌乱，头低垂着，脚步不安，好像害怕自己的腿会失去控制。当他经过时，他没有注意到男孩。

“爸爸——”

阿德姆停下来，转过身。他的脸上绽放出轻松、真诚的笑容，但很快就被一种更阴暗的表情所取代：“伊斯坎德尔，你的弟弟或妹妹发生什么事了吗？”

“不。他们没事，真的。”

随即，阿德姆似乎松了一口气。但在解脱之后是怀疑，怀疑之后是愤怒。“你不应该在这里。”

这也是伊斯坎德尔没有预料到的。他原以为父亲看到他会感到不舒服，也许会感到不安，但没想到他会生气。伊斯坎德尔的脸上没有表情，然后厉声说道：“你也不应该。”

阿德姆的嘴角向下斜，眼睛灼热。“小心说话，小伙子。你不能那样跟我说话。”

“我想要你回家，父亲。”他说。

阿德姆对这话中的暗示并非不懂。“在我打碎你的骨头之前，回到你妈妈那里去。”

“今天我的骨头怎么了？每个人都想打碎它。”

他们默默地站了一会儿。父子俩陷入沉思，相互凝视着，挑战对方先开口说话。就在那一刻，一种不可思议的感觉笼罩着阿德姆，仿佛他在盯着镜子，看着自己年轻时的自己。他的儿子像他，但有更多的特权，没有那种让他付出沉重代价的焦虑和消极。“到时候我会回来的。”阿德姆最后说。

“那是什么时候呢？当你厌倦了那个荡妇——”

猛地一巴掌。让伊斯坎德尔更感到震惊的不是他父亲的反应，而是自己口中说出的话。他简直不敢相信他竟说出那样的话。这与他成长过程中的一切格格不入。

看到这一巴掌，保镖朝他们这边转过身来。“嘿，你们两个。别乱来，否则我叫警察了。”

“没……没事。”伊斯坎德尔咕哝着，仿佛在自言自语。他的眼睛里有一种隐晦的神情，一种以前没有的光芒。他转身对父亲说："如果你再打我，我就打你。我的力量更强。"

阿德姆脸色苍白。他感到胸口一阵剧痛，有那么一瞬间他都喘不过气来。他的儿子在陌生人面前侮辱他，这不仅仅是震惊、悲伤和羞耻。还有更深刻，更痛苦的东西。为时已晚的认识。现在他意识到这是他多年前就应该做的事情。当阿德姆的爸爸打了自己，甚至在他长得比爸爸高之后，他还被打，他也应该这样做。这是一种难以忍受的遗憾。

阿德姆向伊斯坎德尔迈出了一步，又扇了一巴掌。此时最可怕的事情发生了。伊斯坎德尔像受伤的动物一样咆哮着，撞上俱乐部的墙。他撞着前额。一次，两次，三次。砰，砰，砰。

阿德姆试图抓住他，但没有成功。"别碰我!"伊斯坎德尔吼道。

是那个保镖把他从墙边拉开的。但想要自残的需求是如此的强烈，伊斯坎德尔无法停止。他咬住保镖的肩膀，直到冒血。他踩着保镖的脚，把头向后一扬，撞到了保镖的下巴上，发出一声刺耳的砰砰声。那人没有想到这一点。保镖失去了镇静，脸涨得通红，开始反击。

阿德姆试图干预。"不，不。请不要。他是我的儿子。"其他人聚集过来。顾客，服务员，几个舞者。

这其中有罗克萨娜，她睁大眼睛，心情沉重地看着这一幕。

当他们最后被拉开时，保镖浑身发抖。“我不想再在这里看到你们两个。你们听到吗？如果我看到你们在这边，我对上帝发誓，我会狠狠揍你们一顿，你们不会知道今天是星期几。”

“来吧，我们走吧。”阿德姆轻轻地但坚定地拉住儿子的胳膊。

他们默默地走了几分钟，走出人群的视线，就坐在路灯下的人行道上。伊斯坎德尔尝到嘴里的血，呼吸断断续续。“妈妈在跟某个人约会，”他疲惫不堪地说道。

“什么？”

“你听到了，”伊斯坎德尔说，“你需要回家解决问题。”

阿德姆拿出一支香烟，点起来，递给他的儿子。看到伊斯坎德尔脸上惊讶的表情，他说：“没事。我已经知道你抽烟了。”

他又为自己点了一支烟。他们并排坐着吸烟。夜晚感觉寒冷，阴沉，但充满了可能性。“她爱他吗？”

伊斯坎德尔简直不敢相信自己的耳朵：“爸爸，你在说什么？”

阿德姆把手放在他儿子的膝盖上，说道：“听着，我知道你不明白。如果是十年前，我可能会疯掉的。我会不顾一切来阻止它。但现在我已经老了，知道我不能让你妈妈爱我。她有几次要求跟我离婚。我忽略了她的要求，但这么做是对的。”

从他父亲嘴里听到“爱”这个词让伊斯坎德尔感到惊讶。的确，过去曾有过一些时候，他问过他的父母怎么以及为何在一起的，但现在这事不再是关于爱的问题。阿德姆是他的父亲，一家之主。不是一个浪漫的少年。“但是父亲——”

“听着，从前有个村长告诉我，男人的爱是他性格的反映。我那时不明白他的意思，但现在我知道了。”烟雾从他的鼻孔里冒出来。“你以为我不生你妈妈的气。我生气的。但我对自己更愤怒。我们从未彼此相爱过。我们的婚姻是个错误。但我不后悔，因为生了你，还有埃斯玛和尤努斯。”

然后伊斯坎德尔说了一句话，阿德姆当时并没有把它当回事，但多年以后，他会清楚地记得，而且总是带着一种强烈的遗憾。伊斯坎德尔轻弹了一下香烟，盯着它微弱的弧光映在黑暗中，说：“如果你不处理这件事，我就去处理。”

绳　索

伦敦，1978 年 10 月

彭贝加快了脚步，走向她熟悉的电影院。她的低跟鞋踩在人行道上发出咔嗒咔嗒的声音，稳定而舒缓。她没有抬头，也没有环顾四周，眼睛一直盯着地面，仿佛她又回到了童年，这是一场游戏。如果她没有看到世界，也许世界就不会看到她。

每次她都特意迟到，在电影开始五到十分钟后才到电影院。这减少了他们被看到在一起的机会。不过，最近她变得不那么谨慎了。有两次她甚至和他一起走在街上，一次是去买花，另一次是去听街头音乐家的演奏。她仍然像往常一样焦虑不安，但现在她内心有一种强烈的冲动，一种渴望释放出来、渴望被听到的声音。她以前从来没有经历过这样的事情，对这种无畏的念头她无所适从——这从来就不属于她。

彭贝急忙推门的时候，她灰色外套上的几根线被门刮走了。她走进影院，闻到了肮脏的烟灰缸里的气味，还有茶点吧、奶油爆米花、薯片和糖果的熟悉气味。地毯上的漩涡如果盯着看太久，会使她头晕目眩。奇怪的是，她觉得这一切都令人感到安慰。她刚走进门厅，就感到一阵轻松。她感到平静和安全。仿佛地球停止了转动，促使她同样静止了，她不担心未来，让那一刻包围了她。

放映厅门口的年轻引座员检查了她的票，然后打开门，示意她跟着他走。这部电影已经开始。里面半明半暗，屏幕上每出现一个明亮的场景，就会反射出银色的光，使所有人笼罩其中。当她跟在引座员的手电后面时，彭贝迅速地看了一下四周。里面有十到十五个人，比平时多。刹那间，她感到一种刚才从未有过的紧张。

埃利亚斯总是坐在同一个地方。中间一排，中间的座位。有一次，有人占了那个座位，出了点差错，导致彭贝去和一个陌生人坐在一起。“你好，亲爱的。”那人笑着说。彭贝吓了一跳，跳起身来，走到前排，埃利亚斯正满心喜悦地等着她，没有意识到。

现在，彭贝一排又一排小心翼翼地找着位子。她注意到一对老夫妇手牵着手，全神贯注地看电影。她试着想象埃利亚斯和她自己也这般模样，年老体衰，但仍然相爱。即便是个梦也感觉不真实。

她心不在焉继续向前走的时候，她没有注意到坐在后排的那个人。他把自己藏起来了，滑倒在座位上，头歪向一边，只是一个阴影。他在黑暗中坐着，观察着，等待着。

焦糖色手电筒在G排停了下来，埃利亚斯独自坐在中间，他的眼睛释放出期待的光芒，却又不能放纵自己那么迫切。谢过引座员，彭贝滑进她的座位，呼吸急促。埃利亚斯转过身来，面带微笑。他向她伸出手，食指沿着她的指尖游移，就像一个盲人从触摸中认出了他的爱人。他轻轻地捏了捏她的手。她捏回去。在过去的几个月里，他们掌握了一门语言，有很多手势，没有多少单词。慢慢地，他向前倾着身子，在她的手腕内侧吻了一下，吸进她皮肤的气味。彭贝的心怦怦直跳。她仍然没有看他。这也让人感觉像是童年的游戏。如果她没有看见他，他就不会被看见，如果他不被看见，也许他永远不会消失。

他们一起看了《黄金三镖客》①。她以前没有看过这部电影。他看过。这是他们一起看的第一部有声电影。就在一周前，电影院已经放过了这部电影的默片，并推出了一系列经典的意大利式西部片。他们已经默认在那里见面，也喜欢这个地方，他们没理由改变计划。此外，埃利亚斯觉得这部电影角色沉默寡言，台词少，对她来说也同样容易理解。

几秒钟后，彭贝发现自己被电影吸引住了。她注视着故事的展开，一边看着布兰迪（好人）、图科（丑人）和天使眼（坏人）陷入冲突的迷宫，煽动和躲避各种危险，一边考虑自己的立场。当坏人问："如果你工作是为了生计，你为什

① *The Good, the Bad and the Ugly*，1966年由赛尔乔·莱昂内执导的一部美国电影。

么要拼了命地工作呢?”她垂下眼睑，思考着这句话，其中的含义深深打动了她。当坏人嘲笑好人，指出事实上他们并没有什么不同，她不禁感到畏惧。最近她开始思考好与坏的意义，之前从未这样过。是她妹妹的信件驱使她的。她的孪生妹妹是可敬的，善良纯洁，坚定不移。这让她成了一个坏女人，一个不贞洁的女人。但情况并非总是如此。事情变化得多快啊！没有什么是永恒的，一切都在不断变化。

当图科坐在一头驴上，脖子上套着绞索，就要被绞死的时候，彭贝的脸上掠过一丝恐惧。她把头转向一边。有那么一瞬间，她觉得她看到后排有人在观察她，但当她再次检查时，光线太暗了，无法确定。然后她听到了丑人说的话：“脖子上挂着绳索的人不一定会吊死。”

彭贝闭上了眼睛。有那么可怖的一刻，她到了另一个地方，在另一个时空。

“嘿，你没事吧，甜心？你好像睡着了，”埃利亚斯在她耳边低语，还开玩笑地说，“这只是一部电影。”

她点了点头。她知道，这只是一部电影。在现实生活中，脖子上挂着绳索的人总是会吊死。

*

她们有八姐妹，年龄从九岁到二十岁不等。其中最大的名叫海迪耶，礼物的意思。她就是造物主给家里的礼物，是头生的，非常珍贵，即使是个女孩。她有一张心形的脸，尖尖的鼻子，大大的杏仁眼睛，灰色的眼睛如同暴风雨来临前的乌云。作为一个孩子众多而收入微薄的家庭中的长女，她的童年是和真正的孩子而不是跟玩具玩耍。海迪耶总是在打扫、做饭、擦拭、清洗、喂养和为年幼的妹妹摇摇篮。她的手掌有海娜手绘，手腕上戴着假黄金的镯子，但她身上没有任何东西看起来是假的。尽管其他人似乎都在不停地抱怨，大家几乎不记得听到过她的抱怨。不知何故，海迪耶接受了她的角色，她无尽的责任，未老先衰，变成身为少女的女人。纳兹死后，海迪耶成了母亲的自然替代者，照顾着所有的孩子，尤其是那对还很小的双胞胎。当贝索再婚时，他的女儿们把这个女人看作是爸爸的妻子，但仅此而已，因为她们的母亲只是海迪耶。

“我永远不会结婚，”她喜欢说，“我会照顾好我的妹妹们，直到她们都结婚为止。我到死也是个老处女。”

对于双胞胎来说，这些话令人振奋，但事实证明并非如此。1957年冬天，海迪耶开始和别人交往。那是一名医生，一名由政府任命的接种者，提供结核病疫苗，大多数村民不信任他，所有孩子都讨厌他。这一切是怎么开始的，他们是怎么认识的，十二岁的彭贝无从得知，现在成为女人的她也无法理解。

爱是一种病，鼓舞人，激励人，但它仍然是一种病。海迪耶突然变得比以往任何时候都更加大胆，更加不屈不挠。甚至她们的继母似乎也害怕她，不能再对她发号施令，在她面前感到不自在。因为海迪耶坚定不移。这个从来没有时间独处的姑娘现在急于弥补失去的时间。在一个万里无云的夜晚，月亮像是天上的金镰刀，她和这个她几乎不认识的人私奔了。

第二天早上，没有人出来接种疫苗。村里的孩子们都很高兴。剩下的疫苗被扔进幼发拉底河，抹去了闯入他们生活的陌生人的所有痕迹，这个人用他的方式注射疫苗，最后还拐走了他们当中的一个女孩。

彭贝还记得那种吞没大家的悲痛，屋子立刻变得空洞而沉重。他们仿佛在哀悼死亡。但海迪耶现在比死更糟。没有人问起她，至少不是大声地，她的名字被认为是亵渎神灵。

她们的继母特别怀恨在心。“愿真主在地狱里把你烧死!”她咒骂着，仿佛到处都是想象中的海迪耶。突然间，她内心五味杂陈——她为不能给只为要个儿子而娶她的男人生孩子的羞耻；她为不能生育的痛苦；她为照顾另一个女人的八个孩子而感到怨恨——这些爆发成一股尖酸的怒火，全都撒在海迪耶身上。

然而，贝索却出奇地沉默。他眼眶深陷，低头沉思。他几乎不再去茶馆了，整天坐在家里，沉默寡言，闷闷不乐，还抽着烟，烟头上垂着一英寸的烟灰。

那是一个严冬。四个月过去了。早春的一个傍晚，海迪耶回来了。她本应该给家人送个信，看看他们是否准备接受她。相反，她坐着公共汽车就这样回来了。那个医生原来是个胆小鬼。尽管他答应娶她，但由于他的家人稍有反对，他还是改变了主意，把她独自遗弃在大城市里。

海迪耶对所发生的事感到后悔。她也害怕。但这是她唯一认识的家。她没有别的地方可去。她一到，发现门开着，便拖着脚步走了进去。贝索和他的妻子都不在屋里。但是，这对孪生姐妹在家。她们一看到海迪耶，就高兴地叫起来，拍着手，庆祝她们的母亲——姐姐回来了。她们绕着她转圈，就像行星绕着太阳转动。

然而海迪耶变了。不安，拘谨，缄默。她的双膝合在一起，眼睛低垂着，坐在长沙发的边缘。在她自己家里，她就像一个不确定是否受到欢迎的客人。

过了一会儿，她们的继母拖着一大堆羊毛艰难地走了进来。她的背驼了起来，她的两颊因劳累而发红。起初她没有注意到海迪耶。但她立刻觉察到房间里尴尬的沉默，以及那对双胞胎的不适。

“发生什么事了？猫进来咬了你们的舌头吗？”

她刚说完话，就看见角落里的那个女孩。离家出走的人。带来耻辱的人。女人放下重物，站在女孩的对面，几乎惊呆了。然后她向前走了一步，嘴唇做出一个像是吐口水的动作。

海迪耶脸色苍白。

到了晚上，当所有的姐妹都在家的时候，没有人敢和海迪耶说话，怕惹恼继母。没有人请她喝茶或吃饭。姐妹们也吃得不多。几个小时之后，贝索出现在门口。他一走进来，她们就感觉到他已经知道了。他听到了这个消息，但他还是从容地听着其他人说的话。他并没有急于回家。

海迪耶跳了起来，跑去吻父亲的手，但他却缩了回去。

“我没有儿子，”他大声说，每个人都能听到，“真主没有给我儿子。我一直不明白他为什么那样做，直到今天我明白了。”女孩们屏住呼吸听着。海迪耶的肩膀耷拉着。“现在我知道原因了，”贝索说，“如果我有个儿子，我会让他杀了你，为我们家族洗清罪名。而你哥哥会因为你而进监狱。他会在四面墙里度过他的一生。”

海迪耶没有哭，没有喊，也没有乞求原谅。她目不转睛地盯着窗台上的一只蜘蛛，一动不动，一言不发。

沉默片刻，贝索说：“我从没想过我会这么说，但我很高兴我没有儿子。”

到了晚上，姐妹们准备在地板上的席子上入睡，她们听见父亲和妻子在另一个房间里争吵，尽管她们听不清是怎么回事。姑娘们拆散了辫子，穿着厚厚的法兰绒睡衣，望着海迪耶，她仍然坐在长沙发上。轻轻地，彭贝站了起来。

“你去哪?”贾米拉低声问。

“她肯定饿了。”

“你疯了吗? 爸爸和后妈还没睡。他们会发现的。”

彭贝耸耸肩，蹑手蹑脚地穿过房间走进厨房，拿了一些面包、奶酪和水回来。在姐妹们的注视下，她把东西拿给海迪耶，可海迪耶只喝了点水。

第二天早上，贝索比平常晚些时候吃早餐。当他喝着红茶，嚼着他的大饼时，姑娘们都在等着。“我要去茶馆，”他说着，没看任何人的眼睛。

听到这句话，彭贝感到一阵恐慌。自从海迪耶逃跑的那天起，她们的父亲就没有进过茶馆。现在发生了什么变化，让他去哪里呢?

“她待在家里，我该怎么办?”她们的继母咕哝道。

“你知道怎么办。”贝索说，再无一言。

随后，继母宽阔的脸上神情严厉，告诉她们所有人都得离开。“有很多工作要做，要织地毯。”

当她的姐妹们穿上靴子和外套时，彭贝却在后面徘徊，被一种痛心的恐惧感攫住了。有什么事要发生，但她却无法确定。在她们离开房子前不久，她看见继母端着一个又大又圆的铜托盘，那是她们吃饭用的。继母把餐巾铺在地板上，搭好木底座，把托盘放在上面。有那么一会儿，彭贝还以为她在给海迪耶端菜呢。但这将是奇怪的一餐。没有盘子。没有水。没有饼。

与此同时，海迪耶没有移动。就像一根盐柱。

最后看到的是一只大锅。她迫不及待地想知道里面装的是什么，于是她冒了个险。“我感觉不舒服。我的喉咙痛。也许我应该待在家里。”

继母摇摇头，说：“你父亲的命令。谁都不能留在家里。”

她们去邻居家织了一整天的地毯。她们熟知图案式样。彭贝爱织五颜六色的图案：知更鸟蛋蓝，波斯玫瑰红，长春花紫，肉桂棕色。还有散沫花红、姜黄，以及碎核桃的棕色。她把纱线浸在蜜露碗里，向她的妹妹吐露刚才的事。

“你说给她一个空的大锅是什么意思?”贾米拉问，眼睛睁得大大的。

“我发誓是的。”彭贝低声说，“也许这不是空的。但太奇怪了。如果里面有食物，我就会看到蒸汽，对吧？或闻到什么味道。什么都没有!”

“回去做事吧，”贾米拉说，因为她不知道还要说什么。

下午她们换了一下。彭贝编织而贾米拉准备染料。这是累人的。她眼睛疼，指尖也疼。她从未注意过的身体部位开始疼痛。

彭贝偷偷地在她的地毯上织了一个图案，但这并不是要她织的图案。如果有人注意到这一点，她肯定有人会注意到，他们会感到不安。但她没办法。这是一个很小的标记，一个

h，用来表示她姐姐的名字。地毯织好后，会卖给当地的商人，然后再卖给更大的商人。从那里，地毯将被运送到伊斯坦布尔大巴扎的一家精美商店。在城里住了几天的一对游客夫妇会在橱窗里注意到它。他们会买下它，即使要花很多钱。地毯随后会被运到巴黎、阿姆斯特丹或纽约，无论这对夫妇住在哪里，字母 h 永远隐藏着，但永远活着。

黄昏时分，一家人回家了——七个姐妹和她们的继母。当她们走近花园的围墙时，一股紧张的情绪涌进了彭贝的身体。她突然跑起来。她有一种不好的感觉，与其说是恐惧，不如说是愤怒，她对自己没有及早采取行动而越发感到愤怒。针对什么，她不知道。

正是她找到了海迪耶，姐姐的身体像布娃娃一样软绵绵，脖子断了，挂在天花板上的一个铜钩子上。过去，这个铜钩子曾多次用于挂吊床，让婴儿在吊床上睡觉。

她用放在大锅里的绳子上吊自杀了。

⁂

那个名叫坏人的牛仔试图微笑，因为他的脖子上紧紧地拉着一根绞索。“你在开玩笑，布兰迪。”他说道，声音沙哑了。“你不会……你不会跟我开这样的玩笑吧。”

布兰迪眯着眼，歪着头说：“这可不是开玩笑。这是一根绳子，图科。”

彭贝紧闭双唇，意识到她不能看这些场景。她半起身，说，“我要走了。”

“什么？为什么呢，亲爱的?”埃利亚斯问。“你今天为什么要早走?”

“是的，不……我要走了。”

“是因为这部电影吗？你不喜欢?”

“不是……是的……抱歉。”

“我和你一起走好吗?”

“不，请你留下。”

说完，彭贝站了起来，没有给他任何解释就离开了。当她匆忙走向出口，经过后面的几排时，坐在那里的人揉了揉太阳穴，用手遮住了脸。

当电影结束，灯又亮了，埃利亚斯和其他人站了起来。他不知道彭贝的突然离去是什么原因。他拖着步伐走到门厅，他的心在痛。这时有人拍拍他的肩膀。

“劳驾，借个火可以吗?”

一个年轻的小伙子，十几岁的孩子。太年轻了，不能抽烟。但他没义务告知，即使他说了，他也知道这个男孩不会听。

“对不起，我不抽烟。”埃利亚斯回答。

“真的吗?”

这个少年的眼神有点奇怪，说话也如此让人不舒服，埃利亚斯有点畏惧。可是还没等他再说什么，那孩子就微微点了点头，语气生硬而平静地说："好吧，祝你玩得愉快。"

"谢谢。你也是。"

埃利亚斯离开了，那孩子留在那儿，仍然望着他。埃利亚斯从双扇门里走了出来，他的外套拂去了一小时前彭贝挂在那儿的灰线。

沙　石

阿布扎比，1978 年 11 月

俱乐部门前的打斗发生后仅一周，罗克萨娜就离开了阿德姆，找别人去了——那是个对海湾地区有兴趣的澳大利亚商人。

失去她之后，一层麻木感笼罩着阿德姆，就像黑夜笼罩着幽灵谷。他心烦意乱，不可接近，他恍恍惚惚，思绪不定，他的自信心也在逐渐丧失。他不知道真相是什么，以及他是否曾经掌握过它。他的生活是由一堆镜子组成的迷宫，在每一面镜子里，他都能看到自己不同的影子，但他看不出哪一面是真的。尽管如此，他没有回家。他也不能住在他和罗克萨娜合租的那套公寓里，事实上，那套公寓是以罗克萨娜的名义出租的。而去塔里克家是不可能的，除非阿德姆愿意听他讲道。因此他向他的朋友比拉尔寻求庇护，虽然这位朋友对他的不幸并不同情，但至少不会无视不顾。

日子过得极其缓慢。他感到胃疼，好像吞下了压在他身体中的铁质重物。由于没有胃口，他没有吃饭。他经常一天抽三四包烟。他儿时的哮喘病又复发了。当他周围的人越来越清楚他不能再这样下去时，比拉尔试图说服他回家去。

“我不能回去，”阿德姆说，“如果我现在回去了，我明天又会离开。”

“可是你为什么要逃离自己的家呢？”

“为什么？”是阿德姆不习惯问自己或者其他人的问题。他知道怎么处理“如何”？（如何把饼干放在盒子里，如何操作机器）和“什么？”（在轮盘赌桌上做什么，赌什么）的问题，但是“为什么？”太抽象了，简直难以理解。

附近有警笛响起，他们两人都分心了。当阿德姆再次开口，他的声音严肃，肩膀低沉。“跟你说，我一直在考虑这个问题。中国人永远不会让我摆脱困境。我的债务不会变少。我需要离开这里；这座城市会杀掉我。”

“你要去哪儿？”困惑的比拉尔问道。

“实际上，我想到的是阿布扎比。”罗克萨娜就是去那儿的，但他不打算告诉他的朋友。相反，他说：“我听说他们要在那里建一座新城。办公室、公寓楼、购物中心……他们需要工人。成千上万的。不只是一两年，而是很长一段时间。”

“那里不都是沙漠吗？他们如何在松软的沙滩上建造摩天大楼？”

“哦，沙子可能撑不住，但钞票可以。”

他们仔细考虑了每个细节。阿德姆一个月会挣多少钱，多长时间能买奔驰车，蜂蜜色的，擦得很亮，你可以看到云朵在引擎盖上的倒影。当他成功了，回到英国时，带着礼物给他的孩子们，感觉会有多好。他们俩精心编织了一个非常逼真的梦，几天后，比拉尔哭着说："啊，如果我在伦敦没有家庭和一份该死的工作，我就和你一起去。"

"你可以之后再来找我。我会写信给你，告诉你我的地址。"

"阿拉伯人会以不同的方式对待你。你在那里不像是二等人，你会成为他们的客人！"比拉尔说。

在那晒太阳的客人。想到这一点，阿德姆心里就感到温暖。他来伦敦工作已经八年了，但他仍然是一个局外人，一个闯入者。他所认识的所有其他移民都比他过得好，也更幸福，但他没有。即使对新一代来说，这里有更光明的未来，他也没成为其中的一员。

当然，阿拉伯人不会像英国人那样，阿布扎比也不会像伦敦。那里没有倾盆大雨，没有猪肉香肠裹在熏肉里，仿佛要把罪恶加倍；没有发霉的小厨房，没有无味的西红柿；没有年轻人把头发染成紫色，醉酒后疯狂地恐吓街道。英国人总是彬彬有礼：他们彬彬有礼地朝你脸上吐口水，你以为他们事后会递给你一块手帕。你不能和一个英国绅士打架，因为他会用轻微的赞扬贬低你，打击你。我花了好几年时间才搞清楚英国人什么时候在恭维你，什么时候是告诉你你搞砸了。对阿拉伯人来说，事情会更直接、更透明。你会知道，当有人说“欢迎”的时候，他们是认真的。也许过一阵他会设法把孩子们带过去。那将是一个好去处。

尽管如此，当他幻想着自己在阳光普照的阿布扎比的生活时，阿德姆知道让孩子们和他在一起是白日梦。埃斯玛是一个彻头彻尾的伦敦人，她热爱这个国家，这种文明。至于他的小儿子，一个多么特别的男孩。“这么年轻的肩膀上长着一个这么成熟的脑袋，”彭贝总是这样说。尤努斯是整个托普拉克家族中最聪明的，尽管他在爱情面前软弱无力——这是家族中普遍存在的弊病。还有伊斯坎德尔……回想起他们的争吵，阿德姆感到很困窘，但更糟糕的是，他不得不承认自己辜负了儿子的期望。

当你第一次当爸爸的时候，你以为孩子是你自己的延伸。他给你骄傲、成就感和根基感，直到你一点一点地认识到，孩子是孩子自己创造的生命。他会坚持自己的命运，不管你多么希望、促使或强迫他追随你的脚步。当阿德姆掌握了这个真理的那一刻，他不禁感到被欺骗了，被打败了。他十几岁时不是这样的。他听爸爸的话，总是恭敬顺从的。如果他知道自己有翅膀，而且是不同种类的，他也能飞起来。但现在为时已晚。他未能从他的父亲那里获得自由，现在他自己的孩子却向他提出要求。

阿德姆与伦敦的关系结束了。虽然想到要离开孩子们是很困难的，但他还是想去，当然时间不会太长。像羽毛一样自由，再一次漂浮在比他更强大的水流上。阿布扎比将是新的起点。阿布扎比会振奋他的精神。一到那儿，他就会找到罗克萨娜——每件事都顺应时间。她会回到他身边，他会接受她。唯一的问题是他没有足够的资费承担这次行程。老难题又一次摆在他面前：为了赚钱，你必须先有钱。

在比拉尔的建议下，他去见了一个叫马穆特爸爸的人。那人留着细细的山羊胡，高高的颧骨上有一双深邃的斜眼，嘴巴绷得紧紧的，他是那种散发着世俗力量的人，但并没有强健的体魄。在布哈拉[1]出生和长大，他逃离了苏联，并在欧洲的不同地区生活了很多年，最终到达了伦敦。他会说几种语言，帮助乌兹别克人、伊朗人、土耳其人、阿拉伯人、中国人、墨西哥人和葡萄牙人……只要他喜欢你，他就帮助你。找不到工作的年轻人，女儿私奔的父亲，不和的家庭，付不起房租的店主——他们都去找马穆特爸爸。

房间里坐满了各个年龄段的男人，他们坐在铺着地毯的地板上，低声交谈。在圆圈中间，马穆特爸爸背对着墙，肩上披着一件优雅的浅黄色披肩。他九岁的儿子——一个长着黑眉毛的瘦削男孩——坐在他旁边，男孩的目光紧紧盯着一

① 乌兹别克斯坦西南部的一座城市。

款来自美国的新型手持电子游戏机，他的拇指不停地转动着。当男孩赢了或输了一场比赛时，脸上不时闪过一阵兴奋的红晕。

“看看他。”马穆特爸爸开心地说，“在这个年龄，他比我更擅长技术。家里的机器坏了，他妈妈叫他去修理，而不是我。”

屋里的人听着，必要时点头微笑。

“但事情应该是这样的。每一代人都必须跟上时代的科技。我们不应该落后于时代。”

“可是……”阿德姆听到自己咕哝了一声，立刻就禁声。这个词他想也没想就脱口而出了，就像一声叹息。

他注意到一个瘦削的大胡子男人朝他皱着眉头，很恼火他在主人说话的时候插嘴。在年轻人的注视下，阿德姆扭动着身子，垂下了脸，不知道自己刚刚看到了他儿子的一个朋友，那个演说家，这个圈子里的重要人物。

与此同时，马穆特爸爸左顾右盼，想看看是谁说的。“说的什么？我听不太清。”

这时，阿德姆觉得有必要站出来，他清了清嗓子，说道：“嗯，对不起，我不是故意打断你的。”

“没关系，先生。说吧，”马穆特爸爸和蔼地说，“一定要告诉我们你在想什么。”

“嗯，我以前在联合饼干厂工作。饼干在传送带上跟在一起，没有尽头。”阿德姆一边说，一边不由自主地望着那位演说家，在没有鼓励的地方寻找鼓励的迹象。“你一遍又一遍地做着同样的事情，成千上万次。它使你的大脑麻木。我在想，孩子们玩的这些游戏，如此的重复对他们有好处吗?”

马穆特爸爸用一种别样的表情端详着阿德姆——混合着忍耐和宽容的表情。然后他开始了一场关于科学和技术的长篇演讲，阿德姆觉得这太抽象了，无法理解。一个小时后，当他要和其他人一起离开的时候，马穆特爸爸邀请他和另外几个人，包括演讲者，留下来吃晚饭。

他们五个人坐在地毯上，围着一张又圆又矮的桌子，等着他们的食物端上来。就在那时，阿德姆得以提出正题。

他说：“我需要借一笔钱去阿布扎比。等我在那儿赚够了钱，我就回来还你。”

“你的家人怎么办?”马穆特爸爸问，一边撕开一片面包。

“我的儿子伊斯坎德尔会照顾家里。他是大男孩了。”

听到这个名字时，演说家饶有兴趣地看着阿德姆。所以这就是那个小伙子所说的离家的父亲。就在这时，门开了，一个女人走进房间，手里拿着一个装满盘子的大托盘。她全身被一条肉桂色的罩袍覆盖，只露出她的双手，一双黑眼睛在她面纱的缝隙后面。她在玻璃碗里加入奶油鹰嘴豆汤，将米饭和羊肉放在中间，分发大饼，装满水杯，然后走开了。

“你的妻子戴头巾吗?”马穆特爸爸问道。

阿德姆感到紧张，胃都拧成结了。自从伊斯坎德尔告诉他彭贝有外遇以来，他就不想听到关于他妻子的任何消息，而且对任何顺便提到她的人都持怀疑态度。他说："我在这一带看到的戴面纱的妇女比在伊斯坦布尔还多。在我家里，我们没有这个习惯。"

马穆特爸爸站起来说："但如果有一天真主给你另一个婚姻，请考虑一个蒙着面纱的妻子。她们的眼睛只能看到自己的家。"

阿德姆深深地吸了一口气，感到喉咙里涌起了胆汁。他试图吞下，但做不到。这是一种可怕的影射还是一种无聊的谈话？人们会诽谤彭贝吗？沉默加深，加重。

"我得走了，谢谢你的汤。"阿德姆说着，站起身来。

还没等任何人有机会阻止他，也没有适当的道别，他就离开了房间。在出去的路上，他经过厨房，马穆特爸爸的妻子和儿子正在一张小桌子上吃晚饭，这个男孩一边享受着食物，一边摆弄着掌上游戏机，正试着打破自己的纪录。

*

1978 年 11 月，阿德姆抵达阿布扎比，成为一名建筑工人。随着时间的推移，他会见证、欣赏和暗暗地惧怕那些建筑崛起，比他以前见过的任何建筑都要高。在一个渴望改变和转型的城市里，他是一个只有过去而不可能变化的人。

前几周是最难熬的。不仅因为工作很辛苦，而且因为他不得不放弃大部分（如果不是全部）的期望。在他与比拉尔分享的幻想中，唯一真实的是阳光，炙热而刺眼地照在他的皮肤上。到了晚上，他疲惫不堪，满身尘土，回到他和七个工友合用的棚子里。大家来自不同的背景，但缺乏相似的品质。偶尔，他有一个小时的空闲时间，就去他能想到的所有地方寻找罗克萨娜——在购物中心、餐馆和精品店外面来回踱步。

一天晚上，他梦见了彭贝，她的头发蓬松飘逸。他们手拉着手走进一条狭窄的走廊。当他们终于走到终点时，阿德姆惊恐地意识到，彭贝穿上了罗克萨娜的褶边服装，在脱衣舞俱乐部，正准备上台跳舞。他拼命地喊着要拦住她，但没有用，他就把她拉下了台。但他怀里抱着的女人是罗克萨娜——她满脸的愤怒。他醒过来，意识到他的喊声惊醒了其他的人。

在他开始新生活的几周后，仍然没有罗克萨娜的踪迹，阿德姆发现了一个地方，对他来说就像沙漠中的绿洲。这是一个临时的赌博场所，一些工人为了赚快钱而建立了这个场所，为单调的生活增添了乐趣。在一间闷气而且潮湿的公寓里，四五十个人挤在一起，用多种语言咒骂、喊叫、抽烟、祈祷，挤在一起看斗鸡。他们不时地组织蜘蛛大战和板球比赛，阿德姆以前从未见过。但真正的赌博是在木制屏风后面进行的，他总是去那里。

马穆特爸爸在他那次离开两天后差人送来了钱，现在他所有的家当只是这笔钱剩下的。他本可以把钱还回去的，但他没有。他已没什么自尊心了，离开伦敦比什么都重要。现在他为孩子们把工资存起来，用马穆特爸爸给的钱掷骰子。他每天晚上都玩。其他人都是慢慢玩，轻松自在，他却紧张焦灼。他看得出来，他们大多数都是业余的。空气中弥漫着被管理者抓住的焦虑——被驱逐出境的恐惧。许多工人都感到了这种压力，但奇怪的是，阿德姆并没有。他比以往任何时候都更大胆，被一种狂野的冲动所刺激，他会一赌再赌。当马穆特爸爸的钱耗尽时，他开始动用他的工资——最初只是一点点。没过多久，他就把他一周的工资全押在了一个晚上。

他给自己买了一个仿制的劳力士手表，一直戴着。他的脚步显得漫无目的、无精打采。他每天都吃止痛药，以帮助他的胸腔搏动，而胸疼在夜晚加剧。也许就像那些公鸡和蜘蛛，他也在进行一场血腥的战斗，尽管是和他自己。

这里的风景迷住了他。他惊讶地发现，沙漠不是贫瘠的地方，而是隐藏着美景的地方。有时他会出去走走，在温暖的流沙中享受双脚的感觉，口袋里装着沙石。奇怪的是，他被大自然的壮举所吸引，他想知道沙石如何化作尘土，仿佛缺少了一个内核。渐渐地，他开始把自己比作沙石。

有人告诉他，所有这些沙漠都曾经是海洋。如果水能变成固体，不再起落，为什么人类不能改变自己？因为，不管他们在电影、书籍和杂志上说什么，阿德姆得出的结论是：无论你走到世界的哪个角落，一个基本的规则永远不会改变——赢家总是赢，输家总是输。

埃斯玛

伦敦，1978 年 11 月

在凶杀案发生前几周的一个平静的晚上，我母亲摆好了桌子。三个盘子，三把叉子，三个玻璃杯。最近的晚餐变得越来越简单，越来越安静。虽然她已经习惯了丈夫的缺席，但她很难接受伊斯坎德尔的突然失踪。与其说她紧张，不如说她疲惫。我第一次听到她抱怨要维持生计是多么困难。她几乎是一个人把我们养大的，但最近我猜想她希望有人能照顾她。

“你兄弟在哪里？”她从厨房里拎着一篮面包问我。

“哪一个？”我咕哝道。“如果是大的那个，天知道他在哪里。而尤努斯，我相信他正占着我房间忙呢。”

“这也是他的房间。”

“妈妈，我所有的朋友都有自己的房间。他们的家人尊重她们对隐私的需求。”

她的眉毛皱了起来。“你不是英国女孩。”

“噢，算了吧。我们邻居的女儿有自己的房间。”

“我们不是邻居。”

“妈妈，这不公平。伊斯坎德尔有自己的房间，他只比我大一岁。你为什么给他这种特权，难道就因为他是男孩吗？你总是这样做。”

“埃斯玛，够了！我不会再讨论这个问题了。不是现在。”

在我痛苦的注视下，她特意朝我的房间走去，一种奇怪的声音从房间里传来。我跟着她娇小的身影穿过走廊，感觉自己就像天鹅身后的丑小鸭。

当她打开门，她发现她最小的孩子，她的宝贝，正在听着世界上最大声、最刺耳的音乐。“你在做什么？”妈妈问。

尤努斯没有抬头看她。也不看我。相反，他一直盯着地毯，好像害怕自己的脸会表露什么似的。

出于好奇，妈妈从地板上捡起专辑，仔细查看。有一个可怕的人骑在马上，还有一个人躺在地上，被秃鹫啄咬。上面有一个红色的框，写着 **THE CLASH**（“撞击乐队”）。下面还有一句话：给他们足够的绳子。

“这是什么？”

“是乐队，妈妈。”尤努斯说，“音乐。”

“我知道什么是音乐，”她反驳道。“但不是这种嘭—嘭—嘭的。”

尤努斯抬头看了我一眼。我翻白眼表示对弟弟的支持。

我母亲指着专辑的标题。“这是什么意思?”

“这意味着如果人们太悲伤，没有希望，如果你给他们一些绳子，他们就会上吊自杀。”

我母亲的脸刷地白了。“你就是这样打发时间的吗？你用这种毒药毁了你的脑子。”

尤努斯嘟哝道：“这只是一个——”

“不，这太可怕了。谁都不应该给任何人一根绳子！他们怎能教唆这样的事呢?”

“妈妈，拜托。你弄错了。他们不是教唆——”

“我不想让我的孩子们听这种可怕的东西。”她大声说。

我们从来没有见过她这样悲痛、激动。我说：“妈妈，这是一个朋克乐队。这是他们的风格。没有什么坏东西，相信我。”

在我们恳求的目光下，她跺着脚走到墙边，把唱机插头从插座里拔了出来。唱片吭哧吭哧，好像噎着似的，停了下来。

“你为什么这么做?”尤努斯抱怨道。

妈妈托住尤努斯的下巴，强迫他看着自己的眼睛。“不要听黑暗的东西。你为什么要逃离我？请你不要也跟着变。”

尤努斯扮了个鬼脸。“我不会变的。”

母亲的脸色缓和了下来，拥抱了尤努斯，两人紧紧地拥抱在一起。她吻了吻弟弟的头顶，闻到他脸颊上婴儿的气味。

然后我妈妈的眼睛滑落到我弟弟的脖子和衬衫之间，一直到他脖子下面的皮肤。

“你这儿脏脏的是什么?”

尤努斯立刻挺直了身子。他想说点什么，脸上掠过一丝惊慌。来不及了。此外，尤努斯从来不会说谎。

“是文身，妈妈。”

“什么?”

我知道弟弟有文身已经有一段时间了，我冲过去帮他说话。“妈妈，别担心，是——”

她完全不理我，不顾弟弟的抗议，把他拖到浴室里。她脱下他的开襟羊毛衫、衬衫和长裤，只让他穿着短裤，把他的头塞到蓬蓬头下。她先用手擦洗他的后颈，然后用海绵擦拭。

“住手，妈妈，”尤努斯哭着说，“疼啊。”

“你以前应该考虑过的。”

在她身后，我又试图插话。“这是文身，妈妈。它洗不掉。”

她把我的手推开，像是被一阵疯狂的冲动攫住，继续擦洗。“你弄这个多久了?”她问。

我代替弟弟回答：“好几个月了，”我说这话时带着一种我自己都不知道的苦涩，“如果你给我们更多的关注，你会更早注意到它的。”

“你在说什么?”

“你总是分心,”我叫道,“你脑子里满满的,没有地方留给我们。我不能再和你好好谈话了。你总是告诉我不要这样做,不要那样做。没有别的。”

“不是这样的,埃斯玛。”她固执地说,然后又回去擦洗我弟弟的背。几分钟后,她放弃了。她扔下海绵,眼睛闪闪发光,冲着弟弟大叫:“为什么?你为什么要去弄脏自己?”

“我没有!”尤努斯眼泪汪汪地叫着,像一只湿漉漉的小老鼠。“你才是!我看见你和一个男人在街上。你才是弄脏自己的人!”

刚说完这句话,尤努斯就用手捂着嘴。我惊恐地看着弟弟,直到现在才意识到这就是他一直隐藏的秘密。他回头看着我,他的后悔是显而易见的。我胆怯地转向母亲。我在她脸上发现的表情是我以前从未见过的。她的眼睛是呆滞的,像大理石。她哭了。

我们三个沉默不语。在这浑浊而尴尬的寂静中,只有水才敢动,轻轻地流过。

那天晚上在我们的房间里,尤努斯告诉我整个故事后,我在床上翻来覆去,脑子里一片混乱。天很黑,只有一丝月光透过窗户照进来。过了一会儿,我听见他低声说:“姐姐,你睡着了吗?”

“没有。”

“爸爸走了——你认为妈妈也会走吗?”

“不，傻瓜。她哪儿也不会去，别担心。”

奇怪的是，我并不生我母亲的气。我对她的其他事情很生气，大大小小的；但是，现在我意识到她有了另一个属于她自己的世界，或者正试图克服重重困难建立一个属于她的世界，我内心深处想要保护她。在我看来，她突然变成了碗里的蜗牛。我说：“我们需要确保伊斯坎德尔不知道这件事。”

丝绸上的墨水

伦敦，1978 年 11 月

现在是晚上七点半。漫长的一天快结束了。她的头发胡乱地打了个结，背也有点疼。她告诉丽塔她会留下来打扫，虽然那不是她的工作，不是真正需要她做的。

“你是个天使，”丽塔说，吻了吻她的双颊，“没有你我可怎么办?”

她还没有告诉丽塔。她无法告诉老板自己要走了。她明天不会来水晶发廊了。或者第二天。她会给丽塔写封信。那样比较容易。她会借口说自己身体不舒服，需要休息一段时间。然而，经过再三考虑，她决定告诉丽塔真相——或者至少尽可能多地告诉她真相。她很感激她的朋友。她会告诉丽塔，她的大儿子不想让她再工作了。

伊斯坎德尔是她心爱的孩子，有时有点火暴脾气，有时有点感情用事，但是个好孩子。他有他的理由。突然间到处都是闲言碎语。在她的背后，在紧闭的门之外，在街角的商店、咖啡馆、烤肉店、洗衣店和鱼贩店，人们捕风捉影，这一切都不应该发生在托普拉克家。谣言比丝绸上的墨水还传播得快。她一生都在清洗衣服和地毯上的污渍，但她不知道怎样才能洗掉这种污渍。我会写信给丽塔。她会理解的，但她不愿理解。

内疚是一种奇怪的情绪。一开始只有一个疑问，就像头虱那么小。它落在你的皮肤上，吸你的血，到处产卵。这些天她一直感到内疚。在工作中，在家里，在做饭、购物或祈祷时，甚至在睡梦中，她的灵魂都充满了罪恶感。

小时候，有好几次她都感染了虱子。但第一次是最糟糕的。她一直相信是她的双胞胎妹妹传给她的，尽管贾米拉声称事实正好相反。她们的母亲让她们两个在一个热水浴缸里泡了几个小时，用她从治疗师那里得到的一种有臭味的洗液擦洗头皮。最后，她设法去掉了所有的头虱卵，但在这个过程中几乎杀死了女孩们。

大家都走了一个多小时了——顾客、接待员和每周来两次的美甲师。丽塔打算雇一个发型师——用个时髦的词说。在英国，人们珍视时髦的词语。他们给他们的食物贴上的标签仍然让彭贝大吃一惊。比如鸡肉古斯古斯①（香味浓郁的

① 从法文名 couscous 音译而来，是极具特色的突尼斯美食，制作方法类似于中国的盖浇饭，不过主料并不是米饭，而是粗制的小麦粉，跟小米有点像，也叫古斯古斯面。

鸡肉，搭配口感饱满松软的蒸粗麦粉），她在埃利亚斯带她去的一家时尚餐厅的菜单上看到了这道菜。这是他们第一次，也是唯一一次外出。她有生以来从未感到如此难受过。她知道他想找个地方，让他们在不被任何人看见的情况下交谈。但那是不可能的，不是吗？不仅因为人无处不在，而且还因为那个宇宙的古老法则：无论你如何努力避免，你一定会遇到。

午餐时，她曾向埃利亚斯提到，在她出生的地方，如果人们听说你用古斯古斯招待了一位特别的客人，他们会笑你。这是一道农家菜。她的家庭并不富裕，但他们知道下等菜和上等菜的区别。

在英国，有些事情乱七八糟。古斯古斯这个词虽然普通，却受到尊敬。然而，“羞耻”这个词尽管重要，却被人们轻看了。当英国人对某事感到失望时，无论这件事多么短暂或无关紧要，他们都会惊呼：“啊，太遗憾了！”

彭贝把这一切都告诉了埃利亚斯，想让他笑一笑，但他一直带着一种伤感的神情盯着她，就像他时不时做的那样，仿佛她让他想起了其他更深刻、更悲哀的事情。

“那么，如果你请我吃晚饭，你就不会用古斯古斯招待我了？”埃利亚斯调皮地问。

“当然不会。”

她描述了她要摆在他面前的菜。首先，会有热汤，因为所有食物在温暖的胃里味道更好。

酸奶汤配龙蒿，薄荷和碎小麦，沙拉加石榴糖浆，辛辣的红辣椒鹰嘴豆泥，扁豆馅饼，苏丹最爱①，最后，作为完美的点缀，还有自制的果仁酥饼。

“我愿意和你在同一个厨房里做饭，在我们的厨房里。”他曾说过。

这是少有的一次，他们一起谈论未来，让他们相信自己有未来。

*

发廊是一个理发和吹干头发的地方，但更重要的是，它是交流的地方。有些女性之所以经常去那里，并不是因为她们必须每隔一周换一次发型。许多人渴望聊天——说话像蜿蜒的溪流，满足于简单的流动。顾客们不时需要有人倾听她们，纵容她们——事实上，对待她们就像对待在童话书里读到的公主一样。

彭贝并不是个健谈的人。但她是一个出色的听众。在一个大家庭里长大的她学会了总是把别人放在第一位，她发现倾听对她来说很容易。她的顾客喋喋不休地谈论她们的期望

① 土耳其名菜，一种用茄子泥精心制作的肉菜。

和挫折。她知道她们的丈夫、孩子、宠物甚至是讨厌的邻居的名字。当她们开玩笑时，她恰如其分地笑。当她们痛斥政客时，她和她们一起做鬼脸。当她们谈到令人心碎的经历时，她的眼睛也湿润了。她用有限的词汇理解这一切。有时她会漏掉一些单词，但却不会漏掉要点。

夕阳早已西下，街道也已经变化。路两边的商店都关门了，钢闸门发出刺耳的声音。卖印度纱丽的商店，黎巴嫩的咖啡馆，清真肉店，散发着熏香和其他味道的嬉皮士之地，还有刚开始卖烤鸡的当地超市……在那里工作或购物的人现正在回家的路上。

八点半，彭贝扫好地，清洗了刷子，把调和染发剂的塑料瓶洗干净。她的手已经习惯了洗刷、擦拭和磨光，如果她命令它们不要劳累，她相信它们也不会服从。当没有什么可做的时候，她抓起她的外套和手提包，最后看了一眼店里。

“再见，吹风机，”她喃喃地说，“再见，发卷、发剪、漂白剂……”

她曾向自己保证，不会哭。她咬着唇，打开门，走到街上。一对中年夫妇摇晃着经过她身边时亲吻了，看起来很沉醉。她尽量不盯着看，但却忍不住。自从她来到这个国家已经过去了八年，但她仍然不习惯看到有人在公共场合接吻。那女人注意到她，从她的情人身边走开了，咯咯地笑了起来，好像被彭贝的羞怯逗乐了。

匆忙中，彭贝锁上门，把钥匙放进丽塔的信箱里。她意识到她忘了给丽塔写一封信，但也许这样更好。没有必要解释任何事情，即使她尝试这么做，她也不认为她会成功。现在她必须找到埃利亚斯，告诉他从现在开始，她要与他相见变得更难了。

相　遇

伦敦，1978 年 11 月 14 日

那个星期二，在学校的午餐休息时间，伊斯坎德尔似乎像往常一样精神振奋。戏弄，嘲笑，玩乐。他吃着牧羊人的馅饼，听着周围人的闲聊。男孩们正在谈论第二天的比赛。切尔西对阵莫斯科迪纳摩。

突然，阿尔沙德转向伊斯坎德尔："嘿，你把那个布丁给我好吗?"

伊斯坎德尔摇摇头。"没…没…门儿…别…别…想!"

周围的谈话突然安静，因为大家都停下来盯着他看。他们以前从未听过他结巴。或者看到他脸红。这情形只持续了一小会，他们又继续开玩笑，但伊斯坎德尔的不安却没有消失。

在教室里，他目不转睛地盯着面前那个学生的衣领，一动不动。他一直这样，直到一张皱巴巴的纸落在他的书桌上。他拿起纸打开看。是凯蒂写的。

“麦琪、克里斯汀、希拉里。如果是男孩，汤姆。”

接着又来了一团纸，问他是否还好。为了满足她的好奇心，伊斯坎德尔草草写了一条短信，又把纸扔了回去。然而，课程一结束，他就抓起背包走了出去，尽管他知道未经允许就离开会给他带来很大的麻烦。在漫无目的地闲逛了一会儿之后，他觉得在上学期间穿着制服显得又小又显眼，于是就向公共汽车站走去。

当公共汽车到达时，他走进通道，没有注意周围的环境。恶臭的空气像悲伤的碎片一样进入他体内。人们成群地站着，尽管中间有很多空座位。他立刻就明白了原因。有个人坐在那里，自言自语，是个流浪汉，一个疯子。他的脸没洗，胡子没刮，眼睛红肿，他把靴子脱掉，在摩挲他那肮脏的、长满老茧的脚底，仿佛它们是世界上最珍贵的东西。空气中弥漫着一股像潮热的垃圾一样的恶臭。

一时兴起，伊斯坎德尔向那个男人蹒跚而行，坐在他旁边。那个流浪汉带着愉快的心情盯着这个同伴，好像在想他是怎么回事。伊斯坎德尔注意到其他人也在盯着他看。他不介意。现在他已开始结巴，他自己感到有点恼火。

当公共汽车慢吞吞地转弯时，伊斯坎德尔在对面的窗口瞥见了自己，脸色苍白，神情空洞。虽然他刚满十六岁，但看上去比实际年龄要大。他想起了他读过的一本漫画书，里面有一个侦探经常遇见未来的自己。也许这就是他现在看到的——一个未来的伊斯坎德尔。

他的思绪又回到他结巴的事情。他想知道自己是否感染了某种病毒。他的母亲会知道该怎么做；她会准备草药茶来舒缓他的喉咙，解开他的舌头。如果她不能，她会写信给贾米拉姨妈。她不总是吹嘘她的双胞胎妹妹知道草药的秘密吗？伊斯肯德坐了下来，对自己会被治愈充满信心。他对母亲的爱在他心中燃起。塔里克叔叔满口废话。他多么希望自己能找到一台时间机器，穿越多年回到他的婴儿时期。在有尤努斯之前。在有埃斯玛之前。只有他和他的母亲沉浸在纯洁的爱中。

这或多或少是他在公车到达伦敦场公园时的心情。

“看起来好像有人在赶时间，”一个疯子对车上的每个人快活地说，好像他们是他的朋友。

伊斯坎德尔觉得有必要说点什么，可是说不出来，就朝那人的方向点了点头。

“再会啦！别让妈妈等着。”

听到这话，伊斯坎德尔感到脊背发凉。当他大步走进明亮的日光时，这个人的笑声仍然回荡在他的脑海中。当他走到薰衣草园街的家，按响门铃的时候，已经是三点半了。

*

埃利亚斯独自坐在客厅里，半掩着的窗帘遮住了一部分，这时他听到门外有脚步声。

“我想知道你住在哪里。”一周前，他这么说，意识到自己已经越过了某种无形的界线。

“怎么了?”

“亲爱的，你知道我住在哪里，我的房子、我的植物、我的工作，但你对我来说是个谜。当你在家远离我的时候，我希望能够想象你在做什么。我脑子里需要一幅画，仅此而已。”

“一幅画?”她问，突然听起来很绝望。

“是的，嗯，不像照片。我是说，听着，如果我能过来看看——几分钟就够了。没有别的。我会像猫一样来，像猫一样离开。没有人会知道。就一次。这有可能吗?”

她咬着嘴唇的内侧，喃喃地说：“不过只能五分钟。然后你就离开。”

那天下午，当孩子们在学校的时候，埃利亚斯走进薰衣草园街的房子。他一踏过门槛，就为自己的整个想法后悔。他可以看出彭贝不想这样做。她屈服于这个计划的唯一原因是想让他开心。她太紧张了，一点声音都吓得她惊慌失措。他感觉很糟糕，不仅因为他在那里，而且因为他在她的生活中，并造成如此多的痛苦。他希望他的爱能创造奇迹，但也许这只会制造麻烦。为了不使她感到比以前更不自在，埃利亚斯穿上外套，准备在她稍有示意时就离开。

然而，他非常渴望通过这座房子对他心爱之人的生活洞察一番。在这个昏暗的、狭小的地方，彭贝一个人待了那么长时间，这就是为什么她像是一个在发条音乐盒里孤独的芭蕾舞女。他看到咖啡桌上、架子上和扶手椅上的花边桌布；她钩织的刺绣，她在窗边的一根绳子上挂着的干辣椒和茄子，还有她那带绒球的大红色拖鞋。他注意到了细节和颜色。整个房间弥漫着浓郁的气味：自制的糕点、刚洗的衣服、淡淡的肉桂和玫瑰水。对埃利亚斯来说，一切都这么新鲜，却如此接近他在黎巴嫩的家人的生活，让他热泪盈眶。

小时候，埃利亚斯和他的祖父母一起在贝鲁特度过了一个夏天，他们漫步在轻柔起伏的海边，感受温暖而宽厚的沙滩。有一次，暴风雨过后，他遇到了一些被冲上岸的深海生物。看到这些奇怪的生物如此无助地不适应环境，他感到很震惊。多年来，当他在许多西方城市工作，观察第一代移民的生活时，他会回忆起这一幕。这些人也与自然环境隔绝。在新的环境中，他们呼吸困难，脆弱不堪，等待大海把他们带回去，或者等待海滩接受他们的不适，帮助他们适应。埃利亚斯理解这种情绪，因为他一直认为自己是一个生活在其他文化海岸的人。然而，他与他们有着本质的不同。他可以在任何地方生存，不依附于任何特定的土地。

他走向门口，对彭贝让他进来表示感谢，并为自己造成的痛苦道歉。她似乎对他的离去感到既宽慰又难过。“留下来，”她用最平静的声音说，“喝点茶再走吧。”

“你确定吗?”

桌子上有一个青铜色的茶壶，有蒸汽喷出来。当她往杯子倒茶的时候，她的手抖得很厉害，以至于滚烫的茶洒出来溅到她深红色的上衣。

“哦，”埃利亚斯喊道，“你烫到了吗?”

彭贝一边扯着上衣不让衣服沾到皮肤，一边摇摇头说：“没事，你在这喝茶，我去换衣服。”

他照做了，继续等待。他刚喝完茶，就听见有人按门铃，先是急促地响了一下，接着是长久的铃声。埃利亚斯感到脖子上的肌肉僵硬了，放在玻璃杯上的手指绷紧了。

彭贝冲出卧室，白上衣的扣子还扣错了，看着他，吓坏了。孩子们还有两个半小时才会回来。邻居们都在干活，不会这样突然闯进来。埃利亚斯向她打了个手势，说他会躲起来，但他不知道怎么躲，也不知道躲在哪里。他们紧张地低语。然后他爬到餐桌下面，仿佛在一个可怕的梦里，无法相信这真的发生了。

一秒钟后，钥匙塞进锁孔的声音响起。彭贝的脸色全变了。现在她知道站在门口的是谁了。只有一个人有自己的钥匙。

平静的斗篷

伦敦，1978 年 12 月 1 日

当埃利亚斯第一次听到杀人的消息时，他正在给他的空气草例行每月一次的浇水。空气草是一种奇特的生物，是植物世界的谜。它们通过叶片上的气孔吸收水分，没有根也能活，不需要根向叶片输送水分等营养物质。它们没有像其他植物一样扎根在土壤里，而是紧紧抓住各种各样的东西，几乎在空中生长，它们是游牧植物。埃利亚斯把他的空气草放在厨房工作台面上的一个大海螺壳里。夏天房子太干了，他每隔十天把植物浸在水里。但现在是冬天了，他只好每四周喷洒一次。

埃利亚斯沉浸在他的工作中，没有听到第一次敲门声。自从上次停电以来，他的门铃一直没有正常运转，他也没有时间去修理它。过了一会儿，又传来一声更响的敲门声。他很好奇在这么早会是谁，就把空气草放在原来的位置，用毛巾擦干手。

彭贝到过他的公寓四次，总是怯生生的，匆匆忙忙，就像鸟儿在树枝上栖息一下，蓄积力量再飞。她看着他在开放式厨房里干活，听着他喋喋不休。她的微笑是真诚的，她眼睛里的不适也是真诚的。

从一开始，她就给他留下矛盾的印象。他看得出她是多么胆怯，几乎是脆弱的，然而在胆怯的里面却有一层坚韧不拔的力量——一股勇气，顽强到大胆的程度，忽隐忽现。一切都纠缠在一起。从她的凝视中，他看到了自己小时候在母亲眼中所看到的星光，从此再也没有在别人眼中看到过。然而，一种持久的忧郁笼罩着她，在某种程度上，正是这种莫名的悲伤把他拉向了她。

自从他们在电影院看《寻子遇仙记》第一次牵手的那一天起，他就渴望和她做爱。他渴望与她亲近，远离所有人的目光，远离跟随她的匆忙、内疚和恐惧。但每次她去他的公寓，一种奇怪的克制感就会降临到他身上，一种他自己都不知道能表现出来的自控力。

他真正想要的是解开她所表现出的困惑。但更重要的是，埃利亚斯意识到，他想让她开心。这听起来是无私的，几乎是高尚的，但他知道，在本质上，这是一种自私的愿望。他渴望他的爱像魔杖一样，改变它所触及的东西。如果他足够纯洁地爱她，他可以把灰姑娘变成公主——美丽、幸福、炽热。正是这种想把她重新塑造成一个更轻盈、更自由的样子的渴望，既激起了他的兴趣，也让他兴奋不已。

从某种意义上说，她还是个年轻的少女。她会牵着他的手，让他偷吻，把她的头靠在他的胸前，为他的身体靠在她身上的温暖而高兴，但她从来不敢更进一步。他凭直觉很快就知道，任何想要越过那条线的举动都会让她感到非常不舒服，并引发巨大的罪恶感。她已经觉得羞愧了：一个带着三个孩子的已婚妇女与一个年长的男人秘密会面。她好几次跟他说想离婚，她的丈夫也一样，但她不想让孩子们不高兴，尤其是最小的孩子，他还太小。她身体上的难以接近，非但没有使他却步，反而使他离得更近了。因此，使他自己大为惊奇的是，他已经接受了她原来的样子。

突然之间，性爱就像一顿大餐快结束时的甜点。毫无疑问，这是一道赏心悦目而精致的菜，虽说不是主菜，却根本不可能跳过。现在他们才刚刚起步。埃利亚斯不知道他们能这样下去多久，他也不急于知道。克制着不做爱反而有一种奇怪的性感。他为自己在这个年纪发现这一点而觉得好笑，他以为自己老得都发现不了什么新东西了。

“真主在考验我们，”她有一次对他说，“你认为我们能通过考验吗?”

“我对真主的考验不感兴趣。我想要面对自己的挑战。”

她不喜欢听他那样说话。她想要他们俩都充满希望和忠诚——他早就失去了这些品质，即使他曾经拥有。从他年轻的时候起，他就没有向更强大的力量祈求过任何东西，如果这是罪，那他始终就是有罪的。尽管如此，埃利亚斯决定不谈论他不可知论的原因。他不想伤了彭贝的心——或她的上帝的心。

然而，在他的灵魂深处，埃利亚斯确信，也许在不远的将来的某一天，他们的指尖会触碰，就好像是他们自愿的那样，这将是他们生命中一个新阶段的开始。然后，他们可以看着对方的眼睛，情真意切，自在赤身。不会再有疑虑。不再觉得羞耻。只要有爱就够了，其他的一切都会随之而来。她会向他走来，自由而轻盈。他会帮助她抚养她的孩子，当他们需要他的时候，他就会出现。他会爱别人，也会被人爱，他灵魂的空洞最终会被修补。现在，当他大步走到走廊上去开门时，埃利亚斯忍不住想知道，是不是彭贝来拜访他了。她不喜欢出其不意地出现，但她也有可能给他一个惊喜。然而，当他打开门时，看到一个陌生人在那里，他很失望。一个十几岁的女孩，穿着喇叭牛仔裤，赤褐色的宽袖衬衫，脖子上围着浅黄色的丝质围巾。头发从中间分开，两侧是蓬松的卷发，前额宽阔，下巴突出。

“我找埃利亚斯，”女孩说。

“我就是，我能帮你什么忙吗?”他回答，脸上带着谨慎的微笑。

“原来是你?”这个问题太出乎意料，听起来像威吓，他无法掩饰自己的困惑。女孩说："我妈妈……"

"什么？"

姑娘抬起头来，不完全接触到他的目光，她知道他在仔细打量她。"我妈妈死了。"

她转身准备离开。他抓住了她的胳膊肘，有点太用力，他一时惊恐不已。

"你在说什么？你是谁？"他问，他的声音颤抖着，接着又问："你妈妈是谁？"

这一刻，他才注意到她一直在哭。

"你不知道我在说谁吗？"她责怪道。

他大概知道了。"我……我不明白。是什么时候……怎么回事？"

"我哥哥用刀捅了她。因为你们的事。"

他的眼睛睁得大大的，脸无血色。他的心跳再次停了一下，然后脑子才恢复了意识。他松开女孩的胳膊，他需要靠在墙上。

"你给我们带来的只有耻辱，"她说，"现在你满意了。"

埃利亚斯开始意识到她是多么爱她的母亲，但同时也妒忌、吝惜和支配她的母亲。但是他说不出话来安慰她或自己。他张开嘴，闭上嘴，像碗里的金鱼。

"我们不想看到你在旁边。不要来参加她的葬礼，也不要试图让自己参与更多。别打扰我们。明白了吗？"

这个请求让人太痛苦了，他无法回答，于是点了点头。“好的。”他说。然后又说一声：“好的。”

他看着她头也不回地匆匆走下台阶。他心里仍然不能完全相信她的话。这个女孩一定是为了挽救父母的婚姻而编造了这个可怕的谎言。孩子们总是这样做。没有什么好担心的。过几小时一切就会明了。

那天下午，埃利亚斯找了个借口不去上班，就待在他的公寓里，等着彭贝过来安慰他。他喝了不少酒，睡得很不好，醒来时嘴里有股铁锈的味道。他早上第一件事就是去取报纸。是这么回事。在头版。“男孩为了名誉杀了母亲”。他眨眼看着这些文字，看到并认得其中每个字，却不愿从整体上理解它们的意思。

*

埃利亚斯第一次注意到一个十几岁的男孩跟着他，是他正在当地的印度商店买芒果泡菜时。这种泡菜香辣美味，和各种菜肴搭配得很好，他打算用来跟腌制的兔子肉搭配。他刚抓起一个罐子，就感到一种奇怪的不适，感觉有人在盯着他看。他本能地转过头去，那个男孩就在商店橱窗外面，透过一堆罐头和盒子盯着他。他脸上充满了敌意，但也有一种类似好奇心的东西。他的眼睛里闪现出一丝兴趣，就像燃烧的煤块上跳动的火花。

埃利亚斯离开了商店，左右张望，决定如果发现男孩在外面等着，就和他谈谈。但当他走上人行道时，一个人也没有。那个男孩一定是在找另外一个人，他猜想。没有必要变得偏执。埃利亚斯选择相信这一点，尽管他认出了这个男孩：他曾在电影院到埃利亚斯跟前借火，他长得很像彭贝。两天后，埃利亚斯又发现了他，在克利奥餐馆门前抽烟。那天晚上，当埃利亚斯做好最坏的打算走出餐馆时，这个男孩又一次消失得无影无踪。就这样过去了。在接下来的几个星期里，男孩跟着埃利亚斯在一天中不同的时间出现，消失，就像一个迷失了方向的幻影。他一次也没有试图隐藏自己，尽管他保持了足够的距离，以便在必要时拔腿就跑。埃利亚斯从来没有向彭贝提起过这些相遇，现在他意识到这是一个严重的错误。

*

有几次，埃利亚斯想去离彭贝家最近的医院或停尸房，但他担心万一遇到她的亲戚或邻居阻拦他怎么办。他希望和她的女儿再进行一次私人谈话，但即使他能找到合适的语言，他也不指望会受到欢迎。女孩已经说得很清楚了。他想过去警察局，但他认为没有什么要告诉他们的。

接下来的几天，他大部分时间都待在厨房里，穿着同样的衣服，头发没有洗过，毫无生气。他准备了各种酱汁和汤，鲜红色、深橙色和奶油白，就白白地放在那里。在他的内心，愤怒、自责和悲伤交织在一起。事情发展到这一步是他的错；这都是他干的。他怎么可能没有预见到它的到来呢？他怎么会这么天真呢？

报纸称头号嫌疑犯伊斯坎德尔·托普拉克仍在逃。埃利亚斯等着他出现在门口，准备面对他。然而，伊斯坎德尔没来，警察出现了。他们问了他太多问题。给他的房子拍了照，收集他工作的详细信息，没完没了地询问他与死者的关系。

当他们最后离开时，埃利亚斯拉上窗帘，他点燃了一根蜡烛，看着它燃烧，直到只剩下一小截。同时，他放上一张费鲁兹[1]的唱片，她那有力的声音穿透了公寓的每一个缝隙，像一阵风一样变换着空气。当她开始唱“夜中人”（Sakan al-Layl）时，他崩溃了，哭了起来。

“夜是平静的，在平静的斗篷下隐藏着梦想……”

这么多年来，他一直自欺地认为自己一天也离不开克利奥餐厅。对于努力工作所带来的疲惫，他的回应是更加努力地工作。但是在接下来的三个星期里，他把自己关在家里，几乎不出门。他的店员不停地给他打电话，问他什么时候回

① Fairuz，1935 年 11 月 21 日生于贝鲁特。黎巴嫩著名歌手。近代阿拉伯世界最负盛名的歌唱家之一。

来。当他们意识到他的痛苦有多深时，他们坚持要他休息一段时间。一个月后，埃利亚斯让他的副厨师负责餐厅。从工作中解脱出来后，他陷入了一种如梦似幻的状态，他惊奇地发现即使是最紧急的任务也不再那么紧急了。

1979 年初，在法庭上作证之后，由于没有其他事情可做，也没有证据或供认，他做了一件他从未想过会做的事情。他收拾了两个行李箱，把剩下的东西分给了员工。他把那只年迈的波斯猫送给安娜贝尔，安娜贝尔很高兴猫又回来了。然后他买了一张单程票，回到了蒙特利尔。

手　表

阿布扎比，1982 年 3 月

一天早晨，天刚亮，阿德姆走到他工作的工地。守夜的警卫是一个高大的巴基斯坦人，有着大大的黑眼睛，看到他很惊讶，但也开心有个同伴。

“你来早了。”警卫说。

“我睡不着。”

那人会意地笑了笑，说：“你一定是想念你的妻子了。给她寄点钱。妻子高兴时，你也高兴。”

阿德姆苦苦思索，希望能想到一句跟这话相符但又不冒犯彭贝亡灵的回答。最后他只是稍稍点了点头。他看到警卫的眼睛像深色的宝石一样闪闪发光，想知道滴几滴柠檬汁进去会不会让这样的眼睛变得更亮。

阿德姆把一支香烟放进嘴里，又递给警卫一支。他们默默地抽了一会儿烟，沉浸在自己的思绪中。阿德姆回忆起年轻时在伊斯坦布尔的日子，他会从街上捡起烟头，用劲吸上最后一口。有一次，他在人行道上发现了半支带有口红印记的香烟。他对这一发现感到倍加困惑：一是惊奇有人会丢掉才抽了一点的香烟；再就是惊奇女人能在街上抽烟。

后来当他到伦敦时，他已经习惯了看到女人们在公共场合吸烟，当罗克萨娜第一次和他分享香烟的时候，他为这一刻的亲密而欣喜。

他拿出几乎还是满满的一包烟，对警卫说："来，拿着。"

"你要给我吗?"那人问。

"是的，我哥哥送我的。"

守夜警卫笑起来，露出一副乳白色的牙齿。

阿德姆想，这也可能是用了柠檬汁的缘故。可惜他从来没试过。英国人的牙齿很差。他应该告诉他们柠檬汁的事。

突然，头顶上传来了数百只翅膀拍动的声音，一群候鸟从他们头顶飞过，仿佛它们是一个整体。它们可能是从伊斯坦布尔一路飞下来的。或者来自伦敦，恰好被他的孩子发现——埃斯玛拿着新买的书正离开书店，尤努斯与那些朋克朋友正在墙上涂鸦，或者狱中的伊斯坎德尔正从监狱的窗户向外望，看着细雨落在院子里——但都没有，想起大儿子和他最后栖身的那个可怕的地方，阿德姆仍然痛苦。阿德姆指责自己。他认为自己对做过的事情所负的责任比对那些还没能做的事情所负的责任要少。他思索着，恍惚间明白，他在生活中总是逃避，总是缺席，总是害怕被大地吞没。

迎着巴基斯坦人的目光，阿德姆苦笑起来。这位守夜人的脸上有一种罕见的天真无邪的表情——这种表情他很久没见过了——他觉得自己离这个人很近，仿佛他们都失去了共同的东西。如果他们在另一个时间见面，他会询问警卫的故事。阿德姆很想看看警卫妻子和孩子的照片，因为这个男人给了自己这样一种印象：无论到哪里，他都会把家人的照片带在身边，甚至会带进他独自守夜的临时小屋。

也许阿德姆也会给守夜人看孩子们的照片——伊斯坎德尔和埃斯玛把小尤努斯抱在怀里，半是骄傲，半是困惑，那时他们刚到英国不久，他们的衣服有点破烂，但他们的表情已经适应了他们的新国家。阿德姆还在他们家离开伊斯坦布尔的那天拍了一张彭贝的照片，但他不允许任何人看到，甚至他自己也不看。

他站起身来，指着工地说："如果你不介意的话，我想在那儿考虑点事。"

夜班警卫耸耸肩说："好吧，不过别想太多了。"他拍了拍脑袋："对大脑没有好处。"

阿德姆迈着沉重的步子在碎石路上走着。在金属蓝的晨光中，这座大楼看上去几乎像幽灵一样，就在他要进入大楼的时候，警卫跑过来追他，手里拿着一个黄色的东西。

"嘿，等等。你忘戴安全帽了。"

"哦，是的，安全帽。谢了，兄弟。"

他戴上安全帽，模仿士兵那样敬个礼，然后走了进去。

*

阿德姆八岁时——或者是九岁时，他永远无法确定——他的母亲带他出去溜达，只有他们两个。他感到很荣幸，因为他是被特别挑选来陪她的，而他的兄弟们都没被带过。

他们手拉手地走着。这是一个灿烂的秋日，但感觉像春天。他们乘一辆迷你小巴去火车站。阿德姆被火车迷住了——它们的气味，它们的声响，它们的壮观。有一个男人在等着他们，在一根半掩着的柱子后面抽烟。他的黑头发打了蜡，使他宽阔的前额和浓密的眉毛显得很突出，他在抽支香烟。他在那儿站了多久了？他叫什么名字？他怎么认识他母亲的？阿德姆永远不会知道答案。

当男人看到女人走近时，一个缓慢而自信的微笑掠过他的脸庞，直到他注意到男孩。

“这孩子……”他说。

“我不能丢下他不管，”母亲说，“拜托了。”

“我们谈过这件事，艾莎。我告诉过你。”

他看上去很不耐烦，而且很匆忙。他的眼睛从女人的脸上飞快地转到火车上，从火车上又转到那个大钟上。

“他是我最小的孩子，”她面无表情地说，“他需要一个母亲。”

那人把香烟扔到地上，踩了一脚，好像在踩一只蟑螂。然后他抬起头，盯着那女人的眼睛。“我已经告诉过你了，我不打算抚养别人的孩子。把他留给他父亲。这对每个人都好。”

她轻轻地把手放在儿子的肩上。“亲爱的，去问问别人现在几点了。”

“什么？可是……”

“我说了，去问问。”艾莎又说了一遍。

当男孩回来的时候——他知道已经十一点二十分了——他发现那个男人在怒吼，妈妈盯着她的脚，一言不发。

“我们赶不上这一班火车了，”那人说，“三点钟还有一班。到时再来。一个人。”

在出去的路上，他们再次牵着手，他和他的母亲。他们飞快地走出车站，走进了蒙蒙细雨中，雨很小，他们不需要寻找避雨处。他们从附近的一个小贩那里买了两包芝麻百吉饼①，他们坐在楼梯上。孩子把一半的饼喂鸽子，而他的母亲看着他，却有如视而不见。

“那个男人是谁，妈妈?”

“只是个朋友。”

---

① 一种硬面包圈。

“我不喜欢他。”他说道，嘴唇颤抖着。他还打不定主意是不是要开始哭。

艾莎把他拉到她身边，拨弄他的头发。“我也不太喜欢他，”她说。

尽管听到这句话他感到安心，但男孩知道有什么不对劲。非常不对劲，即使当他绕圈跑着吓飞鸽子，穿着厚厚的外套还流汗时，他的母亲也没有骂他。即使当他踩进泥泞的水坑，水渗进鞋里，他的鞋子发出吱吱的声音，他的脚趾开始冻僵，他的母亲仍然保持沉默。

“我想和你一起去。”

“噢，是吗?”她问。

“是的，妈妈。我要你带我一起去。答应我?”

突然，艾莎变得严肃起来。“是的，我的小宝贝。”她说。

“不，”男孩纠正道，“你得说我的大宝贝。”

*

阿德姆走进货梯，按下了最上面的按钮：二十二。在那之后，他得走楼梯到第二十七层。

从那里不能再往前走了，因为那里几乎没有什么建筑框架，只有一副铁条骨架。完工后，这栋楼将成为阿布扎比最高的建筑之一。

当他到达顶端时，他拉了一袋水泥靠近边缘，坐在上面，嘴巴干了，他的手像往常一样颤抖着。但是景色是完美的，充满了阳光。这比富人在顶层公寓和智能办公室里看到的景象要好得多。在他的对面是一家著名的酒店，有华丽的阳台和精致的立面。有那么一瞬间，他以为有人在看着他——这种感觉来得快去得也快。

他坐在那儿，看着云朵飘过，双腿悬在框架上，他试图猜测爸爸第一次听到有关母亲的闲言碎语时的反应。奇怪的是，尽管如此，他无法回忆起童年时期的任何情景，而显然他的父亲确实知道。他也想不出有谁会玷污艾莎的名字，尽管他估计有不少人会。是邻居吗？是街角的清真屠夫——在做羊排的时候说漏嘴了？还是在茶馆里坐在他旁边的一个完全陌生的人，假装是朋友，嘴里却吐出怨恨和诽谤？流言比光传播得快。他们会说“对像你这样的好男人做了什么”，给人虚假的安慰，对别人的不幸感到欣喜。

这个故事传了好几年，好多人知道。最近，一名土耳其工人来到这里，他知道伊斯坎德尔的罪行及其背后的原因。如果那人口风不紧，谣言也会在这里传开的。阿德姆会在同事们的眼里看到他逐渐认识到的邪恶光芒——怜悯、嘲笑、好奇。但这无关紧要。就在此刻，阿德姆决定，一切都无关紧要了。他是过去那个人的影子，谁也不能伤害他的影子。

远远望去，地平线上是一片橙红色的光带，闪亮而耀眼。

在这朦胧的微光中，世界显得出奇的寂静，出奇的澄明。阿德姆坐在那里，欣赏着黎明的曙光，远处的建筑在平静的景色映衬下燃烧。仿佛天空裂开了一条缝，露出了另一个宇宙，每个人和每件事都是用真主的画笔勾勒出来的。

*

那天下午三点，阿德姆的母亲没有回到火车站。相反，她抓住儿子的手，一起去了郊外。他们徒步上山，迎着风，无视沿途的路标，所有的路标上都写着不许擅自进入。他们被禁止走近大坝，但他们去了。没有人看见或阻止他们。他们坐在河堤上，下面的水神秘地闪闪发光。

"你看，我不会离开你的，"艾莎说，"你开心吗?"

男孩说是的，但他的牙齿在打战，嘴唇有点发青，虽然天气并没有那么冷。他手里拿着一块手帕绕啊绕，拧成一个结，然后就解不开了。

"我们回家吧，"他听见自己喘着气在恳求，"我想回家。"

"家里有什么?"妈妈厉声说道。她的声音像潮湿的空气一样浑厚，听起来那么陌生。然后，她似乎对自己的反应感到羞愧，把手指放在嘴唇上，柔声说道："安静。"

好像是受到她的请求驱使，一切都沉默了。树上的蝉，田野里的蟋蟀，远处路上的卡车，甚至伊斯坦布尔那没完没了的嗡嗡声……世界停了下来。每个人和每件事都遵守她的愿望。这是他们在玩的游戏。阿德姆觉得自己很特别，长大了。他的母亲没有与他的兄弟们分享秘密，而是与他分享。

“妈妈……”

“嗯?”

“我们要去哪儿?”

“亲爱的，我们以前谈过这个问题。”

“我忘了。”

“我们要去一个可爱的地方，那里有很多焦糖苹果。”

“但是如果我吃得太多，我的牙齿就会烂掉。”

“别担心。你想吃多少就吃多少。”

阿德姆试图表现出一丝喜悦，但他的眼睛仍然困惑不安。他不喜欢妈妈语气的改变。母亲应该大惊小怪，责骂不休，说糖果会腐烂牙齿或吃坏肚子。他最近有一种感觉，大家都没履行自己的职责。

艾莎叹了口气，感觉到了儿子的不安，就像谷仓里的猫头鹰在黑暗中察觉到最轻微的动静一样。她垂下眼睛说：“我们要去的地方没有人会生病。你的牙齿会很好，我的头也不会再疼了。那不是很好吗?”

“那你为什么哭?”他想问，但不能。她那微痒、柔软而温暖的拥抱让人感觉温柔而痛苦。当他抱着妈妈的背，男孩能感觉到太阳的光热照在她身上。在她的呼吸里——在她通常的温暖甜蜜的气味中——有一种腐烂的东西的酸味。他摸了摸她右脸颊上的一块淤青，就在她的眼睛下面。他们离开家那会几乎看不出来。但现在她的妆已经脱掉了，使得这块难看的青绿色伤痕很突出，而中间位置的颜色更深。阿德姆被一种前所未有的恐惧攫住了，他紧紧抓住母亲的手，他冰冷而苍白的指尖贴着她的皮肤。他们一起走近大坝边缘，影子随着脚步拖动。她的嘴唇不停地动着，他知道她在祈祷。就在她准备身体向前冲，拉着他一起时，他惊慌失措，条件反射地跳到一边。他的手迅速地从她的手中滑了出来，就像匕首从鞘里拔出一样快。这突如其来的举动搅乱了一切，使她一时失去平衡，却没有打动她的决心。艾莎倒了下去，但她没有向前猛跌到下面的水里，而是横着滚下山坡。她摔了几码远，荨麻和石头划破了她的脸；她的下唇裂开了。

“妈妈，你还好吧?”他从上面喊道。

她没事，但一点也不好。他们回到家，没对任何人说过这件事。

两年后，由于无法再忍受下去，艾莎抛弃了他们。一大早晨，她走了，她的外套不在衣架上，床底下有个破烂的手提箱也不见了。阿德姆不相信妈妈没有带上他就走了，而且，为了让自己确信事实并非如此，他每天打开她梳妆台的抽屉好几次，查看她的银镜子和梳子。只要它们在那里，她就会回来。当人们在屋里屋外闲聊时，他听着他们讲那些难听的话，但他从来没有向任何人提过，尤其是对爸爸（那个喝醉了的）说妈妈曾试图杀死他们母子俩。他也没有透露他在车站见过的那个人的任何情况——他现在明白了，那人就是与母亲私奔的男人。

*

前一天晚上，在沙漠边缘的一处昏暗的公寓里，阿德姆再次赌博，输了——无论他加班多少次，这笔钱他都赔不了。此刻，当他擦拭眼睛时，吸了吸鼻子，惊奇地看到手上的泪珠。他不知道他在哭。但他真正感到的并不是悲伤。一种深深的冷漠淹没了他，接受了他无法改变的东西——包括他自己。

他小心翼翼地摘下手表放在一边。如果这是真的劳力士，他会想把它留给哪个儿子，可能是尤努斯。但他不想给他的儿子留下一份假礼物。他只希望那个夜班警卫能找到它。

***

什鲁斯伯里监狱，1991 年

第二天一早，齐尚把我喊醒，叫我练习冥想。与往常不同，我没有抱怨。我们盘腿坐在地上，面对面。他满脸笑容。我不知道他的活力从哪里来的。

“保持头脑清醒，”他说，仿佛他总是那样。“空气污染对城市没有好处。大脑污染对人类没有好处。”

我们默默地坐了十分钟。这是他上个月教我的练习。我不应该想任何事情，而这是我永远无法做到的。果然，我的思绪开始摇摆不定，很快就变成了女巫的集会。我为那个神秘的访客而困恼。我不停地想可能是谁。塔里克叔叔、演说家、我的老朋友艾尔沙德……我不想看到他们中的任何一个。我怪他们把我变成现在的我。然而他们都是自由的，享受着他们的生活，而我在这里煎熬。

所以冥想不起作用。从来没有。但齐尚看起来并不沮丧。他从不沮丧。

“伊斯坎德尔，当你想到别人时，你内心的所有能量都归于他们。你没有什么留给自己的。”

在齐尚的世界里，有一个无形的网络连接着空间里的人物、事件和地点。我们通过这些网络的管道互相传送东西。就像一部疯狂的科幻电影。

“人心像口锅。每天，我们产生热量，制造能量。但是当我们指责别人时，当我们谈论一些可怕的事情时，内心的能量就会转移到别处。我们的心就变得冰冷。”

齐尚说：“自我内省总是更好的。让别人管他们自己。每一种痛苦都是沉重的包袱。为什么要背起来？你是热气球。告诉我，你想上还是下？放开愤怒和伤害。放下包袱。”

“宇宙中有两条弧线。一条上升，另一条下降。每个人都在不停地移动。有些人下降，有些人上升。如果你想攀登，就开始批评自己吧。一个看不到自己缺点的人永远无法痊愈。”

自从齐尚出现在我牢房的那天起，我已经有很多次想打他的脸或者叫他闭嘴。奇怪的是，我不能。我必须对这个家伙有很高的忍耐力。我听着他不停地说废话，有时觉得好笑，有时又有点信服。所以当我听到他接下来说的话，我甚至听进去了。

“以前的访客来看你时，答应齐尚你不要死控。”

我大笑。“是失—控。”

“是的，是的。不要和任何人争吵。别忘了，你在为自己努力。你是一块宝石，但你有粗糙的边缘，非常粗糙。你要像工人一样苦干。”

这个人让我很困惑。用同一张嘴，他说我像炊具、热气球和建筑工人。我听见自己说，“我不是宝石，齐尚。不像你，我犯了一桩大罪。”

齐尚闭上眼睛，呼出一口气。喘息声又长又深，使我想起了我父亲的哮喘发作。“这个世界上有很多人堕落。但是很少有人会掉下来。在下降弧线的尽头，你知道有什么吗？”

“不知道。”

“地狱，”他说。“你去过那儿。啊，你的灵魂在火焰中。但这是必须的。因为你做了坏事。你必须燃烧。然后你开始往上爬。上升的弧线。你知道尽头是什么吗?”

“天堂?”我提出。

“是的，当我们爱着，当我们被爱着，当我们摆脱了有害的能量，我们就能接近天堂。每天一小步。我不能保证你能做到。但我们要尝试，亚历克斯。我们要努力。”

到了本周探视的时间，我走到来访者的房间，不知道会发生什么。麦克劳克林警官在现场。他没有看我，但不用费劲想就能猜出他想看我们出丑，如果有的话。

然后我看到了他。这是尤努斯。我的弟弟，我几年没见了。从我入狱那天起，他只来看过我两次。一次，就在审判之后。我们一句话也没说。他只是坐着，看着自己的手。一年后他又来了。还是没说话。后来他就没来了。

他已长大成人。中等身材，修长，相当帅气。尽管他已经改变了许多，但他的眼睛还是那样。柔软，友善，睫毛浓密。一双爱上朋克女孩的男孩眼睛。

“嗨，伙计。”

“你好，哥哥。”他说。

我们凝视着对方。我先把眼睛转过去。我更容易面对埃斯玛。她讨厌我。明确无误。她不时地到这里来发泄她的怒气。她会当着我的面说各种话，当然也会在背后说。然而，她从未让我感到有我现在一半的罪恶感。在尤努斯的眼中，有种我无法忍受的神情：寻求理解。他仍在寻找解释。他仍然相信人类是善良的，一定是某种邪恶的东西战胜了我，才发生了如此可怕的事情。

“你的音乐会怎么样？”

“很好，”他恳切地说，“我的第一张专辑刚刚发行。我给你带了一张，但他们拿走了。他们说会把它交给你。”

“是的，别担心。”我说。但我知道我永远不会得到那张专辑。“你为什么在这儿，尤努斯？别误会我。很高兴见到你。只是……我很惊讶。”

他犹豫了一下。他的脸上掠过一道阴影。他说：“你很快就出来了。我需要知道你的计划是什么。”

我的计划吗？听起来太差劲了。太孩子气。但这是我的弟弟。我不会让他伤心的。我答应过齐尚要开始攀登，不管那意味着什么。

“我的计划是找一份体面的工作。养活我自己。过平静的生活。如果凯蒂讲道理的话，能陪着我儿子就太好了。”我停了一秒。“多花点时间陪你和埃斯玛。如果你们想让我回来的话。”

尤努斯挺直了背，直视着我。“我一直在想是否要告诉你这件事，我以前决定不告诉你。这些年来，我没有。埃斯玛也是。我们达成了协议。但现在我不再隐瞒了。”

我轻笑一声，没笑起来。“嘿，别打哑谜了。我不知道你在说什么。”

他深深地吸了一口气。说道：“你杀妈妈的时候我还是个孩子。我阻止不了你。如果你再伤害她，那就不一样了。我不再是一个孩子了。我会打你的。”

有那么一秒钟，我担心我弟弟已经失去理智了。我以前见过这种情况。在疯人院里的人们，悲痛得失去了理智。

“尤努斯，你在说什么？”

“我说我爱妈妈，我不会让你再伤害她。”

“弟弟，妈妈已经……”

“不，我还没说完，”他大声打断我。麦克劳克林警官用闪烁的眼睛看着我们。他一直希望看到的戏剧性场面即将开始。

然后尤努斯压低声音，又低又粗，我不太确定我是否听对了。

“伊斯坎德尔，听我说，”他说，“妈妈还活着。”

伊斯坎德尔·托普拉克

镜中像

伦敦，1978 年 11 月 30 日

正在吃早餐的尤努斯抬起头，微笑地看着沙发上的两个女人。奇迹发生了。他的小姨贾米拉来到了伦敦。他已经三年没见到小姨了。在此之前，他们偶尔会去拜访她，大多数是在夏天，但他们的会面如此短暂和紧张，几乎让他们头晕目眩。然而，在过去的三年里，一家人没有旅行，因为他们再也负担不起度假的费用。如今，彼此想念了这么久，姐妹俩又回到了同一个屋檐下：粉色命运和足够美丽。

尤努斯坐着，寻找这对如同镜像一般的双胞胎姐妹之间的区别，就好像在玩一个奇怪的游戏。彭贝是左撇子，贾米拉是右撇子。彭贝右颊上有个酒窝，贾米拉左颊上有个酒窝。彭贝脸上的痣在额头的右边，而贾米拉的痣在额头的左边。她们的发旋儿方向也是反的。总的来说，贾米拉比彭贝高半英寸，四肢略长一些，手指略细。

“还有别的不同吗，妈妈?”尤努斯问。

“嗯，实际上，还有一个区别。你忘记了最重要的一个。”

尤努斯插嘴问：“真的吗？是什么？”

回答的是贾米拉：“我们心脏跳动的位置不同。”

“什么意思？”

她们的状况在双胞胎中很少见。彭贝的心脏在身体的左边跳动，而贾米拉的心脏在右边。

“哇，”尤努斯赞叹道。

看到他们这么兴奋，彭贝大笑起来，很久没有这么轻松，这么畅快了。

他们都没有太注意贾米拉没能与其他两个家庭成员打招呼：阿德姆离开伦敦去了阿布扎比；伊斯坎德尔前一天晚上回家时每个人都睡着了，而早上出去前彭贝没来得及找机会告诉他姨妈在这。她们打算晚上给他一个惊喜。

尤努斯恳求母亲让他待在家里。他感觉不舒服，他说喉咙痛，感觉很不好。彭贝知道，即使这是真的，他也说得太过了些，但她很高兴能和她的双胞胎妹妹在一起，所以她让儿子翘了一天课。她们在窗边喝着茶，用库尔德语交谈，这实际上把尤努斯排除在谈话之外。彭贝向贾米拉吐露，不知怎的，人们听说了她和埃利亚斯的事。有人说闲话，讲得很难听。这些话传到了伊斯坎德尔的耳朵里。他不再正眼看她，她低声说。伊斯坎德尔禁止她去上班，更厉害的是，他还禁止她离开家。彭贝强颜欢笑地解释这一切，使尤努斯无法感觉到她有多烦躁不安。

贾米拉说："我们会解决这个问题的，上帝保佑。让我和我外甥谈谈。"然后，她高兴地笑了，仿佛她所设想的交谈实际上已经发生了。"要不这样吧，我今天出去买点东西怎样呢?"

她可以挑些新鲜的蔬菜，买些好吃的面包，找到最好的药草。她一句英语都不会说，但如果尤努斯肯帮忙，那就不成问题，而他的喉咙似乎突然好转了。

尤努斯很高兴能和姨妈在一起，他抓住了这个机会。"是的，是的，妈妈，让我去吧!"

"可别回来得太晚。"彭贝说。

这一天和往常一样。或者更好。11 月 30 日，星期四。正当贾米拉和尤努斯穿上鞋子和外套时，彭贝拦住了他们。

"哦，等一下!"

她从包里掏出一支深梅红色的口红，涂上了她妹妹的嘴唇，这嘴唇因为多年的日晒、风吹雨打和疏于护理而变得又干裂又苍白。然后她把妹妹的头巾扯了下来。贾米拉浓密的头发披散在肩上，像深褐色的瀑布。

"你这样看起来更漂亮。"

贾米拉犹豫了。在走廊狭窄的镜子里，她瞥见了自己。这件新衣服，这种新发型，这样新的自己使她感到不安。尤努斯站在她身旁，用土耳其语催促道："就这样吧，阿姨。你看起来美极了。”

她让步了。“好吧，你说了算。”

彭贝微笑着给了妹妹一些纸钞，也给了尤努斯一大把零钱。然后她吻了他们俩。“别忘了买豆蔻。我们今晚要吃肉。我喝咖啡需要它。”

他们就这样离开了。贾米拉和尤努斯很高兴能够结伴。她试着跟他说库尔德语，发现他一点也没听懂，她很失望。两人的土耳其语都不好，他们几乎不交谈，就手拉手，自得其乐。尤努斯和姨妈在一起很开心，两人逛了两个小时，在回家的路上遇到了托比科，他觉得有更重要的事情要做。

朋克们正计划夺回他们的老房子。大日子终于到来了。午夜时分，全体人员集合他们的队伍，准备发动期待已久的反扑。他们会用撬棍撬开维多利亚式房屋四周的围栏，然后拿着睡袋和弹药重新占领这个地方。第二天早上，整个社区的人都会被他们的到来惊醒，如果议会派出军队，他们会用石头和瓶子把军队赶走。

尤努斯见托比科情绪激动，便问他的姨妈，他和朋友出去转一会儿是否合适。他说，反正他们快到家了，购物单的东西他们也都买了。

“你确定你妈妈会同意吗?”贾米拉问。

这听起来与其说是一个问题，不如说是一个轻微的谴责，尤努斯向她保证：“我保证，我马上就能赶上你。”

贾米拉点点头，抓起包朝尤努斯指给她看的方向走去。在路上，她停了几次：听一听街头音乐家的演奏，盯着墙上的壁画，瞥一眼商店橱窗，惊叹于琳琅满目的商品。在这样一个陌生的城市里，她感到既敬畏又惊奇，所以她没有注意到有人跟着她。

柠檬树

伦敦，1978 年 11 月 30 日

彭贝在厨房里哼着一支古老的库尔德情歌“苏珊·苏茜”，那是一首忧伤的歌，像大多数库尔德情歌那样，让演唱者的情绪变得低落。然而，彭贝一点儿也不孤独。虽然她的头脑一片混乱，她的心想到埃利亚斯也会痛，但她还是不由自主地感到了幸福。她妹妹的到来使她对生活重新燃起了信心，给了她新的希望。几个月前，她给阿德姆写了一封信，向他解释说他们需要彻底分开。他一直没回应。现在她要去找个律师。阿德姆会感到难过，但他不会感到惊讶。更让人欣慰的是，迈出第一步的是她，而不是他。毫无疑问，说服伊斯坎德尔要难得多，但也许她能让儿子明白。她不会再对他撒谎，只会说实话。从现在起事情就不一样了。彭贝不知道怎么做，但她相信事情会这样的。

制定好计划后，她开始准备柠檬酥皮派——她从埃利亚斯那里学做的甜点。她希望用这种甘美的甜食给贾米拉一个惊喜。她们小时候就喜欢啃腌制的柠檬，甚至有一句押韵的口头禅：酸加酸等于甜。她们的姐姐们从没习惯过这种口味，每尝一次，她们的脸都会酸得起皱。然而这对双胞胎一次可以吃五个柠檬，她们最喜欢的果酱总是又酸又甜。

不过，贾米拉以前的胃口似乎没有以前大。她前一天到达伦敦，从那以后她几乎没吃什么，很少谈论自己。她变了，她的妹妹。她的眼睛被黑眼圈遮住了，她的微笑犹豫不决，几乎像是道歉。但这些变化是如此微妙，以至于只有彭贝才注意到它们。孩子们惊奇地发现他们的母亲和姨妈仍然是一样的。有一次，贾米拉脱掉了粗糙的羊毛外套，穿上了彭贝的一件连衣裙，用同样的方法梳着她的头发——朝着头顶头发自然分开的地方梳——他们就分不清了。

当她把鸡蛋和糖打成一层厚厚的泡沫后，彭贝打开了烤箱。埃利亚斯建议她多加些磨碎的柠檬。彭贝总是把柠檬、橘子和酸橙放在阳台上的竹篮里。以前她也曾尝试种植柠檬树，但每次种的树都会被突如其来的严霜冻死。

彭贝还是哼着那首歌，匆匆走到阳台上。无意中，她的眼睛从钢栏杆滑到下面的街道上。有东西吸引了她的目光。一秒钟之后，她看到她的双胞胎妹妹进入了薰衣草园，提着许多袋子。彭贝伸长脖子越过栏杆，挥手示意。她妹妹起初没有注意到。

“贾米拉……抬头看！在这里！”

贾米拉抬起眼睛望着阳台，脸上带着平静的表情。彭贝绽开了笑脸。在她妹妹严肃的面容和端庄的举止下，有一种孩子般的天真，像雾一样轻柔。她不禁羡慕妹妹多么引人注目。因为她们虽然相似，却不一样。魅力自然落在贾米拉身上，就像蜜蜂在花朵上安家一样。彭贝认为，贾米拉充满了活力和光明，充满了刚毅和沉着，不像自己。

“我在给你做甜点!”

“什么?”贾米拉问道，一辆路过的汽车分散了她的注意力。

“我在——”话没说完，彭贝注意到伊斯坎德尔在路上走着。

有一两秒钟的时间，彭贝看着她的大儿子跟在妹妹后面。伊斯坎德尔的眼睛眯成了一条缝；他的下巴绷得紧紧的，嘴唇不停地动着，好像在跟自己吵架。

她弄不明白究竟发生了什么。即使她看见儿子冲向贾米拉；即使她注意到他手里的刀，即使他挡在妹妹前面；说出那些话打消他的疑虑，她还是不敢相信眼前发生的事。当现实如帷幕般突然被拉开时，她感到身上的血突然被抽干了。她仍然抓着柠檬，从阳台飞奔到起居室，穿过走廊，出了门，冲到了街上。

彭贝跑了起来。她在八英尺远的地方看到她的儿子刺伤了她的妹妹。伊斯坎德尔胡乱匆忙地挥了一下刀，仿佛他想马上把它拿出来，然后就走开。刀刃在空中画了一个半圆，刺进了贾米拉右胸。他们身后的彭贝发出哽咽的声音。她瞬间知道，从骨子里知道，那把刀已经刺进了妹妹的心脏。

伊斯坎德尔往后退了一步，停了片刻，对着手里的刀皱着眉头。有那么一会儿，他似乎很困惑，仿佛他不知道自己做了什么，仿佛他是一个被线牵引的木偶，现在才醒过来。他猛地把刀扔到一边，朝相反的方向飞奔而去。

彭贝能听到有人尖叫。风中刺耳的嗥叫。又过了一分钟，她才意识到声音是自己发出来的。她动弹不得，因为她没有身体。她没有实体。她只是一个声音。她的整个人形被缩小了——或者放大了——变成了一种叫喊声，像螺旋一般不断地发出来，萦绕着，旋转着，化成无尽的回声。

眼睛睁得大大的，胃里在翻腾，彭贝踉踉跄跄地走向她的妹妹。袋子里的东西散落在街上。面包卷、奶酪、青苹果、一罐罗勒、一包小豆蔻。

彭贝像个梦游者，拥抱着她的孪生妹妹。她吻了吻贾米拉的脸——她的额头，她的颧骨，她脖子前面的凹陷处。她检查了妹妹的脉搏，但脉搏很弱，她的身体显得虚弱，已经失去了温度。她脸上所有的光泽都消失了，除了嘴唇，嘴唇现在成了她伤口的颜色。彭贝开始颤抖，就好像她的生命也在流血一样。一摊黑黝黝的血，几乎是黑色的，在地上变宽变厚。她听到急促的脚步声，低沉的说话声。救护车的警报声在路角响起。砰的关车门声，还有警察的无线通话声。她踉踉跄跄地从她妹妹的尸体旁走开，穿着拖鞋艰难地走在柏油马路上。

半分钟后，一位善良的阿尔巴尼亚邻居，一位上了年纪的妇女，从街的另一头走过来，注意到了街上的骚动。她又迷惑又害怕，一头扑向地上的尸体。她跪下来，尖叫着，号啕大哭着。

“哦，可怜的东西！你怎么了？彭贝，亲爱的！”

彭贝走在稍远处的街道上，全身都起了鸡皮疙瘩。听到自己被哀悼是一件不可思议、令人毛骨悚然的事情，但奇怪的是，这也帮助她从周围的环境中解脱出来。她既没有停下来，也没有回头看。她双臂交叉在胸前，头低垂着，仿佛在迎风而行，像幽灵一样在人群中飘荡。

*

那天余下的时间里，彭贝在街上漫步，看到了她从未去过的伦敦东部的一些地方。她知道她不能回家，也不能去见埃利亚斯，因为伊斯坎德尔还潜逃在某处。她儿子会意识到自己的错误，回来找她，这只是时间问题。她如此害怕，以至于不能为她的妹妹伤心。她变得越来越不安，好像焦虑是一种物质，一种液体，一点一点地填满了她。

有好几次她不得不停下来，深呼吸，让自己平静。她一直在“水晶剪刀”发廊外绕圈子，直到她在入口处对面停了下来。她没有解释就离开了她的工作。她把钥匙放在信箱里，然后就放弃了。现在，她躲在一辆皇家邮车后面，透过窗户看到丽塔的侧影。里面有两个顾客，还有一个肯定是新来的学徒——一个头发染成紫红色的年轻亚洲女人。

彭贝潜入发廊后面的区域，那里是她们晾毛巾、工作服和围裙的地方。如果幸运的话，她会找到衣服穿。她的上衣沾着血，但她一直胳膊交叉，耸肩弓身，把血渍遮住。经过她身边的那些人都没有注意到。或者他们也许只是装作不看。她打开后门，蹑手蹑脚地走进去，停了下来。

学徒嘴里叼着一块口香糖，随着沙龙里播放的音乐，左右摇摆，准备把毛巾从绳子上取下来。要收身回去太晚了，没有地方可以遮蔽。彭贝发现自己在瞪着这个陌生人，陌生人也正在瞪着她。

“对不起。”彭贝说道，她的脸颊越来越红。她向前猛冲，抓起一件罩衫就匆匆跑开了。

“嘿，你在干什么?”店员喊道。“小偷！小偷!”

可是，彭贝已经走远了。

在接下来的几个小时里，她一直在徘徊，夕阳温柔地抚摸着她的脖颈。她无处可去。如果她去警察局，他们会审问她。由于听不懂他们的语言，她无法回答他们的问题，最终可能会被追究责任。

她也不能在邻居家里避难。谁愿意冒险？此外，她也不知道伊斯坎德尔是单独行动，还是由别人指挥。如果是这样，还有谁牵涉其中？塔里克参与了吗？她丈夫呢？难道这两兄弟说服了她的苏丹，她的心肝宝贝伊斯坎德尔杀死自己的亲人？她的头在抽搐。她不能相信任何人，除了埃利亚斯。一想到他，她就不寒而栗。就这样吧。她再也见不到他了。伊斯坎德尔不知道埃利亚斯住在哪里，也不知道埃利亚斯在哪里工作，这是件好事，她想。只要自己远离他，埃利亚斯就没事了。他最好是相信她已经死了。

内疚，这条在她胸腔里栖息了几个月的鬼鬼祟祟的蛇，一天比一天健壮，现在以它那丑陋而庄严的样子出现了，正在折磨着她的灵魂。她只责怪自己。是她和埃利亚斯的爱情导致了这场灾难。她怎么忍心再见到他？事实上，此时此刻，彭贝还在试图原谅伊斯坎德尔。她渴望见到她的另外两个孩子。当他们发现姨妈死了，妈妈失踪了，他们会怎么办？警察会告诉他们什么，他们又会对警察说什么？

夜幕降临时，彭贝慢慢地走回自己的住处，虽然她知道这么做危险。她尽可能地隐藏自己，来到了薰衣草园。就在几小时前贾米拉死的地方，现在有一个白色粉笔画出的轮廓。现场被封锁，一些人在附近吸烟，评论。由于无法再靠近，她决定消失。

那天晚上，彭贝在一家巴克莱银行门前发现了一个扔垃圾的角落，蜷缩在那里，每当一辆汽车驶过，她就会退缩。她上了公共厕所，向餐馆老板讨了些水和食物，哭着睡着了。

“醒来！起来，你这个渣滓！”一个流浪汉站在她身旁。个子高高的，圆圆的啤酒肚，肿胀的脸，浓密的眉毛，牙缺了几个。“妈的搞什么鬼！你在我的地盘我做什么？”

彭贝慌忙跳起来，嘴唇颤抖着。“我……我很抱歉。”她闻到了他的气味。混杂着葡萄酒、烟草、樟脑丸和尿液的味道。那人故意跌跌撞撞地向她走来。彭贝躲开了他，跑了起来。

“嘿，回来，小鸟！你为什么这么害怕？”

那个流浪汉看着她一路狂奔，直到消失在拐角处。他咯咯地笑着，好像在跟自己开玩笑似的。他在那个仍然温暖的角落里坐了下来，一边叹了口气，一边脱下靴子，心不在焉地摩挲着自己的脚。

埃斯玛

伦敦，1978 年 12 月 1 日

厨房里有太多的食物——大锅和炖锅里盛满美味佳肴，散发着浓重刺鼻的气味；工作台上、餐桌上、椅子上、还有地板上到处摆着砂锅菜、糕点和甜点。我不知道谁会把它们都吃掉，反正只有我和尤努斯。但悼念的人不断地到来，他们给我们带来了食物。客厅里，各个年龄段的妇女并排坐在一起。有些是老邻居；有些人我只是模模糊糊地认识；还有一些是我第一次见到的。每来一群客人，梅拉尔伯母作为主人就站起来迎接他们，跟他们一起哭。尤努斯和我坐在一个角落里，人在那儿，魂不在那儿——就像两只小鱼在空空的鱼缸里一样。每个人都走近我们，盯着我们，打量我们，轻敲着把我们和他们隔开的玻璃墙，然后等着我们做出反应。我们看到了他们，听到了他们的声音，但我们什么都没感觉到，对他们安慰的话也麻木了。我们的头脑在忙于解决一个只有我们意识到的谜团。

“埃斯玛，都是我的错。”尤努斯说。

“你什么意思?”

“我把小姨一个人留下了……”

我握着他的手，拥抱他。“是伊斯坎德尔干的，不是你，亲爱的。”

“但如果救护车里的是贾米拉阿姨，妈妈在哪呢?”

“这也是我想知道的。”

不到一个小时我们就知道答案了。中午时分，门又开了，一位新客人走了进来，从头到脚一身鲜绿色，还戴着一顶羽毛帽子。悼念者呆呆地望着她闪闪发光的饰物、涂着指甲油的手、奇怪的样子，说不出话来。

然而，我很高兴见到她。“哦，丽塔……”我边说边哭着跑向她。

我们俩一起坐在厨房的桌子旁，避开了窥探的目光。

“我妈妈没死。”我低声说。她点了点头。

“她跟你在一起吗?”又一次点头。

丽塔说，一大早，当她去开发廊的时候，她发现她的老伙计睡在门阶上。她问彭贝发生了什么事，但没有问出什么。她把彭贝带到后面的房间，端上茶和饼干，关上百叶窗，给学徒放了一天假，宣布关门歇业。然后她帮我妈妈洗脸，弄干净身子。

“你能让她在你那安顿几天吗?”我问。“等我们解决这个问题。”

丽塔摇了摇头。她的男朋友不可能同意她把我妈妈带回家，而且，就算他同意，她也不确定能把这个秘密告诉他。

“还有一件事，”丽塔说。她递给我一张写有埃利亚斯名字和地址的纸，“你得告诉他你妈妈死了。彭贝认为这样更好。”

别无他话。我陪丽塔走到门口。丽塔在离开前给了我一个含泪的拥抱，体现出无微不至的关怀：“对不起，亲爱的。你的母亲对我是那么珍贵。”

*

日落之后，尤努斯和我手拉着手从后门进入“水晶剪刀”发廊。在我有生之年，我永远不会忘记我们扑到妈妈怀里的那一刻，我们一起哭着笑着。她看上去受到了惊吓，脸颊凹陷，眼睛周围有黑眼圈。

尤努斯把头靠在妈妈的胸前，一边呻吟着：“都是我的错。我让贾米拉姨妈一个人走。我和我的朋友们聊天，我让她自己走回去。”

妈妈吻了他一下。然后吻了我，低声问：“你跟他说话了吗?”

我简要地告诉她我通知埃利亚斯的事。她听着，意气消沉，精疲力竭，半梦半醒似的。

“他们在说你的坏话，”尤努斯插嘴说，“我们再也不跟他们说话了。”

我母亲知道整个街坊到处都是流言蜚语。有些人指责她给家庭带来耻辱，激怒了她的儿子选择这样一条黑暗的道路。

我怒视着我的弟弟。“再过一天就要举行葬礼了。梅拉尔伯母正在安排一切。”

就在那时，尤努斯抓住我母亲的胳膊，拍了拍，带着笃定的口吻说道：“别担心。我知道带你去哪里。在伦敦有一个地方你会完全安全，没有人会把你交给警察。

因此，根据官方记录，我的母亲彭贝·卡达尔·托普拉克今年去世，死时三十三岁。而她开始在哈克尼一间破烂的棚屋里生活，那里住着一群朋克摇滚歌手。

清　洗

伦敦，1978 年 12 月 5 日

彭贝倚在床上坐着，脸上带着疲惫的表情。她用胳膊搂住弯曲的膝盖，手指紧扣。她胸口一阵紧绷，越来越疼，好像有什么东西压在她的肋骨上。呼吸也费劲。咽口水都疼。

维多利亚式老屋这会黑黢黢的，她听着房子里的动静，闻着空气中淡淡的酸味。灰尘、汗味、发霉的家具、潮湿的衣服、脏兮兮的床单、空瓶子、满满的烟灰缸。跟几个人在一个房间里，并排睡在地板上，让她想起了她的童年。她回忆起她和七个姐妹如何整夜沉睡，互相搂抱，互相取暖。不管有多少毯子，她都会在半夜醒来，浑身冰凉，什么都没盖。她把离她最近的毯子盖在头上，尽量把自己裹得严严实实，让另一个姐妹无所遮盖。

现在，彭贝的眼睛越过熟睡的年轻人，望着窗外的凄凉虚无，感到一种从未有过的倦息。一个小时过去了。也许更久。她无从得知。过了一会儿，她的眼睛看到了地平线上的第一缕光线。深红色的光束，尖锐如箭。黎明在伦敦的天际线上破晓。她的喉咙里升起了一种苦涩的恐惧。很快他们就都醒了。吃饭，开玩笑，吸烟。尽管朋克们同意为她提供庇护，也尽力不去打扰她，但还是忍不住要问问题，无法理解发生了什么。

大多数占屋者都喜欢睡到很晚，但是，考虑到目前与市议会冲突的不确定性，他们变得格外警惕，充分意识到安稳地睡懒觉已经成为过去。就这样，早上八点左右，每个人都醒了，摸索着昨天的衣服，点燃当天的第一根香烟，在一个有缺口的水槽里互相推搡着。就连睡觉时戴着自制耳塞的伊基·波普也起床走动了。

在厨房里，托比科正看着彭贝为一大群人做煎饼。她努力想找些话说，但最后还是说了声："哇，闻起来真香。"

彭贝对她微微一笑。她的手不停地转动着，动作又快又专注，她的思绪飞得很远。几分钟后，她递给托比科一个大盘子，上面放着煎饼。"拿去……吃吧……"她说。

托比科犹豫了。"你呢?"

"我等会吃。"

"你知道我们爱你的儿子，"托比科突然说道，"他就像我们的吉祥物。嗯……我不太清楚是什么麻烦，但尤努斯说要保密，你得在这躲一会儿。不管怎样，只要你愿意，随时欢迎你留在这里。"

彭贝感觉到托比科一阵强烈的怜悯之情，她的眼眶湿润了。她抱了一下这个年轻女孩，而女孩没有料到这一点，但她立即回抱了彭贝。那一刻被伊基·波普打断了，他扯着嗓子像在集市上大喊：“喂，我们快饿死了。大家想要吃的！”

托比科笑着拿起盘子，快步走了进去。

彭贝独自一人在厨房里，抓起一把破烂的扫帚，开始扫地。如果她不一直做事，她担心她会失去理智。就这样，在接下来的几个小时里，她在众人迷惑不解的目光下擦洗，清扫，掸灰尘，拖地，擦亮了整个住处。她整天都在疯狂打扫，没人敢打扰她，也没人敢叫她停下来。而且这种情绪一定是传染的，因为有几个人主动提出帮助她，拿着拖把和扫把加入她的疯狂行动。然而，干这活又累又烦，他们很快就放弃了。

到了晚上，她还在干活，那些朋克们还轻手轻脚地跟在她身后，看着这个拥有另一种文化、另一种语言、另一种故事的女人，不停地边哭边清扫，边哭边清扫。

***

什鲁斯伯里监狱，1992 年

就在我获释前三个月，一位在当地一家医院接受重症监护的老妇人睁开了眼睛。她抱怨口渴，而且说背痛。但除此之外，她似乎很好。当她准备好谈话的时候，警察请她描述在那个寒冷的日子里，有人偷她手提包，用破瓶子袭击她的事。她描述了那人的样子。她的记忆力很好。而这个描述和齐尚一点也不匹配。

他们仍然不相信，给她看了我狱友的面部照片。她说不是他。他们带着齐尚，让她从单向镜里看他。她说不是。法院决定重新审理此案。

“你一定要乐疯了，”我说，“你很快就会自由了。”

他说：“齐尚已经是自由人了。没必要去月球①。”

“我会很想念你的，伙计。”

他看起来垂头丧气，吞咽困难。“我出去会想你的，”他说，“你是我最好的学生。”

“而你是个糟糕的骗子。”

他咯咯地笑着，双肩在跳。“别忘了做作业。”

“什么作业？”

然后他告诉了我。

齐尚准备离开的那个早晨，我们最后一次一起冥想。我不像以前那样嘲笑了。我没抗议。我盘腿坐在坚硬的地板上，看着他。而且，我头一回设法保持头脑冷静，即使只是短暂

① 原文中伊斯坎德尔用 be over the moon 这个词语是表示欣喜若狂之意，齐尚不懂。

的片刻。

当天晚上，齐尚走了，我躺在床上沉思。他不在这，我感到很难过。上次我有这感觉还以为是要死了。但我试着完成他让我做的事情。我的作业。这是我做过的最困难的事。我的任务是给我妈妈写一封信，等我离开这里后交给她。

接下来的日子里，我拿笔写了许多不同的信。其中有一些看起来还行，但是支离破碎，而大多数都很差劲。我把这些信撕掉，重新写，却毫无进展。我每天都写些东西，就像我答应齐尚的那样。我每天也冥想一会儿。

麦克劳克林警官来来去去，我们之间没有爱，但我们也没有吵嘴争斗。不会再有。

然后我总算写出了某些看起来不那么可怕的东西。这次我决定保留。齐尚指导我每天把写的信抄在空白页上，直到我记住，这就是我接下来要做的事。

亲爱的妈妈：

我不打算寄这封信。真主保佑，我会自己把它带来，交给您，因为看文字比听我说容易。今年我明白了许多事。我有个愚蠢的狱友。很愚蠢。您会喜欢他的。他的名字叫齐尚。他是个好人，帮了我很多。现在他走了，我更明白了。遗憾的是，我们总是珍惜失去的一切。

如果我能再回到十六岁，我就不会再做那些让我如此痛苦的事情了。对您，我的妹妹，我的弟弟，我可怜的姨妈。我不能改变过去。一刻也不能。

齐尚说我现在有进步了。即便如此，我也不确定。但如果您能重新接纳我进入您的生活，如果您能在内心深处原谅我，那么再做您的儿子将是多么幸福。

伊斯坎德尔·托普拉克

埃斯玛

伦敦，1992 年 9 月 12 日

星期六早上。我正在新装修的厨房里准备早餐。这个厨房花费了我们一大笔钱，超出了我们的承受能力。但我丈夫坚持要使用最新的东西。这是我们结婚八周年纪念送给我的礼物。深咖啡色的组合柜，枫木地板，一个豪华的美国冰箱，一个榨汁机，不需要先切水果整个放入即可，非常实用。流畅、安静、实用。这是说明书里所说的。

我用锅铲刮着鸡蛋，看着底部熟透的碎末翻到顶部，就像过去的碎片飘到现在一样。当你不专心的时候做炒鸡蛋是不容易的。要想做得好，你必须有正确的时机，我想我的时机永远都不对。可能我对时间的概念有问题。我不能放下昨天，也不能专注于明天。今天，那个有远大理想和妙语连珠的女孩已经所剩无几了。每当我想起我那双明亮的眼睛（我经常这样想）的时候，我就会不由自主地感到被出卖了，尽管不是别人，就是我自己。

我的女儿们正坐在桌边，唧唧喳喳地谈论着她们最喜欢的节目《蓝色彼得》的主持人。和往常一样，她俩意见相反。我听着她们说话，但我的大脑像个风筝，在风中四处飞舞。

“妈妈，你能叫你的那个女儿闭嘴吗?”莱拉大声吼道。

“嗯，好的。”我说着，把锅从火上移开。鸡蛋还没有完全做好，但我不想让它们过熟。不能再那么熟。

“妈妈!!!”贾米拉喊道。

“对不起，亲爱的，你说什么?”我问，但已经太迟了。当我回头的时候，我发现其中一个面露喜色，得意扬扬，另一个难过沮丧。

我丈夫跑过来替我解的围。“别烦你妈妈。她今天有很多心事。”

“为什么?”莱拉问道。

纳迪尔和蔼地说：“我们已经谈过了。你们的舅舅要来看我们。你们的母亲很久没见他了。”

“哦。”莱拉说，尽管她脸上没有一丝惊讶。

我注意到贾米拉目不转睛地注视着她的父亲，她的眼睛里闪烁着一种蔑视的光芒，那是一双深色的杏仁眼，与她名字所属的那个女人的眼睛截然不同。突然她说：“你们俩在骗我们吗?”

我捧着鸡蛋锅的手停在半空中。我听到随之而来的沉默，无法打破。

纳迪尔一如既往地沉着冷静。“亲爱的，对你父母这么说话可不好。对其他人也是。”

“对——不起，”贾米拉用一种单调的声音说。

“好吧，现在告诉我你这话是什么意思?”

贾米拉乐意受到关注，开玩笑地噘起嘴唇说：“嗯……我觉得伊斯坎德尔不在阿拉斯加工作。我想……”她扫视着桌子，好像希望能在那里找到线索。“他是一名俄罗斯间谍。”

“在你的梦中吧!”莱拉插了进来。

“这是真的。他在冰山上投下炸弹。”

“他没有!”

“是的，他就是!”

我在每个盘子里都放了几片西红柿和一片罗勒叶，把盘子端到桌子上，想着如果我的哥哥是俄罗斯间谍，在北极试验炸弹，事情会不会更容易些。

后来，当女儿们都走开去为生日聚会做准备时，纳迪尔搂住了我，歪着头。我直视着他，明白他的意思。他的眼睛眯起来斜视着我，一笑起来，脸颊上就露出皱纹，额头上也出现细纹。他的头发又厚又浓密，向上竖起，不合地心引力，不肯遮住耳朵。太阳穴上有几条灰色暗纹，暗示着他的年龄。他比我大十六岁。跟埃利亚斯和我母亲相差的年龄完全一样。当然，我总是提醒自己，这是一个巧合。

我爱他，但我们并不是以爱开始的。一开始我们都知道，我对他的依恋并不像他对我那样。在我的内心深处，我对他的感情混杂了很多情感：尊敬，喜爱，钦佩，尤其感谢他把我从深陷的泥沼中解救出来。你有时会听到人们说，和伴侣在一起让他们变成了“更好的人”。你听到了，但你不太相信，除非这种事发生在你身上。

1978 年 11 月的最后一天，我们家像烈日下的雪人一样化掉了。突然间，我们的生活只剩下一堆灰色的烂泥。曾经稳固而坚定的东西很快就变得难以捉摸，不可依靠。尤努斯和我与塔里克伯伯和梅拉尔伯母住了一段时间，虽然他们对我们既不刻薄也不吝啬，但我对和他们在一起的每一秒都恨之入骨。我永远不会原谅，在谋杀案发生前的几个星期里，他们散布关于我母亲的流言蜚语。即使我栖身在他们的屋檐下，吃他们的食物，穿他们给我买的衣服，他们仍是我最厌恶的人。起初，父亲从阿布扎比给我们寄来了贺卡、礼物和钱，然而这些年来越来越少，最终所有的联系都断绝了。我的伯父和伯母尽可能地不让我们了解父亲自杀的真相。他们掩盖，抹黑和歪曲事实。我应该知道，因为我现在对我的孩子们做着同样的事情。这是一个家庭传统，掩盖真相，把真相深深地埋在困顿的日常生活中，这样过了一段时间，它就无法触及，甚至在你的想象中。

那些年的记忆是一块移动的土地，是受伤和绝望的流沙。深陷其中时，我发现只有愤怒才能把我拉出来，这种情况持续了一段时间。撒切尔夫人执政初期，英国发生了巨大的变化。这个国家迅速从过去走出来，像一个从冬季懒散的梦中醒来的庞然大物。我的考试成绩一直很好。教育部对我们的案子特别感兴趣，尤努斯和我都被转到苏塞克斯的一所寄宿学校。距离稍微缓解了一下我的情绪。但我还是控制不住自己的怒火，没有意识到这并不能让我有所作为。我快要被怨恨淹没了。上完寄宿学校后，我去了玛丽女王学院修读英语。然后我遇到了纳迪尔。

他是一个喜欢科学的人，一个相信普遍确定性和客观真理的学者。他出生在加沙，在巴勒斯坦难民营长大，十九岁时离开祖国来了英国，多亏他的一位亲戚慷慨支持他求学。在披头士乐队发行《黄色潜水艇》专辑后不久，尼克松就任总统，阿拉法特成为巴解组织主席。沉默寡言、胆小忠厚的纳迪尔来到曼彻斯特，开始从事一项远离政治的职业：分子生物学家。当世界在冲突的漩涡中加快旋转时，他埋头在整洁、有序和可控制的实验室，研究细胞的形态。

他的亲戚朋友仍在加沙。我和他们见过几次面。一个大家庭。热情，骄傲，好奇，唠叨。我观察过与亲戚们在一起的丈夫，冷眼寻找着他性格变化的迹象，可以暴露出他彬彬有礼表面下隐藏的本质。但纳迪尔在任何地方，对每个人都是同样的温和。他从不心血来潮。他喜欢审视或者沉思，这是他最喜欢的一个词。他从不匆忙。他的人生座右铭是：静水深流。难怪他和尤努斯相处得那么好。

“你没事吧?”他问我。

我点点头。让我一个人待着。这就是我现在想要的。把我的外套拿出来，走出门去，把所有东西都原封不动地留在原处，盘子里的剩菜、桌布上的面包屑、杯子上的污渍，还有我的过去。

“这将是漫长的一天，仅此而已。”

他说：“别为我们担心。我去接参加晚会的魔女们。你应该花点时间和他一起。”

我听着我丈夫的口音，阿拉伯语的喉音。

“但那正是我害怕的，和伊斯坎德尔在一起。”

纳迪尔双手捧起我的脸颊，亲吻我的嘴唇。“亲爱的，没事的。”

有那么一瞬间，我真希望他不是如此体贴，如此关切。纳迪尔是那种无论在身体上还是言语上都愿意不惜一切代价避免对抗的人。如果有人伤害了他，就像大学里的同事曾经做过的那样，他会接受这种情况，甚至认为自己有责任。我突然意识到，不管是否有意，我嫁给了和我哥哥完全相反的人。

“我不知道，”我说，“也许我不该去。我伯父可能会来。或者他的一些老朋友。”

纳迪尔扬起眉毛。他看得出我的痛苦回来了。他似乎在认真地斟酌他的话。“你应该去看看他。如果他一点都没变，还和以前一样，你就不需要他了。但是你应该去确定一下。”然后他说了一句话，整天在我耳边回响：“他是你的兄弟。”

“他来的时候，我该怎么跟女儿们说呢？嗨，亲爱的，这是你们从未见过的舅舅。为什么？因为他在监狱里。为什么？嗯，因为，是这样的，他杀了你们的……”

“你不需要向他们解释什么。还不到时候。”

我的眼睛湿润了，当我说话时，我的声音变得紧张：“你和尤努斯总是希望事情简单容易。但世界是如此复杂。一切都是复杂的。”

纳迪尔噘着嘴，溺爱地模仿着我的语调说：“忘记世界。趁我们还未落入尘土，尽情享受我们拥有的。”

我不由自主地笑了。“又是海亚姆吗？”

“是的，奥马尔·海亚姆[1]说的。”

这个人懂得温柔的语言和令人振奋的诗歌。这个诚实、可靠、正直的人有时会天真到让我发疯的地步。这个人相信名誉与人们的心灵有关，而不是与他们的卧室有关。我试着想象他在我身上看到了什么，为什么他仍然爱我。我想不出答案，低声说：“我最好去准备一下。”

① 旧译莪默·伽亚谟（1048—1131）也译作欧玛尔·哈亚姆、奥马尔·哈雅姆，波斯诗人，也是当时负有盛名的数学家、天文学家、医学家和哲学家。创作诗集《鲁拜集》，编撰《代数学》，改革了穆斯林历。

“好的，亲爱的。”

曾经，我以为自己天生就适合做重要的事情，为有价值的事情和真实的理想奋斗。我将成为一名作家和人权活动家。我会去世界各地为受压迫和受虐待的人奔走。做个著名的小说家约翰·布莱克·小野——在我的小说中没有人被爱情愚弄过。我曾经希望自己成为世界的中心，但后来我接受了这样一个事实：我只是一个故事里众多角色中的一个，甚至不是一个主要角色。

高中毕业那段时间，我写了点东西，尽管现在很难记住写了什么。在大学里，我的成绩很好，我的论文很有创意，有些人相信我，但有些事情发生了不可逆转的变化。我对自己失去了信心。就像一株在商店里看起来生机勃勃但被带回家后却神秘地枯萎的植物一样，一离开熟悉的环境，我想成为小说家的愿望就破灭了。

从那以后，我就不写了。除了写信，很多很多的信。我经常写信给什鲁斯伯里监狱，也经常写信给尤努斯，每当我们分开的时候。我还与埃利亚斯（我和他取得了联系）和罗克萨娜（她和我取得了联系）通信，他们每个人都以自己的方式帮助我找到了拼图上丢失的碎片。另外在接下来的十二年里，我每周给母亲写两次信。

然后，去年夏天，在我母亲去世后，我开始写她的人生故事。我日日夜夜地写作，似乎害怕如果我停下来，哪怕是片刻，我就会失去那种冲动，或者那种冲动会离开我，一切都会崩溃。我所描述的事情是如此私密，有些内容使我伤心，而另一些则纠缠着我内心的某些情感。然而，手稿完成后不久，我就感到了一种疏远的感觉。这个故事不是我的。

往事是放在阁楼里的一个大箱子，塞满了零碎物件，有些是有价值的，但很多完全没用。虽然我更喜欢把它关着，但微风轻轻吹过，它就会打开。不知不觉间，里面所有的东西四处飞散。我把它们放回去。一个接一个。所有悲伤的与美好的回忆。然而，这个箱子总是在我最意想不到的时候突然打开。

怀孕与其说是计划，不如说是意外。当我发现时，我感到震惊、恐惧和欢欣。当我知道那是一对孪生姐妹时，我哭了整整一个小时，又一次感到，我的人生，无论我选择做什么，都只不过是一连串故事中的一个环节。在那九个月里，我的身体被重塑，好像是用黏土制成的。我希望，我的灵魂也可以重塑。现在我的女儿们都七岁了。莱拉的头发像夜晚的黑缎子，贾米拉则以她已故的姨祖母的名字命名，尽管她不知道为什么。

我听到楼上的卧室里电话铃响，我丈夫接了电话。我有一种预感，打电话的人是尤努斯——那个以抗拒上帝命令的先知约拿命名的男孩。最近我弟弟和我丈夫天天通话。男子汉的友情。我知道他们在商议我的事情和我的悲惨心情。他们把我看成一颗定时炸弹，不停地滴答作响，随时准备引爆，而他们总是镇定而理性地想办法化解我的怒火。我把自己想象成路上一个可疑的包裹，尤努斯和纳迪尔则是拆弹专家，身穿防火服和防护帽，小心翼翼地接近我。

“亲爱的，尤努斯想和你谈谈。”

我拿起电话，等着我丈夫挂断，然后强颜欢笑地说：“嗨，亲爱的。”

“埃斯玛，我亲爱的姐姐。你今天感觉怎么样？”

为什么每个人都问我感觉怎么样？“太好了，”我随口说道，“你呢？你那边的天气怎么样？”

他无视我的寒暄，直击问题的核心：“好。你什么时候去接他？”

我可以听到背景中有乐队在排练。钢琴、吉他、奈伊笛。我弟弟今晚在阿姆斯特丹有一场音乐会。一场耀眼的文化盛会。克劳斯王子预计会出席。

“我过一小时出发。”

“好的，嗯……我知道这并不容易。让你失望我觉得难过。我希望我能在那里。”

“没关系。你有事情要做。”

我的声音有点刺耳。如果尤努斯也发现了，他不会透露。“你知道我今天早上是怎么想的：那天我去看他。听说母亲还活着，他很高兴。他是……这么感动。真遗憾，他竟然没能见到她，请求她宽恕。”

我翻一下白眼。“啊，她的宽恕……”

他坚持说：“这本有可能发生。如果他能吻母亲的手，请求她的祝福，那就太好了。”

“哦，拜托，饶了我吧。”

沉默了很长时间，当我听到尤努斯说：“我想他已经受够了苦。”我闭上眼睛，感觉血管里的血在沸腾。“你怎么能这样说？他受的苦再多也不够。他是一个自私的人，杀了我们的阿姨，他到死也是个自私的人。”

“他还是个孩子。”

“他不是孩子！这与他的年龄无关。你也是孩子。你没有做他犯的事。这是他的本性。”

尤努斯说：“但他是老大。因为你是个女孩，所以你总是被区别对待，我发现当最小的孩子比较艰难。但你有没有想过，也许对伊斯坎德尔来说更难？”

“是的，做苏丹可不容易。”

他叹了口气。“听着，姐姐，我得走了。如果可以的话，我会去的。我回来后我们再谈。我们会解决这个问题的。大家一起，就像我们曾经的那样。好吗？”

不知道说什么，我摇了摇头，好像尤努斯能看见我似的。挂断电话后，我去洗手间洗脸，化妆。我嫉妒尤努斯能够原谅和遗忘，我也嫉妒伊斯坎德尔从我们身上夺走的东西：一个正常的童年。在你长大成人进入这个世界之前，你从家人那里得到的那种让人舒心的、持续性的安全感和疼爱。伊斯坎德尔失去理智做出傻事那会，我才十五岁。从那以后，我所知道的平凡生活就这样破碎了，一种持久的疼痛在我心中扎根。对我母亲来说，情况更糟。

伊斯坎德尔杀的人只有一个，可是却害死了许多人。

*

我开车去什鲁斯伯里，经过细心保养的草坪和绵延青翠的牧场。时间慢了下来。我的思绪又回到了尤努斯身上。我的弟弟越来越出名了。纳迪尔告诉我，他的学生知道并且喜欢尤努斯的音乐。我为弟弟感到骄傲。而且，要我说实话，我也有嫉妒的时候。我不知道这是不是上帝的另一种游戏，在这当中，我这个所谓有创造力的人，最终选择了普通的家庭生活，而尤努斯，一个冷静沉着的人，正在全世界追随他的梦想。我认为这永远不会结束，兄弟姐妹之间的竞争。我们为了父母的爱而竞争，即使他们不在了。

我到了什鲁斯伯里监狱，在大楼外面等着，很惊讶周围没人。没有塔里克伯伯。没有梅拉尔伯母。没有邻居，没有朋友，没有亲戚。他们在哪儿？伊斯坎德尔的老朋友也没有出现。大家都忘记他了吗？一个小时过去了。空气中有一股令人毛骨悚然的寒气，所有的声音都听不见了，我感到有点口渴。我进去后，就算没有一杯热茶，警官们很可能会给我一些水。我会问他们接下来会怎样，也许还会知道一些关于伊斯坎德尔的新消息。然后他就会出现，我们还得在大家面前拥抱或握手。我宁愿在这里等，在外面。

最后，两扇大门打开了。他穿着一条牛仔裤和一件灯芯绒夹克，亮光中的他看起来和我上次见到他时大不相同。他把自己照顾得挺好，看起来很健康，很结实。他的步态变了。他不再像过去那样把肩膀往后一靠，昂着头。他向前走了几步，停了下来，凝视着阴冷的天空，正如我想象的那样。

然后他注意到了我。我面无表情。他走得很慢，这时间够我回到停车场，启动引擎，如果我想离开。当他走近时，我向前迈了一步，双手插进口袋。

“你好，埃斯玛。”他说。

突然间，我对纳迪尔、尤努斯和世界上所有的幽灵说服我来这里感到心烦意乱。但我试图把黑暗的思想推开。“你好，兄弟。”最后这个词我念得很重。

“我没想到会见到你。”

“哦，我也没想到自己会来。”

他说：“我很高兴你来。”

在车里，我觉得有必要说些什么来打破我们之间的沉默。“我还以为塔里克伯伯会来呢。”

“他本来打算这么做的。我叫他不要来。”

我紧紧抓住方向盘。“真的吗？有意思。”

伊斯坎德尔向后靠了靠，没有发表评论。“姑娘们好吗？还有纳迪尔？”

我告诉他这学期女孩们参加了学校的音乐剧表演。莱拉演的是一条唱歌的鱼，但我们还不知道是哪种。很可能是黑线鳕，尽管她更喜欢海豚。小女儿担任渔夫妻子的角色，一个令人讨厌、贪婪但相当核心的角色。因此，目前家里存在一些竞争。唱歌的鱼和渔夫的妻子。

我把这一切都告诉他，不提贾米拉的名字，当然他知道。“她们都很兴奋，”我总结道。

“好孩子们。”他笑着说。

接下来的沉默令人不安。我放上了我带来的 ABBA 乐队磁带，但不知怎的害怕按下播放按钮。

“你想抽烟吗?”

伊斯坎德尔摇摇头。“我不久前戒了。”

“是吗?”我从眼角开始研究他。“那么，如果你不介意我问你，你现在打算怎么办?”

“我想尽快见到我的儿子。”

我没有提到，几天前凯蒂给我打过电话。她已在布莱顿[1]

① 英国南部城市。

定居下来，嫁给了一个灵媒。他会看手相，还声称自己能预见未来，但我怀疑他是否预言过凯蒂那声名狼藉的前男友会被释放。他们有三个孩子。当我们在电话里聊天时，我不禁怀疑她是否还在关心我的哥哥，是否还有那么一丁点爱他。

伊斯坎德尔仿佛读懂了我的心思，轻声问道："凯蒂怎么样了?"

"婚姻幸福。"

如果这句话伤了他，他不会表现出来。"这太棒了。我为她感到高兴。"

他是认真的吗?

他说："你来接我真是太好了。不过，我不会待太久。我会找到一个地方安顿。再找一份工作。有很多好心人帮助像我这样的人。然后……"他停顿了一下。"我想去看妈妈。"

在他的话语中，有一种期待，就像蒸汽从妈妈煎的薄饼上飘出来盘旋在空中。我换挡，加速，然后粗声粗气地说："她死了。"

他茫然地盯着我。"但是……但是尤努斯告诉我——"

"我知道他对你说了什么。这是事实。"我擦了擦眼睛。"六个月前，她去世了。"

"一个人吗?"

"一个人。"

我没有告诉他这是怎么回事。我会以后再说。

“我想……我想吻……吻她的手，”他说，我从他的讲话中觉察到一点结巴。“我希望她会同意见我。”

“我相信她会的。”我说，因为这是真的。“我留着她给我的信。你读一下，你会看到她总是问起你。”

伊斯坎德尔低下头，仔细打量着自己的手腕，仿佛手上还有手铐似的。他转向窗户，叹了口气，呼出的气使玻璃蒙上了一层雾。他摇下车窗，探出头去，喘着粗气。然后他从口袋里拿出一张纸，让它随风飘走。

他又把车窗摇了起来。我说：“还有一件事。纳迪尔……我丈夫，他不知道。”

“你什么意思?”

“只有尤努斯和我，现在当然也有你。家里没人知道妈妈还活着，其他人也不应该知道。”

这是我们的誓言，尤努斯和我的。当我们知道大家都把贾米拉姨妈和我妈妈弄混了，我们就对着《古兰经》发誓说，我们永远不会向任何人透露真相。不管是对我们的父亲，还是塔里克伯伯和梅拉尔伯母都不说。也不告诉埃利亚斯。即使是我们结婚了，对我们的配偶也不说。只有我们两个保守这个秘密。

“那你为什么告诉我?”

“这是尤努斯的主意，不是我的。他认为是时候让你知道了。他希望你们俩能见面和解。我想他是想让你做好准备。”

我们经过一个寂静的村庄，没有遇到一个人。下午快过去了，整个世界都感到充实和满足。遇到红灯时，他转过身来，和我对视。“你的秘密太多了，妹妹。”

“说到这儿，”我打开手套箱，说道，“你能把它拿出来吗?”

慢慢地，他取出了我所指的物体。一本关于阿拉斯加的书。

“你有一个半小时的时间去了解阿拉斯加的一切情况。我对女儿们说，你一直在那里工作。”

伊斯坎德尔悲伤地笑着，开始细读这本书。雪山、灰熊、还有在冰冷的淡水中跳动的鲑鱼。突然间，它看起来不像是一个糟糕的地方，一点也不坏。阿拉斯加。

梦中梦

幼发拉底河边某处，1991 年 5 月

她打开箱子，拿出祈祷毯，站在那里听着山谷的声音。住在那还有个问题。只要风朝北吹，就会传来远处村子清真寺里的祈祷的呼声；但当风向改变时，她就无法知道时间了。她从伦敦带来的钟已经停了，放在一个角落里，像一张苍老的、干瘪的脸，累得说不出话来。但是她需要知道祈祷的时间，因为她有很多话要告诉真主。

也许是她的年龄让她更善于观察，虽然她还远没有老，只有四十多岁。或者可能只是因为她现在的生活中有太多的魂灵，太多的东西让她伤心。每天她都祈求真主帮助她的双胞胎妹妹在天堂里找到安宁，因为贾米拉肯定会去那里。在她的祈祷中，海迪耶也在。她怀念这位妈妈似的姐姐，不是当做天花板上垂下来的那团肿胀发紫的躯体，而是当做曾经快乐的小女孩。她也为她的丈夫祈祷，想着他们给予对方和没有给予对方的一切。然后她为故去已久的父母祈祷。如果她还有精力，她会提到村里的三个百岁老人，他们最近一个接一个地断气了。她向死者表示了敬意之后，就转向了生者。她首先想到在阴雨连绵的伦敦生活的外孙女们，她只从照片上见过她们。她为任性的女儿与体贴女儿的女婿寻求引导。接下来，他为尤努斯（有时也为他的乐队）祈祷，希望他能在不被名誉的小玩意诱惑的情况下，出人头地，扶摇直上。然后她用一分钟为埃利亚斯祈祷，希望他能健康，开心，找到一个值得爱的人，如果他还没有。接着，为伊斯坎德尔祈祷的时间最长了。她的苏丹，她的狮子，她的心头肉。

有好几次她都在想她回来是不是做对了。但是每天黎明时，那种宁静像披巾一样缠绕着她，就足够证明了。过着这样孤独的生活可能离精神失常也就不远了。她努力保持平衡，感谢上帝赐予她的一切和拒绝给她的一切。当你心存感激的时候，你很难发疯。

在她看来，早期在英国的日子就像梦中的梦一样遥远。当她第一次乘坐一辆红色的大巴士时，孩子们还小，尤努斯还没有出生。她永远也不会忘记，透过雾气迷蒙的窗户看到女王的宫殿，看到女王的士兵们骑着高头大马，冷静而严肃。当她到达哈克尼时，一种孤独感席卷了她。哈克尼的街道被雨水浸透，砖房相连，花园像顶针那么大。她丈夫找到的房子破旧不堪，需要粉刷，但她并不介意，因为她习惯了在狭小的空间里安家。然而，她无法适应的是天气。雨水。阴暗。

云总是带着某种朦胧的色彩。在幼发拉底河边长大的她习惯了严酷的冬天和更严酷的夏天，但她不容易适应永远阴沉的天空。然而，她却喜欢去里德利路的市场，看着人们讨价还价，那条街嗡嗡作响，就像一个蜂窝。它一点也不像伊斯坦布尔的集市，它充满了生命的律动，她很珍视这点。你可能会遇到很多不同的人，他们的肤色呈现出各种深浅不一的棕色、白色和黑色，他们的国家对她而言只是模糊的地图上的名字。

让她吃惊的并不是左边来的车流，也不是坐在右边的司机，而是伦敦人的举止。老妇人的刻板，年轻人的肆无忌惮，家庭主妇的自由，以及她从未有过也从未想过会获得的自信。她会看到那些穿着凸显乳头的T恤的女人，她们的头发在阳光下变成彩虹色，惊叹于她们如礼服一般的女性气质。情侣们在街上接吻、抽烟、喝酒、辩论。她从未见过人们如此热衷于在公共场合生活。她童年时代的村民不是最健谈的人，她自己也一直保持着沉默寡言的性格。对她来说，英国是个语言丰富的国家，她努力挖掘其中隐藏的含义、笑话和讽刺。

但是在大城市里，最使她惊奇的是那些鸟儿——它们被关在缝隙和洞里，大部分都是看不见的，除非它们为了一把粮食互相挤来挤去，或者它们倒在人行道上死了。幼发拉底河上的鸟儿不是这样的。也许没有那么多的品种，肯定没有伦敦动物园那么多，但它们是自由的——而且是受欢迎的。

在伦敦，她会沮丧地看到窗台上粘着防鸟针板，就像豪猪的鬃毛一样，防止鸟儿栖息和弄脏这个地方。这让她想起了她在伊斯坦布尔看到的嵌有玻璃碎片的花园墙壁。有人告诉她，这是为了不让小偷靠近。一想到这一点，她就畏缩起来。住在那些房子里的人不仅想阻止入侵者，还希望能割伤他们光着的手或脚。窗台上有针，花园的墙壁上有玻璃——这两样她都不喜欢。或者这就是城市生活对人们潜移默化的影响。

*

谋杀案发生后，彭贝在占屋者的住处藏了几个月。尤努斯和埃斯玛轮流去看望她，他们总是很警惕，总是提防着不向伯父和伯母吐露一个字。那时，伊斯坎德尔已经被捕入狱，但彭贝还不知道该不该自首。起初，她担心那些占屋者会发现她躲藏的原因，但事实上，他们几乎不看报纸，更不用说听当地的闲言碎语，这对她有利。并不是说他们没有感觉到麻烦，而是他们认为这事与内政部有关。由于反对各种各样的权威，他们很乐意保护她，即使在他们发现她留下来的真正原因之后。尤努斯请他们帮助他母亲改变容貌，他们也欣然接受了这个机会。他们剪掉彭贝的头发，把它染成了柔和的姜黄色，像爱尔兰小姑娘的发色。给她戴上一副又大又圆的眼镜，穿着牛仔裤，看上去面目全非。

尽管如此，尽管她很努力，如果没有孪生妹妹相助，她还是无法度过那些黑暗的日子。一天半夜，她坐在窗前，凝视着只有她能看见的一片空洞，这时她注意到花园里有一个身影，既倦怠，又清醒。是她妹妹。贾米拉既没有走近她，也没有跟她说一句话，但只要一看到她，便足以使彭贝心里一阵狂喜。这一时刻很快就过去了：幽灵在空气中消失了，就像一滴牛奶在水中一样。但从某种程度上讲，这段经历让彭贝确信，她的妹妹没有经受痛苦，她移居的地方也不是无法忍受的。从那天起，同一个鬼魂会不时出现，在穿梭于彭贝和监狱里的伊斯坎德尔之间。

尤努斯和埃斯玛开始在苏塞克斯寄宿学校上学前不久，彭贝决定离开。她意识到，也更深地理解，她在英国的时间该结束了，她得回去。回到幼发拉底河，回到她出生的地方，因为她不像埃利亚斯，她不是空气植物，她需要拥抱她的根。尤努斯和埃斯玛支持这个计划，前提是他们可以在夏天去看她。

他们还留着那块琥珀情人钻石，贾米拉把它放在鞋后跟掏空的地方带来的，叫她姐姐替她保管。他们谁也不知道它的价值和如何出售。最后，鲍威尔夫人和船长一起来救助他们，这使尤努斯非常不安。钻石被卖掉了，鲍威尔夫人帮助安排了彭贝的旅行。她还确保把一些钱存到尤努斯和埃斯玛的银行里。剩下的钱留给朋克们开派对，他们太疯狂了，以至于在接下来的几个月里，他们会成为哈克尼的谈资。当这笔交易在哈顿花园达成时，彭贝唯一逃避的细节是，钻石可以赠送或当作礼物，但绝不出售。她没有被告知那个诅咒，但是，即使她知道，她仍然会继续执行这样的计划。彭贝，这个对世界充满无尽迷信的女人，已经厌倦了自己的恐惧。

当彭贝来到妹妹的山谷小屋时，她并没有因为她发现的废墟而沮丧。时光的流逝，四面吹来的风，肆虐的土匪，以及惯常的疏忽，部分地破坏了贾米拉建造的和平藏身之处。

村农们很高兴那个处女产婆能回来，尽管他们永远不明白她为什么拒绝协助分娩。但他们帮助她打扫和修理她的小屋。然而，该地区已经成为一个危险的地方。库尔德叛乱分子与政府打仗，士兵日夜巡逻。这期间，彭贝还留在这，代替她的孪生妹妹。她有时会躲避危险，但她从未在信中提及这一点。她只写好的事情。

她曾向孩子们保证，这次转移是暂时的，她会在这里住上一段时间，然后变个样再回去。但是，一走进妹妹家，开始收拾东西，彭贝就知道她不会匆忙离开。

埃斯玛

人们说，当你自己成为一名母亲时，你就开始了解你的母亲，但对我来说，是彭贝的信帮助我更好地了解她。

她定期给我写信，坦诚地告诉我她的事情，比她当面跟我说的还要多。从她那里收到一个蓝色的航空信封对我来说是每周不可缺少的事务，是一种珍贵的日常活动。我会给自己沏好茶，一次又一次，坐在餐桌旁读信，知道她健康无恙。

我亲爱的女儿，今生和来世我的生命之光：

我一直在想你们。记得多去看你哥哥。原谅吧，埃斯玛。试一试。我知道这有多难，但你得这样。要让他明白他并不孤单。我们从不孤单。我向安拉祈祷，会给他一个同伴，一个同情他的人类同胞，知道他们是多么无知，但仍然爱他们的人。我每天祈祷安拉找到这个人，把他送进监狱陪伊斯坎德尔。

不要皱眉，我的爱。即使现在也不要说我偏爱他。你能选择一根手指而不选另一根吗？母亲就是这样。你不能对孩子有偏袒。伊斯坎德尔、尤努斯和你对我都一样，都是我的最爱。

现在寄出信件比以前更难了。如果你有一段时间没收到我的信，别担心。昨天我做了一个非常平静的梦。梦见我在伦敦女王的宫殿四处游荡。当时正在下雨，不过是一场色彩鲜艳奇怪的雨，就像在看没有火的烟火。我醒来又想了想，但这是真的。我和你们在一起。永远。

你亲爱的妈妈，彭贝

这是我收到她的最后一封信：这封信我已经读了很多遍，纸的边缘有些破损，上面满是指纹，我的指纹就在她的指纹上面，就像故事情节一样，有交集也有分叉。

后来，我设法去了一趟土耳其，村民们详细地告诉了我事情的经过。他们向我保证她一点也没有受苦。一种病毒。这种病开始于颈部和手臂周围的皮疹，呈片状的粉红色，没有什么特别可怕的。不久，病人开始发抖出汗，如果在这个阶段没进行治疗，就会接着发高烧，进入昏睡状态，肺部很快就变得虚弱，许多人无法醒来。这种病毒出现在 1992 年春末，从动物传染到人类，一个月内死了六个人——然后它消失了——看起来好像从来没有过。她可能是在去马拉卡巴扬村庄取食时感染上这种病毒的，她还接受了一名妇女喝茶的提议，这个女人想让她看看自己年轻时织的地毯。这名妇女六岁的儿子携带病毒，尽管当时没有人知道这一点。孩子活了下来。我的母亲没有。

直到她的信不再寄来时，我才明白，她是第二次也是最后一次死去。

致　谢

我要感谢大卫·罗杰斯（David Rogers），读过我早期的书稿并提供了宝贵的建议。

感谢我的经纪人伊丽莎白·沙因克曼（Elizabeth Sheinkman）给我的鼓励，感谢她的无微不至。还要特别感谢两位出色的编辑，保罗·斯洛瓦克（Paul Slovak）和维妮蒂亚·巴特菲尔德（Venetia Butterfield），感谢他们富有见解的笔记和对细节一丝不苟的关注，以及要感谢唐娜·波普伊（Donna Poppy）的特别付出。

我最感谢的是我的两个女儿泽尔达（Zelda）和扎希尔（Zahir），当在学校被问及妈妈在家通常做什么时，她们回答说："她给书签名。"还有我至爱的丈夫埃于普（Eyup），他是我耐心和智慧的纽带。

我也很感激东方和西方的女性，她们和我分享了她们的个人故事，以及她们的沉默。

艾丽芙·沙法克